HERMES

在古希腊神话中,赫耳墨斯是宙斯和迈亚的儿子,奥林波斯神们的信使,道路与边界之神,睡眠与梦想之神,亡灵的引导者,演说者、商人、小偷、旅者和牧人的保护神……

西方传统 经典与解释 **HERMES**
Classici et Commentarii
荷马注疏集
程志敏 ● 主编

模仿荷马

—— 以《使徒行传》中的四个故事为例

Does the New Testament Imitate Homer?
Four Cases from the Acts of the Apostles

[美]丹尼斯·麦克唐纳 Dennis R. MacDonald | 著

叶友珍 | 译

华夏出版社

古典教育基金·"益道"资助项目

"荷马注疏集"出版说明

文兴于诗,理源于史。诗亡然后有史,道术崩裂而诸子崛兴,从此一发不曾收拾,以至于今。在中国,由经而子,等而下之;在西方,从诗到史再到哲学,每况愈低。国人早先在退化史观中能够通过比较认识到眼前的不足,而虔敬谦和的古代西方人在神明和远祖面前,也曾时时感到一己的卑微无力,目睹了无法遏制的沉沦堕落历程,但现代的进步论则带来盲目的乐观和尚未来得及反思的灾难。是时候了。但天人不究,古今未通,何以言言?

亚子云:从源头开始,才有最好的观察(《政治学》1252a24-26)。刘子曰,"励德树声,莫不师圣,而建言修辞,鲜克宗经"(《文心雕龙》)。为何要"宗经"? 曰:"经也者,恒久之至道,不刊之鸿教",其"象天地,效鬼神,参物序,制人纪"之德之能,又岂止"建言修辞"之功、"文章骨髓"之极?

西方最早的"经"就是"诗"(我国亦然),"荷马史诗"差不多是古希腊唯一的"经",而荷马则是"最神圣者"(柏拉图语)。宗经即明诗,师圣以承教(尽管"承"法各异)。然则,为何诗、经一体? 王者迹前,先有神明,神明之后,才有诗——诗乃是神明的遗教,而受神明启示并作为其代言人的"缪斯的仆人",他们所吟唱的便是经天纬地的良法。或曰,诗在"幽赞神明"之中铺观列代,以明纲纪(刘勰语)。《荷马史诗》在古希腊就不仅是让人温柔敦厚的《诗》,也是疏通知远的《书》、广博易良的《乐》、挈静精微的《易》、恭俭庄敬的《礼》和属辞比事的《春秋》了——"神圣的荷马"所作的《荷马史诗》乃是西方最古老的"圣经"。

荷马具有神圣的乃至灵异的天性(德谟克利特语),所以这位"最伟大和最神圣的诗人",这位"最智慧的人"(赫拉克利特语),不仅教育了希腊

（柏拉图语），而且像奥克阿诺斯的不绝源泉一样，滋养了整个西方文明，"神圣的荷马"甚至成了才情文思乃至文教典章的评判标准。既然这位盲人的确有能力让我们看到了他自己无法看见的东西（西塞罗语），那么，就再次恭请荷马为据说已经在"新黑暗时代"中迷失方向的我们这些明眼人指路吧。

最后特别需要说明的是，很多古经长期归在"荷马"名下，但近现代疑古之风大盛，众多经典都在科学考证的手术刀下伤痕累累，甚至被打入冷宫而成了刀下之鬼。所幸的是，人们在渎神的迷狂中醒来后，发现如此科考，得不偿失。在目前文献不足的情况下，我们认为，那些被归在荷马名下的著作，最好还是回复到它们最古老的状态中，好让我们不再纠缠于外在的形式，转而深入到更根本的问题上来，所谓"不以流之浊而诬其源之清也"（颜元语）。因此，我们依据牛津本的做法而把它们一并收入"荷马注疏集"中，以利"师圣"和"宗经"——况于当今世风之中，"正末归本，不其懿欤"（刘勰语）！

古典文明研究工作坊
西方典籍编译部两组
2010 年 7 月

谨以此书献给戈登、薇恩、唐纳德以及树屋

目 录

中译本前言 / 1

致　谢 / 1

序　言 / 1

第一部分　哥尼流和彼得的异象与《伊利亚特》卷二
  1　哥尼流和彼得 / 30
  2　骗人的幻梦和真实的预兆 / 36
  3　更多关于幻梦和征兆的例子 / 46
  4　哥尼流和彼得的异象 / 70
  5　当地的传说还是对荷马的模仿？/ 89

第二部分　保罗在米利都的辞别与《伊利亚特》卷六
  6　赫克托尔告别安德洛马克 / 104
  7　保罗辞别以弗所长老 / 113
  8　犹太遗训还是对荷马的模仿？/ 150

第三部分　选出马提亚与《伊利亚特》卷七
  9　选出埃阿斯迎战赫克托尔 / 166
  10　选出马提亚取代犹大 / 169
  11　耶路撒冷的传说还是对荷马的模仿？/ 180

第四部分　彼得狱中逃脱与《伊利亚特》卷二十四

12　普里阿摩斯从阿喀琉斯营地逃脱以及相关模仿 / 196

13　亚历山大从大流士宫殿逃脱 / 212

14　彼得从希律王的监狱逃脱 / 221

15　希腊化时期的传说还是对荷马的模仿？/ 229

结　语 / 238

附　录 / 246

缩写表 / 258

参考书目 / 261

索　引 / 272

中译本前言

程志敏

无论从自然科学所揭示的宇宙演化过程还是从神话—神学的启示来看,人类的历史都显得极为短暂和渺小,而有据可考的文字记录则更为有限。在这个规模并不大的文明共同体中,区域性的文化亚种之间相互影响、互相借鉴甚至彼此"抄袭",实在不是一件值得大惊小怪的事情。但人类自从发现自身相对独立的"理性"以来,为了自身的尊严并进而为了本民族文化的崇高地位,便想方设法让属人和属己的一切变得至高无上和独一无二,与此相反或与我不合的都是异端邪说,由此而来的"文明冲突"就变成了意识形态的争论。

这种情形在"一神论"文化圈内尤为突出,① 但本质上无非《庄子·天下》所谓

> 天下多得一察焉以自好,譬如耳目鼻口,皆有所明,不能相通。犹百家众技也,皆有所长,时有所用。虽然,不该不遍,一曲之士也。判天地之美,析万物之理,察古人之全。寡能备于天地之美,称神明之容。是故内圣外王之道,暗而不明,郁而不发,天下之人各为其所欲焉以自为方。悲夫!百家往而不反,必不合矣!后世之学者,不幸不见天地之纯,古人之大体。道术将为天下裂!

---

① 参张志扬,《偶在论谱系》,复旦大学出版社,2010,页134。舍勒也说,"一神论形而上学是站不住脚的"。见舍勒,《知识社会学问题》,艾彦译,译林出版社,2015,页202–203。

一

古代埃及、巴比伦、近东与希腊文明之间错综复杂的关系让后人很难理出一个线性而直观的图式来。一般来说,更为古老的文明作为源头多半是历史影响的实施者,反之则是接受者。但实际情况远非如此简单,后起的文明既会吸纳此前其他文明的成就,也会反过来对仍然具有生命力的先前文明产生影响。而更为常见的情况却是后起文明在强大起来能够控制话语权后,往往会重新叙述文明的历史,并在这个过程中刻意模糊自己曾受惠的事实,把自己打扮成"原创者"(正如"创新"在现代世界成为一种新的神话),还会凭借不靠谱的蛛丝马迹"篡改"历史,"忘恩负义"地反将哺育自己的先前文明之所以伟大说成是受自己的恩惠所致。久而久之,成了信史。不过,画皮终究是要被拆穿的。

基督教在这方面可谓最具代表性。与埃及、亚述和波斯相比,基督教的兴起显然后起得太多,即便与古希腊相比也晚了好几个世纪。罗马在军事政治上征服古希腊而又在精神上被基督教征服之后,"两希冲突"越来越尖锐,早期教父必须贬损古希腊文明以抬高本教的地位。于是,各种"驳希腊人"的著作大行于世,对作为"异教"的古希腊文明大加挞伐。虽然他们对柏拉图算得上网开一面,往往以"神圣"名之,但这终归是一场欲抑先扬的把戏:就连最伟大的柏拉图都是犹太教—基督教的学生,希腊自然不能与希伯来比肩。

亚历山大里亚的克莱门(约150-200)承认柏拉图触到了真理,因为柏拉图所说的与圣经完全相合,于是他便问柏拉图是从何处模模糊糊认识到这样的真理。克莱门这时歪引柏拉图《斐多》78a中的话,让柏拉图自己承认"蛮族在这些问题上(比希腊人)更聪明",其实柏拉图的原话是:"希腊大着呢,在希腊有的是好男,外邦族中也多。"① 柏拉

---

① 刘小枫编译,《柏拉图四书》,三联书店,2015,页456。

图笔下的苏格拉底并没有自降身份,承认蛮族或外邦的(barbarous)文明比本民族文明更高。更为有趣的是,克莱门接下来义正辞言地训斥柏拉图:即便你遮遮掩掩不想承认,我也知道你们的老师是谁——你们从埃及人那里学会几何学,从巴比伦人那里学来天文学,从色雷斯拿来医疗咒语,亚述人也教了你们很多东西,而最重要的是,你们的律法和信仰终归受惠于希伯来人!① 同样,在智慧和虔敬方面无人能及的古人毕达哥拉斯,"不仅清楚地知道我们民族的律法,而且还是它们热情的追随者"。② 总之,希腊人不仅知道犹太人,而且还很敬佩他们,甚至就是犹太人忠实的学生。

但这显然有违时间顺序,是典型的"年代错位"(anachronism)。希腊人认识到了上帝或神明,找到了宇宙构成的原因,从而受到真理之光的照耀,发现了幸福的源泉,这一切非得是后起的基督教的教育之功?具体地说,柏拉图难道是因为聆听了耶利米的教诲,阅读了已翻译成希腊文的圣经,才得出了几乎与基督教教义相同的结论? 奥古斯丁年轻的时候跟其他很多教父一样,拒不承认思想史常识,即柏拉图的理性神学思想为基督教的哲学化提供了有益的借鉴,反而认为哲学家的嘉言隽语都是从圣经中来的,一个铁定的事实就是柏拉图曾游学埃及,而先知耶利米正好在那里,柏拉图由此而学到了希伯来的思想。③ 但奥古斯丁后来发现这种虔诚的说法违背历史事实,柏拉图出生时耶利米已去世一百年,而七十子译本的希腊文圣经问世时,柏拉图已故去六十年,都错过了。

不过,奥古斯丁并没有放弃这种"可爱却不可信"的说法,他借用"义理证据法",在比较《圣经·创世记》与柏拉图《蒂迈欧》的相同观念

---

① 克莱门,《劝勉希腊人》,王来法译,三联书店,2002,页86。
② 约瑟夫斯,《驳希腊人》,杨之涵译,华东师范大学出版社,2016,页98。
③ 奥古斯丁,《论基督教教义》,石敏敏译,见奥古斯丁,《论灵魂及其起源》,中国社会科学出版社,2004,页75-76。

后,"草率"地得出这样的结论:

> 所有这些,以及别的很多证据,足以让我确认,柏拉图并非不知道那些圣经。①

这大概也是柏拉图的《蒂迈欧》在极其严酷的宗教语境中仍然能够为基督教所认可的原因——在拉斐尔的名画《雅典学园》中,柏拉图腋下夹着的正是《蒂迈欧》。至于基督教后来"抛弃"异教的柏拉图,改为青睐更能靠逻辑学为其教义提供"科学"论证的亚里士多德思想,那已是后话。

即便柏拉图曾经在埃及求学,加之埃及人很大程度上已普遍犹太化了(其实不然),也很难说柏拉图就像后来尼采"恶毒"攻击时所说的,"这个雅典人曾经在埃及人那里上过学(——或者是在埃及的犹太人那里?……)"。② 毕竟柏拉图著作中找不到丝毫证据说明他熟悉希伯来的思想,他根本就没有使用过"希伯来"或"巴比伦"之类的字样,"亚述"一词也仅一见(《法义》685c)。奥古斯丁熟知柏拉图著作,也深觉强行扭曲历史至少缺乏明确的证据,接下来的话就显得很不自信了。在他看来,柏拉图之所以得出与圣经一样的结论,

> 或许他读了这一段,或许他从读过这一段的人那里学到的,或许他靠敏锐的天才,……或许他从理解了这些的人那里学到了这些。③

我们翻出这笔历史旧账,不是要据此打压后来成为西方思想核心的基督教,而是试图探讨人类精神生活中一种普遍而正常的现象:为了

---

① 奥古斯丁,《上帝之城》,吴飞译,上海三联书店,2007,上卷,页 295。
② 尼采,《偶像的黄昏》,李超杰译,商务印书馆,2013,页 95-96。
③ 奥古斯丁,《上帝之城》,吴飞译,上海三联书店,2007,中卷,页 99-100。

某种目的而编造、曲解和重新编排历史,这在东西方历史上都屡见不鲜,亚里士多德和黑格尔的哲学史论述亦未能幸免。所有这一切无非说明现有的文明论十分脆弱,更说明了每一种文明极为可怜的有限性——不管每一种文明会自吹自擂得何等天花乱坠。

二

文献不足,则无定论。但如果我们能够在文献上找到足够的证据,是否就能明确地判断某种文明对另一种的模仿甚至抄袭呢?当然能,但这归根结底说明什么?我们在这个过程中,如何走出唯我独尊或一家独大的意识形态窠臼,可能才是更为深切著明的自我要求。

麦克唐纳(Dennis Ronald MacDonald)教授以娴熟的文献功夫比较了《使徒行传》(以及《马可福音》)与荷马史诗(和柏拉图)的关系,撮取两者相似、相近乃至相同的文本,以"响亮的是"(resounding Yes)总结说:新约是对荷马史诗的模仿,绝非巧合。① 而布克哈特则推测,即便旧约圣经也未必全都是希伯来人的独创,至少《创世记》第十章中的谱系表很可能来自腓尼基人。② 凡此种种,无不给人留下这样的错觉:希伯来人的思想妄称来自耶和华的神启,其实并非如此,因而毫无神圣性可言。

看上去希腊文明在两希冲突中绝然胜出,但另一方面,希腊文明的

---

① 麦克唐纳,《模仿荷马》(*Does the New Testament Imitate Homer?*),Yale University Press,2003,页151。麦克唐纳此书主要研究《使徒行传》与《伊利亚特》的关系,而他的另一本书《荷马的基督教化》(*Christianizing Homer*,Oxford University Press,1994)则深入比较《安德烈行传》与《奥德赛》的关系。此外,他还有一部与此相关的专著《荷马史诗与〈马太福音〉》(*The Homeric Epics and the Gospel of Mark*,Yale University Press,2000)。

② 布克哈特,《希腊人和希腊文明》,王大庆译,上海人民出版社,2012,页66。

"原创性"也在不断遭到质疑。《黑色雅典娜》、《东方化革命》、和《希腊文明中的亚洲因素》等一大批著作,似乎都对希腊文明的独立性展开了全方位的"攻击",力图证明古希腊受到了埃及和闪米特文明的直接影响。这些严肃的学术研究在轻阅读时代给人产生了这样的印象:古希腊自身的东西因此显得乏善可陈。新约固然是对《荷马史诗》的模仿,后者却是对近东古代史诗如《吉尔伽美什》的模仿,且不说其字母文字本身就来自腓尼基。这些史实尤其让力图弘扬国学的中国人兴奋不已,以为从中找到了西方古典思想的"阿喀琉斯之踵",从"言必称希腊"迅速滑向了"凡希腊皆伪"的另一个极端,认为今天所看到的古希腊文献大部分都是文艺复兴时期的伪造。本来兼容并包的中国文明似乎也越来越"一神教"化了。

后人对于基督教和古希腊的经典为什么会有这样简单的态度?简单地说,这是人类思想定式中习惯性的绝对主义及其崩溃后走向相对主义甚至虚无主义使然。我们总会不惮于过分抬高与自己相关的区域性文明形态,使之变得至高无上,而后来无论自己还是来自异质文明的人一旦发现其局限之后,又千方百计贬低,曾经奉若神明的"天经地义"突然变得一文不值。正是这种内部的"解构"和外部的拒斥,在现代社会演变成了不可调和的"文明冲突",大家"各引一端,崇其所善"(《汉书·艺文志》),人们因"析言破道"而无所适从。在这个过程中,对"纯粹"和"原创"的迷信也是重要推手,它导致人类(而不仅仅是西方)不断在绝对与虚无两极之间摇摆,徒耗心血,终无定准,让人无所适从。

即便新约在某些方面(显然不可能全部)是对荷马史诗的模仿,即便古希腊文明是埃及和东方的大杂烩,从常识的角度来说,它们也并非毫无价值。如果不以绝对的眼光来看待古人的自说自话,那么他们在保存、加工和整理方面至少也是功不可没,更何况他们还在模仿的基础上把杂多的原材料熔铸成新的形态。归根结底而言,世间一切哪样不是靠模仿而来的呢!就新约而言,路加渴望在他的读者中赢得荷马的地位,这表明我们现代人在欣赏古代文献的互文戏谑性方面,显得多么贫乏。①

古代文本之间的确存在着明显的互文性,而这种互文性本身还带有浓厚的戏谑性或游戏性(intertextual playfulness),那些自以为是的护教者看不到这一点,太把自己当回事,因而显得十分无趣,其格局当然远远谈不上"大",——但我们却必须"大而化之",② 才能有所建树。

古希腊人虽然十分骄傲(每一种伟大的文明都有资格如此),却并未愚狂到否认其他文明价值的地步,相反,正是汲汲以求的求知热望和虚怀若谷的开放心态才成就了被后世崇奉的伟业。伯里克勒斯在国殇演说中吹嘘雅典无与伦比的伟大时,明确地说:我们让城邦向全世界开放。③ 虽然他是在说军事训练,亦可推知其高度自信——只有真正自信的民族或文明才不会把自己封闭在一个铁屋子中,一方面因不必知道世界之大而自以为老子天下第一,另一方面小心翼翼而又可怜巴巴防范着任何异族或异教的攻击、感染和侵蚀。

目前某些人试图仅仅以疑古的态度否认希腊文献的真实性,进而全盘贬低古希腊文化,但他们的努力注定不能成事。这种越来越甚嚣尘上的意识形态攻击更多是民族主义的狂欢,远远不能与"乾嘉朴学"和"古史辨"相比,因为他们连基本的考据工作都没有能力去做。④ 实际上,正好与中国的乾嘉学派几乎同时,西方也掀起了一两个世纪的全面

---

① 麦克唐纳,《模仿荷马》,前揭,页 145。
② 参张志扬,《偶在论谱系》,前揭,页 135。
③ 修昔底德,《伯罗奔半岛战争志》2.39;字面意思是"让城邦处于公共的状态",中文参徐松岩译《伯罗奔尼撒战争史》,上海人民出版社,2012。至于希腊人的"好学",另参 1.138。
④ 比如何新,《希腊伪史考》(同心出版社,2013),《希腊伪史续考》(中国言实出版社,2015)。

否认传统的学术风潮,其间虽有建树,厘清了历史上很多似是而非的问题,也发现了一些作伪的事实,但更多时候反倒证明了绝大部分经典的真实性。① 毕竟,忒拉绪洛斯(Thrasyllus)、西塞罗、奥古斯丁、拉尔修、塞涅卡以及新柏拉图主义者对古典文献的引用和评注不可能都是后世的伪造,阿奎那对亚里士多德主要著作的疏解也堪为典范,而碑铭、石刻、金石材料以及不断出土的莎草纸文献更是无可辩驳的铁证。

虚无主义近两个世纪席卷全球,原因很多,其中一个可能不太重要却也并非不值一提的方面,就是对绝对主义的迷信。虚无源于绝对,这是事实上的悖谬,也符合两极相通的古训。在虚无化的浪潮中,人们以为可以凭借"创新"原则打破传统的绝对化,但其前提恰恰是把"创新"本身绝对化。虚无不是绝对的,它绝对是对某种东西的反向绝对化。其实,"原创"只有在虚无主义时代才成为一种因自身缺乏而不断崇拜的对象,而在真正谈得上有所创造的时代,"创新"反倒是被人嘲笑的话题。西塞罗早就反思过,"创新"看上去虽然更加华丽豪奢(lautius),却不过是装腔作势,那些新术语并没有表达出什么新思想,只是给古代的教诲换了个包装而已:"只是在表述方面稍有差别,……没有改变内容,只是变换了名称"(《论法律》1.38,55,王焕生译文)。尼采对"创造"更没有好感,说"它仅仅是一个词,迷信时代的一个残渣余孽"。②

---

① 笔者曾考察过托名柏拉图的《厄庇诺米斯》,结论是:这篇作品虽不一定出自柏拉图之手,亦必是学园早期大学者所为,作者精熟柏拉图的思想,阐述的学问与柏拉图思想"虽不中,不远矣",在无可查考的情况下,把它算在柏拉图名下,在古代并无不可,谁又怀疑过《论语》的著作权呢?参《柏拉图的真伪》,华夏出版社,2007,该文后收入拙著《历史中的修辞》,华东师范大学出版社,2012。

② 转引自《尼采与古典传统》,田立年译,华东师范大学出版社,2007,页49。孙周兴译作"只还有一个词语而已,是从迷信时代遗留下来的"(尼采,《1887-1889年遗稿》,孙周兴译,商务印书馆,2010,页443-444;此书曾以"权力意志"为名出版)。

还有一些清醒的学人也认识到,"我们往往自以为是在做原创性的思考,其实不过是重复了千年来的陈词滥调(lieux communs)"。①

谁才是真正的"原创者"? 答案只能是"人文初祖",也就是西塞罗所说给予我们"古代教诲"的圣贤,这也是"智慧者"(sophos)一词最古老的含义。但如伏羲、黄帝、尧、舜等先古圣人制礼作乐以崇德广业,却不过是俯仰之间深察天文地理的结果,因而与"天道"相比,圣贤也只是"模仿者"。换成更"科学"一点的话来说,文明的原创必以文字为基础,而最古老的象形文字无非是对自然现象的描摹,因此,"自然"才是文明的原创者——如果不再由此进一步上溯到神明那里去的话。赫拉克利特也嘲讽过自以为是的人类:最聪明的人与神明相比,也不过是猿猴而已,正如最美丽的猿猴与人相比都丑陋不堪(残篇83)。②

三

在天道和神明面前,任何"虚无"和"绝对"都显得小器,对于我们走出这两极的纠缠毫无助益。不幸的是,我们目前深陷其间不能自拔,或以一己之长攻他人之短,或以今人之知蔑视古人之智,或者相反行之。泥古者以古书为灵丹妙药,无视现实土地的更化;尚理性者以启示为迷信,重信仰者骂理性为"婊子"(路德);崇洋者以彼地方性知识为普世价值,爱国者以孔孟为全球教主。凡此种种,都不是"中和"之道。张志扬先生劝诫道:"要走的路千千万,何苦'定于一尊'","另取'独立

---

① J. Himmelschein 语,见阿多,《古代哲学研究》,赵灿译,华东师范大学出版社,2017,页 25。
② 尼采后来化用了这个比喻,见《善恶的彼岸》222 节。人类的狂妄自我膨胀终将让人本身成为"地球的癌症",见史铁生,《灵魂的事》,百花文艺出版社,2005,页 161。

而互补'的道路不好吗?"①

"独立而互补"的前提是承认每一种文明都有自身独特的价值,而这种价值同时还能够为其他文明所借鉴,也就是具有可通约性和流通性。每一种文明都自觉地超越本位主义,以开放的心态,冷静客观、不卑不亢地接纳异质文明。毕竟,正如大史学家兰克所说,每一阶段的文化都在(也能)"亲近上帝",每一个时代和每一个民族都有独特的价值以证成自身的存在意义,不存在所谓进步与否。② 每一种文化都是从具体的环境中产生的,都是应对不同形势的产物,但这并不能成为斯宾格勒等人的文化相对主义的理由,因为所有的文化都是针对"世界"的反应,也都在"世界"之中,属于"世界"的一部分,具有相同的目标和类似的内在结构。简言之,我们不否认其"异",只是更看重其"同"。

舍勒把人类的知识分为三种,即宰制或成效的知识、本质或教化的知识以及形上或救赎的知识,由此而产生三种价值,即神圣价值、精神价值和生命价值。欧洲长于第一种,也就是控制或宰制自然的科学知识和技术能力,印度和东亚则在后面两种知识上有着独到之处。舍勒明确地认为,这三种知识之间存在着一种十分明确且显而易见的客观等级秩序,即,

> 首先是统治知识,即有助于实用地改变世界和我们由此能改变世界的可能效能的知识;接着从这种统治的知识到"教养知识",通过这种教养知识,我们把自己的精神位格的存在和所在扩展和发展成一个小宇宙,并由此至少按其结构性的本质特征,以我们一次性的个体性方式,试图分有世界的总体性。然后从"教养

---

① 张志扬,《偶在论谱系》,前揭,页110、302。
② 参舍勒,《文化社会学导论》,见刘小枫选编,《舍勒选集》,上海三联书店,1999,页1090。

知识"进一步到"拯救知识"。①

难能可贵的是,舍勒抛弃了狭隘而虚伪的欧洲中心主义,对亚洲的教养和拯救知识青眼有加,甚至认为它高于仅仅把自然当成宰制或统治对象的欧洲思想。而亨廷顿也认识到,西方自以为文明具有普世性(universality)这种观念乃是错误、不道德和危险的。②

这些各有所长、有同有异而且还可能有高下之别的文明体系之间,随大地互通而面临着新的课题,即,如何学会相处并在必然的合流趋势中相互学习。

首先,鉴于"每一个文明都把自己视为世界的中心,并把自己的历史当作人类历史主要的戏剧性场面来描写"(同上,页41),于是,就需要"破执"。而"对于冥顽的人,真正困难的不是悔悟,而首先是勇于放弃自我",③破除"我执",舍弃自以为是的一切想当然,"这种美好的自我贬损为人的精神揩去固有的内障,把一切困难价值的全部明光灌注到心中"。④ 既不自我膨胀,也不妄自菲薄,才能真正见到光明,才能明白这样浅显的道理:

> 但赞赏一件作品是否就必须诋毁另一件作品?我们难道就不能承认即使这件作品与另一作品有且应有差别,它亦自有自的伟大与神奇?顺其自然吧,我们不要纠缠于任何人对不同作品的偏

---

① 舍勒,《知识形式与教育》,见《舍勒选集》,前揭,页1398-1399。舍勒在很多地方都提到了这三种知识形式的划分,尽管中文版由于译者不同而名称稍异,另参页1058以下,以及页1082、1042、1107、1400等。
② 亨廷顿,《文明的冲突与世界秩序的重建》,周琪等译,新华出版社,1998,页358。
③ 舍勒,《懊悔与重生》,见《舍勒选集》,前揭,页685。
④ 舍勒,《德行的复苏》,见《舍勒选集》,前揭,页720。

好。天大地大,任何事物都能在此中并存。①

其次,要让这些文明置于海德格尔意义上的"争辩"(Auseinandersetzung)之中,这不是用一种观点来驳斥另一种观点,以证明自己正确或别人错误。争辩不是驳斥,也不是自以为是的论战和沾沾自喜的批判。"争辩"的意义在于"对那种有待决断的真理的沉思,这种决断并不是由我们作出的,而是由存在本身作为存在之历史为我们的历史作出的"。② 因此,只有这样一种既不是双方毫无合作诚意的针锋相对,也不是一方高高在上对另一方实施所谓"扬弃"(Aufheben)的"批评性争论"(critical debate),③ 才能产生真正的对话,从而在平等的对话中达到某种共契。这种独立互补、兼综融合的方法比黑格尔的"扬弃"更为合理,因为后者在某种程度上依然不过是某种"中心论"的产物,是单个体系内部的线性发展思维的结果。

海德格尔在追求人类思想中可能的"另一开端"(die andere Anfang)时,如此深刻地谈到了最高意义上的文明形态"争辩"与"对话"的关系:

> 争辩也不是一种敌对,既不是在粗暴拒斥的意义上,也不是要把第一开端扬弃于另一开端中。基于一种新的原始性,另一开端促使第一开端达到其历史的真理,因而使之达到其不可转让的、最本己的另类特性——而这种另类特性,唯有在思想家的历史对话中方变得卓有成效。④

---

① 大施莱格尔语,转引自贝勒尔,《德国浪漫主义文学理论》,李棠佳、穆雷译,南京大学出版社,2017,页102。
② 海德格尔,《尼采》,孙周兴译,商务印书馆,2002,页733–734。
③ 施皮格伯格,《现象学运动》,王炳文、张金言译,商务印书馆,1995,页195。
④ 海德格尔,《哲学论稿》,孙周兴译,商务印书馆,2012,页194。关于Auseinandersetzung的含义,参 K. Maly,《本质摇摆中的转折与跳跃》(Turnings in Essential Swaying and the Leap),收于 C. E. Scott 等编, *Companion to Heidegger's Contributions to Philosophy*, Bloomington: Indiana University Press, 2001,页152。

简单的对比和为了某种沾沾自喜而作的比较远远谈不上是真正的争辩，而这种对话也只有在伟大的思想家之间才有意义。我们或许没有这个能力去直接代表某一方进入对话的争辩中，但我们可以让古老的思想家们重新"活"过来，即，以他们的著作加入到这场伟大的文明鼎革中。

最后，争辩和对话必须以某种超越性的目标为鹄的，即"把与人类的基本思想相一致的思想和价值的绝对范畴抬高到远远超出现实的历史价值系统之上"，① 才能让它不降格为单纯的学术讨论，也才能避免相对主义和虚无主义的两极摇摆。而从积极的方面来说，西方与东方最深刻的思想家之间所开展的对话，或者可以为人类准备一种崭新的、作为先决条件的在土地中的扎根（Bodenständigkeit），那种对话"伴随着或其后紧随着诸神的回归"，从而让人类重新伟大起来，通向所期待的完满。② 舍勒则把这个目标命名为"世界主义"，他说，

> 那些不可替代的、属于文化领域的、伟大的精神个体之间存在的形而上学对话……只有通过一场由各种各样文化领域的最出色的代表就形而上学的各种主题而引导的、超越时间和空间的、"崇高和伟大的讨论"（叔本华）——这是一种由人们在我们已经描述过其特征的、新的"各种文化领域的世界主义"氛围中所进行的讨论——这样一种对话才有可能出现。③

---

① 舍勒，《文化社会学导论》，见《舍勒选集》，前揭，页1082。
② 施特劳斯，《柏拉图式政治哲学研究》，张缨等译，华夏出版社，2012，页48；另参维克利，《论原初遗忘——海德格尔、施特劳斯与哲学的前提》，谢亚洲、杨永强译，华夏出版社，2016，页165。
③ 舍勒，《知识社会学问题》，页218-219。这种"世界主义"不是"国际主义"，更不是"进步主义"，舍勒如此说道：只有通过文化圈和民族的所有世界观的世界主义的和超历史的渗透和补充，人的形而上学世界观的适宜性才能持续增强。这一增强同"国际的""进步的"，从而也是本身不断过时的"科学"根本不同（《舍勒选集》，前揭，页1050）。

对话的目的就是"世界主义",以克服任何足以使得世界变得灰色惨淡的民族主义,它要求地方知识与"世界历史发展的大方向结合起来",只有这样,才会产生新的活力。

四

争辩和对话的超越性目的不是在未来某处等着我们去发现,而是在"道术为天下裂"之前就已经存在——我们不必在不确定的时间中去寻求,因为"执古之道,以御今之有,以知古始,是谓道纪"(《道德经》第14章)。"执古"不是"好古"和"复古",毋宁说是"归根复命",重新回到土地深处,回到原初状态。毕竟,

> 我们应该承认,宗教的、形而上学的和实证的知识,或者我们也可以说,救世或赎罪知识、文化知识、实际知识或控制自然的知识,这些知识在刚刚发端时便从自然的和历史神话的思想和认识的雏形——"唤醒人民之梦"——中分化出来,然后它们就处在十分独特的发展轨迹上。[①]

而从根本上说,这些知识都是"人类精神起初便特有的使命课题",都是未分裂之前的"道"所演化出来的东西,因而都有重新回复到原初所自的那个"天道"的可能性。这种回复在目前人类社会普遍的疾病和危机的情况下,显得必要而紧迫。

迄今为止各大文化圈所发展出来的思想无论多么高明,都很片面,"都是以一个视域、一种知识在其中成为可能的完备的观点为先决条件,就其本身来看都不过是一种对于整体的见解,或者说是对于整体的

---

① 舍勒,《文化社会学导论》,见《舍勒选集》,前揭,页1082;另参页1106和1112。

根本意识的一种不恰当的表达"。① 因而,没有哪一种文明能够独立地代表"整体"。不幸的是,把极端个体性的思考当成思想的整体却成了现代性的"进步"和"发展"的标志,其本质便在于部分对整体的反抗、个体的极端化、现实的卑微化以及思想的不断私人化。正如大施莱格尔所说:

> 部分对整体的这种叛乱便恰如有机世界的腐坏,它破坏的事物越高贵,只会越发显得它丑陋和恶心。②

但我们的确又需要整全的视角,所以舍勒看到,

> 那么,现在,世界史上实现这种片面发展的精神生活的相互平衡和相互补充的时刻已经来到了。只有实现这种相互平衡和相互补充,而不是某种知识片面地从属于其他知识,也不是只关注各文化圈历史中的"固有财富",人类文化史才有其未来。③

仅仅就西方文明内部来说,也存在着同样的融合之需要,因为尼采以来的西学大帅早已把西方文明拆得七零八落,不管其目的如何,总之,"在解构主义之后,哲学的下一步目标在于重新组装和缝合一切。"④

舍勒希望"通过无限性将一切有限的心灵的一切冲动,汇成一种交响谐音",进而,"将来有一天会使当初互相分离的、走向'人类'的缓慢整合的诸文化单位之间之汇聚成为可能"。⑤ 此前的尼采也如此

---

① 施特劳斯,《自然权利与历史》,彭刚译,三联书店,2003,页126。
② 转引自《德国浪漫主义文学理论》,前揭,页110。
③ 舍勒,《知识形式与教育》,见《舍勒选集》,前揭,页1404。整体与部分的"同契的结合",另参页637。
④ 参扎巴拉,《存在的遗骸——形而上学之后的诠释学存在论》,吴闻仪等译,华东师范大学出版社,2015,页143。
⑤ 舍勒,《懊悔与重生》,见《舍勒选集》,前揭,页701;舍勒,《知识社会学问题》,前揭,页196–197。

呼吁,

> 我们与之一起生活的人们就如同最珍贵的雕塑设计的一个瓦砾场:在那里一切都对我们喊道:过来,帮帮忙,完成吧,把原属一体的东西收集在一起,我们非常渴望成为整体。①

尼采未必真正意识到"原属一体"的世界性内涵,他也对"整体论"不感兴趣,但无意中的话语却揭示了最深刻的道理。

从形而上学的角度来说,(万物的)"存在"不是如传统哲学所理解的"整体",而只能是"作为某物而存在",因而只能是"整体"的一部分,"整体必须在'存在之外'。"②部分只有在整体中才具有自身的功能位置,才能得到理解,部分必须完全顺从整体的原动作用,才能找到自我的存在位置,也才能实现整体的和谐,达到"多一性",即多样性的统一。这不是简单的"总体论",也不是要在政治上实现"世界大同"(cosmopolitanism),而是"部分"与"整体"相互规定中的应然状态,也就是希、夷、微混而为一的"道"的要求,虽不齐一,亦不能不向一复归,因为"昔之得一者:天得一以清,地得一以宁,神得一以灵,谷得一以盈,(万物得一以生)侯王得一以为天下正"(《道德经》第39章)。所谓"道生一",不过表明在可以言说的范围内,道就是一。

而在现实层面,"圣人抱一为天下式"(《道德经》第22章),我们唯有回到"圣人"及其所聆听到的"一",从而重新回到"式"的秩序中,当前混乱和分裂的精神状况才有望得到缓解和治疗:哲学不是语言的治疗,而是灵魂以及文明的救治。这不是某家某派的臆想,而是天道的要求。舍勒用一种简单而形象的语言描述:

---

① 尼采,《不合时宜的沉思》,李秋零译,华东师范大学出版社,2007,页298。

② 施特劳斯,《自然权利与历史》,前揭,页123–124。"整体"与"存在"的关系十分复杂,正如存在论取代宇宙论未必是一种"进步",容另文讨论。

文化从创立、僵化到分裂，然后，其构造环节重新以懊悔的方式分解，并纳入一种新的创造性的重新孕育一切的精神和生命意志之中：这不仅是个体的小灵赖以生存的法则，而且是适合于历史的人类之大灵的生存法则。①

这种不断变化终至大道的见解，就是"生生之谓易"的最高真理，当然也应该成为人类文明必须遵守的法则。

既然最高启示来自"大全"（das All）、"整体"或"天道"，那么，离开了它的指引，从各自的立场出发，文明当然就会陷入分裂的状态，皆有所明，不能相通，甚至发生势不两立的冲突，世界陷入荒芜，毫无美感可言。"而关于那些最基本和最重要的事物，人们的各种观点从事着一场残酷的战争，一切都变得支离破碎。"② 这位未能受到应有重视的天才两个世纪前发出的慨叹，如今变成了现实，而且越来越现实化。针对这种状况，舍勒提出了一种精神"奥德赛"，即

类别各异的生命活动，其形式和方向在现实中不断发展，涌向一种浩瀚的大全（All），犹如勇敢地朝地理学家尚未知晓的大海驶去的海员和探险家。③

在舍勒看来，这是一种探险，人类仿佛在向未知的领域英勇地前进，但从中国的思想经验来看，这条探险的路上不是没有可以参照的"北辰"。

整体化进程中最重要的要求就是不能以某种文明为普世根基，毕竟每一种文明形态都只是"一察"而已。固然，"百家众技也，皆有所长，时有所用"，但我们的任务却在于"察古人之全"。不过，"同一性"的追求事关完美的理想，却容易走向固化的权力意志。所以，张志扬先

---

① 舍勒，《懊悔与重生》，见《舍勒选集》，前揭，页702。
② 谢林，《哲学与宗教》，先刚译，北京大学出版社，2017，页169。
③ 舍勒，《道德建构中的怨恨》，见《舍勒选集》，前揭，页526。

生告诫说：

> 事实上，总会有人偏爱"同一性"而求之，也完全有可能在意识中、在方法上找到新的途径接近"同一性"，就像胡塞尔在笛卡尔、康德之后的推进一样。人心中追求完美的理想或许永远不会泯灭，它会于失望、绝望之后再度升起。所以，应该反对的不是人有追求完美理想的权利、人有向往同一性的自由选择，而是个人把自己独断的"同一性理想"本体化、权力化，即意识形态化、制度化，强自律为他律。①

这条原则也完全适用于中国文明自身，我们不能在批判西方意识形态的同时，拼命把自己即便对人类未来至关重要的东西变成新的无意识的意识形态。

五

在整全的视野中，我们很容易发现，迄今被夸大的区域性文明既有非常重要的意义，当然也不可避免具有自身无法摆脱的局限。舍勒这位西方人对狭隘的欧洲见识保持了难得的清醒，他批评道：

> 实证主义把过去三个世纪中西欧的知识运动形式当作整个人类的发展规律。我们知道，西欧近三百年来的知识运动形式只是人类精神发展史上微不足道的和地方色彩极浓的一段。②

---

① 张志扬，《偶在论谱系》，前揭，页224。
② 舍勒，《论知识的实证论的历史哲学》，见《舍勒选集》，前揭，页1109。洛维特也认识到，已成为世界宗教的基督教之所以有如此大的影响力，关键就在于"把局部的灵知（gnosis）发展成为放之四海而皆准的科学"；见《世界历史与救赎历史》，李秋零、田薇译，商务印书馆，2016，页260。

这不仅是实证主义的弥天大错,也是整个西方知识界以及其他以之为圭臬并崇奉有加的世界学术界可悲的短视。而舍勒本人的不足之处,在于没有进一步认识到整个西方思想都是"人类精神发展史上微不足道的和地方色彩极浓的一段"。

但是否我们又可以随意贬斥西方文明这个"片面和过分活跃"甚至"支离破碎"(舍勒语)的形态呢? 的确,现代性的危机根本上就是西方自古代以来片面崇尚计算理性造成的,对于宇宙和人世间的诸多问题,

> 西方的解决办法往往看起来似乎是出之于非个人的、机械的办法——物质诱因、法律制裁、刑罚制度——它们已经被证明无效。耗费的金钱越来越多,而对人类精神深层问题的注意却越来越少——这只能导致破产。①

无论是胡塞尔的"危机"还是海德格尔的"终结",都已经表明西方人深刻意识到了自身的问题。但西方文明还远远谈不上"破产",更何况即便已然彻底崩盘,其传统亦并非毫无足取。目前,世界性的"去西方化"可能太仓促草率了,依然没有摆脱意识形态的冲突,如果不是意气用事的话。

同样,中国人对自己传统文明的高度弘扬本身无可厚非,在一百多年变相的"全盘西化"竟至"数典忘祖"的今天,重新树"史"以正"论",即"扶正本民族的文化根性以传承,纠正西方一元独大之霸道",②让已被近现代所埋葬的根系再次为本民族未来的发展提供养料,同时也为世界性文明危机的解决贡献绵薄,更显得意义非凡。但如果由此而

---

① 狄百瑞,《东亚文明:五个阶段的对话》,何兆武、何冰译,江苏人民出版社,页121。
② 张志扬,《以身正史 以史正论》,载于《海南大学学报》2015年第3期,页1。

走向另一个极端,以殷海光所谓"天朝型模的世界观"来看待一切,则有违中华文明兼容并包、"和而不同"的基本精神了。

与古希腊赫西俄德《神谱》中的 Chaos[混沌]相似,《庄子·应帝王》篇末也有"混沌"的寓言,"日凿一窍,七日而混沌死",但庄子没有进一步说,"混沌"死后化成了什么。我们借用这个神秘的故事,把"混沌"理解为不可言说的"道"。由于理性的日益侵蚀(或"王道既微,诸侯力政"),"道"遂分裂成各种不同的形态,成了九流十家,它们的关系在《汉书·艺文志》中得到非常精当的表达:

> 其言虽殊,辟犹水火,相灭亦相生也。仁之与义,敬之与和,相反而皆相成也。《易》曰:"天下同归而殊涂,一致而百虑。"今异家者各推所长,穷知究虑,以明其指,虽有蔽短,合其要归,亦六经之支与流裔。……仲尼有言:"礼失而求诸野。"方今去圣久远,道术缺废,无所更索,彼九家者,不犹愈于野乎?若能修六艺之术,而观此九家之言,舍短取长,则可以通万方之略矣。①

"殊途同归"和"一致百虑"不仅是理解先秦诸子百家的要津,也可以扩展以理解整个世界上的各种文明:均有所长,亦不乏弊短;源同流异,皆有所本,合其要归,都能与根本性的东西若合符节,舍短取长,则通万方。

即以本文主旨言之,先后出现的两种思想之间所具有的高度相似性和一致性,的确让人惊讶。同样,因地理的阻隔而几乎不可能有任何交往的两种文明形态,居然也在很多方面,尤其在最根本的自然学、宇宙论和形而上学的认识上惊人相似,比如"轴心时代"在地球上所发生的一切,显然不是"哲学的突破"所能解释的——这个概念只是事实描述,而不是原因探寻。归根结底,各种文明原本都来自共同的源头,即

---

① 班固,《汉书·艺文志》,中华书局,1962,页 1746。

天道,我们把它称为人类共有的"文明基因",它使得文明的嫁接融合(而非"转基因")得以可能。

如果这样"修辞性"地理解班固上述精妙的分析,而不是把"六经之支与流裔"之类的说法看成放之四海而皆准的"实指",那么,在当今"去圣久远,道术缺废,无所更索"之时,克服"天下之人各为其所欲焉以自为方"的混乱,则"世界文明"或者可期。在把上述同样可能是地域性的见解放到整个世界范围来考察时,我们必须公正地把自己的"国学"视为全世界的"九家"之一,而不能生搬硬套。但遭逢数千年未有之大变局的遗老遗少在西方文明的高压下,总会产生扭曲的认识。比如,近人刘光蕡(1843—1903)就说"今之西学,均吾九流所有",[1]而康有为及其理论后裔更把西洋三权分立与共和制度说成"暗合经义之精,非能为创新之治也",[2]甚至"今各国所行,实得吾先圣之经义"。[3] 东海西海,固有攸同,或有暗合之处,却不是传承关系。凡此种种,仍未脱唯我独尊的天朝心态。

近年来,这种论调颇为流行,李泽厚先生就认为:

> 人类就不能靠神,也不能靠外星人,也不能靠上帝,只有靠自己把握命运。这个问题正好可由中国哲学来解决。[4]

李泽厚先生虽然"一直认为那些说中国传统十全十美,应该排拒外来观念的人,恰恰违背了传统,因为中国传统恰好是认真吸取外来的

---

[1] 见施之勉,《汉书集释》,三民书局,2003,页4490。

[2] 康有为,《上清帝第四书》,见汤志均编,《康有为政论集》,中华书局,1981,页151。

[3] 康有为,《请定立宪开国会折》,见《康有为政论集》,前揭,页338。另参《上清帝第二书》,同书,页134–135。

[4] 李泽厚、刘绪源,《该中国哲学登场了?》,上海译文出版社,2011,页66。

东西才使自己不断延续发展的"(同上,页68),但"第二次文艺复兴"是否一定会由中国哲学来主导,现在论定,还为时过早;而"人类视角,中国眼光"的内涵与进路,都还需要从零开始,不能仅仅停留在口号上。好在作者《该中国哲学登场了?》这本书最后那个问号还保留了一丝谨慎,否则就太绝对化和简单化了。至于西人所谓"哲学的未来在中国,此诚非浮夸溢美之词",① 我们也要有所保留,毕竟说这句话的人不懂中国哲学。与其虚言自高,不如踏实清理中西方现有的资源。每一种文明都需要自查,并放眼看世界,即如舍勒所谓:"它应内在地根据它们的认识价值对其作出鉴定,吸收其真理要素,并把它们纳入一个更大的整体,同时也内在地并以自己的理解和确定为基础解释其错觉、片面性和错误。"② 这才是应有的运动形式。

我们完全承认,尚未真正进入世界历史体系的中国哲学,有着其他民族的思想无可比拟的特点,也乐于相信中国在"真正的全世界范围的世界哲学"(舍勒语)中能够起到非常重要的作用——这也是我们从事学术研究的根本目标。但由此以为中国哲学就已经可以为世界范围内的根本问题提供现成的答案,已经堪称全世界的"洪范九畴",那就陷入新的"独断"了,而且采用了自相矛盾的双重标准:一方面批评西方一家独大,另一方面拼命把自己抬高到唯我独尊的地位。这种做法不过是在充满头盖骨的战场上增加一堆新的白骨而已,继续上演人类社会(尤其西方)"抬出去"的游戏。尚不成熟的人类在政治上难免争斗,但在相对平和的思想文明领域就不可以平和一些以求共同发展吗?我们一定要去兑现亨廷顿的担忧吗?他说,经济增长给中国带来了自信,但"未来的危险冲突可能会在西方的傲慢、伊斯兰国家的不宽容和

---

① 扎巴拉,《存在的遗骸》,吴闻仪等译,华东师范大学出版社,2015,"中文版序",页1。

② 舍勒,《世界观理论、社会学和世界观的确立》,见《舍勒选集》,前揭,页1051。

中华文明的过分自信(Sinic assertiveness)相互作用下发生"。①

在这方面,张志扬先生的看法更为持中平和,在他看来,

> 中国哲学在政治伦理的意义上与雅典接近,在礼教法典的意义上,与耶路撒冷接近。所以,中国的政治礼教应该是希腊和希伯来两希精神之间的居间者。②

后来张志扬先生进一步解释道:中国文化走的是"道法自然"之路,但我们并不排斥渐趋极致的西方文明,只不过,我们需要化其"极"为"无极",从西方的"知其是守其在"过渡或上升到"知其白守其黑",从而达到"极高明而道中庸"。张先生特别指出,"极高明"极为关键,它是一种更高的要求,既要走进西方文化中去,"又要能走出来超然物象地领略道法自然的中和之境,才能心领神会地找到'和而不同'的生存方式"。③ 就算"礼失而求诸野"的说法在极为稀薄的意义上能够成立,我们的确也需要在走出来之前,先走进去。强者必须有温柔的雅量,而弱者更需要放下身段,千万不能像精神上的暴发户那样不明所以:一阳来复固然美不胜收,但亢则招悔,见咎见凶。

2017 年 9 月
于海南大学社科中心

---

① 亨廷顿,《文明的冲突与世界秩序的重建》,前揭,页 199。有改动。他所谓中国的崛起将给世界的稳定带来巨大压力(页 361)固然是西方人一贯的偏见,但中国人过度的自信必然会给自己真正融入世界并由此领导世界文明的融合造成更大的困难。

② 张志扬,《西学中的夜行》,华东师大出版社,2010,页 92。

③ 张志扬,《知白守黑者不同而和》,载于《海南大学学报》2012 年第 5 期。这是张志扬教授在《海大学报》为其所主持的"启示与理性"栏目撰写的"开设导语"。

致 谢

可能大家会说我老套,但我必须承认,如果没有来自我的学生、同事、家人和朋友的鼓励、付出和支持,这本书根本就不可能完成。有好几个段落都是基于克莱蒙特神学院(Claremont School of Theology)以及克莱蒙特研究生大学(Claremont Graduate University)学生的深刻见解的启发,尤其是迪佩尔蒂(Ruben Dupertuis)、普罗万斯(Brett Provance)、舍费尔(Michael Schufer)、徐胜元(Syng Won Suh)、托马谢夫斯基(Mariano Tomaszewski),以及曹龙(Young Cho)。在理解模仿以及模仿在特定文本中的应用上,他们每一个人都起到了非常重要的作用。迈克尔还校对了附录中的希腊语和拉丁语文本,确保其准确性。布雷特以及后来加入的海耶斯(Leslie Hayes)在对古风和基督教研究所(Antiquity and Christianity)的管理上给予了我更多的自由,使我能够潜心于高强度的研究和写作。莫拉斯(Olga Morales)和利特尔(Judy Little)作为我的秘书助理,对我的课程和生活给予了很多的协助和照顾。耶鲁大学出版社的工作人员,就像对待我前一本关于荷马和新约的书一样,一直都非常专业、严谨、充满热情。他们的读者对著作的完善提出了有价值的建议和意见。也感谢国家人文基金会的资助,让我能够提前完成这部书稿。

我的妻子艾米·弗斯(Amy Furth)给了我无比大的鼓励,是她鼓励了我的另一个爱好:古代宗教文学。还有她的父亲,我的岳父戈登·弗斯(Gordon Furth),她的姐姐薇恩·弗斯(Wynne Furth),姐夫布伦奈斯(Donald Brenneis),我也要一并表示感谢,感谢他们给予我的友谊和支持。我还要感谢树屋（Treehouse）这个地方，这是他们在马林郡的家。在那里我度过了很多富有成效的难忘的日子，徒步旅行、阅读、写作以及思考关于荷马和新约的问题。

序　言

[1]"谁能说散文的创作没有依赖于荷马史诗呢？"① 对一位修辞学老师的这一反问，应当给出否定的答案：没有哪位古代的智识人会怀疑《伊利亚特》和《奥德赛》为散文的创作提供了资源，包括潜在地为新约故事提供了资源。

拙著《荷马史诗与〈马可福音〉》(*The Hemeric Epics and the Gospel of Mark*)曾主张，成书最早的福音书的作者使用《奥德赛》作为其首要的文学模板创作了其一至十四章，运用《伊利亚特》，尤其是赫克托尔（Hector）之死以及赎回他尸身的故事作为模板，创作了其十五至十六章。

[New Haven：Yale University Press，2000。二者间最显著的相似性是人物刻画。和奥德修斯（Odysseus）一样，耶稣就像一个智慧的木匠，他经历了很多磨难，和一群愚昧、怯懦甚至奸诈的人一起航行在大海上。也和奥德修斯一样，耶稣回到了他的"家"，耶路撒冷圣殿，这个地方已经落入了反对他的人之手，即，犹太的管理者，这些人就像是佩涅洛佩（Penelope，奥德修斯忠实的妻子）的求婚者，挤在这个寡妇的房子里。彼得扮演了和欧律洛克斯（Eurylo-

---

① 斐洛德摩斯（Philodemus），《诗学》(*On Poetry*)，5.30.36 – 31.2（Jensen，67 – 69）。[译按]本书后附参考文献的具体信息。为简便起见，脚注仅给出作者姓和相关页码；涉及同一作者的多部作品时，姓名后附上作品出版或发表年份；涉及同一作者在同一年份的多个作品，则在年份后面，以中括号注明该作品在书后"参考文献"中出现的顺序号。比如"1983[2]"，表示"参考文献"中所列该作者在1983年发表或出版的第2篇（部）作品。

chus)一样的角色,即奥德修斯的副手;瞎子(巴底买,Bartimaeus)让人回想起盲人预言家特瑞西阿斯(Tiresias);犹大和巴拉巴(Barabbas,新约中取代基督耶稣被释放的服刑强盗)所扮演的角色源自墨兰提修斯(Melanthius)和伊洛斯(Irus);那个在安葬耶稣时给他涂香膏的无名妇女类似于奥德修斯的奶妈欧律克蕾娅(Eurycleia),她在给她的主人洗脚时认出了他的身份。耶稣被捕时赤身逃离并再次出现在耶稣坟墓前的那个年轻人,正是厄尔皮诺(Elpenor)的化身,他的灵魂曾和奥德修斯在冥府相遇。《马可福音》中所谓的"弥赛亚的奥秘"源自奥德修斯的伪装以使求婚者不能识别他的身份。耶稣也是一样,他试图让那些见证过他的神迹的人沉默,以免这些话传到他的敌人那里去。

所有的事件看上去都是对《奥德赛》的模仿。我对比了耶稣让渔夫跟随他与雅典娜召集船员这两个故事;平静的大海转变成为埃俄罗斯(Aeolus)的风口袋的故事;给格拉森被鬼附的人驱魔借鉴自基尔克(Circe)和波吕斐摩斯(Polyphemus)的故事;对施洗约翰(John the Baptist)的斩首类似于对阿伽门农(Agamemnon,特洛亚战争中希腊军队的统帅)的谋杀;耶稣用饼和鱼让五千人吃饱,以及还有一次让四千男女吃饱的故事折射出《奥德赛》第三卷和第四卷中的两次宴会,第一次是在海边给四千五百人提供饭食。耶稣在海上行走就像赫耳墨斯和雅典娜所行。耶稣在彼得、雅各以及约翰面前显荣的故事,是对奥德修斯在他儿子特勒马科斯(Telemachus)面前伪装的改编。耶稣进入耶路撒冷,应该是受到奥德修斯伪装成行乞之人进到费埃克斯人(Phaeacians)的城的启发。洁净圣殿模仿的是奥德修斯对求婚者的杀戮,耶稣在客西马尼(Gethsemane)所受的苦难模仿了奥德修斯去往冥府之前和基尔克在一起的最后一晚。

《马可福音》从《伊利亚特》中也有借鉴。史诗中总是会预言故事里英雄的死亡,比如阿喀琉斯(Achilles)和赫克托尔,这为《马可福音》提供了一个可能的模板来反复预言耶稣的死。荷马并没有讲述阿喀琉斯之死,但是马可发现赫克托尔的死以及营救他的尸身很有启发,为他的受难叙事提供了原型。和赫克托尔一样,耶稣拒绝了酒,并且感觉被他的主离弃。以利亚(Elijah)没有出现来救耶稣,正如德伊福波斯(Deiphobos)没有救赫克托尔。百夫长幸灾乐祸地看着耶稣,正如阿喀琉斯幸灾乐祸地羞辱赫克托尔。三个妇女去哀悼耶稣的死,就像赫卡柏(Hecuba)、安德罗马克(Andromache)和海伦哀悼赫克托尔一样。亚利马太的约瑟(Joseph of Arimathea)在夜间去求耶稣的身体,所扮演的角色和普里阿摩斯(Priam)一样。马可并不是盲目地借鉴史诗;他对这些人物进行了改变,把耶稣描绘成一个高于奥德修斯和赫克托尔这些人物的形象。最值得关注的是,和《伊利亚特》不一样,这部成书最早的福音书试图传达的是好讯息:耶稣不同于赫克托尔,他从坟墓中复活了。

我同样还发表了其他一些关于古典希腊诗歌对古代犹太人及基督教作品的影响的研究:《荷马的基督教化:〈奥德赛〉、柏拉图以及〈安德烈行传〉》(*Christianizing Homer*: "*The Odyssey*," *Plato*, *and* "*The Acts of Andrew*", 1994);《路加的犹推古和荷马的厄尔皮诺:〈使徒行传〉20:7-12 和〈奥德赛〉10-12》("Luke's Eutychus and Homer's Ellpenor: Acts 20:7-12 and *Odyssey* 10-12", *JHC* 1(1994):5-24;《〈使徒行传〉12:1-17 中的催眠天使和〈伊利亚特〉第二十四卷中赫耳墨斯拜访普里阿摩斯:路加对史诗的模仿》("The Soporific Angel in Acts 12:1-17 and Hermes' Visit to Priam in *Iliad* 24: Luke's Emulation of the Epic"), *Forum* n.s. 2.2(1999):179-187;《奥德修斯和保罗的沉船事件》("The Shipwrecks of Odysseus and Paul"), *NTS* 45(1999):88-107;《〈路加福音〉的结尾和〈奥德赛〉结尾的对比》(The Ending of Luke and the Ending of the *Odyssey*),收于论文集《写给后代:以色列、早期犹太教以及早期基督教传统的变革》(*For a Later Generation*: *The Transformation of Tradition in Israel*, *Early Judaism and Early Christianity*), Randal A. Argall 等编,2000,页 161-168;《〈托比特书〉和〈奥德赛〉》(Tobit and the *Odyssey*),收于论文集《古代文献和基督教之间的模仿和互文性》(*Mimesis and Intertextuality in Antiquity and Christianity*), Dennis R. Macdonald 编, SAC; Harrisburg: Trinity Press International, 2001,页 11-40。]

我很高兴,这本书引起了一些反响,但它同样引发了很多的怀疑、批评和偶尔的敌意。为了回应所有对我的批评,我开始着手写这本书,书中把《使徒行传》中的四个部分和《伊利亚特》进行了对比。

一开始我便清楚,解读《马可福音》可能会遇到阻力,这不仅来自那些把福音书当作可靠的历史事实来读的人,还来自那些受过批评训练的学者。绝大多数现代观点都认为,福音书和《使徒行传》的作者是之前口传传统和书面资料的编纂者或剪辑师。这些从事形式批评的研究者把文本分成不同的组成部分,然后按类型归为寓言、箴言、祷文、预言或各种不同类型的传奇,比如神迹故事和神灵显现故事。然后,在让文本发出声音之前,他们设法重建所能创造或传播这些材料的地域、语言或者神学环境。很多学者[2]竟然把福音书和《使徒行传》中几乎所有的叙述都归于历史记忆,或至少归为对口传传统的记录,还有一些人认为这些作品具有很强的独创性。然而,很少有人把文学模仿视为其主要的创作活动。

早期的基督教作家不仅会篡改口传传统和原始资料,也以异教徒的文学作品为模板创作了很多故事,有时他们甚至不依靠犹太教或基督教传统所提供的信息。也就是说,他们按照在学校里学到的方法来写作:通过 Μίμησις 或 imitatio[模仿]。

[一些关于希腊罗马文学中的模仿的研究并非都具有权威性,但下面的这些研究成果非常有价值:Peter Hermann,1911;Eduard Stemplinger,1912;再版,1990,页 118 - 121、212 - 215;George Converse Fiske,1920/1971;Helen North,《古代演说家的诗歌训练》("The Use of Poetry in the Training of the Ancient Orator"),刊于 Traditio,8(1952):1 - 33;Richard McKeon,《文学批评和古典文学中的模仿》(Literary Criticism and the Concept of Imitation in Antiquity),收于 Ronald Salmon Crane 编,Critics and Criticism,Chicago:University of Chicago Press,1952,页 147 - 175;H. Koller,1954;Donald Lemen Clark,1957,页 144 - 176;Jacques Bompaire,1958;Bernard Kytzler,《模仿和仿效》("Imitatio und Aemulatio in der Thebais de Statius"),Hermes 97(1969):209 - 232;B. P. Reardon,1971,页 3 - 11;Tomas Hägg,1971,页 306 - 335;Herbert Juhnke,1972;Hermann Strasburger,1972;Jan Fredrik Kindstrand,1973;Hermann Funke,《古希腊罗马时期荷马和他的读者》("Homer und seine Leser in der Antike"),FUME 1976 -

1977,页26 – 38;Elaine Fantham,《模仿及其衰落:公元1世纪的修辞理论与实践》("Imitation and Decline: Rhetorical Theory and Practice in the First Century after Christ"),*CP* 73(1978):102 – 116;D. A. Russell,《论模仿》(De imitatione),收于 *Creative Imitation in Latin Literature*,D. A. West & A. J. Woodman 编,Cambridge:Cambridge University Press,1979,页1 – 16;Georg Nicholaus Knauer,1979;以及《维吉尔的〈埃涅阿斯记〉和荷马》(Vergil's *Aeneid* and Homer),收于 *Oxford Readings in Vergil's Aeneid*,S. J. Harrison 编,Oxford:Oxford University Press,1990,页390 – 412;Tomas M. Greene,1982;G. Williams,《作为文学史家的罗马诗人:模仿的某些要素》("Roman Poets as Literary Historians: Some Aspects of *Imitatio*"),*ICS* 8(1983):211 – 237;Thomas Louis Brodie,《希腊罗马对文本的模仿:路加对运用传统文献的解读》(Greco – Roman Imitation of Texts as a Partial Guide to Luke's Use of Sources),收于 *Luke – Acts:New Perspectives from the Society of Biblical Literature Seminar*,Charles H. Talbert 编,New York:Crossroad,1984,页17 – 46;Virginia Knight,1995;Stephen Hinds,1998;Ellen Finkelpearl,1998;以及 Dennis R. MacDonald,2001。]

一位与福音传道者同时代的人这样写道:

> 毫无疑问,在艺术中,我们[作为修辞学教师]的任务哪怕很小的部分都会依赖于 imitatio,因为……袭用任何成功创造出来的东西都比较合算。①

一位修辞史学家认为,"修辞学上的'模拟'(mimesis)或者'模仿'……成了修辞学教师的主要兴趣点,以至于在后来的希腊化时期,它的光芒往往盖过了一切"。② 没有比《伊利亚特》和《奥德赛》更受欢迎的模仿对象了,甚至散文写作对它们也青睐有加。形式批评家会把新约中

---

① 昆体良(Quintilian),《修辞教育》(*Institutio oratoria*),10.2.1。
② George A. Kennedy,1963,页332。

的叙事与作为一个集合的其他所有同类型的故事进行对比,而"模仿批评家"会把它与早期的文本进行对比,这些早期文本中的某一个叙事或许为其提供了一种写作模板。当然,文学模仿不能解释福音书和《使徒行传》中所有故事的叙述行为,但对其中相当数量的故事形式表现出较有力的叙事学解释。

从总体上承认模仿在古代叙事中的重要性,与认识某一特定作品中的模仿行为是两回事。学生们都学会了掩饰自己对模仿的依赖,以免受到迂腐或剽窃的指控。因此,模仿通常很难辨别,即便有作者宣称自己的作品是模仿的,读者也不置可否。今天我们在阅读这些文本时,是带着一种文化能力去阅读的,这种能力截然不同于文本所为之而写的读者。古代读者能够看出其中的典故,而这些典故在今天除了训练有素的古典主义者之外,无法为其他所有人所觉察。尽管文本中的模仿难以觉察,但这是一个批评家可以为我们理解文本做出的最有价值的贡献。的确,阅读一个模仿文本本身就是一件很受益的事情,然而,能认识到它的一个或多个模仿模板,则需要读者对其文本形成更全面、更具对话性的理解。①

我设置了六个标准来辨认古代文本中的文学模仿,这些标准不仅对新约中的模仿,对古典诗歌中的文学模仿也都适用。它们不仅可以描述性地反映希腊和罗马作家的模仿行为,也同样适用于辨别各类文学性较强的作品的模仿行为。

前两个标准用来评估可选模板的文化影响力(cultural significance)。标准一:可及性。该标准涉及确定被模仿的模板相对于模仿作品的年代、被模仿模板的自然分布情况以及它在教育、艺术和文学中的普及度。显然,没有哪个作者可以模仿他或她从来没有读过的文本,因此,模板的流传越广泛、越普及,就越有理由被其他作者使用。不是特别明显但同样重要的,[3]是模板对于预期读者的可及

---

① 对这一观点的辩护,见 Gérard Genette,1982,页 450。

性。古代的叙事作品往往申明自己是改写了某一部早期文本,以鼓励读者进行对比。但这种策略只有当他们的读者对被模仿文本很熟悉时才会奏效。

如果只指出一部古希腊读者熟悉的文学作品,那就非《伊利亚特》莫属。① 一份关于希腊罗马时期的埃及的书稿目录中,有超过六百部是关于荷马的,其中大部分和《伊利亚特》相关。② 在荷马之后,接下来一位作品保存最完好的作家是德莫斯忒涅斯(Demosthenes,古希腊的雄辩家),跟他有关的作品有83部;其次是欧里庇得斯(古希腊的悲剧诗人),有77部;还有赫西俄德(Hesiod,希腊诗人),72部。换句话说,关于荷马的幸存作品数量是关于其他三位作品的两倍多。一位路加同时代的人这样来评价荷马史诗的普及度:

> 孩子们在很小的时候就开始学习荷马。有人可能会说,当我们还在襁褓中的时候,就已经开始像吮吸乳汁一样从他的史诗中汲取养分了。它给初学者提供帮助,也为成年人提供养分,从孩童时期到古稀之年,人生中没有哪一个阶段我们会停止从他那里汲取养分。③

阅读并不是接触史诗的唯一途径。荷马之子(Homeridae,荷马的

---

① 《伊利亚特》在古代地中海文化中的受欢迎程度不可置疑,下面的这些著作提供了非常有价值的文献资料:John A. Scott,1925;Félix Buffière,1956;Howard Clarke,1980;Robert Lamberton,1986;以及《荷马的古代读者:阐释学视角下希腊史诗最早的解读》(*Homer's Ancient Readers*: *The Hermeneutics of Greek Epic's Earliest Exegetes*),Robert Lamberton & John J. Keaney 编著(Princeton:Princeton University Press,1992)。关于早期基督徒对荷马史诗的使用,见 Nicole Zeegers-Vander Vorst,1972;以及 MacDonald,页17-34。

② 关于《伊利亚特》的保存,见 Roger A. Pack,1965。

③ 托名赫拉克利特(Ps.-Heraclitus),《荷马史诗中的问题》(*Quaestiones Homericae*),1.5-6。

后代)和吟游诗人这些经过训练的"演员们"公开背诵和吟唱史诗,视觉艺术家们不断地在钱币、宝石、雕塑和花瓶等各种物品上描绘荷马史诗中的场景。① 不同的艺术表现,都为人们接触荷马史诗提供了机会。因此,荷马史诗的普及在文化层面具有被模仿的必然性。

荷马的影响力甚至跨越了古希腊和拉丁帝国之间的差距。据一位杰出的古典学者所言,卢坎(Lucan)把庞培(Pompey,公元前106—前48,古罗马大将,第一次三头政治的首领之一)和阿伽门农进行了对比,

> 证明罗马史诗诗人对荷马的模仿不仅是一种互文和审美现象,同时也根源于荷马在罗马人的日常生活当中的重要意义。荷马笔下的言说形式、场景以及格言不仅被希腊人,也被受过教育的罗马人视为模板,来构造某些特定类型的场景、言说形式以及行为准则,并描述现实生活中的真实事件。②

任何声称公元前1世纪的作家模仿了史诗的说法,都需要满足我提出的第一个标准,即可及性。批评我的人在这一点上做出了让步,与此同时,他们提出:尽管荷马史诗在希腊罗马世界中无处不在,但对于创作新约的作者圈子却并不普及,例如,当马可(Mark)提到其他文本时,这些文本是犹太人的文本,且他通常用介绍性的套语(例如,"如经上所记……")或其他标记来标明这些文本。也就是说,最早的福音书的文化世界是犹太文化,而不是希腊文化。

上述反对意见由于三个原因并不能成立。首先,犹太人绝不会免

---

① 对荷马史诗中英雄呈现之艺术性的研究主要出现在《古典神话图解辞典》(*Lexicon iconographicum mythologiae classicae*,简作 *LIMC*)。下面的这些研究也同样有价值:Margaret R. Scherer,1964;Knud Friis Johansen,1967;Thomas H. Carpenter,1991;Susan Woodford,1993;以及 Anthony M. Snodgrass,1998。

② Marion Lausberg,《卢坎和荷马》("Lucan und Homer"),*Aufstieg und Niedergang der römischen Welt*,简作 *ANRW*,2.32.3 (1985):1578。

于荷马的影响。如果有人在学校学习希腊语,那他或她一定会接触到荷马史诗。早在马可之前,希腊化时期的犹太诗人就通过模仿荷马,对一些圣经主题进行了散文化的表达;史学家阿塔帕努斯(Artapanus)模仿《伊利亚特》讲述了一个关于摩西(Moses)的故事;《托比特书》(the Book of Tobit,旧约中外典之一卷;可能是用亚兰语[Aramaic]创作的!)几乎可以肯定模仿了《奥德赛》前四卷。① [4]犹太史学家约瑟夫斯(Josephus)在叙述犹太主题时经常模仿荷马。② 因此,说某人是犹太人不能否定他或她有关于荷马的知识。其次,作者马可以及他的目标读者十有八九都不是来自犹太民族,因为,他还得把简单的亚兰语词汇和基本的犹太习俗对读者加以翻译或解释,而且并不总是很准确。至于福音书对犹太人的关注,我们可以解释为,那是因为作者记得耶稣的加利利(Galilean)背景,而且非常熟悉圣经文本。最后,即使我完全同意福音书和《使徒行传》很大程度上表现出了对犹太文学和文化的借鉴,这种借鉴也并不能排除其他文学或文化的影响。事实上,在古代,模仿的常见做法是使用多个文学模型,这是互文性的折中(intertextual electicism)。我认为,《马可福音》和《路加福音》同时借鉴了犹太圣经以及希腊史诗。

第二个标准是类比,我们要追问,是否其他古代作家也模仿了相同的模板。已保存下来的学校作业记录了荷马史诗中的段落在文学教育中的普及程度。《伊利亚特》的前两卷很显然最为普及,很多其他书籍证实了这一点。③ 修辞学家、文学批评家和史学家的著作都涉及模仿,但最重要的证据来自古代叙事作品自身,包括戏剧、历史记叙和后来的

---

① 关于阿塔帕努斯,见本书页128;关于《托比特书》,见MacDonald,《〈托比特书〉与〈奥德赛〉》(Tobit and the Odyssey)。

② M. Z. Kopidakis,《模仿荷马的约瑟夫斯》("Ιώσηφος ομηρίζων"),Hellenika 37(1986):3-25。

③ 参见Raffaela Cribiore,《古希腊罗马埃及时期的写作、教师以及学生》(Writing, Teachers, and Students in Graeco-Roman Egypt, American Studies in Papyrology,简作ASP,36,Atlanta:Scholars Prss,1997)中这些材料的目录。

史诗以及小说。我将论证《使徒行传》模仿了《伊利亚特》的四个重要章节,而对这四个章节的模仿在《奥德赛》以及埃斯库罗斯、索福克勒斯、阿里斯托芬、希罗多德(Herodotus)、柏拉图、雅典的色诺芬(Xenophon)、罗得岛的阿波罗尼俄斯、喀利同(Chariton)、以弗所的色诺芬、卢坎、维吉尔(Vergil)、奥维德(Ovid)、塞涅卡(Seneca)、伊塔利库斯(Silius Italicus)、斯塔提乌斯(Statius)、菲洛斯特拉托斯(Philostratus)、路吉阿诺斯(Lucian,又译作"琉善")、赫里俄多洛斯(Heliodorus)、诺努斯(Nonnus)、托名卡利斯提尼(Pseudo‑Callisthenes)的作品中亦常常见到。

针对"类比"这一标准,批评者提出了两个质疑。首先,他们认为大多数对荷马的模仿出现在有较高学识的作者的作品中。这并不能为马可辩驳。这种说法在一定程度上是公允的,但并非只有这些少数人赏读的高雅文学作品才模仿荷马,这种模仿也常常出现在与《马可福音》以及《使徒行传》有着相同文化层次的作品中,比如,喀利同的《凯勒阿斯和卡里洛厄》(*Chaeas and Callirhoe*)、《托比特书》、色诺芬的《以弗所传奇》(*Ephesiaca*)、菲洛斯特拉托斯的《阿波罗尼俄斯传》(*Life of Apollonius of Tyana*)、约瑟夫斯的《犹太战记》(*Jewish War*)和《犹太古史》(*Antiquities*),以及《安德烈行传》(*Acts of Andrew*)。

反对我用类比性模仿[作标准]的第二个理由具有更多潜在的破坏性。荷马史诗中的场景在希腊罗马文学中普遍存在,因此马可或路加也可能并没有直接模仿荷马,而是通过荷马众多模仿者中的某一个进行间接模仿,荷马不仅有直接的衣钵继承者,还有源源不断的后来人。出于这个原因,我们分析新约中的叙事不仅要借助荷马的著作,还要借助从他的作品中衍生出来的著作。然而,我们将看到,《使徒行传》(以下简称《徒》)与《伊利亚特》之间的相似之处,比《徒》与其他任何荷马模仿者的作品之间的相似度更令人信服。后面三个标准设计的目的正是要验证这一事实。这三个标准分别是:密集度、顺序和鲜明特征。

[5]密集度这一标准评估的是两部作品之间相似叙事的数量或广度。能够识别的相似之处越多,就越有说服力证明其中一个是模仿之作。这第三个标准看似直观,应用起来却非常棘手,因为著作之间的相似之处并非完全透明。古代的模仿者从他们的文学前辈那里借来所需要的内容,包括词汇、语法、名称、场景、人物性格等,尤其偏爱文学主题。在某些情况下,相似之处显而易见,而有些则微茫鲜见、难以捕捉。

有意思的是,即使是对立之处,偶尔也可以作为相似之处。很多的文学模仿是改编、重新评价,或者与其模板相对立,这样做可以改换主题,把原来的故事重新编织并赋予新的意义。拙著对《马可福音》的评论认为,《马可福音》中格拉森被鬼附的人与荷马作品中的波吕斐摩斯相类似。在荷马的史诗中,当这个怪物问奥德修斯叫什么名字时,奥德修斯回答说"我的名字是无人(Nobody)",这个聪明的回答后来让他得以逃脱。类似的主题出现在了《马可福音》中,但在那里是耶稣询问被鬼附的人的名字,被鬼附的人回答说"我的名字是群(Legion)"。这两部作品都使用了询问姓名这一主题,但马可进行了转变:现在是英雄询问洞穴人的名字,而他的回答隐含着一种多重性。"无人"变成了"群"。显然,不能仅凭这样的差异来断定模仿的事实,但这些转换对于一个要讲述自己的故事的作者来说非常必要。我将用符号"≠"来表示这种主题的转换。

第四个标准针对的是两部作品中主题出现的相对排序。如果相似之处以相同的顺序出现,就更能证明存在模仿这一事实;相反,假如相似之处都是随机出现,那么断定存在模仿就不那么令人信服。我用来与《伊利亚特》进行对比的四处文本中有三处是叙事性的,每一个故事在两个作品中不仅分享了很多相似之处,并且以非常清楚的相似顺序出现。其中一个例子是一篇演说,路加非常巧妙地用交错排列的方式对所模仿的主题进行了改编。认识到这种新的结构,就可以识别出主题排列顺序与模板之间的相似性。

相似点分布的密集度以及顺序上的相似性,可能本身还不足以证明文学上的依赖关系,因为同一体裁的故事表现出来的叙事上的相似性并不能说明它们之间的亲缘关系。要证明模仿存在,往往还需要满足第五个标准:鲜明特征。作者往往提供不同寻常的特征作为模仿的标志,来宣告自己的作品与模板之间的关系。该标志可能是一个显著的名称,一个生动的单词、短语,一个文学背景或主题等。鲜明的特征也可能出现在一些试图掩饰文学叙事的依赖关系的文本里,但在这种情况下,模仿之作可能会笨拙地被一些细节同化。在任一情况下,如果我们发现,在模板与其假定的模仿作品之间,其特征对于体裁这个集合概念来说并不鲜明,我们就会对其模仿性产生怀疑。

这个标准对于绑定两个文本最为重要,[6]但同样也会产生分歧。例如,一个作者可能认为作品中某个名称非常重要,但另一位读者则可能会在其他作品中见到这个名称并认为这个名称具有历史性,并认为前一部作品与模板的相似纯属偶然。有作者认为一个主题或短语的特征非常鲜明,但同样也会有人通过努力寻找,在古代文献中找到相同的主题。一些学者因此认为,鲜明特征仅指那些对于既定模板和模仿作品来说具有独特性的词汇或短语,这种方法被称为"语言学原教旨主义"(philological fundamentalism)。① 尽管这种方法或许最科学,但几乎没有多少古代的模仿作品可以建立起如此清楚的界限,当然,作者也没有必要这样做。一个主题要想鲜明,无须是独特的;它只需对于它所呈现其中的文学体裁和文学语境来说显得不寻常。最好情况下,证明鲜明特征存在的论据就是累积性。人们可能会发现,既定模板和模仿作品之间所共有的某一个孤立的鲜明特征还存在于其他文本里,但却不容易找到这些特征在其他地方的集中体现。本书中研究的每一个案

---

① Hinds,1998,页31。

例,都至少有三个鲜明的特征和《伊利亚特》中的场景相似。正是这些鲜明特征的集群使得天平从形式批评向模仿这一方倾斜。

最后提到的三个标准——密集度、顺序和鲜明特征,从阐释学意义上为连接模板和模仿作品提供了粘合剂。第六个,也就是最后一个标准,评估的是两个文本之间的"策略性"差异:可解释性。通常情况下,古代作者会借鉴他们的模板,无论是从风格上或是哲学的妥善性、说服力、宗教视角或其他方面,试图与模板相媲美。当读者识别出了目标模板时,这种仿效(希腊语:ζῆλοι;拉丁语:aemulationes)就非常有效,因此作者通常会明示其叙事依赖了什么文本。例如,维吉尔在《埃涅阿斯纪》(Aeneid)中公然模仿荷马史诗,不过他的故事接续的是特洛亚人的事业,而不是希腊人的。我认为,马可也公开模仿了荷马史诗,但他将耶稣描述为优于奥德修斯和赫克托尔的一个神性存在,耶稣的上帝也优于奥林波斯(Olympus)山上的神。模仿同样适用于《使徒行传》的四个章节,路加在其中用他自己的价值观替换了荷马的价值评判。

批评我观点的人抱怨说,就像一个橡胶锤无法将钉子钉进物体一样,我的"可解释性"这一标准也无法辨识模仿。其类别必然非常灵活而又不确定,因此没有办法限制或规范读者从阅读《使徒行传》这样复杂的作品中得到怎样的收获。将荷马的故事和路加的作品混合,可以产生一种无法预测的炼金式反映。就像看一部经典电影的改编:遗忘原作会限制我们,使我们难以发现情节、场景描述和对话方面的改动。有些改变是透明的,有些更微妙一些,还有一些则会非常隐秘,以至于观众可能永远不会知道编剧或导演的意图是什么。即便如此,观众只要觉察出模仿的对象,就会获得新的认识。

我在设立这些标准时尽可能做到客观。[7] 设立这些标准,是为了让古典学家和圣经评论家在论证文学模仿时,其观点有正式的依据,尽管学者们很少明确讨论他们的标准。我的标准可能存在缺陷,也欢迎任何更好的提法,但我拒绝成为判断模仿上的不可知论者。我拒绝相信我们不可能发现文学模仿这样的观点。古代教育和创作的叙事证据表明,模仿普遍存在,教育是文化互动的战略武器。认识这些冲突有困难,但这不能成为放弃去认识的理由。这些标准无论多么精确和苛刻,都永远不会取代想象力和趣味性,文学比较是一门艺术,而不是一门科学。我相信,我的标准将帮助训练读者发现模仿的眼力,但永远不会成为证明模仿的证据。

如果说新约中的作者能够模仿荷马史诗,那这个人一定是《使徒行传》的作者路加。他在《使徒行传》十七章28节引用了阿拉托斯(Aratus)的一首长诗《物象》(*Phaenomena*),在二十六章14节引用了欧里庇得斯的剧作《酒神的女祭司们》(*Bacchae*),他的词汇量、风格和创作的技巧都表现出令人钦佩的文学水平。在我发表关于《马可福音》的著作的同一年,邦兹(Marianne Palmer Bonz)发表了《过去作为遗产:路加的〈使徒行传〉和古代史诗》(*The Past as Legacy:Luke-Acts and Ancient Epic*)。她在书中提出,路加的《使徒行传》既不是史书,也不是一部历史小说,而是一部散文体史诗,模仿的不是《伊利亚特》,而是维吉尔的《埃涅阿斯纪》。①

> 路加竭力解释整个基督教历史的内在含义——这和维吉尔解释罗马历史的方式惊人地类似。(同上,vii-viii)

维吉尔将罗马民族的缔造与埃涅阿斯(Aeneas)及其他从特洛亚城中逃出的特洛亚人联系在了一起,尽管他并不是第一个这样做的作者。此外,诗人在前六卷中明确模仿荷马的《奥德赛》,在后六卷中模仿《伊利亚特》,从而完成了罗马人自己的史诗。

正如维吉尔通过化用并转换荷马,为罗马民族创造了自己

---

① Minneapolis:Fortress Press,2000。

的奠基性史诗一样,路加同样通过化用并转换分散的犹太民族使用的圣经——即七十子译本(the Septuagint,旧约圣经的希腊文译本)——中所叙述的以色列过去的神圣传统,为早期的基督教团体创造了他本人的奠基性史诗。(同上,26)

邦兹同样表示,《埃涅阿斯纪》和路加的《使徒行传》有几个共同的主要关注点和技巧:一个以旅行形式表达的使命导致在意大利建立起一个新的民族;含混不清的语言;命运的戏剧性逆转;对道德正义的坚持;以及为该使命中包含的普世利益辩护。她最重要的一个观点是关于神的使者在两部作品中所起到的催化作用:

> 路加采用了一个超自然的神明作为叙事策略,用在关键的衔接处,来引导情节的走向和进一步发展,这在希腊和罗马史诗中有着非常相似的使用。超自然的神和故事中心人物之间的互动,最早出现在荷马史诗中,后来一直是史诗体裁的一个显著特征。(同上,164)

[8]邦兹还分析了拉丁史诗后期四部作品对《埃涅阿斯纪》的模仿,以此说明《埃涅阿斯纪》的知名度以及它在公元1世纪处理罗马政治危机时的表现出的不足,特别是在衰败无能的朱里亚·克劳狄王朝(the Julio-Claudians)执政时期。卢坎在《内战记》(*Bellum civile*)中让奥古斯都(Augustus)的统治远离了神的旨意;斯塔提乌斯在《底比斯战记》(*Thebaid*)中则更尖锐地反对维吉尔对奥古斯都的热情,而把天国的种种福利放在弗拉维王朝(the Flavians)上;弗拉库斯(Valerius Flaccus)在《阿尔戈船英雄纪》(*Argonautica*)中对维吉尔的乐观做了修改,而让图密善时期的罗马(Domitian's Rome)再次成为"普遍保存的历史中心";伊塔利库斯在《布匿战争史》(*Punica*)中把罗马神话化了,把罗马统治者描述为神,把罗马的命运描写成宇宙的命运(同上,61-86)。根据邦兹的说法,路加"决定用一种风格和方式重塑基督神圣的传统,

这种风格和方式会让基督徒们强有力地反对罗马帝国所宣称的那种无处不在的有潜在诱惑性的救赎"(同上,86)。

> 路加的《使徒行传》呈现了一个不一样的帝国形象(即,上帝的国),他用不一样的神,提出了另一个计划来实现人类的救赎。另外,路加在《使徒行传》中塑造了不同类型的英雄作为这个计划的主要执行者,同时赋予选民以不同的概念,并提出了不同的方法使得征服必定会胜利……这一神圣的计划最终要求复活的耶稣对挑选出来的信徒施行永恒的统治。(同上,182)

邦兹还提出一个值得注意的主张,那就是将路加的《使徒行传》视为一部散文体史诗,只不过她的观点必须跨越一个很大的障碍:《埃涅阿斯纪》是用拉丁语创作的,而不是希腊语。尽管对于一个受过路加这样教育的人来说,阅读拉丁语的文章是可能的,但如果他真的会,那他就太令人惊叹了。事实上,如果一个人宣称他模仿了《埃涅阿斯纪》,那么,在公元3世纪昆图斯(Quintus Smyrnaeus)①之前,能做到的只可能是希腊作家。为了解释这种语言上的不合,邦兹认为,路加应该熟悉《埃涅阿斯纪》的希腊文译本,这个译本可能出自罗马帝国的一位奴隶,珀律比俄斯(C. Iulius Polybius),他还用散文体改写了拉丁语版的荷马史诗。根据塞涅卡的观点,珀律比俄斯的复述使得 celebrati 有了两个作者。② 如果路加的确了解希腊语的散文体译本,这不仅可以解释他如何竟然通晓拉丁语的史诗,还可以解释为什么他会用散文体对《埃涅阿斯纪》进行模仿。

---

① 参见 R. Keydell,《昆图斯·斯米尔纳和维吉尔》("Quintus Smyrnaeus und Vergil"),刊于 Hermes 82 (1954):254-256;以及 M. Mondino,"Di alcune fonti de Quinto Smirneo: V. Quinto Smirneo e i poeti latini", RSC 5 (1957):229-235。

② 《劝慰珀律比俄斯》(Consolatio ad Polybium),11.5;对比 8.2。

路加或许知晓《埃涅阿斯纪》的希腊语改写本,这当然可能,但也未必一定如此。邦兹承认,路加的《使徒行传》和《埃涅阿斯纪》之间的相似很少是"一一对应"或"直接类比",大部分相同的文学策略、主题和情节设计都同样可以在希腊史诗中找到。① 邦兹所判断的相似之处,没有一处需要直接向史诗本身或向希腊语改写本中去找。路加只需知道该拉丁文史诗存在,并知道它通过改写荷马史诗将罗马一族和特洛亚战争联系起来,[9]在普遍意义上对罗马帝国的身份,以及在特殊意义上对朱里亚·克劳狄王朝一脉的身份具有奠基性意义,并且它采用了一般史诗的典型特征,即无论希腊史诗还是拉丁史诗都会采用的比喻修辞、人物刻画以及情节设计。

虽然在东方很少有希腊人能读懂拉丁文的《埃涅阿斯纪》,但很多人都知道它存在,以及它对罗马帝国的重要意义:

> 在罗马诗人眼中,维吉尔是独一无二的,不管是在大众文化层面还是在官方的意识形态中,他都具有无处不在的影响力。这种广泛的影响基本全部来自维吉尔是《埃涅阿斯纪》的作者这一事实……从萨马赛特郡(Somerset,英格兰)到哈利卡纳苏斯(Harlicarnassus,小亚细亚),在壁画、涂鸦、镶嵌画以及雕花大理石石棺上,甚至是日常用的勺子上,都可以看到他诗歌中的韵文以及人物形象。②

伊尔姆谢尔(Johannes Irmscher)认为,说希腊语的人不仅非常熟

---

① Bonz,2000,页103。她发现与之最接近的是《使徒行传》2:9-11以及《埃涅阿斯纪》6.792-796,特别是8.722-728中的国名目录表。

② R. J. Tarrant,《西方古代文献中的维吉尔》(Aspects of Virgil's Reception in Antiquity),收于 The Cambridge Companion to Virgil, Charles Martindale, Cambridge: Cambridge University Press,1997:56-57。

悉维吉尔,并且高度重视他的作品。①

例如,早在公元 1 世纪,就有一个埃及的犹太人用希腊文重述了埃涅阿斯逃离特洛亚城,穿越"陆地和可怕的海洋","建立起一座宏伟的拉丁城市"的故事。甚至在他死后,

> 这个城市的人们也不会遗忘他,因为在将来这个人的后代会统治幼发拉底河(Euphrates)和底格里斯河(Tigris)的两岸,这里曾是帕提亚人(Parthian)所居住过的亚述人(Assyrians)的土地。当这一切发生之后,他们在此的统治会传给他们的后代。

第十一个《西卜林神谕》(*Sibylline Oracle*)的作者从好几处获得了这一信息,尽管他后来才认识到维吉尔的伟大:

> 一个年长的智者,吟游诗人,会再次出现(即,荷马之后),他极其智慧,他用高尚的心灵让这个世界受到教育。因为,他已掌握我这个时代的词汇和语言,他将书写最有力、最智慧的见解。②

在这个令人诧异的文本中,人们可以发现一个讲希腊语的埃及犹太人称维吉尔将是一个让"整个世界"受教的诗人。这句话明显有些夸张,但仍然值得关注。作者说这句话时,脑子里一定回响着《埃涅阿斯纪》的声音,因为就在说这几句话之前,作者还在盛赞《埃涅阿斯纪》在罗马的建立及其庞大的帝国形成过程中所起的作用。

作者并不需要自己阅读过这部史诗才能写下这几句话。我认为路加也一样,他在模仿史诗总的写作方式时,并不需要先阅读过拉丁

---

① 《希腊古风时期的维吉尔》("Vergil in der griechischen Antike"), *Klio* 67 (1985):281 - 285。

② 《女巫的预言》(*Sibylline Oracles*) 11. 144 - 168;John J. Collins 译,收于 *The Old Testament Pseudepigrapha* Vol. I: *Apocalyptic Literature and Testaments*, James H. Charlesworth 编,Garden City, N. Y. : Doubleday,1983,页 438。

文的史诗,甚至不需要阅读过希腊文译本。正如邦兹所认同的,很多连接路加的《使徒行传》和《埃涅阿斯纪》的文学特征,已经在荷马史诗中出现了。路加可能也想写一部与维吉尔《埃涅阿斯纪》比肩的散文体史诗,可当他为特定的故事寻找文学模板时,荷马横亘在眼前,因此故事的模板常常来自荷马。也就是说,路加不仅改编犹太教的圣经遗产,他偶尔也像维吉尔一样,改编希腊文化的史诗遗产。事实上,我们会看到,两位作者不时模仿相同的荷马模型。路加不是维吉尔文学衣钵的直接继承者,而是一个独立的、像兄弟一样的年轻仰慕者。他们都是荷马的儿子。

[10]为了说明我的研究方法,请允许我将《路加福音》7:11-16 中的一个故事和《列王纪(上)》(1 Kings)中的故事进行对比。在这里,路加很显然接触过《列王纪(上)》中的故事(符合标准一)。事实上,在《路加福音》的前面部分,路加很明确地提到一个寡妇:"以利亚奉差……到撒勒法(Sarepta [= Zarephath])一个寡妇那里去。"① 标准二,即类比,在于评估是否有其他作者也模仿了同一文本。而以利亚—以利沙(Elisha)的故事不仅影响了《马可福音》,也影响了路加的《使徒行传》。《列王纪(下)》(2 Kings)4:8-37 讲述了一个相似的故事,说的是以利沙救活一个死去的孩子,很多译者认为《马可福音》5:21-24a 以及 35-43 节中耶稣治好睚鲁(Jairus)的女儿就是对此的模仿。

[关于路加福音受以利亚故事的影响,见 Jean‐Daniel Dubois,《从卢卡尼亚视角审视以利亚的形象》("La Figure d'Elie dans la perspective lucanienne"),载于 *Revue d'histoire et de philosophie religieuses*,简作 *RHPR*, 53 (1973):155-176;Jean Martucci,《神迹故事:旧约故事对新约的影响》("Les récits de miracle. Influence des récits de l'Ancien Testament sur ceux du Nou-

---

① 《路加福音》4:25-26;对比《希伯来书》11:35。

veau"），*ScEs* 27（1975）：136 - 137；Wolfgang Roth，1988，页 8、38；Markus Öhler，1997，页 136 - 139；以及 Brodie 的一系列研究，尤其是：《〈路加福音〉7：36 - 50 是对〈列王纪下〉4：1 - 37 的内化：路加对修辞模仿的使用》（"Luke 7，36 - 50 as an Internalization of 2 Kings 4，1 - 37：A Study in Luke's Use of Rhetorical Imitation"），*Bib* 64（1983）：457 - 485；《希腊罗马式的模仿》（"Greco - Roman Imitation"），页 17 - 46；《解密路加对旧约的使用：〈路加福音〉7：11 - 17 作为对〈列王纪上〉17：17 - 24 的模仿》（"Towards Unraveling Luke's Use of the Old Testament：Luke 7：11 - 17 as an Imitatio of 1 Kings 17：17 - 24"），*BENW* 32（1986）：247 - 267；《离开耶路撒冷（〈路加福音〉9：51 - 56）是以利亚去往约旦的修辞性模仿》（"The Departure for Jerusalem ［Luke 9，51 - 56］as a Rhetorical Imitation of Elijah's Departure for the Jordan ［2 Kgs 1，1 - 2，6］"），*Bib* 70（1989）：96 - 109；以及《〈路加福音〉-〈使徒行传〉是对以利亚 - 以利沙叙事的模仿》（Luke - Acts as an Imitation and Emulation of the Elijah - Elisha Narratives），收于 *New Views on Luke and Acts*，Earl Richard 编，Collegeville，Minn.：Liturgical Press，1990，页 78 - 85。]

还有学者在《使徒行传》9：36 - 42 发现了一个相似的救活多加（Dorcas）的故事。① 如果路加以《列王纪（上）》为模板写了关于耶稣的故事，那么他在改写以利亚—以利沙故事的过程中，应该还会在别处也用到类比。

下面两列文本显示了两个故事之间的相似程度，并且最相似的部分以相同的顺序出现（符合标准三和标准四：密集度和顺序），在这本书中我会用这样的对比列来比较《伊利亚特》和《使徒行传》的文本。为了让问题简化，我只比较文本的英译；附录会以相同的对比

---

① 例如：Ernst Haenchen，《〈使徒行传〉注疏》（*The Acts of the Apostles：A Commentary*），B. Noble 等编译（Philadelphia：Westminster Press，1971），页 339 - 340；Jürgen Roloff，1981，页 161；以及 Josef Zmijewski，1994，页 403。

列展现原文本的语言。本书中所有的古代文献都是我自己翻译的。在用平行的列表呈现译文时,我会用强调字体凸显那些最接近的相似之处,但这只是为了训练读者的眼力。在很多情况下,相似之处会延及我所强调的部分之外。大多数情况下,古代的模仿会涉及主题,而不仅仅涉及单词或语法结构。因此,该著作中呈现的相似之处,与对观福音书(新约前三卷福音,即《马太福音》《马可福音》和《路加福音》)中的对观文本不大一样。修辞学家会将照搬措辞视为粗俗和懒惰。① 有些元素的出现顺序不同于平行经文中的那些元素,我会用括号指出。还有我的说明,则放在方括号中。

《列王纪(上)》17:10-24 (LXX)②	《路加福音》7:11-16
以利亚就起身往撒勒法去 (καὶ ἐπορεύθη εἰς Σαρεπτα),	过了不多时,耶稣往一座城去,这城名叫拿因 (καὶ ἐπορεύθη εἰς Σαρεπτα),③ 他的门徒和极多的人与他同行。
到了城门 (εἰς τὸν πυλῶνα τῆς πόλεως),	将近城门 (τῇ πύλῃ τῆς πόλεως),
见(καὶ ἰδού)一个寡妇(γυνὴ χήρα)在那里捡柴…… [以利亚到来后不久,寡妇的儿子就生病死了,寡妇把儿子的死归咎于先知的到来。]	看见(καὶ ἰδού)一个死人被抬出来。这人是他母亲独生的儿子(υἱός),他母亲又是寡妇(χήρα),有城里的许多人同着寡妇送殡。主看见那寡妇,就怜悯她,

---

① 例如 Aulus Gellius,《雅典之夜》(*Attic Nights*),9.9.1-3。
② [译者注]本书中所有圣经的译文均参考圣经和合本,部分译文依据英文作了改动。
③ Brodie 认为《路加福音》中的 καὶ ἐγένετο ἑξῆς 和《列王纪(上)》17.17a 的 καὶ ἐγένετο μετὰ ταῦτα[路加的用法](页251)有关。

以利亚对她说
(καὶ εἶπεν Ηλιου πρὸς τὴν):
"把你儿子(υἱός)交给我。"
[11]以利亚就从妇人怀中将孩子接过来,抱到他所住的楼中,放在自己的床上。[接着,是一段祷告,以利亚为男孩的死求告上帝。]他三次给孩子吹气,求告耶和华,
以利亚说(καὶ εἶπεν):
"耶和华我的上帝啊,求你使这孩子的灵魂仍入他的身体。"
然后孩子的灵魂进入到他的身体,孩子哭出声来。以利亚将孩子从楼上抱下来,进屋子交给他母亲
(καὶ ἔδωκεν αὐτὸν τῇ μητρὶ αὐτοῦ)。

……妇人对以利亚说:"现在我知道你是神人(θεοῦ),耶和华藉你口所说的话是真的"。

对她说
(καὶ εἶπεν αὐτῇ):
"不要哭!"
于是进前按着杠,抬的人就站住了。

耶稣说(καὶ εἶπεν):
"少年人,我吩咐你起来!"

那死人就坐起,并且说话。

耶稣便把他交给他母亲
(καὶ ἔδωκεν αὐτὸν τῇ μητρὶ αὐτοῦ)。

众人都惊奇;
归荣耀与上帝(θεός)说:"有大先知在我们中间兴起来了。"
又说:"上帝(θεός)眷顾了他的百姓。"

很显然,这两个故事之间的相似之处非常密集,并且顺序相同:

| 《列王纪(上)》17:10-24 | 《路加福音》7:11-16 |

- 以利亚来到撒勒法,到了城门,看见一个寡妇。后来在这个故事中寡妇的儿子病死了。

- 耶稣来到拿因,将近城门时,他看见一个寡妇的儿子死了,被放在担架上抬出来。

- 以利亚命令寡妇"把你儿子交给我"。

- 耶稣命令寡妇"不要哭"。

- 以利亚抱起尸体,求告上帝。

- 耶稣走到尸体跟前并且和他说话。

- 死去的儿子活了过来并且哭出声来。

- 死去的儿子活了过来并且说话。

- "他把他交给他的母亲"

- "他把他交给他的母亲。"

- 妇女称赞他为"神人"。

- 群众称赞他为"先知"。

很多古代文本都会讲述复活的故事,但没有哪个比《列王纪》的这个故事更贴近《路加福音》中的这个复活故事。① 虽然形式主义批评家不排除《路加福音》中的叙述模仿了《列王纪(上)》第十七章,但就这些奇迹般的治愈故事都遵循某种可预测的模式而言,他们可以正当地质疑任何仅仅基于密集度和顺序的相似性言论的正确性。这类故事都难以逃脱的叙事套路是:治病者巧遇一个患者,患者描述病情,接下来是治愈行动,患者康复的证明,以及围观者的喝彩。直接模仿的观点[12]要求呈现这些故事里一般不会发现的鲜明特征(标准五)。

---

① Brodie,页262;同样可参见 Félix Gils,1957,页26-27,以及 Martucci,页134-135。

在这两个故事中,治病者进了一个有墙的城,城墙上有门。城门这一细节本身并不值得关注,唯一值得注意的是拿因不是一个城,而是一个小村庄。如果把拿因判断为现在的内因镇(Nein)是正确的,那么该村庄似乎有过一道简陋的、可能安装有门的石墙,可是没有任何明确的证据表明这里有门幸存。路加笔下显然把一个村落扩大成了一个有着城墙和城门的城邦,这是因为他所模仿的文学模板这样暗示。① 路加重写这个故事的一个更特别的线索是这样一句话——"他把他交给他的母亲"(καὶ ἔδωκεν αὐτὸν τῇ μητρὶ αὐτοῦ),这在两个故事中是一样的。这句话再没有出现在七十子译本或新约中的其他地方,并且在古代神迹故事中也不是一个常见元素。

最后,路加的叙事改进了他的模板;路加不仅是模仿,他还要超越(符合标准六,可解释性)。在《列王纪(上)》中,那个寡妇发起了复活行为,因她斥责先知:"你竟到我这里使上帝想起我的罪,以致我的儿子死了。"在《路加福音》中则是耶稣自己发起复活行为。② 以利亚控诉耶和华不公正,缺乏怜悯之心:"你让她的儿子死了,你做错了。"然而,在《路加福音》中,路加没有因为男孩的死责备耶稣,他认为耶稣对这个寡妇"有怜悯之心"。③ 以利亚自己没有能力让死者复活,他求告上帝来救活死者;耶稣则自己救活了死者:"我吩咐你起来!"(同上,页256)《列王纪(上)》中只有寡妇对救活行为给予反馈;在《路加福音》中,"一大群围观者"目睹了整个事件,并称赞耶稣为先知。④ 对路加来说,耶稣是一位胜过先知的先知。一位评论者如此评述道:

---

① 《列王纪上》17:10(LXX):εἰς τὸν πυλῶνα τῆς πόλεως;《路加福音》7:12: τῇ πύλῃ τῆς πόλεως。

② François Bovon,1991,页350。

③ Brodie,1986,页253-254以及258。

④ Bovon,1991,页350。

人们可以解释这段材料……以相对直接的解释,即,路加面前就放着一个包含着以利亚—以利沙的故事文本,即七十子译本,或者至少是七十子译本的一部分,他的文本表现出和这个文本很大的相似性;而且,正是作为一个文学艺术家,路加改编了文本,将古代的故事戏剧化、基督教化了。在某种程度上说,这样的结局也是预料之中。一个文学家(littérateur)应该使用一定的文学策略(即,模仿)。①

在这本书中,我同样认为路加模仿了《伊利亚特》(以下简作《伊》)。我将研究《使徒行传》中的四个故事。对于这四个故事,形式主义批评家非常自信地从类型方面进行判断,并据此作出解释。第一个例子是众使徒用摇签的方式选出一个人,代替了十二使徒中的犹大。形式主义批评家把此事解释为典型的传说,并将其归因于路加之前巴勒斯坦的传说。但是《徒》1:15-26除了几处有关犹大死亡的细节外,表现的都是路加自己的词汇、风格和观点的种种迹象。而且,这段文本很像《伊》卷七通过拈阄挑选出埃阿斯(Ajax)去和赫克托尔决战的故事。由此可以看出,路加以埃阿斯中阄为模板,[13]模仿创作了使徒中签的故事,并将很多传统的细节描述纳入故事的叙述当中。

第二个例子出自《徒》10:1-11:18,故事讲述由哥尼流(Cornelius)和彼得证实的异象。学者们常认为这段复杂而广泛的叙事来自当地关于凯撒利亚(Caesarea)教会兴起的传说。显然,没有人注意到它像极了《伊利亚特》卷二最开始的两个异象,即宙斯给阿伽门农的梦以及蛇和麻雀的异象。

第三个例子是关于彼得从希律王(Herod)的监狱逃脱的故事(《徒》12:1-17)。一般认为这是路加从某个犹太教-基督教文献中几乎完整保留下来的一个得救神迹(Befreiungswunder)。这种监狱逃

---

① Brodie,1991,页259。同样可参见 Heinz Schürmann,1984,页400-402。

脱的故事在古代叙事中经常出现,在《徒》中就有两例(5:17-42和16:16-40)。《徒》12:1-17的确包含了表现这一体裁的叙事元素,如同《徒》中其他的监狱逃脱故事一样。即便如此,我还是认为,路加的模仿并非是一般性地收集整理了这个传统主题的素材,而是使用了一个单一的文学模板,其模仿的原型在《伊》卷二十四,即赫耳墨斯(Hermes)从希腊人营帐中救出普里阿摩斯(Priam)的故事。

最后一个例子是保罗对米利都以弗所(Ephesus at Miletus)的长老的临别赠言(《徒》20:17-38)。过去五十年里,研究者形成了一个共识:这里的临别赠言(Abschiedsrede)模仿了犹太遗训中的描写,即一个处于弥留之际的族长向他的亲密同伴做最后的指示并预言未来的事。评论家们总是满足于将这段演说与作为收集主题的塑料车的文类进行对比。然而,我认为,这里模仿的是一个非常著名的故事,不是犹太人的,而是希腊人的故事。路加改写了《伊》卷六中赫克托尔同妻子安德罗马克告别的场景,并且希望他的读者对此有所识别。

假如荷马对福音书和《徒》的影响如此广泛而显著,那为什么古代读者没有提到呢?为什么训练有素的加帕多家教父①没有看到呢?为什么两个世纪以来现代学者在其批判性的审视中没有认识到呢?某种程度上,这样的责难并不公平,因为现代人对福音书和《徒》的很多考证式读法在解释史中也得不到什么确证。如果我们只是重复过去的解释,那我们的工作将是乏味的活儿。尽管如此,这些问题还是应该得到更严肃的回应。

在我之前关于《马可福音》的书中,我提出了困扰我们识别模仿的几个原因:最早的福音书作者将他们的模仿伪装得太好了;《马太福

---

① [译者注]Cappadocian,指该撒利亚的巴西流、拿先素斯贵格利、女撒贵格利等三位基督教教父。因为都出生于中亚细亚的加帕多家地区,三人一直都有很密切的合作,合力保住正统的尼西亚教义,并曾在加帕多家担任主教之职,故有此尊称。

音》的作者改写了《马可福音》，进一步掩盖了后者与荷马史诗之间的相似之处；基督教传统认为《马太福音》的编撰由门徒马太完成，因此认为它具有历史可靠性；语文学在对比古希腊语和通用希腊语之间的差异时收效甚微；形式批评家认为福音书作者只是编辑了他们未受外部影响的关于耶稣的先存记忆；文学评论家试图[14]在希伯来圣经和后圣经时代的犹太文本以及同时代的希腊散文中寻找类似的故事，而不是从古代异教的诗歌中寻找；几乎没有几个现代读者熟悉原初的史诗，除少数古典学者外，我们都和《马可福音》的第一批读者一样对此知之甚少。还有一个最重要的原因有碍于我们辨识模仿，那就是古代读者和我们自己在文化理解上存在距离。

完成本书之后，我开始相信，《马可福音》的古代读者中至少有一个确实认出了马可对史诗的模仿，他就是《徒》的作者路加。路加记载了升天后的耶稣向前往以马忤斯（Emmaus）的两个门徒显现，这个故事的模板出现在《奥德赛》的最后篇章：奥德修斯出现在拉厄耳忒斯（Laertes）面前。① 在《马可福音》和《路加福音》中，犹太人的权柄与荷马笔下佩涅洛佩的一众求婚者具有相同的人物形象功能。类似地，路加在《徒》中对史诗的重铸似乎也没有逃过一些人的眼睛。在很多早期基督徒作者所虚构的各种使徒的行传中，至少有一个——《安德烈行传》反复模仿了荷马（MacDonald, 1994）。但话说回来，批评我的人在这一点上是正确的：绝大多数古代学者并不认为《马可福音》和路加的《徒》是模仿荷马之作。因此，证明模仿的证据必须基于对相似性本身进行评定，而不是从解释史中找。

最后，对我研究方法的批评通常掩盖了一些更深层的反对。在他们质疑的声音中，存在一种神学意义上的不安，这种不安主要来自那些

---

① 参见 MacDonald,《〈路加福音〉的结尾与〈奥德赛〉的结尾》（"Ending of Luke"）。

把福音书和《徒》当作可靠的历史史实或至少是作为口传传统来阅读的人。另一种质疑的声音来自学术上的惯性,学术的冰川移动缓慢。这种研究方法要求能力相当罕见的新约学者,他们既要精通荷马时代的希腊语,又要熟悉希腊罗马的文学史,还要关注修辞教育。此外,他们还要以一种全域的思维方式思考古老问题,使革新性的解决方案呈现出来。① 但无论能够提供多少例子来证明这个新的方法,无论可以提出多么令人信服的论据,无论研究成果多么丰富,那些坚守传统研究方法的研究者可能还是会保持怀疑。在这样的情况下,支持新方法的人只需使老兵的抵抗变得更为困难,同时期盼他们能慷慨地倾听新兵的观点。

但这本书会向那些最顽固的怀疑者证明,新约圣经中的四个故事不但模仿了荷马,还向读者提示它们是模仿之作。当然,即使人们认识到这些例子中的模仿,也未必会承认其他文本出自同样的模仿。但这已足以证明我的研究方法的正确性,同时,也许还可以让其他读者在研读早期的基督教文本时把史诗装在心里。

本书提出的方法,对于研究《徒》四个例子之外更广泛的早期基督教叙事,具有极其重大的意义。首先,此方法表明,人们在阅读这些文本时,不应该以历史和[15]先前的基督教传统为背景,而应该考虑到古代希腊文学和神话叙事的背景。此方法要求我们比以往任何时候更加聚精会神,以一种更加宽泛的视角将这些文本视为世俗与教会之间冲突的产物。此方法也表明,早期基督教叙事的文化背景不仅是犹太人的,而且具有深远的希腊文化风格。最后,它还表明,释经学在解释新约叙事时,应该也包括理解文化的冲突、艺术技巧的转换以及神学上的玩笑。

新约是对荷马史诗的模仿吗?让我们一起来看一看吧!

---

① Thomas S. Kuhn 在《科学革命的结构》(*The Structure of Scientific Revolutions*)第三版(Chicago:University of Chicago Press,1996)中非常专业地对这一过程进行了讨论。

第一部分

哥尼流和彼得的异象与《伊利亚特》卷二

1

哥尼流和彼得

[19]尽管我们可以从《使徒行传》中删除一些段落而不破坏整本书的结构,但在这一章所要涉及的文本中,10:1－11:18这段文字却不容忽略。不仅是因为这段文字中包含着本章所要探讨的哥尼流的故事,更重要的是因为,哥尼流信仰的改变以及有关他家庭的叙述,支撑着路加整个这部作品的文学和神学架构。同所有的圣经故事一样,在叙事中,《徒》的读者期望上帝把"圣灵浇灌凡有血气的",好让"凡求告主名的人都必得救"。① 让我们先来看看把两个异象相结合的故事吧,这两个异象一个是给哥尼流的,一个是给彼得的。两个异象让使徒确信"上帝是不偏待人,原来各国中,那敬畏主行义的人都为主所悦纳"(《徒》10:34b－35)。正如上帝在五旬节把圣灵降在跟随耶稣的犹太人身上一样,上帝也把圣灵降在哥尼流家聚集的外邦人身上。彼得因此告诉耶路撒冷耶稣的信徒:"圣灵便降在他们身上,正像当初降在我们身上一样。"(《徒》11:15)这次事件向耶路撒冷的教会证明"外邦人领受了上帝的旨意"(《徒》11:1)。当彼得在第十五章力图说明外邦人的使命时,他回忆了哥尼流的故事:上帝赐圣灵给外邦人,正如在五旬节将圣灵降在犹太人身上一样(《徒》15:8－9)。

哥尼流信仰改变的文学语境同样证实了此事的重要性。它发生在彼得逃离监狱之前(彼得在哥尼流家中布道的最后一句话主要是为他

---

① 《徒》2:17和21,引自《旧约·约珥书》3:1－5。

自己做铺垫),而且预言了彼得的使命。路加不厌其烦地叙述这一事件,几乎用了 150 行来组成[20]这个完整的最长的故事。

这个故事对于路加及其著作的重要性非常显见。它标志着在福音传播和教会拓展的最后关键阶段……路加试图让他的读者明白,他见证了决定性的一步——也许是一个将基督教延伸到非犹太人群体的决定性的一步。①

《徒》10:1-11:18 是一个非常连贯的部分,有着清楚的开头和结尾。根据地理上的参照可以将其划分为五个不同的场景:(1)哥尼流在凯撒利亚见异象(10:1-8);(2)在约帕彼得见异象(10:9-16);(3)来自约帕对彼得的召唤(10:17-23a);(4)彼得和哥尼流在凯撒利亚相见(10:23b-48);以及(5)在耶路撒冷向教会的报告(11:1-18)。②叙述者在第一个场景中讲述了哥尼流的异象,故事中的角色也将此异象重述了四次:百夫长将此告诉了他的使者(10:8);使者告诉了彼得(10:22);哥尼流当面说给彼得听(10:30-33);彼得在耶路撒冷简要地旧事重提(11:13-14)。对彼得所见异象的叙述同样出现在第二个场景中,这一次彼得后来对此提及了两次:一次是简要地说给哥尼流(10:28),另一次是在耶路撒冷集会时详细地描述(11:5-10)。

下面是叙述者对哥尼流所见异象的描述:

在凯撒利亚有一个人,名叫哥尼流,他是意大利营的百夫长。他是个虔诚人,他和全家都敬畏上帝,多多周济百姓,常常祷告上

---

① C. K. Barrett,1994,1.495。同样可参见 Edgar Haulotte,《建立一个全球教会:〈使徒行传〉10:1-11:18》("Fondation d'une communauté de type universel. Actes 10,1-11,18"),*RSR* 58 (1970):63-64,以及 Roloff,页 164。哥尼流信仰改变的重要性,并没有逃脱古代读者的注意。参见 François Bovon (1967)关于早期基督教教父解释的更广泛的讨论。

② 同样还有 Alfons Weiser,1981,1.249。

帝。有一天,约在申初,他在异象中明明看见上帝的一个使者进去,到他那里,说:"哥尼流。"哥尼流定睛看他,惊怕说:"主啊,什么事呢?"天使说:"你的祷告和你的周济达到上帝面前,已蒙记念了。现在你当打发人往约帕去,请那称呼彼得的西门来。他住在海边一个硝皮匠西门的家里,房子在海边上。"向他说话的天使去后,哥尼流叫了两个家人和常伺候他的一个虔诚兵来,把这件事都述说给他们听,就打发他们往约帕去。(《徒》10:1–8)

路加紧接着讲述了彼得的异象:

  第二天,他们行路将近那城,彼得约在午正上房顶去祷告。觉得饿了,想要吃。那家的人正预备饭的时候,彼得魂游象外,看见天开了,有一物降下,好像一块大布,系着四角,缒在地上。里面有地上各样四足的走兽和昆虫,并天上的飞鸟。又有声音向他说:"彼得,起来,宰了吃。"彼得却说:"主啊,这是不可的,凡俗物和不洁净的物我从来没有吃过。"第二次有声音向他说:"上帝所洁净的,你不可当作俗物。"这样一连三次,那物随即收回天上去了。(《徒》10:9–16)

[21] 起初,彼得感到困惑,无法理解所看到的异象有何意味,看似仅仅是要取消犹太人对洁净和不洁净动物的区分。但是当他知晓了同时发生在哥尼流身上的异象时,他明白了异象中的动物代表着人类。让他吃不洁净的动物,象征着要去除不能和外邦人在一起的禁忌。

  异象和对异象的解释之间的这种明显的不一致性引发了猜想。吃不洁净的动物的旨意,违反了犹太人对洁净与不洁净的肉类的区分,但是彼得的解释涉及的不是放在桌子上供大家食用的肉,而是和什么人一起吃。因此,很多学者认为路加继承了两个原本独立的素材,每一个都单独讲述了一个异象。在一个异象中,上帝的使者叫哥尼流去请彼得,他照做了。彼得到达之后开始布道,于是哥尼流的信仰发生了改变,接受了洗礼。在此,我们读到的是一个简单的改变信仰的故事,正如在8:26-40中腓利(Philip)改变埃塞俄比亚太监的信仰,这应归功于彼得不要求基督教徒受割礼(见《徒》第十五章)。在某个时候,这个传说被记录了下来——在凯撒利亚或者耶路撒冷——为所有信基督的外邦人辩护。另一个假定的素材由彼得的异象(或许是他在11:1-10中向教会的汇报)组成,其最初的功能是为了说明所有的食物都是洁净的,正如《马可福音》(7:19)宣告耶稣已经洁净了所有的食物。这正是路加的高明之处,他非常巧妙地将两个素材结合起来,尽管没有完全消除彼得所见异象和异象解释之间的不谐张力。①

人们热衷于重构《徒》10:1-11:18的历史语境,但这并不容易,甚至还存在着相互矛盾的观点。一些学者将整个传说都归于路加所述。② 另一些学者认为在路加之前就存在着哥尼流的传说,路加只是添加了关于彼得的异象,因为保罗看似并不了解犹太教会对饮食规则

---

① 以下学者也持有这种独立传统的理论:Martin Dibelius,《〈使徒行传〉研究》(Studies in the Acts of the Apostles),M. Ling & P. Schubert 译(New York:Scribner's, 1956),页 109-122;Otto Bauernfeind, 1980,页 141-143;Hans Conzelmann,《〈使徒行传〉释义》(The Acts of the Apostles: A Commentary on the Acts of the Apostles),James Limburg, A. Thomas Kraabel & Donald H. Juel 译,Eldon J. Epp & Christopher Mathews, Hermeneia 编(Philadelphia:Fortress Press, 1987),页 80;François Bovon,《〈使徒行传〉10:1-18 中的传统和写作》("Tradition et rédaction en Actes 10, 1-18"),TZ 26 (1970):22-45,Weiser,页 262;Zmijewski,页 413-416;以及 Barrett,页 493-496、516、535。

② 根据 Walter Schmithals,路加创作这些故事,是要让彼得而不是保罗做外邦人的传道者(1982,页 102-104)。Beverly Roberts Gaventa 认为,路加创作这些故事是为了强调在异教徒中布道时中热情款待的作用(1986,页 107-125)。"《使徒行传》10:1-11:18 讲述的故事完全出自路加,他表现出了对每一个点的关注。"(109)在这个背景下,人们或许还会提到 Walter T. Wilson 的研究,他把哥尼流故事的创作归功于路加的编辑(《城市的传说:〈使徒行传〉10:1-11:18 以及希腊罗马时代基础叙事的策略》["Urban Legends: Acts 10:1-11:18 and the Strategies of Greco-Roman Foundation Narratives"],刊于

的废除。② 还有一些学者认为两个异象同时存在于最早的传说中,以此来整合两个异象,创作了"犹太—基督教使命的传说"。③ 这些学者指出,这种在不同人那里同时出现的、可互相证实确认的梦境和异象在古代文献中非常普遍。④

尽管学者在重建哥尼流故事的历史语境中存在着观点差异,但最近一个评论者自信地认为:"这毫无疑问应该源自巴勒斯坦。"⑤几乎没有哪个研究者会不同意这个观点。根据大多数人的看法,路加编辑的文稿主要是由他添加了对彼得异象的解释、彼得在凯撒利亚的布道、接受圣灵以及向耶路撒冷教会的报告。路加同样在两个门徒彼得和保罗之间策略性地加入了哥尼流的故事,以此将一个简单的改变信仰的故事扩大为一个改变外邦人信仰的决定性的转折点,"异教徒布道溯

JBL 120[2001]:77 - 99)。"《使徒行传》10:1 - 11:18 表现了路加尝试为外邦人的基督信仰塑造基本的神话,这样的神话不仅和熟悉希腊文法的读者意气相投,同样适用于他在写作过程所持有的写作目的,一些目的是为了护教,一些是为了探究病因,一些是规定性的,还有一些是为了表达天意。如此一来,这些故事就能够有效地从形式和功能的角度,与其他关于社会起源的希腊罗马神话传说进行对比了。"(95)

② 例如:Haenchen,页 361 - 363。这同样是 John S. Hanson(1978,毕业论文)的结论。

③ 例如:Karl Löning,《哥尼流传统》("Die Korneliustradition"),刊于 *BZ* 18 (1974):1 - 19;Roloff,页 164 - 166,以及 Klaus Haacker,《迪贝柳思和科尼利厄斯——一个传统的历史批评研究的案例》("Dibelius und Cornelius. Ein Beispiel formgeschichtlicher Überlieferungskritik"),*BZ* 24 (1980):234 - 251。

④ 例如:塔提乌斯,《琉喀珀和克利托丰》(*Leucippe and Clitophon*)4.1,阿普列乌斯《蜕变》(*Metamorphoses*)11.3 - 6 和 13(对比 22)。参见 Rosa Söder,1969,页 171 - 180;Alfred Wikenhauser,《双重的梦》("Doppelträume"),*Bid* 29 (1948):100 - 111,Gaventa,页 109 - 111,以及 Hanson,1978 年论文,页 34 - 50 和 117 - 124。

⑤ Joseph A. Fitzmyer,1998,页 448。

源"。①

然而,在接下来的章节我将提出,路加创作这样的传说,关注的不是犹太—基督教的原始资料,而是《伊利亚特》卷二的开头,[22]即阿伽门农沉睡时的幻梦,以及奥德修斯回忆起希腊军队看到的异象。彼得把异象中所见的动物等同于人,这至少属于某个和荷马一样古老的传统,而且,至少与荷马的众多模仿作品一样,流传颇广。使徒改变了一个敬畏上帝的百夫长的信仰,传说中早期的基督徒或许会对此进行庆贺,可对于路加创作《徒》10:1–11:18 来说,他需要的不是历史或传说,而是《伊利亚特》2.1–335 中所具有的模板形态。②

下一章将会对荷马史诗相关片段进行概述并提供新的解读。第三章着重论述古希腊和拉丁文学中对梦境和预兆的模仿。第四章把梦境和预兆与《徒》中哥尼流和彼得所见的异象进行对比,揭示出二者之间的相似之处非常密集。在此我同样认为,彼得所见异象和他的解释之间的所谓差异根本就不是差异;字面意义和其寓意不仅吻合而且相互依存。此外,将动物象征性地解释为人,这种做法深深植根于古代早在荷马时期对异象的解释。在第五章,笔者提出,《徒》第十至十一章和《伊》卷二之间的相似性源自文学的模仿,而非某一口传传统或历史资料。

---

① Weiser,页 252。

② Joseph B. Tyson 注意到了在哥尼流的故事中没有用到圣经典故这一不同寻常的现象,只有 10:34–43 中彼得的演说除外。"或许这是因为路加清楚他的叙述将是对圣经权威的一个重大改变,他一改单纯引用圣经的做法,转而为外邦宣教辩护"(《异邦布道和〈使徒行传〉中圣经的权威》["The Gentile Mission and the Authority of Scripture in Acts"], NTS 33 [1987]: 629)。这或许是事实,但是我要说的是,路加在这个复杂故事中采用的叙述模板并非依据圣经,而是依据古典作品。

2

骗人的幻梦和真实的预兆

[23] 根据《伊利亚特》卷一,在特洛亚战争发生的第九个年头,阿波罗杀死了很多希腊人,以此来惩罚他们的指挥官——阿伽门农,因为他俘获了阿波罗神庙祭司的女儿。为了避免瘟疫,阿伽门农极不情愿地释放了那个姑娘,却要到阿喀琉斯的营帐里带走阿喀琉斯最钟爱的布里塞伊丝(Briseis)。阿喀琉斯恼羞成怒,退出了战争。他恳请他的母亲忒提丝(Thetis)去请求宙斯惩罚阿伽门农。众神之王因此决定给阿伽门农派去"险恶的幻梦"。赫拉(Hera),宙斯的妻子,非常坚决地反对特洛亚,因此宙斯没有告诉她或其他任何神,他叫来了梦神奥涅伊洛斯(Oneiros),令其赶去阿伽门农的营帐,并告知希腊军队可"现在"(νῦν)去攻克特洛亚人的城堡,随后的进攻会让特洛亚人死伤无数。第二卷开篇就描述了宙斯派遣奥涅伊洛斯去到阿伽门农营帐的情形。

其他的天神和白日乘车上阵的凡人整夜入睡,唯有宙斯不得安眠,他心里盘算怎样重视阿喀琉斯,在阿开奥斯人(Achaeans)的船边毁灭许多人的性命。这样的计划在他的心里最好不过,给阿伽门农送去一个有害的幻梦,他用有翼飞翔的话语对梦神说:"害人的幻梦,快去阿开奥斯人的快船边,你到达阿特柔斯之子阿伽门农的营帐时,把我说的话全部如实地向他传达。叫他赶快把长头发的阿开奥斯人武装,因为他现在能攻下特洛亚人的宽阔的城市,那些居住在奥林波斯山的永生的天神不再有不同的意图,[24] 是赫拉恳求他们转变过来,特洛亚人的灾难来临。"他这样说,梦神听见了就动身上路。他很快就到达阿开奥斯人的快船旁边,在阿特柔斯之子阿伽门农那里,发现他在帐里安睡,全身是神圣的睡意。(《伊》2.1—19)①

在荷马史诗中,凡人是不会做梦的;他们从神的使者那里领受"幻梦"。做梦的人是"观众",幻梦并不是抽象的或推测的寓言,而是真实的存在,就像奥涅伊洛斯。② 奥涅伊洛斯认为自己是 Διός... ἄγγελος,即"宙斯的使者",通常也会翻译成"宙斯的信使"。希腊艺术家有时会把奥涅伊洛斯描绘成一个长着翅膀的年轻男子,就像基督教艺术作品中的天使。③ 诗人随后转向描述走近阿伽门农的天使。

> 梦神立即化身为涅琉斯(Neleus)之子涅斯托尔(Nestor),这人是最受阿伽门农敬重的长老,神圣的梦神以长老的模样对统帅这样说:"驯马的阿特柔斯的儿子啊,你怎么还在睡觉?一个为将士所信赖、事事关心的出谋人,不应该整夜睡眠。你赶快听我的话,我是从大王宙斯那里前来的信使,他虽然远在天上,却很关心你,怜悯你,他叫你立刻把长头发的阿开奥斯人武装,因为你现在能攻下特洛亚人的宽阔的城市,那些居住在奥林波斯山的永生的天神不再有不同的意图,是赫拉恳求他们转变过来,特洛亚人的灾难来

---

① [译者注]本书中所有《伊利亚特》的译文均参考自《荷马史诗·伊利亚特》(罗念生,王焕生译,人民文学出版社,1994)译本,部分译文译者依据英文做了改动。

② William Stuart Messer, 1918,页 3—7; Joachim Hundt, *Der Traumglaube bei Homer*, *GBLS* 9 (Greifswald: Hans Dallmeyer, 1935),页 39—43;以及 A. H. M. Kessels, 1978,页 7—10。奥涅伊洛斯本身并不是梦神;这一角色通常由赫耳墨斯扮演,"他是荷马史诗中离梦境预言最切近的道路"(Messer,页 4)。荷马之后,赫耳墨斯成功地赢得了"幻梦使者"(ὀνειροπομπός)的称号。

③ *LIMC* 之"奥涅伊洛斯"。同样可参见欧里庇得斯《赫卡柏》(*Hecuba*) 70—71:"乘着黑夜翅膀的幻梦。"

临,这是宙斯的意志;你把这事放心上,在甜蜜的睡眠释放你时,不要忘记。"

梦神这样说,随即离开。让阿伽门农留下来考虑那些不会实现的事情。因为他真的相信当天能够攻下普里阿摩斯的都城,他是个愚蠢的人,不知道宙斯心里在计划什么行动,这位天神要在顽强战斗中同样给特洛亚人和达那奥斯人(Danaans)带来苦难和呻吟。他醒来,那神圣的声音还在他耳际鸣响。(《伊》2.16-41)

宙斯告诉他,"现在($\nu\tilde{\nu}\nu$)能攻下特洛亚人的宽阔的城市";但是希腊之王却理解为"当天($\H{\eta}\mu\alpha\tau\iota\ \varkappa\varepsilon\acute{\iota}\nu\varphi$)能够攻下普里阿摩斯的都城"。① 阿伽门农对宙斯恶意的、模糊的"现在"粗心的解读,将给他带来巨大的灾难。阿伽门农有理由相信幻梦。尽管他的解读有着明显的破绽,但他还是忠诚地向神祈祷并献上供奉,他以为预示着胜利的征兆已屡次出现。骗人的幻梦和其他几个异兆似乎是胜利在招手,但是这样的胜利不会到来,直到大量的希腊人倒下,作为阿伽门农傲慢的代价。

希腊之王阿伽门农召集议事团,然后近乎逐字逐句地向他们传达了幻梦的内容。涅斯托尔回应说,如果宣告这个幻梦的人是其他人而不是他们的统帅,他或许会认为这个幻梦是个谎言而不屑一顾(《伊》2.76-81)。议事团召集所有的希腊将士集会,但是阿伽门农没有告诉他们[25]他的幻梦。相反,为了检验他们的忠诚,他说,宙斯"现在计划出一个邪恶的诡计,叫我在丧失许多将领和士兵的时候,丢尽脸面,航海回到阿尔戈斯(Argos)"(《伊》2.114-115)。军队将被解散,然后返回家园。

---

① 在这一点上,可参见波菲利(Porphyry)《荷马史诗〈伊利亚特〉献疑》(*Quaestionum Homericarum ad Iliadem*)之 2.305-329 以及尤斯坦修斯(Eustathius)《荷马史诗〈伊利亚特〉评注》(*Commentarii ad Homeri Iliadem*)2.307。

在经历了九年徒劳无功的战争之后,他们非常理解阿伽门农的这番话,纷纷奔向自己的战船。为了阻止这样的混乱,奥德修斯提醒他们说:在他们驱船离开奥利斯海港驶向特洛亚城时,他们曾目睹了卡尔卡斯(Calchas)的预卜,说他们一定会取得胜利。

> 我们都还清楚地知道那预言,我们这许多没有被死亡命运带走的人都是见证……它就像是发生在昨天或是前天,阿开奥斯人的船只集中在奥利斯,给普里阿摩斯和特洛亚人装上灾难;我们环绕着一道泉水,在神圣的祭坛前给天神献上有效的百牲祭,从美好的阔叶树下面流出一股清泉。出现了一股重大的预兆:一条背生血红鳞片的长蛇由奥林波斯大神送到阳光里,从祭坛下冲出,爬上阔叶树。树上有麻雀的雏儿,娇嫩的幼鸟,居住在最高的枝头,屈缩在树叶下面,一共八只,生它们的母鸟算是第九只。小鸟可怜地啼叫,被蛇一一吞食,母亲绕着它们飞,哀悼自己的小儿女。那条蛇盘起身子,咬住绕着它啼叫的鸟翼。在它吞食了麻雀的小儿女和母鸟以后,使他出现的天神把它变成预兆,**克罗诺斯**(Cronos)的儿子把它化成石头,我们感到木然,对事情惊奇不已。(《伊》2.301-320)

奥德修斯接着说,先知卡尔卡斯当时提供了他的解释:

> 长头发的阿开奥斯人,你们为什么不言语?智慧神宙斯给我们显示重大的异兆,来得晚,应验得晚,它的名声永不朽。有如这条蛇吞食麻雀的小儿女和母鸟,一共八只,生儿女的母亲算是第九只,我们也将在那里打这么多年的战争,第十年我们将攻下那个宽大的都城。(《伊》2.321-329)

古代的读者都认为蛇象征着希腊军队,麻雀象征着特洛亚人。①因此,这一先兆证实了这个骗人的幻梦所传达的信息,但是,卡尔卡斯和奥德修斯不知道的是,在特洛亚失败之前,大量的希腊人将会为此付出生命的代价。奥德修斯在希腊士兵苦战九年之后再次提醒他们这个先兆,同时预测这个城市现在就可攻破。

"先知(卡尔卡斯)这样述说;现在(νῦν),这一切正在应验。胫甲精美的阿开奥斯人啊,让我们在这里留驻到攻下普里阿摩斯的宽阔的城市。"他这样说,阿尔戈斯人大声欢呼,称赞神样的奥德修斯,欢呼声在阿开奥斯人的船只周围不断回响,叫人畏惧。(《伊》2.330-335)。

涅斯托尔向军队提起它们驾船去往特洛亚时另一个来自宙斯的预兆,即宙斯把闪电打在战船的右上方,从而进一步支持了奥德修斯的演说。阿伽门农召集他的军队准备发起进攻,他向宙斯献上一头肥壮的公牛,祈祷当天要让特洛亚城陷落。"他这样说,[26]宙斯却不满足他们的心愿,他接受焚献的祭品,却增加他们的辛苦。"(《伊利亚特》2.419-420)。在《伊利亚特》卷二到卷八,这个幻梦设置了一个讽刺的场景,因为读者知道神所知晓的事情:即使宙斯许诺给希腊人一个快速实现的胜利,他们还是注定失败。直到失去很多英雄之后,阿伽门农才会意识到神欺骗了他(《伊》9.17-22)。

判断模仿的第一条标准——也是必要条件,即模板的可及性。更广为人知的是,目标越容易获得,越有影响,模仿的证据就越强。相反,该模型越模糊,模仿的可能性就越小。

---

① 关于这一点的解释,参见波菲利《荷马史诗〈伊利亚特〉献疑》对2.305-329的评注和详细的关于象征的解释。尤斯坦修斯了解到波菲利的解释,并提出与之相反的观点(《荷马史诗〈伊利亚特〉评注》之2.307,页183)。

毫无疑问,路加和他的读者知道《伊》卷二,希腊古典文献中最有名气的就是荷马史诗,常常在古代教育中吸引人们模仿它。但二十四卷《伊》在教育中的使用并不是均匀分布,迄今为止最受欢迎的当属卷一和卷二。据统计,在89种针对初学者的有关《伊》的教材中,有51种从前两卷开始:其中29种从卷一开始,其余22种从卷二开始。只有11种证实了二十四卷的目录,其中还包含《奥德赛》在内。①

这种分布状况在更高阶的学习者的学习材料中也非常类似。在977个案例中,有123个来自《伊》卷一,112个来自卷二。希腊教育所有阶段所使用的教材中,超过25%取自《伊》前两卷。来自公元3世纪亦或4世纪的残损的莎草纸文献记载了卷二的前40行,即宙斯骗人的幻梦。② 这个幻梦同样受到公元2世纪评论家的关注。③ 一些莎草纸上直接画着蛇和麻雀的图案。比如,公元1世纪的一个文稿保留下来的一部分表现出对《伊》2.299-312的转写;换句话说,它包含了先兆的开始,而且很可能一直持续到故事的结尾。④ 一个修辞学老师引用了亚历山大大帝和犬儒学派的第欧根尼(Diogenes)之间交锋的轶事,来说明《伊》卷二的流行程度。亚历山大站在正在睡觉的哲学家旁,以贬抑的口吻引用了《伊》2.24中的一句话:"一个无法做抉择的人才会整晚昏睡。"醒来的第欧根尼则引用下一句话作为回应:"谁让人依靠,谁就会有烦恼。"⑤ 没有人会依靠第欧根尼,他没有烦恼,所以他想睡多长时间就可以睡多长时间。

---

① 根据 Teresa Morgan 收集的资料(1998,页308-309)。
② Cribiore(1997),目录299(*P. Ant.* III 156)。
③ 同上,目录331(T. Hamb. inv. 736)。
④ 同上,目录259(*P. Oslo* III 66)。《伊利亚特》卷一和卷二的一个译本来自拜占庭的作者 Moscopoulos(Eleonora Melandri, "La Parafrasi di M. Moscopulo ad Hom. A – B 493 e la tradizione esegetica e lessiografica dell'Iliade",见 *Prometheus* 9 [1983]:177-192)。
⑤ Theon,《修辞初阶》(*Progymnasmata*),5.205.10-17(Walz)。

柏拉图抱怨说:"尽管我们赞美荷马,但我们对此不会称赞:宙斯给阿伽门农派去幻梦。"(《王制》[Republic,又译《理想国》],2.383a)欺骗阿伽门农的幻梦是荷马神学上一个遭遇很多学者抨击的污点。路吉阿诺斯提醒他的读者道:众神之王欺骗了"阿伽门农,给他派去了欺骗的幻梦,为了让更多的阿开奥斯人失去生命"(《宙斯的话语》[Zeus Rants] 40)。在另一个文本中,他[27]引用了《伊》2.56,阿伽门农说他所见到的幻梦是"神圣的"(θεῖος)。路吉阿诺斯将这一骗人的幻梦和"真正神圣的梦"(θεῖός τις ὡς ἀληθῶς ὄνειφος ἐπιστάς)进行了对比(《加卢斯》[Gallus] 8)。据亚里士多德反映,文法学家塞色斯的希庇亚斯(Hippias of Thasus)从语文学的角度为宙斯开脱,但难以改变对荷马的非议,更多的评论者用各种文本形式解释或评论这一段落,视之为存在广泛争议的荷马问题。①

一种比较通用的解决方式是,把这一幻梦解释成并不带有宙斯打算惩罚阿伽门农的目的,而仅是阿伽门农乐观的想象。持这一观点的学者,比如波菲利,认为把"现在"解读为"当天"是阿伽门农自己的责任。② 新柏拉图主义哲学家西里阿努斯(Syrianus)(公元 5 世纪)把这则故事寓言化以避免其存在的争议。③ 罗马晚期的作家马克罗比乌斯(Macrobius)则给出如下解释:

> 我们一定要说神给他(阿伽门农)派去了骗人的幻梦吗? 事实并不是这样,而是因为命运已经给希腊人设定了这样的灾难,在这个幻梦的字里行间隐藏着一个暗示,如果能够细心地分析,应该

---

① 亚里士多德,《诗学》(Poetics)1461a22。参见阿芙洛狄西亚斯的亚历山大(Alexander Aphrodisiensis),《亚里士多德〈辩谬篇〉评注》(In Aristotelis sophisticos elenchos commentarius),34.2–35.8。

② 《荷马史诗〈伊利亚特〉献疑》对该处的评论。

③ Apud Proclus,《评柏拉图的〈理想国〉》(Commentary on Plato's Republic),1.115–117。

能够使他至少可以避免灾难,甚至能够取得胜利。神的指令是要他带领整个军队,但是他认为这个指令只是战斗,并没有注意到是要带领整个军队,包括被忽视的阿喀琉斯(那个时候他还在为刚刚发生的羞辱感到刺痛,想带领他的士兵撤出战斗)。希腊之王直接走向战场,承受了注定的失败。因此,神不应该受到责备,因为阿伽门农没有全部遵从他的旨意。①

这种巧妙的辩护并没有打动基督教的护教者们,比如殉道者尤斯丁(Justin Martyr)以及爱任纽(Irenaeus),他们通过对这个幻梦的解读来抨击宙斯神。② 当塔蒂安(Tatian)告诉他的读者"宙斯是出于嫉妒,他把幻梦隐藏于一个摧毁人类的计划之中"(《致希腊人语》[Oratio ad graecos] 21.1)时,他有想到这个故事。《安德烈行传》把基督教上帝的一个梦和宙斯骗人的幻梦进行了对比。③

同样引起批评关注的还有蛇和麻雀的预示。奥维德在他的《变形记》(Metamorphoses)中重述了这个故事,他特别关注从蛇到石头的变形。④ 还有一些作者注意到卡尔卡斯的算法:一只鸟等于一年。比如,西塞罗把整个景象翻译成拉丁语来揭示其中的预兆:为什么小鸟的数量暗示着年数而不是天或月呢?⑤ 同样,基督徒奥利金(Origen)逐字

---

① 《评西庇阿的梦幻》(Commentary on the Dream of Scipio)1.7.5,William Harris Stahl 译,《马克罗比乌斯:评西庇阿的梦幻》(Macrobius: Commentary on the Dream of Scipio;New York: Columbia University Press,1952),页118-119。

② Justin Martyr,《第一护教书》(First Apology)25 和 Irenaeus,《反异端论》(Adversus haereses)1.12。

③ Gregory's Epitome 26(见 MacDonald,1994,页185)。

④ 《变形记》12.11-23。奥维德把蛇解读为希腊军队,把麻雀解读为特洛亚人。

⑤ 《论占卜》(De divinatione)2.28.63-30.65。西塞罗在索拉(Sulla)给诸神献祭时提到了一个相似的预兆。一位先知将突然从祭坛后冲出的蛇解读为吉利的征兆,让索拉去发动战斗,说他最终会取得胜利(1.33.72)。

引用《伊》2.308－321来质疑异教徒的预兆:假如鸟儿能够知晓未来,为什么雌鸟不知道把她的巢筑在蛇找不到的地方呢?②

这个预兆甚至被解释成一个比喻:有些肃剧人物把自己描述为麻雀母亲,没有办法从危险中救出自己的孩子。田园诗人摩斯科斯(Moschus)的一首诗中出现了墨伽拉(Megara),赫拉克勒斯(Heracles)的妻子,[28]她把她残忍的丈夫比为蛇,他不顾她疯狂的嘶喊吞食了她的孩子。③ 小说家赫里俄多洛斯描述一个老人在孩子被海盗偷走时的无助中,提及这个预兆:

> 我觉得我就像一只鸟,就在她的眼前,她的巢被掠夺,她的孩子被蛇吞食……她尖叫着,绕着她的家拍动着翅膀,但是她的请求、她对孩子的悲伤毫无用处。④

亚历山大的克雷芒(Clement)在谈论上帝对人类的爱时,引用了《伊》2.315,"妈妈在它们的头顶扑闪着翅膀,为她的孩子哀鸣"(《劝勉篇》[*Protrepticus*]10[74])。同样,拿先斯的格里高利(Gregory of Nazi-

---

根据尤斯坦修斯和他的古代权威,卡尔克斯将麻雀筑巢在树的顶部解读为理解其象征意义的线索。三种自然界的运转设定了时间:地球旋转一周是一天,月亮旋转一周是一个月,太阳旋转一周是一年。假如麻雀把巢筑在树干上,那它们象征的就是天数,如果筑在较低的树枝上则象征的是月数,而筑在较高的树枝上则象征的是年数(《荷马史诗〈伊利亚特〉评注》之 2.307)。

② 《驳塞尔索》(*Contra Celsum*)4.91。
③ 《墨伽拉》(*Megara*)17－28。
④ 《埃塞俄比亚人的故事》(*An Ethiopian Story*) 2.22 (J. R. Morgan, 1989)。R. W. Garson 将这一形象归咎于赫里俄多洛斯对《伊利亚特》卷二的使用(《赫里俄多洛斯的〈伊西欧比亚人的故事〉中荷马的声音》["Notes on Some Homeric Echoes in Heliodorus' *Aethiopica*"], *Aclass* 18 [1975]:137－140),但是,根据 Máximo Brioso Sánchez,小说作者使用了早期对摩斯科斯的模仿("Mosco y Heliodoro. El s'1mil de Etiópicas II, 22.4," *Habis* 17 [1986]:117－121)。

anzus)把七位马加比殉道者的母亲比拟为麻雀的母亲,当蛇摧毁她的巢时,她勇敢却又绝望地在空中盘旋。①

文学家对《伊》卷二的广泛应用,使之满足了模仿的第一条标准,即可及性。这一点非常突出。如果可以把保存下来的学校作业和其他文献作为证据来看,这些荷马史诗中的故事不仅具有可及性,甚至奠定了古典文学的形式,激起了异教徒与基督徒之间在理论层面的争论,并渐渐成了诗歌和散文中的常见比喻。这些发现也预示着第二条标准,即类比,这是其他古代作者也模仿同一个模板的证据。下一章我们将讨论诗人和史学家如何按自己的目的改写《伊》卷二。一旦我们确立了这一模仿的传统,我们就能更好地赏读路加笔下这一主题的种种变形。

---

① 《祈祷文》(*Oratio*)15,见《马加比的荣耀》(*In Maccabaeorum laudem*),见 *MPG*,35.925,A – B。

3

更多关于幻梦和征兆的例子

[29]"历史中满是关于幻梦的例子"(《论占卜》[*De divinatione*] 1. 24. 50)。西塞罗笔下的对话者说得对。文学中的幻梦太过常见,以至于修辞学家把它视为老生常谈,但是或许没有哪个幻梦像《伊利亚特》卷二中阿伽门农的幻梦一样引发如此多的模仿。① 梅塞尔(William Stuart Messer)有关肃剧的评论同样适用于散文:

> 我完全确信在肃剧中采用的不同类型的幻梦具有模仿的性质,它们或多或少直接模仿自荷马使用的幻梦……所有不同形式幻梦的原型在早期的史诗中都非常显著……要记住的一点是,肃剧中幻梦的直接来源不是在宗教和某种迷信中,而是存在于文学中,也就是说,幻梦的来源乃是书本和艺术。②

蛇和麻雀的预兆同样是模仿的常见对象。有些作家,比如路加,在《徒》第十至十一章中,在同一语境中同时对二者进行了模仿。为了讲述得更清楚,我将把模仿分为三类:(1)只模仿幻梦,(2)只模仿预兆,

---

① 昆体良 4.2.9:"正是根据这一事实,他们如此轻易地因为梦幻和异象而丢掉了自己的权利。"老塞涅卡认为对梦幻的使用并不是传统的修辞主题(*Suasoriae* 4.4;对比 *Controversiae* 2. 1. 33 以及 Petronius,*Satyricon* 10)。

② Messer,页 57 – 58(梅塞尔的解读)。Joachim Latacz 持相似的观点(《梦幻在古代文学中的功能》["Funktionen des Traums in der antiken Literatur"],*WJA* 10 [1984]:31)。

(3)不仅模仿幻梦也模仿预兆。

对虚假幻梦的模仿

荷马对派给阿伽门农的幻梦的叙述包括三个场景和如下主题。①

1. 派遣信使[30]

    1.1 神的决议(宙斯决定通过梦神欺骗阿伽门农)

    1.2 授意给信使

    1.2.1 命令出发(宙斯让梦神到阿伽门农那里去)

    1.2.2 授意给那个凡人(梦神向希腊王传达袭击特洛亚的旨意)

    1.2.3 保证胜利(梦神向希腊王许诺胜利)

2. 传递旨意

    2.1 信使出现(梦神化身为涅斯托尔,站在希腊王旁边)

    2.2 指责(梦神指责阿伽门农还在熟睡)

    2.3 表达神的支持(梦神告诉希腊王宙斯很支持他)

    2.4 向凡人传达旨意(梦神告诉希腊王去袭击特洛亚)

    2.5 保证胜利(梦神告诉希腊王特洛亚的失败是确定的)

    2.6 信使离开(然后梦神离开前往奥林波斯山)

3. 对旨意的反应(阿伽门农依据幻梦采取了行动)

很多古典学者认为,诗人在《奥德赛》中采用了《伊利亚特》卷二对幻梦的描述,作为史诗中其他幻梦创作的模型,尤其是出现在 4.795 - 841 以及 6.13 - 51 中的幻梦。② 这一观点也许正确,因为《奥德赛》的

---

① 此处对主题的描述和 James F. Morris 在《荷马史诗中的"梦境"》("'Dream Scenes' in Homer: A Study in Variation", *TAPA* 113 [1983]: 39 - 54)中提供的描述相似。

② 例如,F. Oskar Hey,1908,页 12 - 13,以及 Messer,页 24 - 31。

诗人和《伊》的诗人几乎可以肯定是不一样的,前者看起来已经把《伊》作为他整个史诗的一个模仿对象。① 即便如此,文学上的影响力也不是唯一合理的解释,这是考虑到梦在史诗的口头吟诵中非常普遍,它对于相互独立的两位诗人来说都可及。② 无论是口语的程式话语还是模仿,它们的相似性都值得一提。

1. 派遣信使 在《奥德赛》③的那两个段落中,雅典娜向一个妇女托梦。在第一个故事中,女神雅典娜托梦安慰佩涅洛佩;在第二个故事中,女神自己出现在费埃克斯的公主瑙西卡娅(Nausicaa)面前,把她送到海岸上去见在海上遇难的奥德修斯(主题 1.1)。在这两个故事中,没有对信使明显的指示(主题 1.2),但都描述了一个旅程(主题 1.3)。雅典娜派了一个幻影到佩涅洛佩的房间,她自己则去到瑙西卡娅的卧室(《奥》4.799–802 和 6.13–19)。

2. 传递旨意 根据《伊》卷二,

> 他[奥涅伊洛斯]站在他的头顶上方($στῆ\ δ'\ ἄρ'\ ὑπὲρ\ κεφαλῆς$),化身为涅琉斯之子涅斯托尔,这人是最受阿伽门农敬重的长老,神圣的梦神以长老的模样对统帅这样说:"驯马的阿特柔斯的儿子啊,你怎么还在睡觉($εὕδεις$)? 一个为将士所信赖、事事关心的出谋人,不应该整夜睡眠。"(《伊》2.20–25)

在《奥德赛》卷四,幻影以[31]佩涅洛佩的姐妹,伊芙茜墨(Iphthime)的样子出现。"她站在她的头顶上方($στῆ\ δ'\ ἄρ'\ ὑπὲρ\ κεφαλῆς$),开口说道:'佩涅洛佩,你现在睡着($εὕδεις$),心中仍忧伤。'"(《奥》4.803–804)在《奥德赛》卷六中有一段对雅典娜形象的描述:

---

① 例如,Georg Danek,1998,页 1–23。
② 参 Hundt(1935,65. n.76)对文学依赖这种解释的顾虑。
③ 本书中所有《奥德赛》的译文均参考自《荷马史诗·奥德赛》(王焕生译,人民文学出版社,1997)译本,部分译文据英文有改动。

她站在她的头顶上方($στῆ\ δ'\ ἄρ'\ ὑπὲρ\ κεφαλῆς$),对她开言这样说,幻化成以航海著称的狄马斯(Dymas)的女儿模样,此女与瑙西卡娅同龄,很令她喜欢。目光炯炯的雅典娜来到她近前这样说:"瑙西卡娅,母亲生了你怎这样懒惰?把你的那些漂亮衣服随意扔在一旁。"①

正如在《伊利亚特》卷二中,这两个幻梦都以信使的形象出现,做梦者后来都遭到指责(主题2.1和2.2)。

在《奥德赛》卷六中,并没有关于神的支持的表述(主题2.3)——很琐碎地描述她们奉命去洗衣服——但是在卷四中:

生活悠闲的神明们要你停止哭泣,不要再悲恸,你的儿子会安全归返,因为神明们认为他没有犯任何罪过。(《奥》4.805-807)。

诗人曾在《伊》中写道,"我是从大王宙斯那里前来的信使,他虽然远在天上,却很关心你,怜悯你……那些居住在奥林波斯山的永生的天神不再有不同的意图"(《伊》2.26-27和30-31)。

梦神奥涅伊洛斯命令阿伽门农武装他的军队,进攻特洛亚城(主题2.4),因为胜利是肯定的(主题2.5)。《奥德赛》卷四和卷六中的幻梦同样传达了命令,并且暗示了成功。幻象命令佩涅洛佩停止哭泣,并且向她确保特勒马科斯一定会回来(《奥》4.812-813以及825)。雅典娜命令瑙西卡娅去向她的父亲要一辆四轮马车来运送待洗的衣服,并且承诺和她一起去(《奥》6.36-40)。"信使离开"(主题2.6),这种相同的结束方式出现在每一个故事里。在《伊》卷二中,"梦神[奥涅伊

---

① 《奥》4.803-811。《奥》6.21-25;《伊》2.795。比照《奥》6.24:$τῇ\ μιν\ ἐεισάμενος\ προσέφη\ γλαυκῶπις\ Ἀθήνη$,以及《伊》2.22:$τῷ\ μιν\ ἐεισάμενος\ προσεφώνεε\ θεῖος\ ὄνειρος$。

洛斯]这样说(ὣς ἄρα φωνήσας),随即离开(ἀπεβήσετο)"(《伊》2.35)。《奥德赛》卷四中写道:"这样说完"(ὣς εἰπών),幻象从门框栓隙离去,消失在风的气流里(《奥》4.838-839)。《奥德赛》卷六:"说完(ὣς εἰποῦσ'),目光炯炯的雅典娜转身(ἀπέβη)返回奥林波斯"(《奥》6.41-42)。

3. 对旨意的反应 阿伽门农醒来后,立刻召集首领,给他们讲述他的幻梦。佩涅洛佩醒来后,停止了哭泣(《奥》4.839-841)。瑙西卡娅醒来后,立刻请求她的父亲给她派一辆四轮马车(《奥》6.48-65)。

即使这些相似之处非常明显,也并不必然说明存在模仿。幻梦的场景是荷马之前就已存在的一种口传传统,并且这里引述的很多相似之处在史诗中的其他地方也同样出现过。但另一方面,《奥德赛》的作者肯定知道《伊利亚特》,而且对它有很多借鉴。古希腊肃剧中也满是这样的幻梦,其中很多都表现出受到荷马的影响,如同我们所指出的。①

拉丁语诗人同样发现骗人的幻梦在文学作品中非常受欢迎。公元65年,诗人卢坎在26岁时去世,留下还未完成的关于罗马内战的史诗。尽管卢坎非常巧妙地避免了古代史诗中常见的神直接干预的场景,可诗中依然充满了对荷马、维吉尔以及其他拉丁诗人的模仿。在卢坎那里,幻梦是一种心理预期,做梦的人从未像被动的接受者那样揭示神的旨意,因此幻梦在[32]卢坎的作品中出现得并不是很频繁。以卷七开头庞培的幻梦为例,卢坎可能依据了罗马史学家李维(Livy),但历

---

① 在多数情况下,肃剧中的梦幻并不会严格遵守荷马式的叙述模式,尽管它们的功能非常相似。对骗人的梦幻的呼应,在阿波罗尼俄斯的《阿尔戈船英雄记》(Argonautica)3.616-632 和 4.1347-1361,以及普鲁塔克的《亚历山大》(Alexander)18 中也有体现。普鲁塔克在创作阿格西劳斯的梦幻时,很有可能想到了《伊利亚特》卷二:一个声音告诉他,他本人很像阿伽门农,他是所有希腊军队的统帅,带领他们和亚细亚的军队作战,甚至也从奥利斯港湾出海。和阿伽门农一样,他即将把自己的女儿献祭给神,这是他之前拒绝做的事(《阿格西劳斯传》[Agesilaus]6.4)。

史资料的使用并不能完全解释幻梦的内容或功能。① 就这一点而言,我们必须转向荷马。

由于神明不是作为卢坎史诗中的人物出现,庞培的幻梦和《伊利亚特》卷二中的很多主题并没有相似之处,比如幻梦的派送和到达,或传达神的青睐和命令。即便如此,学者们长期以来还是认为卢坎对骗人的幻梦有所借鉴。② 阿伽门农和庞培都是军事指挥者,都在故事的开头做过一个梦,他们的幻梦都具有欺骗性,而且都和即将出现的结果完全相反。③ 庞培梦见众多的司仪聚集在罗马的剧场,颂扬他在公元前71年战胜西班牙的那场胜利。他把这个当作他能够战胜恺撒,并且会再一次在罗马庆祝胜利的征兆,但读者似乎比他更清楚故事的结尾。卷七以这样一个警示开头:"黑夜用一个虚假的幻象(nox … vana decepit imagine)欺骗了他。"④ 那个夜晚或许就是庞培的终结。

维吉尔在《埃涅阿斯纪》(以下简作《埃》)卷七中对骗人幻梦的模仿非常著名且具有启发性。⑤《埃》主要模仿了《奥德赛》卷一至六以及《伊利亚特》卷七至十二。骗人的幻梦出现在《伊》、《埃》一些篇章的

---

① 参见普鲁塔克的《庞培传》(*Pompey*)68.2,弗罗鲁斯(Florus)2.13.45,奥博斯奎恩斯(Julius Obsequens)65a;阿庇安《内战》(*Civil War*)2.68。关于和李维之间复杂的联系,见 W. Rutz,《卢坎"法沙利亚"中的庞培之梦》("Die Träume des Pompeius in Lucans Pharsalia"),刊于 *Hermes* 91(1963):335 – 337。

② 尤其可参阅 Lausberg,"卢坎",页 1574 – 1580。关于拉丁语诗歌中的模仿,见 Williams,"罗马的诗人"(Roman Poets),页 211 – 237。

③ Lausberg,"Lucan and Homer",1574。

④ 《内战记》(*Bellum civile*)7.7 – 8。奥维德在解释阿伽门农的骗人的梦幻时使用了一个相似的表达:deceptus imagine somni(《变形记》13.216)。

⑤ 对这一模仿的讨论,见 Knauer,页 236 – 237,以及《维吉尔和荷马》("*Aeneis und Homer*"),见 *Aufstieg und Niedergang der romischen Welt*,2.32.2(1981):883("[《伊利亚特》中的]这个梦境事实上为阿勒克托和图努斯提供了梦境创作的模板")。对《埃涅阿斯纪》中的梦幻最透彻的分析是 Hans Rudolf Steiner,1952;他在页 62 – 66 中讨论了图努斯的梦幻,并且将其与《伊利亚

开头部分。流居海外的特洛亚人在埃涅阿斯的指挥下,和意大利当地的管理者谈判,重新定居到意大利,从而激怒了他们在神明中的敌人朱诺(也就是赫拉)。罗马的建立是必然的,既是命运的安排,也是朱庇特(Jupiter)的旨意,但是众神之母不能忍受她的老对手没有经过战斗就得到重新安置。

1. 派送信使 "如果我不能让天上的神屈服,那我将在地上引起骚乱",即使这意味着双方兵士的伤亡(主题 1.1)。② 为此,她从地狱召唤了凶猛而暴躁的阿勒克托(Allecto),命令她去播撒不幸和苦难:"去播散战争的罪恶。"(主题 1.2.1,《埃》7.339)"随即,女神乘着黑暗和凄凉的翅膀,飞到勇敢的鲁图里人(Rutulian)的城墙"(主题 1.3,《埃》7.408-409)。阿勒克托在很多方面和奥涅伊洛斯相像:奥涅伊洛斯是尼克斯(Nyx),司夜女神的儿子;阿勒克托是诺克斯(Nox)的女儿(《埃》7.331)。艺术家常常把奥涅伊洛斯描述为有着一双翅膀的天使,阿勒克斯也有着一双翅膀(《埃》7.408,476 和 561)。

2. 传递旨意 阿勒克托把自己伪装成一位年迈的妇人,在图努斯睡觉的时候出现在他面前(主题 2.1)。(此处,以及其他详细引述的模仿,我把和《伊》极为相似的部分用黑体字[中文为楷体]突显表示强调。附录列出用原文本的语言记录的相似部分,以供进一步分析。)

> 在这里,在他高高的宫殿里,在漆黑的夜里,图努斯正在[33]*熟睡*。阿勒克托隐藏了她狰狞的外表和可怕的四肢,她把*自己变成了一个年迈的妇人的样子……她变成了卡莱比*(Ca-

---

特》2.64-65 进行对比。Clyde Murley 的《弗吉尔和荷马对神的使者的使用》("The Use of Messenger Gods by Vergil and Homer", *Vergilius* 3 [1939]:3-11)同样非常有价值。

② 《埃涅阿斯纪》7.312-316;对比《伊》2.13-14,在那里荷马说赫拉"改变了"(ἐπέγναμψεν)众神的想法。

lybe),朱诺神殿中的一位年迈的女祭司。(《埃》7.413-416 和 419;见附录)

正如在《伊》卷二中那样,此处是一个指责(主题2.2),不是因为主人公睡觉,像《伊》卷二中记录的那样,而是因为主人公对特洛亚的容忍。在这个年轻人的眼前,阿勒克托说了这样一段话:"图努斯,你竟然会因为没有一个好的理由而容忍如此多的苦难,包括把你的权杖移交到特洛亚的移民手中吗?"(《埃》7.20-22;见附录)阿勒克托告诉图努斯,"这个旨意是萨杜恩(Saturn)全能的女儿清楚地命令我在宁静的夜晚,在你休息时告诉你"(主题2.3,《埃》7.427-428)。她给图努斯的旨意,很明显是对奥涅伊洛斯命令阿伽门农立刻武装阿开奥斯人的旨意(主题2.4)的模仿。"那么站起来吧,愉快地去武装年轻人,带领他们从大门走向战场;带领他们去和弗里吉亚人战斗……去点燃他们油漆过的战船。"(《埃》7.429-431;见附录)。最后,阿勒克托在结束她的指令时说,"是神的强大的力量下达的指令"去摧毁特洛亚人(主题2.5,《埃》7.432)。在图努斯醒来之前,她迅速消失了(主题2.6)。

3. 对旨意的反应　当阿勒克托结束了她的使命,从图努斯面前消失后,"一个可怕的颤抖把他从睡梦中惊醒,汗水湿透了他的整个身体"(《埃》7.458-459)。这个幻梦导致的结果是,他将带领他的军队投入战斗,在那里,他们中的很多人,包括他自己,都会死。在阿勒克托离开图努斯之前,她变回自己狰狞的面目,从她的头发里揪出两条吐着信子的蛇(《埃》7.445-455)。

到了公元1世纪末,斯塔提乌斯依据七将攻打忒拜的传说创作了一首拉丁语史诗。其卷二中的幻梦以《伊利亚特》卷二为基本模板,因此我们可以说,在这个故事中,作者依据的并非历史资料,而是对荷马的模仿。比起卢坎和维吉尔,斯塔提乌斯的史诗更符合荷马式的叙事模式。①

　　这个幻梦的文学语境如是：俄狄浦斯(Oedipus)的两个儿子，波吕尼克斯(Polynices)和厄特克勒斯(Etiocles)，曾达成协议轮流管理忒拜，但是在第一年年末，厄特克勒斯拒绝交出王位。兄弟俩各召集军队，展开了一场没有结果的相互厮杀。这场灾难就从朱诺派去的破坏性幻梦开始。

　　1. 派送信使　在和朱诺的争吵中，朱庇特表达了他对俄狄浦斯儿子们的傲慢和权力欲的愤怒，"我会给这个罪恶的国度送去战争，并且要把那个最具破坏性的部族连根拔起"(主题1.1，《忒拜战记》1.241-243)。朱庇特命令墨丘利(Mercury)去地狱(Hades)带走拉伊俄斯(Laius)，俄狄浦斯被人杀害的父亲："让他把我的命令带给他残忍的孙子"(主题1.2.1和1.2.2，《忒拜战记》1.298)。墨丘利下到地狱，召来拉伊俄斯；二人一起回到人间(主题1.3)。拉伊俄斯到达厄特克勒斯处的旅程呼应了[34]奥涅伊洛斯到达阿伽门农处的旅程。"这就是那个晚上的情形：库勒尼奥斯(Cyllenius)(由墨丘利和拉伊俄斯的名字拼合而成)乘着无声的微风，溜到国王(厄特克勒斯)的床边……他正在熟睡。然后，这位老人(拉伊俄斯)按照他所接到的命令做了。"②

　　2. 传递旨意　拉伊俄斯把自己伪装成盲人先知特瑞西阿斯，完全是对《伊利亚特》中奥涅伊洛斯伪装成涅斯托尔(主题2.1)的模仿，"唯恐他被视为夜间虚假的异象，他以年迈的盲人先知特瑞西阿斯朦胧的外表出现，再加上他的声音和那件著名的羊皮外套"(《忒拜战记》

---

① Juhnke 认为斯塔提乌斯直接借用了荷马模式来创作《忒拜战记》卷2(*Homerisches*，页65-67)中的梦幻。除了 Juhnke 的权威解读，还可参阅 Kytzler，1969，页209-232。

② 《忒拜战记》2.89-90 和 93-94；见附录。事实上斯塔提乌斯在诗歌的开头部分用很大篇幅描述了墨丘利的旅程；同样可参阅 1.303-311 和 2.1-80。

2.94-97;见附录)。他对厄特克勒斯的第一句话是指责(主题2.2):拉伊俄斯"似乎要传达重要的话。'已经没有时间让你睡觉了,你这游手好闲的家伙,在这夜深人静的夜晚你竟然不管你的兄弟在干什么而去睡觉。一直以来,重大的事件正在呼唤你,更为重要的问题还在后头,你这个懒惰的家伙!'"(《忒拜战记》2.101-104;见附录)。如同《伊利亚特》卷二的奥涅伊洛斯,拉伊俄斯的鬼魂在这里做了一个伪装,并且指责国王本应该在履行自己的职责时睡觉。

在《伊利亚特》卷二,奥涅伊洛斯告诉阿伽门农,宙斯很怜悯他,即使众神都想惩罚他。同样,在《忒拜战记》中,拉伊俄斯撒谎说,"出于怜悯,众神之主从上面派我到你身边"(主题2.3)(《忒拜战记》2.115-116)。然后拉伊俄斯告诉厄特克勒斯,"坚守忒拜,击退你的兄弟,他已经被权力的欲望蒙蔽了双眼并且公然反对你"(主题2.4,《忒拜战记》2.116-117)。作者斯塔提乌斯并没有让拉伊俄斯承诺战争的胜利(主题2.5),但他暗示了神的支持(主题2.3)。拉伊俄斯和奥涅伊洛斯一样消失了(主题2.6):"说完这些话,他离开了……"(《忒拜战记》2.120;见附录)

3. 对旨意的反应 拉伊俄斯离开后,厄特克勒斯"惊慌地从床上跳了起来",然后集结他的部队在一场血腥的内战中保卫他的城市,并且最终也送了他自己的性命(《忒拜战记》2.125-127)。在《伊利亚特》中,阿伽门农醒来后,也率领他的部队发动了一场灾难性的战斗。

至此,我们已经看到在《奥德赛》中,在卢坎、维吉尔以及斯塔提乌斯的著作中对阿伽门农幻梦的模仿;在本章的结尾处,我们将进一步分析希罗多德和伊塔利库斯类似的模仿,他们既模仿了幻梦,也模仿了蛇和麻雀的征兆。然而,在进行这个分析之前,有必要先单独讨论一下对征兆的模仿。

对蛇和麻雀的模仿

第二章提供了奥德修斯有关蛇和麻雀那段讲话的译文,但是这里作一总结非常有用。当希腊人的战船即将从奥利斯港出发,正在举行牲祭时,他们看到一个异兆:一条长蛇从祭坛下冲出,爬到一棵树上,吃掉了八只幼鸟,那个时候,幼鸟的母亲嘶叫着,绝望地在鸟巢的上方盘旋。最后,蛇把母鸟也吃掉,然后迅速地变成了石头。看到这一异兆的人们惊奇不已,[35]只有先知卡尔卡斯把这九只麻雀解释为九年的战争,并说第十年他们将会迎来胜利。后来,先知进一步解释说,蛇象征着希腊人,麻雀代表特洛亚人。在这个征兆的感召下,希腊军队整装待发,准备发起攻击。

对这个征兆的第一个模仿,或许就是《奥》2.146 – 176 战鹰的出现。

《伊利亚特》卷二和《奥德赛》卷二之间存在着惊人的相似性,因此很容易让人们意识到其中的借用:一种显而易见的解释是《奥德赛》中的段落模仿了《伊利亚特》。①

特勒马科斯,奥德修斯的儿子,用武力威胁佩涅洛佩的求婚者的时候,"雷声远震的宙斯放出两只苍鹰从山巅迅捷地飞下"(《奥》2.146 – 147)。起初,他们显然非常和睦地一起飞翔,但是,当飞到会场中央时,他们开始相互凶猛地撕抓对方。"人们仰望苍鹰飞翔,个个震惊,心中疑惑将会发生不测的事情。"(《奥》2.155 – 156)年迈的预言家哈利特尔塞斯(Halitherses)解释说,这一异兆意味着奥德修斯"不会再远离自己的亲人,可能就在附近地方,给大家谋划屠戮和死亡"。② 接着,他向

---

① Adele J. Haft,1992,页 224。应该注意的是 Haft 认为两部史诗之间存在一种更为复杂的相互作用的关系。Richard B. Rutherford 非常确定地认为《奥》卷二模仿了《伊》卷二(《从〈伊利亚特〉到〈奥德赛〉》["From the *Iliad* to the *Odyssey*"],刊于 BICS 38 [1991 –93]:44)。然而,Danek 拒绝从相似性结构上下结论:"有意识的模仿;诗人自己的风格;传统做法。"(1998,页 75)

② 《奥》2.165 –166。同样可对比 2.157 –160 中对哈利塞耳塞斯的描述以及《伊》1.68 –73 中对卡尔克斯的描述。《奥》2.160 和《伊》1.73 相似。

他们讲述了二十年前他的一个预言:"我说他会忍受无数苦难,同伴们全牺牲,二十年过后令人们难以辨认地返回自己的家园;现在这一切就都要实现。"(《奥》2. 174 – 176)看到这个预兆时,求婚者们本应该放弃对佩涅洛佩的争夺,即刻启程去避免预言中的灾难,然而,他们却把两只鹰相互撕抓的异象仅视作一个偶然事件。

蛇和麻雀以及两只相互撕抓的鹰的预兆不仅采用了相同的叙事模式(异兆,迷惑,解释,以及人们的反应),它们还具有一些相似的特点。两个预兆都来自宙斯,都涉及奥德修斯,并且都预示着灾祸。在《伊》中,奥德修斯提醒兵士,九年前,他们在启程去特洛亚之前看到了这个预兆。卡尔卡斯把九只麻雀解释为九年,在第十个年头阿开奥斯人将取得对特洛亚战争的胜利。在《奥》中,哈利特尔塞斯提醒那些求婚者,二十年前,"当阿尔戈斯人出发远征伊利昂时",他曾经预言过奥德修斯将在第二十个年头返乡。在奥德修斯重述了卡尔卡斯的释言之后,他接着说道,"现在这一切就都要实现"($τὰ\ δὲ\ δὴ\ νῦν\ πάντα\ τελεῖται$),哈利特尔塞斯也用了同样的六个词来结束他的预言(《伊》2. 330 和《奥》2. 176)。

埃斯库罗斯让阿伽门农在奥利斯港讲述了一个预言,虽然和《伊利亚特》卷二不同,但显然受到它的启发。在军队进攻特洛亚之前,两只鹰残忍地袭击了一只怀孕的兔子,并吞食了它。卡尔卡斯再一次被召来对这一异象作一解释。两只鹰象征着阿伽门农和墨涅拉奥斯(Menelaus)的军队,母兔象征着特洛亚。希腊人最终将获得胜利,但是他们的凶残将激怒阿尔忒弥斯(Artemis),她将把战争延长,给希腊人带来伤害,并且要求把阿伽门农的女儿伊菲格涅亚(Iphigenia)作牺牲献祭。①

---

① 《阿伽门农》(*Agamemnon*)104 – 159。对于将蛇和麻雀的异象转换为鹰和野兔的解释,见 Richard Seaford,《荷马和肃剧的献祭》("Homer and Tragic Sacrifice"),*TAPA* 119(1989):87 – 95。在《启示录》12:1 – 6 中"吐着红色信子的蛇"这一重要的"异兆"是对同一场景的模仿。蛇站立在一个孕妇面前,等待着她将孩子生下然后将其吞噬。根据佛提乌斯(Photius),梅诺突斯(Myndos)

[36]菲洛斯特拉托斯讲述了一个故事,说的是猎人们如何杀害一头怀了八个幼崽的母狮。阿波罗尼俄斯在这个故事中认为,每一只幼崽象征着一个月,而母狮象征着一年。可是他的同伴并不这样认为。

但是,荷马史诗中的麻雀意味着什么呢——蛇在奥利斯港吞食了八只小麻雀,并抓住了第九只,即它们的妈妈?卡尔卡斯解释说它们象征着九年。②

根据这种计算,八只幼狮应该象征着八年,而母狮象征着第九年。阿波罗尼俄斯反驳说,出生了的幼鸟很显然比未出生的幼狮要年老,因此幼狮所象征的时间应该相对较短。荷马并没有把未孵化的幼鸟按成年的鸟儿来计算。③

史诗诗人诺努斯这样写道:"我会在我的故事中采用荷马的模式,去歌颂战争的最后一年[也就是第七年]。我将用七只麻雀的数量来描述。"(《狄奥尼西卡》[*Dionysiaca*] 25.7 - 10)在这之前,他描述了悬铃树上未离巢的雏鸟(= 印度人)即将被大蛇(= 狄俄尼索斯[Dionysius])吃掉(《狄奥尼西卡》25.4 - 6)。

学者们早已认识到,维吉尔使用了荷马史诗中的蛇和麻雀作为拉

的亚历山大认为,吃掉麻雀的大蛇曾经和赫拉克勒斯一起,与尼米亚(Nemean)的巨狮战斗过(*Bibliotheca*,190,147b. 27)。

② 《泰安纳的阿波罗尼俄斯的传奇人生》(*Life of Apollonius of Tyana*) 1.22。

③ 与之类似,维吉尔详细记述了一个传说中的罗马的征兆,讲到埃涅阿斯和一头白色母猪以及一窝三十只吃奶的小猪仔。一只小猪仔象征一年(《埃涅阿斯纪》8.40 - 48)。关于这个征兆的起源,参见 Steiner,1952,页 71 - 72 以及 103 - 104。

奥孔(Laocoön)死亡的模式。①

接着出现了另一个异兆,比之前的更可怕,它使我们的羊群都惊恐不安。拉奥孔在那一天祭祀海神尼普顿(Neptune),祭坛上摆放着一头巨大的公牛。突然——我浑身战栗,我看见——从忒涅多斯岛(Tenedos)平静的海面,两条盘着无数圈的蛇一起从海洋深处爬到岸边。他们的腹部把海浪劈开形成了一条通道,他们血红色的头部探出海面……他们径直冲向拉奥孔。

起初两条蛇缠住了他两个儿子中一个弱小的身躯,它们用毒牙吞食其可怜的四肢。当他们的父亲拿着武器冲过来救他们时,这两条蛇抓住了他,用它们巨大的身体缠住他……与此同时,他嘶喊着向天空呼救……两条蛇滑行而去,它们爬向最高的神殿,来到凶猛的密涅瓦(Minerva,即雅典娜)的城堡,把自己藏在她的脚下和她的圆盾下面。②

荷马说,当希腊军队在奥利斯港用公牛祭祀时,一条长蛇出现,"背生血红鳞片",在绝望地啼叫着的八只幼鸟的母亲面前,吞食了这些幼鸟。最终,大蛇还吃掉了幼鸟的母亲,并且迅速消失了。根据维吉尔的故事,特洛亚人把拉奥孔和他儿子们的死视作神不满意他反对让特洛亚木马入城的预兆。密涅瓦的确派去了对付拉奥孔的蛇,但并不

---

① 《伊利亚特》卷二和维吉尔的史诗中对拉奥孔的描述非常相似,这一点众所周知。Adele J. Haft 在《奥德修斯的愤怒和〈伊利亚特〉中的不幸:阿伽门农,伊塔卡岛的王,和卷二、卷四及卷十四中对特洛亚的劫掠》("Odysseus' Wrath and Grief in the *Iliad*: Agamemnon, the Ithacan King, and the Sack of Troy in Books 2, 4, and 14",*CJ* 85[1990]:107 - 109)中进行了详细比较。赫夫特根据这些相似性提出荷马知道拉奥孔的传说,并以此为模板,仿照拉奥孔的故事在《伊利亚特》卷四中创作了德谟科昂的死。维吉尔同样也非常清楚拉奥孔的传说;见 H. Kleinknecht,《拉奥孔》("Laokoon"),*Hermes* 79(1944):66 - 111。

② 《埃涅阿斯纪》2.199 - 207,212 - 217,222,以及 225 - 227;见附录。

是因为拉奥孔错了,而是因为他完全正确。女神让特洛亚人迎入木马,一手制造了这个城市的灾难。在这里我们并没有看到一个骗人的幻梦,而是一个骗人的预兆。维吉尔很显然依据大蛇和麻雀的故事创作了他的故事。这个模仿不同于其他类似模仿的是,它缺乏象征性意义。蛇并不象征任何事物或人。

[37] 现在,有趣的事情来了。一些对《伊利亚特》卷二的模仿将幻梦和征兆结合在了一起。幻梦就其本质而言是个人的,也是主观的。即使信使传递的是一个十分清楚的旨意,做梦的人也有理由去怀疑它的可靠性。然而,征兆通常出现在接受者醒着的时候,或许还会同时被很多人看见。并且和幻梦不一样的是,征兆几乎总是具有象征意义——经常会涉及蛇或是鸟类——因此,通常需要一个先知或占卜家的解读。将明确的、个人的幻梦和一个象征性的、公开的征兆结合起来,由一个圣人进行解释,这是非常有说服力而又流行的一种做法。①

一位评论家指出,希腊肃剧中,幻梦的主要功能是"为一个征兆或神谕铺平道路,某一行为将会在此基础上发生。这种将幻梦和征兆结合,或是将幻梦和神谕结合的方式在《伊》或《奥》中却完全找不到"。②这种说法明显错误,否则,他就是我们理解古代文学作品中的幻梦的可靠指引了。正如我们所看到的,奥德修斯就是依据蛇和麻雀的征兆,对希腊文学中最早的幻梦进行解读。

《伊》卷二中将幻梦和预兆相结合的作用并不十分确定,只是存在于希腊军队的意识中。奥利斯的预兆(似乎)保证了在第十个年头打败特洛亚,《伊》卷二中奥德修斯提醒军队时正是这一年。这个未能实现的预言看似证实了阿伽门农的幻梦,但是幻梦和征兆实际上是相抵

---

① "梦幻的故事只能出自做梦者之口,这一事实说明了梦幻的不可靠性……必须依靠直接的征兆来证实。"(Messer,页68)

② Messer,页67。梅塞尔认为梦幻和征兆的结合起初出现在埃斯库罗斯的史诗作品中。

更多关于幻梦和征兆的例子 **61**

触的——通过神的迷惑人的圈套。特洛亚很快会陷落,这是幻梦和预兆给予的暗示,但是预兆更具确切的指引性。特洛亚会在第十年陷落,而不是在"现在"陷落,并且的确不是"当天"。幻梦和预兆之间的不一致产生了史诗后面部分的悬念:有一天希腊人会占领特洛亚,但却是在他们大部分人都死了之后,作为阿伽门农羞辱阿喀琉斯的惩罚。那些模仿荷马,将幻梦和预兆紧密结合的作品,常常使两者明确地相互印证,始终缺乏荷马那样的微妙感。

希罗多德讲述了波斯国王薛西斯(Xerxes)如何不顾他的智囊阿尔塔巴诺斯(Artabanus)的警告,决定带领军队开始进攻希腊的不幸战争。一个迷惑的幻梦(ὄνειρος)临到他,敦促他去战斗。《伊》卷二正是这个故事的来源。① 希罗多德巧妙地回避了是神派去幻梦,因为他坚持自己只是在记录波斯的传说(ὡς λέγεται ὑπὸ Περσέων)。② 他还说:薛西斯"自以为"(ἐδόκεε)他看见了幻梦。希罗多德用同一个动词描述了阿尔塔巴诺斯——薛西斯的智囊的幻梦,阿尔塔巴诺斯推断出那"显然"(ὡς οἶκε)肯定是某一个神派来的幻梦(《原史》7.18)。战争的结果将是毁灭性的失败,以及成千上万[38]波斯人的死亡。希罗多德并没有假定了解神的心思,这和第一组主题(1. 派遣信使)之间并没有相似

---

① "和阿伽门农梦幻类似……经常被人们指出",见 Reginald Walter Macan, 1908,第一卷,第一部分,页22。根据 Hundt,《希罗多德》7.12 中的梦幻表现出"明显的荷马影响"(1935,页42)。还可参阅 Hey,页 17 – 18;Ludwig Huber,《希罗多德对荷马的理解》(Herodots Homerverständnis),刊于 *Synusia*,沃尔夫冈·沙德瓦尔特纪念文集(FS Wolfgang Schadewaldt),Hellmut Flashar & Konrad Gaiser 主编(Pfullingen: Neske, 1965),页38,尤其是 H. A. Gärtner 非常精彩地记述了《伊利亚特》卷二中的梦幻和他们的负债(《希罗多德笔下薛西斯和阿塔本的梦幻》["Les Rêves de Xerxès et d'Artaban chez Hérodote"],*Ktéma* 8 [1983]:11 – 18)。关于希罗多德和荷马,读者一般会读 Michèle Giraudeau,《希罗多德的史诗遗产》("L'Héritage épique chez Hérodote"),*BAGB* 1984,页 4 – 13。

② 《原史》7.12。此处我部分赞同 Peter Frisch,他认为事实上希罗多德采用了波斯人的传说(1968,页 14 – 15)。

之处。

2. 传递旨意　希罗多德记录了四个幻梦,最后一个包括一个具有象征意义的景象。在之前的三个梦境中,幻梦的接受者(薛西斯或阿尔塔巴诺斯)在夜晚熟睡,并且看见一个男人或是奥涅伊洛斯站在他的头顶上方(ἄνδρα οἱ ἐπιστάντα; ὄνειρον ... ἐπιστάν; ὄνειρον ... ὑπερστάν),指责他不去发动对希腊的战争。在《伊利亚特》卷二中奥涅伊洛斯"站在阿伽门农头顶上方"(στῆ ... ὑπὲρ κεφαλῆς)。在希罗多德的著作中,三个指责都模仿了奥涅伊洛斯指责阿伽门农的问题("你怎么还在睡觉?")。薛西斯的第一个幻梦中所问他的问题是:"噢,波斯王,你是不是改变了你的计划不去进攻希腊人?"第二个幻梦的指责是:"噢,大流士之子,你怎么会在波斯人面前宣布取消战争,我说的话你就像没有听到一样,完全不予考虑吗?"阿尔塔巴诺斯的幻梦质问他的问题是:"你就是那个劝阻薛西斯不要对希腊作战的人吗?"(《原史》7.12,14,以及17)每一个幻梦都以责问的形式开始,就像对阿伽门农的指责一样(主题2.1和2.2)。不断发生的幻梦无不是命令薛西斯和阿尔塔巴诺斯发动对希腊的战争(主题2.4)。幻梦没有明显地许诺胜利(主题2.5),但是阿尔塔巴诺斯把它们解释为吉利的征兆:"正因为手上握有神力,并且神所派去的毁灭正在走进希腊——这种毁灭一定会出现——我改变了我的意见,收回我以前说过的话;你必须把来自神的信息通告波斯人。"(《原史》7.18)"在薛西斯看来,那个说这些话的人似乎飞走了。"(主题2.6,《原史》7.13)。

3. 对旨意的反应　在第一个幻梦中,薛西斯醒来时并没有对这个幻梦很在意,他对军队训话时也并没有号召他们去攻打希腊。但是,在第二个幻梦之后,他被吓了一跳:"薛西斯被幻梦中的景象吓了一跳,他从床上跳起来,让侍从去传唤阿尔塔巴诺斯",让他躺在他的王位上睡觉,看是否他也会被那个幻梦造访(《原史》7.15)。看看是否这个幻梦是"神"(Θεῖος),正是这个词让阿伽门农愚蠢地理解了他的幻梦。

当阿尔塔巴诺斯也接收到这个幻梦,"他跳起来大声呼喊"(《原史》7.18)。正是因着这个幻梦,他把成千上万的波斯人带向了死亡。

这三个幻梦都不充分,但薛西斯还有另外一个预兆($ὄψις$)。薛西斯看到这个预兆时正在熟睡,但它似乎很好地模仿了蛇和麻雀的预兆以及卡尔卡斯对预兆的解释。薛西斯看见自己带着橄榄枝编成的王冠,嫩枝蔓延到世界各地。魔法师扮演了一个和卡尔卡斯类似的角色,他解释说,这意味着所有的人民都将臣服于薛西斯。① 因此这一异象似乎证实了幻梦传递的信息,薛西斯立刻派人去召集他庞大的军队。正如阿伽门农直到经历了一系列军事失败才意识到幻梦中隐藏的危险,薛西斯也一样,直到遭受多次挫折之后,才开始质疑这个幻梦(《原史》7.47)。

[39]公元1世纪末,伊塔利库斯写了一首拉丁史诗,讲布匿战争。在汉尼拔(Hannibal)思考是否对罗马作战时,朱庇特派遣的一个具有欺骗性的幻梦帮助他下定了决心——对于迦太基来说却是一个悲惨的结局。这个幻梦伴随着一个预兆,在文学史上特别令人着迷。一个说希腊语的史学家西勒努斯(Silenus)和汉尼拔一起征战,记录了反抗罗马的战争,可惜没有保存下来。一个讲拉丁语的史学家安提帕特(Coelius Antipater)使用了西勒努斯自己对第二次布匿战争的解释,但是他的讲述除了在后来作者的作品中有引用,也没能保存下来。根据西塞罗的记述,西勒努斯曾写道,在决定攻打意大利之前,汉尼拔梦见朱庇特召唤他来到众神议事的地方。"当他到达时,朱庇特命令他发动对意大利的战争,并且给他派去一位神作为战争的引导"——基本可以肯定是墨丘利。汉尼拔和奥林波斯山上的神一起踏入战场,他看到背

---

① Adolf Köhnken 认为希罗多德史诗中三个梦幻中的第一个模仿了阿伽门农的梦幻,并且创作了第四个梦幻作为一个征兆,但是他没有用到蛇和麻雀的异象(《希罗多德笔下薛西斯的三个梦幻》["Der dritte Traum des Xerxes bei Herodot"],*Hermes* 116 [1988]:24-40)。

后有一个巨大的"被多条蛇缠绕的"野兽,这兽沿路摧毁了每一棵树木和每一座房屋。随后神告诉他,大蛇的出现象征着意大利的毁灭。①

李维的解读存在着一定的差异。汉尼拔并没有到众神议事的地方;相反,他梦见自己看见一个像神一样的年轻人——通常人们对墨丘利的描述——对他说朱庇特命令他去攻打意大利。在西塞罗的解读中,汉尼拔转过身,看见"一条巨大的蛇"沿路摧毁了一切。当汉尼拔向这个年轻人询问这个预兆的含义时,他说"这象征着意大利的毁灭"(李维21.22.7-9)。

遗憾的是,我们不可能确切地知道西勒努斯是怎样写的,但有一点很明确:汉尼拔做了一个梦或看到了一个异兆,在梦中宙斯(即朱庇特)命令他去攻打意大利,并且通过随之而来的一条蛇或多条蛇的预兆向他保证了战争的胜利。这和《伊利亚特》卷二之间的相似之处非常明显,暗示着西勒努斯将汉尼拔和阿伽门农进行了对比,并且把他最终的失败归结为宙斯的意愿。②

西利乌斯(Silius)似乎完全清楚它和《伊利亚特》卷二中幻梦和征兆的相似,并在此基础上改写了李维的版本,因为他的改写部分表现出之前版本没有的模仿痕迹。③

1. 派遣信使。他的故事以朱庇特决定煽动汉尼拔(主题1.1)开始。

> 全能的神,计划着如何通过审判给特洛亚人制造麻烦,以在神中提高他们骁勇善战的名声,并且通过制造困难让他[汉尼拔]像

---

① 《论占卜》(*De Divinatione*)1.48-49。还可参见Valerius Maximus 1.7。
② 珀律比俄斯并不看重这些迷信的说法,这是对汉尼拔所作决定(3.48)的伪历史解释。
③ 参见Juhnke的讨论(1972,页197-198)。同样可见Hundt, 1935, 54n.41。

古人一样战胜艰辛[即,特洛亚战争],打断他的睡眠,送去恐怖以扰乱他闲散的休息,最终成就这个男人伟大的计划。(《布匿战争史》3.163–167;见附录)

人们一定能够从接下来朱庇特对他的信使墨丘利的指示中推断出(主题1.2.2和1.2.3),墨丘利去往汉尼拔处的过程再一次模仿了《伊利亚特》卷二(主题1.3)。"于是,穿过[42]凉爽的夜,库勒尼奥斯(墨丘利),乘着飞翔的翅膀,带着他父亲的指令。"(《布匿战争史》3.168–169;见附录)

2. 传递旨意。和《伊利亚特》一样,指责声(主题2.2)出现之后,信使紧跟着出现了(主题2.1)。

> 没有任何拖延,他[墨丘利]走进那个在甜美的睡梦中休息的年轻人,严厉而又尖刻地指责他。"利比亚的王啊,一个首领浪费整晚的时间来睡觉是让人极为厌恶的:战争的胜利只属于清醒的指挥官。"(《布匿战争史》3.170–174;见附录)

随后墨丘利告诉汉尼拔,"众神之父亲口命令"他带领他的军队攻打罗马(主题2.3,《布匿战争史》3.181)。"行动起来吧!如果你的灵魂中还有一点勇敢和冒险,立即跟随我按照我说的方式去做。"(主题2.4)(《布匿战争史》3.179–181)对汉尼拔的命令最后以这样的一个承诺结束:"我将让你成为罗马高墙上的胜利者。"(主题2.5,《布匿战争史》3.182)

这个幻梦到此,人们可能会想着信使随即离开,做梦的人从幻梦中醒来,但是汉尼拔看到一条巨大的蛇沿路摧毁一切。"受到这个异象的惊吓(既不是因为他睡着了,也不是因为夜的力量,而是因为神用其神杖把黑暗驱走,让其梦境充满光亮),他问那可怕的事物是什么。"(《布匿战争史》3.198–201)墨丘利告诉他,他和他的军队就是那条大蛇,灾难是他将会给意大利和罗马军队带去的伤害。这里人们再一次发现蛇的征兆证实了幻梦传递的旨意,但是现在它和幻梦合并在一起,是西利乌斯故事中明显的创新。

墨丘利解释完幻梦之后就离开了(主题2.6)。汉尼拔则根据幻梦的指令和承诺(主题3)开始了他的行动。"神和睡梦让他因这些刺激而激动不已。吓出一身冷汗的他,带着欢快的恐惧反复琢磨着幻梦的承诺。"(《布匿战争史》3.214–216;见附录)汉尼拔仔细思考着幻梦和异兆以及他们对胜利的许诺,给宙斯、战神阿瑞斯(Ares)以及墨丘利送去牲祭,并且开始调动他的军队。事实上,他的确会给罗马人带去灾祸,但是最终,他会输掉战争,尽管有朱庇特的许诺。①

主题表					
主题	《伊利亚特》2	希罗多德7	《埃》7	《忒拜战记》2	《布匿战争史》
1. 派遣信使					
1.1 神的决议	宙斯想要惩罚阿伽门农	——	朱诺想要惩罚埃涅阿斯	朱庇特想要惩罚俄狄浦斯的儿子们	朱庇特想要汉尼拔攻打意大利
1.2 指令					
1.2.1 命令出发	"去吧!"	——	"去播种罪恶吧!"	"去冥府吧!"	"送去苦难吧!"

---

① 另外一些紧接着梦幻出现之后有征兆或神谕的例子包括:埃斯库罗斯的《波斯人》176–214(在梦幻出现之后,薛西斯的母亲看见一只鹰隼在赫利俄斯的祭坛上咬死了一只鹰),《被缚的普罗米修斯》637–673,普鲁塔克《亚历山大》26.3–6,以及《西蒙》(Cimon)18。

续 表

主题	《伊利亚特》2	希罗多德7	《埃》7	《忒拜战记》2	《布匿战争史》
主题表					
1.2.2 对凡人发出指令	夺取特洛亚	——	——	保住王位	占领意大利
1.2.3 对胜利的保证	宙斯对你们很同情（谎言）	——	——	——	——
1.3 信使的旅程	奥涅伊洛斯飞到阿伽门农面前	——	阿勒克托飞到图努斯面前	墨丘利飞到了冥府	墨丘利飞到了汉尼拔面前
2. 传递旨意					
2.1 出现	奥涅伊洛斯，幻化成涅斯托尔的样子，站在他的头顶	1. 一个男人站在旁边 2. 幻梦站在旁边 3. 幻梦站在上方	阿勒克托，幻化成一个老妇人，来到图努斯面前	拉伊俄斯，幻化成特瑞西阿斯，来到厄特克勒斯面前	墨丘利来到汉尼拔面前
2.2 责难	"你还在睡觉吗？"	1. 为什么不去战斗呢？ 2. 难道你没有听到吗？ 3. 这还是你吗？	"为什么要忍受特洛亚人？"	"没有时间睡觉了！"	"睡觉是令人厌恶的事情！"

续表

主题	《伊利亚特》2	希罗多德7	《埃》7	《忒拜战记》2	《布匿战争史》
[41] 2.3 神的支持	"宙斯很关心你"	——	朱诺下达的指令	朱庇特赏识你	朱庇特下达的命令
2.4 指令	占领特洛亚	1,2,3：和希腊人战斗	攻打特洛亚人	保住王位	占领意大利
2.5 对胜利的保证	特洛亚的毁灭是一定的	——	众神将会摧毁特洛亚	——	"我将会让你成为胜利者。"
2.6 信使返回	奥涅伊洛斯离开了	幻梦离开了	阿勒克托消失了	拉伊俄斯和墨丘利离开了	墨丘利离开了
3. 对旨意的反应	阿伽门农醒来，为战争做准备	薛西斯/阿尔塔巴诺斯醒来，为战争做准备	图努斯醒来了，为战争做准备	厄特克勒斯醒来，为战争做准备	汉尼拔醒来，为战争做准备
对预兆的确认	蛇和麻雀	橄榄枝	阿勒克托带着蛇，以自己的身份出现	——	巨大的蛇
结果	许多希腊人死去	波斯人战败	图努斯，以及其他很多士兵在战争中死去	厄特克勒斯，波吕尼克斯，以及其他很多人都死了	迦太基人战败了

上面的表格列举了幻梦-异兆模式中的主题,我们在荷马、希罗多德、维吉尔、斯塔提乌斯以及西利乌斯的作品中都能看到。我没有列出《奥德赛》卷四和卷六中的类似主题,因为很难知道它们是对《伊利亚特》卷二的模仿,还是源自史诗传统中幻梦使用的惯例。我也没有列出卢坎作品中的相似内容,卢坎对阿伽门农带有欺骗性的幻梦的模仿,在叙事模式上表现出很大的自由度。需要记住的是,希罗多德、维吉尔、斯塔提乌斯以及西利乌斯作品中的相似内容,都源自对荷马直接的模仿,甚至在作者知晓并模仿其他人的作品的情况下,也在模仿荷马。比如,斯塔提乌斯以及西利乌斯很显然知道《埃涅阿斯纪》,并在其他方面模仿了这部作品,但其中对幻梦的描述是源自对《伊利亚特》的模仿。

在每一列中,宙斯、朱庇特(罗马神话中的主神)或者朱诺派出一个信使[43]去传令给军事首领,让他们发动战争。在维吉尔和斯塔提乌斯的作品中,与在荷马的作品中一样,信使改变了他或她自己的外形,变成一位长者(涅斯托尔、卡莱比或者特瑞西阿斯)。在荷马、斯塔提乌斯以及西利乌斯的作品中,信使都以对领导者睡觉的责难开始,每一个故事中都包含着对不作为的责难。神的眷顾或对胜利的保证在荷马、维吉尔、斯塔提乌斯以及西利乌斯的故事中都非常明显,而在希罗多德的故事中,是由阿尔塔巴诺斯和薛西斯推断出来的。每一个故事中的首领醒来后都对胜利充满信心,可接下来他们对指令的遵守将会导致致命的失败。这与卢坎对庞培幻梦的描述是一样的。同样应该注意到,这些故事都不是可有可无的:他们包含着忒拜内战的发端(《忒拜战记》),导致特洛亚战争结束的事件(《伊利亚特》),特洛亚人在意大利的定居(《埃》),波斯战争的开端(希罗多德),罗马内战(卢坎),以及第二次布匿战争的开端(西利乌斯)。另外,在每一个故事中,幻梦都发生在叙述主体的关键节点上,深刻影响了对后续故事的解读。

4

哥尼流和彼得的异象

[44]哥尼流和彼得的异象符合这一重要的古代传统。这一章将会对《徒》10：1－11：18中的五个场景进行研究，其中有四个场景和《伊利亚特》卷二相似。第五章将提出，对这种相似性最好的解释就是模仿。

场景一：哥尼流的异象(10：1－8)
路加这样开始了他的故事："在凯撒利亚有一个人，名叫哥尼流，是意大利营的百夫长。他是个虔诚人，他和全家都敬畏上帝，多多周济百姓，常常祷告上帝。"① 后来，他部下的士兵颂扬他的正直，把他称为"义人，敬畏上帝，为犹太通国所称赞"。② 路加同样提到了哥尼流的亲戚、家人以及同伴（《徒》10：24和11：14）。他在凯撒利亚的住处足以容纳一个大的集会（《徒》10：27）。

因此，从这一点而言，哥尼流和阿伽门农类似。二人都是在东方的欧洲军队的首领，都和家人的关系很亲密，都负责他们手下的经济福

---

① 《徒》10：1－2。就我们的目的而言，没有必要去探讨并确定所谓的敬畏神的人和犹太会堂的关系。

② 《徒》10：22。评论家们恰好注意到了这位百夫长和Q文本中路加另一个故事中的一位百夫长，在那个故事中耶稣治愈了百夫长的儿子。只有在路加的版本中，人们才会看到犹太教的拥护者说这位军人是"配得的……因为他爱我们的百姓，给我们建造会堂"（7：3－5）。这种相似性表明路加自己也在《徒》10：1－2中创造了一个光辉的哥尼流形象。

利,并且都因虔诚而闻名。阿伽门农声称每当驱船从宙斯的神殿经过时都会奉上公牛作为牲祭,从无例外(《伊》8.238-242)。在整个史诗中,人们发现他总是在祈祷或祭祀;哥尼流同样"常常向上帝祷告"。

但另一方面,人们不会说阿伽门农正直或[45]他全家都敬畏神。阿特柔斯的家庭在古代文献中极具争议,阿伽门农自己也不是圣人。为了赢得对军队有利的风向,他献出了自己的女儿伊菲格涅亚,他还夺走布里塞伊丝,导致了他和阿喀琉斯之间的裂痕,以致后来造成希腊军很大的伤亡。战争之后,他把特洛亚公主卡珊德拉(Cassandra)带回家做了自己的妾,这一做法激怒了他的妻子克吕泰墨涅斯特拉(Clytemnestra)。荷马史诗中的阿伽门农非常虔诚,但有缺陷;路加笔下的哥尼流却是正直的化身。

哥尼流这个名字在罗马人中很普通,百夫长与意大利营结合——一个时代误植——把他表现为一个典型的外邦人,而不仅仅是社会等级中一个向上爬的地方 conscriptus[在籍军官]。① 他和彼得相遇,意味着罗马人和犹太人相遇,西方和东方相遇。阿伽门农和其他那些模仿《伊》卷二中接收到幻梦的军事首领,都表现出西方和东方,或欧洲和所谓外夷之间的冲突对抗:希腊人和特洛亚人之间的对抗(《伊》),波斯人和希腊人的对抗(希罗多德),特洛亚人和意大利人的对抗(维吉尔),迦太基人和意大利人的对抗(西利乌斯)。

另外,异象的接受者是有地位的官员,正如我们在《伊》卷二以及其他模仿中看到的一样,这一点值得注意。据西塞罗,大西庇阿曾梦见他升为军事领导并进行军事征服,尽管他被认为"比一个普通士兵的地位高不了多少"(《西庇阿的幻梦》2.1)。关于这个幻梦,马克罗比乌斯这样评论道:

---

① "认为哥尼流本该属于'意大利营',这不符合史实"(Roloff,页168)。由罗马志愿兵组成的意大利第二营直到公元69年才在犹太地建立起来。

评论家们认为,关乎国家福祉的幻梦,只有军事上的或民众的首领才能梦到,或者当很多的平民梦到相同的幻梦时,才能体现出其重要性。他们引用荷马史诗中的一个事件,在集合希腊人之前,阿伽门农向大家揭示他梦到了即将到来的战斗。涅斯托尔多次用自己的审慎帮助军队,正如年轻人用他们的勇力为军队效力,他说,在关乎所有人的福祉上,他们应该信任国王的幻梦,不过他们可以拒绝相信其他任何人的幻梦。①

和年轻的西庇阿不一样,哥尼流有一个官职,因此具有一定资格接待来自天堂的拜访者。②

荷马对阿伽门农的幻梦叙述了三次:一次是在宙斯给奥涅伊洛斯下达指令时,一次是在奥涅伊洛斯给国王传达指令时,一次是阿伽门农亲自向首领们讲述时。同样,对哥尼流的异象路加也叙述了三次:一次出自叙述者的讲述,一次是哥尼流对彼得的叙述,一次是彼得对耶路撒冷教会的叙述。第一次和第二次叙述与荷马史诗中的第二次和第三次类似;对于第一个主题,即派遣信使,宙斯给奥涅伊洛斯下达指令,路加的《徒》中则没有对应的内容。如果有,那将让人感到极为不可思议,因为在《徒》中从未提到神的集会,或上帝向信使下达指令。(希罗多德作品中对阿伽门农幻梦的模仿,以及路加的模仿同样都不包含神的

---

① 《评西庇阿的梦幻》(*Commentary on the Dream of Scipio*) 1.3.14–15 (Stahl 译)。Artemidorus 引用了《伊》2.80–82 中内斯特的话,并补充说:"他的意思是假如一个普通的阿开奥斯士兵都谈论到这个梦幻,那么我们就应该认为,并不是说话者在撒谎,而是梦幻本身在撒谎。"(《梦幻的解读》[*Interpretation of Dreams*] 1.2;译者是 Robert J. White,《梦幻的解读》=《阿忒密多鲁斯对梦幻的解析》[*Oneirocritica by Artemidorus*], NCS; Park Ridge, NJ: Noyes Press, 1975。)

② Valerius Maximus 讨论了古代文学中的多个梦幻,认为大部分都是发生在军事首领身上(1.7)。

商议。)路加的《徒》和《伊》卷二的相似之处始于第二主题,即传递旨意。

2.1 信使的出现。对比《伊》和《徒》:

《伊利亚特》2.17-26	《徒》10:3-4a 和 30-31 ①
他[奥涅伊洛斯]很快	约在申初[下午三点],
就到达阿开奥斯人的快船旁边,	他在异象中明明看见上帝的一个使者($ἄγγελον$)进去,
在阿特柔斯之子阿伽门农那里,	到他那里,
	[当哥尼流重述这个故事时,他说道:前四天这个时候,
发现他在帐里安睡……	我在家中守着申初的祷告,
他站在($στῆ$)他的头顶上方,	忽然有一个人穿着光明的衣裳,站($ἔστη$)在我的面前,
化身为涅琉斯之子涅斯托尔……	穿着光明的衣裳。]
梦神奥涅伊洛斯开口说道:	说:"哥尼流。"
"你还在睡觉呀,驯马的阿特柔斯的儿子……?	
一个为将士所信赖,事事关心的出谋人,不应该整夜睡眠。你赶快听我的话。我是从大王宙斯那里前来的信使($ἄγγελος$)。"	哥尼流定睛看他,惊怕说:"主啊,有什么事呢?"

---

① 附录中提供了这一章中这些相似之处的希腊文对比。

在两栏中，都有一个神的使者来到一个军事领导者的房间，站在他的面前，幻化成人的形象，叫他的名字。使者(ἄγγελος)站在哥尼流的面前(ἔστη)，使者(ἄγγελος)站在(στῆ)阿伽门农的头顶上方。这种对动词(ἴστημι)的使用在古希腊文献对骗人幻梦的模仿中非常常见。①

两者之间最突出的差异在于，哥尼流是完全醒着的。他的异象乃是精确地称为异象(ὅραμα)，而不是幻梦。他是在明亮的下午的光线中清楚地看见(εἶδεν...φανερῶς)，而不是在晚上。② 哥尼流定睛注视着(ἀτενίσας)上帝的使者，微微颤抖，甚至和他说话。这不是在幻梦里，正因为如此，此处主人公没有因为怠惰而遭责备(主题2.2)。在《伊》中，梦神奥涅伊洛斯责备阿伽门农：一个为将士所信赖、事事关心的出某人，"不应该"整夜睡眠。对责备睡觉的模仿同样出现在以下情景中：在斯塔提乌斯的史诗中，拉伊俄斯责备厄特克勒斯，在西利乌斯的史诗中，墨丘利责备汉尼拔(参见《奥》4.804)。在希罗多德和维吉尔的作品中是责备怠惰，而不是责备睡觉。相反，哥尼流是警醒的，他"正在家中做祷告"。③

---

① 《奥德赛》4.803(στῆ)和6.21(στῆ)，以及希罗多德7.12(ἐπιστάντα)，14(ἐπιστάν)，以及17(ὑπερστάν)。

② Haenchen，页346。Barrett恰好注意到了申初(下午三点)的说法，并明确地表示"这个梦幻并不是一个夜晚做的梦"(页502)。同样可参见赫里俄多洛斯的《伊西欧比亚人的故事》3.11和8.11关于异象比梦幻更可靠的论述。

③ 古代的注释区分了白天做的梦与夜间做的梦，"白天的梦幻更可能是真实的"(Roseph Russo，《荷马的〈奥德赛〉》注释[卷三]：卷 XVII - XXIV》[A Commentary on Homer's Odyssey, vol. 3: Books XVII - XXIV], Alfred Heubeck 等编，Oxford：Oxford University Press，1988 - 1992，3.102)。

2.3. 表达神的支持

《伊》2.25-27

"我是从大王宙斯那里前来的信使，

他虽然远在天上，却很关心你，

怜悯（ἐλεαίρει）你。"

《徒》10:4b（cf. 31）

[使者开口说道：]

"你的祷告和你的周济

（ἐλεημοσύναι）达到上帝面前

已蒙记念了。"①

[47]这种对神的支持的表达，在《伊》的叙事中是一个残酷的骗局。宙斯实际上是要为阿伽门农羞辱阿喀琉斯而惩罚他。在大部分的模仿中，这种对神的支持的断言也是一样的，包括维吉尔、斯塔提乌斯和伊塔利库斯的作品。然而，在《徒》中，上帝的眷顾和支持却是真实的。②

2.4. 对凡人的指令。类似的对军事首领（包括卢坎故事中的）的幻梦，不约而同都包含着将他们的士兵带向死亡的命令。奥涅伊洛斯欺骗阿伽门农，让他派兵攻打特洛亚。希罗多德史诗中的幻梦命令薛西斯派军队攻打希腊；阿勒克托命令图努斯率领他的军队攻打特洛亚人；庞培的幻梦鼓动他向恺撒进军；拉伊俄斯让厄特克勒斯将整个城邦武装起来，以抵御波吕尼克斯；墨丘利命令汉尼拔攻打意大利。然而，信使给哥尼流传递的信息却是和平的："现在你当打发人往约帕去，请那称呼彼得的西门来。他住在海边一个硝皮匠西门的家里，房子在海

---

① 这句表达是犹太语，见《利未记》6:8，《诗篇》141:2，《西拉书》35:16-17，以及《托比特书》12:12。F. F. Bruce 把哥尼流升至上帝面前的祷告和周济人的善行比拟为"牲祭冒出的烟"（1990，页254）。

② 关于神的庇佑的表达在《奥德赛》4.805-807中同样存在。

边上。"(《徒》10:5-6)不同于《伊》卷二及其众多模仿作品中的幻梦都是下令发起军事行动,上帝的使者授意的是对一个使徒和平而友好的拜访。哥尼流的异象不仅真实,而且具有救赎意义。使者的来访是对哥尼流祷告和周济的真实回应,让他去找彼得的指令不仅是对他自己的救赎,而且对他的家人和所有外邦人都有救赎意义。

2.5. 对胜利的保证。在对哥尼流异象的第一次和第二次描述中,并没有对胜利的保证,但是当彼得重述这个故事时,路加加上了一项内容:上帝的使者已经告诉哥尼流让他派人去请使徒,去听他说,"他有话告诉你,可以叫你和你的全家得救"(《徒》11:14)。这里用的是一般将来时的被动语态($\sigma\omega\vartheta\dot{\eta}\sigma\eta$),而非虚拟语气或祈愿语态,确保未来事情会实现。使者命令中暗含的许诺的确会成就,而不像《伊》卷二中神的许诺和大部分对此的模仿那样。

2.6. 信使的离开以及 3. 对旨意的反应

《伊》2.35

当($\ddot{\omega}\varsigma\ \ddot{\alpha}\rho\alpha$)他说完这些话($\varphi\omega\nu\dot{\eta}\sigma\alpha\varsigma$),

随即离开($\dot{\alpha}\pi\epsilon\beta\dot{\eta}\sigma\epsilon\tau o$)。

[比较 2:70-71:"他随即飞走了,甜蜜的睡眠把我释放。"]

[随后阿伽门农召开会议。]

《徒》10:7

当($\dot{\omega}\varsigma\ \delta\dot{\epsilon}$)向他说话的天使

离开后($\dot{\alpha}\pi\tilde{\eta}\lambda\theta\epsilon\nu$),他叫了($\varphi\omega\nu\dot{\eta}\sigma\alpha\varsigma$)两个家人和常伺候他的一个虔诚兵来。①

---

① 这一结构($\sigma\tau\rho\alpha\tau\iota\dot{\omega}\tau\eta\nu\ \epsilon\dot{\upsilon}\sigma\epsilon\beta\tilde{\eta}\ \tau\tilde{\omega}\nu\ \pi\rho\sigma\kappa\alpha\rho\tau\epsilon\rho\sigma\dot{\upsilon}\nu\tau\omega\nu\ \alpha\dot{\upsilon}\tau\tilde{\omega}$)与荷马对涅斯托耳的描述类似:这是"阿伽门农在所有的首领中最敬重的"人($\tau\dot{o}\nu\ \dot{\rho}\alpha\ \mu\dot{\alpha}\lambda\iota\sigma\tau\alpha\ \dot{\rho}\epsilon\dot{o}\nu\tau\omega\nu\ \tau\tilde{\iota}'\ A\gamma\alpha\mu\dot{\epsilon}\mu\nu\omega\nu$);《伊》2.21。

场景二:彼得的异象(10:1-8)

彼得见异象的故事,路加提到四次,完整地叙述了两次:一次以第三人称进行叙述(场景二),一次是彼得自己向耶路撒冷教会的讲述(场景五)。奥利斯的异兆,荷马只讲述了一次,作为反向引用,由奥德修斯向聚集的军队讲述,因为这个异兆发生在九年前,战船启程开往特洛亚时已经发生了。[48]稍微调整几个短语,就可以重构出诗人期待他的读者如何理解最初的事件。在下面的表格中,我们把《伊》卷二中的重述放在左栏,彼得的异象放在右栏。

《伊》2.303-308	《徒》10:9b-10
当时,阿开奥斯人的船只集中在奥利斯,	[彼得在约帕,硝皮匠西门的家里,"在海边上"。]
给普里阿摩斯和特洛亚人装上灾难。	彼得约在午正上房顶去祷告,①
我们环绕着一道泉水,在神圣的祭坛前,[他们]给天神献上有效的百牲祭,	觉得饿了,想要吃,
在美好的阔叶树下面流出一股清泉。	那家的人正预备饭的时候,
出现了一个重大的预兆。	彼得魂游象外。

约帕是一个著名的海港,正是在那里,约拿(Jonah)逃避上帝的使

---

① 屋顶祷告在犹太文本中有很多相似的例子(Barrett,页504),但是这里的地点与众不同,尤其还是在炎热的正午。地点、时间以及饥饿共同解释了彼得的魂游象外,同样,地点在外面能够让他看到一物从天上降下来。

命,不愿传教给尼尼微(Nineveh)的外邦人。奥利斯,《伊》中预兆的发生地点,同样是一个著名的海港,是希腊军队远征特洛亚出发的地点。百牲祭可以供给一个庞大的宴会,同样,为彼得准备的饭可能也包括宰杀某一动物,因为从天堂传下来的声音让彼得自己把动物宰了吃,来消除他的饥饿(Barrett,页505。)。

不仅地点相似,两者之间还有一些相似之处,将他们与两本著作中其他和天使相遇的情形区分开来。比如,阿伽门农的幻梦和哥尼流的异象都发生在他们家里,但是奥利斯的异兆和彼得的异象都发生在户外。使徒上到房顶,这让他看见一块大布从天上降下来,正如在奥利斯的泉水旁,希腊人看到蛇爬上树吃掉麻雀。另外,在约帕的异象和在奥利斯的异兆都具有象征性,这与哥尼流和阿伽门农的不同,后者是清楚明晰的。

彼得的异象和奥利斯的异兆一样,也包括了爬行动物和鸟:

> 他看见天开了,有一物降下,好像一块大布,系着四角,缒在地上。里面有地上各样四足的走兽和昆虫,并天上的飞鸟。① 又有声音向他说:"彼得,起来,宰了吃。"彼得却说,"主啊,这是不可的,凡俗物和不洁净的物我从来没有吃过。"第二次有声音向他说:"上帝所洁净的,你不可当作俗物。"这样一连三次,那物随即收回天上去了。②

---

① 此处列举的动物和《创世记》1:24(除去鸟类)以及6:20列举的动物类似,其他类似的列举还有《利未记》11:46–47,《罗马书》1:23。除了鱼类,其他所有动物都包含在内,这一现象使一些注疏者把降下的大布视为挪亚方舟的隐喻,因为在摩西律法区分洁净与不洁净的动物之前,挪亚方舟从洪水中拯救了所有这些动物(参见 Zmijewski 的观点,页420)。

② 《徒》10:11–16。被译为"杀死"的这个词是 $\vartheta \tilde{\upsilon} \sigma o \nu$; $\vartheta \upsilon \varepsilon \iota \nu$ 通常都和牲祭联系在一起。Barrett:"彼得此处在执行一个宗教行为,这个行为最终将以用餐来结束。"(页507)彼得拒绝了"吃"这个行为,这和奥利斯港的预兆没有类似之处,这或许是受到《以西结书》4:9–15,尤其是14节中一个类似的拒绝行为的影响。

这个异象，和《伊》卷二中一样，同样有爬行动物和鸟。蛇吞食了麻雀（κατῆσϑιε和ἔφαγε）；在《徒》中上帝让彼得吃鸟、昆虫和[49]四足的走兽（φάγε和ἔφαγον）。蛇如同它突然出现一样突然消失，宙斯把它变成了石头；《徒》中异象的结束同样非常突然："那物随即收回天上去了。"

在两个故事中，看到异象或异兆①的人都非常困惑。

《伊》2. 320　　　　　　　《徒》10：17a 和 19a

[他们]感到木然，对事情　　彼得心里正在猜疑之际，不知所看
惊奇不已。　　　　　　　　见的异象是什么意思……彼得还
　　　　　　　　　　　　　在思想那异象的时候……

在异兆突然消失之后的迷惑同样具有一些模仿的特征。《奥德赛》卷二："人们仰望苍鹰飞翔，个个震惊，心中疑惑将会发生不测的事情"（《奥德赛》2. 155 – 156）。薛西斯不能理解他所见的异兆，不得不去询问占卜师；汉尼拔为他所见的异象而感到恐惧，让墨丘利给以解释。

与其他的异象不同，彼得收到来自天上的指令，让他去把那些动物宰了吃，这是对犹太饮食禁忌的公然违反。换句话说，彼得的困惑是在上帝的两个指示之间的矛盾和挣扎：圣经上的要求是不吃任何不净的食物，而来自天上的声音却要他去吃"上帝所洁净的"。在故事的叙述

---

① [译者注]关于"异象"、"异兆"、"梦幻"和"预兆"的使用。在体现先知真实救赎意旨的情境中使用了"异象"一词；对于阿伽门农所做的一类睡梦使用了"梦幻"，尽管梦中有神的影踪，但它缺失了"善"的真实；对于"大蛇吞食麻雀"之类的情状使用了"异兆"一词，当叙述已经体现出所谓象征的指向时，"异兆"变成了"预兆"。

上,卡尔卡斯几乎马上对征兆提出解释,但彼得却过了两天,在11节篇幅之后才提出他的解释。理解彼得异象的意义的线索就是,它几乎和哥尼流的异象同时发生,后者发现于场景三。

场景三:从约帕召唤彼得(10:17-23a)
"九年"这一时间将奥利斯的异兆和阿伽门农的幻梦分离开了,然而二者在时间上一致,因为九只麻雀每一只象征着一年;奥德修斯也在第十年提醒将士那异兆。卡尔卡斯的解释正好和"现在的"幻梦相一致。

哥尼流和彼得所见异象在时间上的一致性同样非常重要;的确,两个异象几乎同时发生,提示着它们的重要性。彼得的异象发生在哥尼流所见异象之后,"他们[哥尼流派的使者]行路将近[彼得所在的]那城"(《徒》10:9)。路加将两个异象非常合理地放置在一个共生的纽带里,创作了一个和史诗不一样的有趣事件:从约帕召唤彼得(场景三)。文中两次用到一个生硬的"看"(ἰδού),来打断两个异象在时间上的连续性。"彼得心里正在猜疑之间,不知所看见的异象是什么意思,看见(ἰδού)有人站在了门外"(《徒》10:17)。"当彼得还思想那异象的时候,圣灵向他说:'看(ἰδού),有三个人来找你。'"(《徒》10:19)[50]向耶路撒冷教会重述了他的异象之后,彼得补充道:"突然看见(ἰδοὺ ἐξαυτῆς)有三个人站在我们所住的房门前。"(《徒》11:11)圣灵吩咐我和他们同去,说,"不要疑惑,因为是我差他们来的",他们也说,是上帝的使者让哥尼流派人去请他。① 彼得和哥尼流都听从了上帝的差遣,要不然,他们就只是上帝旨意的被动工具而已。

---

① 《徒》10:20 和 22。"不要区分"这个短语的原文是 μηδὲν διακρινόμενος,还可简单理解为"不要犹豫"。路加让彼得在 11:12 中重复了这句表达,但彼得在 15:9 的故事中对此有了思考,译文是这样的:神"又藉着信,洁净了他们的心,并不区分我们[犹太人]和他们[外邦人]。"Barrett 由此恰当地翻译了 10:20 中的场景:"去吧,不要让犹太人和外邦人的区别困惑你的心。"(页 511)

场景四:彼得和哥尼流的相会(10:23b-48)

路加的故事在第四个场景中达到了高潮,即彼得到达凯撒利亚,在外邦人中布道。这也是五个场景中最长的一个,可以次分如下:4.1.聚会(23b-29);4.2.哥尼流的讲话(30-33);4.3.彼得的讲话(34-43);以及4.4.圣灵降临(44-48)。

4.1. 聚会(23b-29)。彼得从约帕来到凯撒利亚,"哥尼流已经请了他的亲属、密友等候他们"(《徒》10:24)。一进房间,彼得发现"有好些人在那里聚集",他第一次透漏了他对异象的解释:

> 你们知道,犹太人和别国的人亲近来往本是不合例的,但上帝已经指示我,无论什么人(ἄνϑρωπον)都不可看作俗而不洁净的。

形容词 κοινός [俗] 和 ἀκάϑαρτος [不洁净的] 与异象联系起来,但是在异象中,这样的人呈现为犹太人餐桌上被禁止的动物。异象及其解释之间所谓的不一致困扰着学者,他们提出,这一异象来源于前路加时期,但是这种解决方案并非必要。路加是如此娴熟的作者,又怎会没有注意到如此重要的事情呢,古代注家多认为此处并无逻辑上的不一致。①

至少有两个解决方案是合理的。很多解释者坚持认为,不管是在传统中还是在《徒》中,这一异象都与圣经将动物区分为洁净的和不洁净的不抵触。他们指出,路加拒绝在他的福音书中纳入《马可福音》的那个片断,在那里,耶稣宣告所有食物都是洁净的(7:1-23)。路加支持禁戒"偶像的污秽和奸淫,并勒死的牲畜和血"(《徒》15:20 和 29)。依据这一观点,彼得对异象的解释是来自天上的声音唯一所要的解释:动物象征着人类的多样性,所有的人,上帝都已宣布为洁净的(例如,

---

① Bovon,1967,页 92-194,特别是页 93-118。

Roloff,页170。)。

第二个解决方案允许这个异象有两个交叉的意义,一个是字面的,一个是寓言性的。就在天上的声音让彼得"宰了吃"之后的几节中,圣灵告知彼得有三个人来找他,他必须跟他们同往,不可疑惑,"因为是我差他们来的"(《徒》10:15 和 19 – 20)。此时,彼得并不知道这些人是外邦人,也不知道他们要带他去哪里,但是他差不多马上明白到,是一位天使让罗马的百夫长派人来[51]请他"去他的家里"(《徒》10:22)。这样的邀请不仅违反了犹太人不得到异邦人家里做客的规定,还让他去吃不洁净的食物(《徒》10:28)。假如彼得没有看到这个异象,他就该拒绝邀请,正如他反抗天上的声音说:"这是不可的,凡俗物和不洁净的物我从来没有吃过。"彼得在哥尼流家中停留了几日,这段时间想必有很多顿饭会在一起吃。① 耶路撒冷的"那些受过割礼的人"正是在这一点上反对他的行为:"你进入未受割礼之人的家和他们一同吃饭了。"他在餐桌上可能会吃到犹太人认为不洁净的食物(《徒》11:3)。

依据路加的讲述,彼得违反了犹太人的饮食教规,因为上帝反复要求他这样做。首先,异象三次告诉使徒,凡(ǎ)上帝所宣布为洁净的,人就不可认为不洁净。其次,圣灵命令彼得和使者一起去哥尼流的家里,"不要区分",因为是上帝差他们来的。彼得的凯撒利亚之行不仅需要寄宿在外邦人的家里,还需要和他们一起吃犹太人认为不干净的食物。最后,送信的人声称天使吩咐哥尼流派人去请彼得。路加此时借上帝之口,让不可吃不洁净的动物的禁令不再有效,这样,哥尼流就可以在他的家里和他的家人、朋友一起接受使徒的布道。这些事件连在一起给彼得的暗示是:上帝已经宣布哥尼流和他的家人是洁净的,因此他可以和他们一起在那里吃不洁净的食物。根据这样的解读,彼得把异象中不洁净的

---

① 《徒》10:48。另外需注意的是,彼得在西门家邀请外邦使者进来,"款待"(ἐξένισεν)他们,让他们住了一晚(10:23)。

动物解释为外邦人,这种跳跃并不像很多评论家所认为的那样突兀。事实上,是上帝让彼得去到哥尼流家里讲述异象的意义。①

奥利斯的异兆和后来对此的模仿表明,这种寓言式的跳跃是一种传统。古代读者也能够将《伊》卷二中的动物理解为人:蛇就是希腊军队,麻雀母亲是特洛亚。古代对这一异兆的模仿大部分也通过对动物的描述来表征人类。比如,《奥德赛》卷二中的鹰是奥德修斯和求婚者;埃斯库罗斯笔下的两只鹰是阿伽门农和斯巴达王墨涅拉奥斯,兔子是特洛亚;伊塔利库斯史诗作品中的蛇是汉尼拔。路加和他的读者应该已经预备好将动物异象寓言性地理解为人类。

接收到梦神奥涅伊洛斯传递的信息后,阿伽门农召集首领们集会,告诉他们他的幻梦。

> 阿伽门农就命令他的声音清晰的传令官宣告长头发的阿开奥斯人到会场,他们宣告了,战士们很快汇拢集合……他在召集(συγκαλέσας)他们之后,安排了一个精明的策略。"朋友们(φίλοι),你们请听。"(《伊》2.50 – 52 和 55 – 56)

路加同样用了一个主格的不定过去式分词(συγκαλέω[52]变形而来的συγκαλεσάμενος,"已经召集"),并且也提到哥尼流的朋友们(φίλοι)。彼得发现"好些人在那里聚集";在荷马史诗中,战士们也是"很快汇拢集合"(《伊》2.52)。

25 – 26 节和《伊》卷二没有明显的相似之处,但是它们同样有一个荷马史诗的背景:"彼得一进去,哥尼流就迎接他,俯伏在他脚前拜他。彼得却拉他,说:'你起来,我也是人(ἄνϑρωπος)。'"这里被翻译成"俯伏"的词是προσεκύνησεν,或许表明尊敬,由此派生出 proskynesis。在

---

① 这种解释和 Gaventa 提供的解释类似,在 Gaventa 看来,"款待"这一主题将异象和对异象的解释连接在了一起(1986,页 107 – 122)。

《徒》中还有两处,人们见到使徒的反应就像他们是神一样(14:11－15和28:5－6),但是在这两个例子中"人们"都是异教徒,并不像哥尼流一样信奉犹太人的上帝。对哥尼流的行为有两种可能的解释。一方面,有人可能会认为,"作为一个前异教徒,他仍然有模糊上帝与造物主之间的界限的危险"(Roloff,页171)。然而,其他解释者更倾向于把路加描述的哥尼流视为一个敬畏上帝的人,并且认为他的膜拜只是在上帝的使者或天使面前表现出的一种尊敬行为(例如,Zmijewski,页424)。根据这种观点,彼得之所以不能接受对方的跪拜,是因为这种敬畏的表示只能给予上帝。

不管人们赞同哪一种解读,这一场景都让路加的读者吃惊:一个罗马的百夫长在自己家里,在一个犹太渔夫面前俯伏在地!这里,与阿伽门农的对比,有一处表现得非常有趣。荷马用了好几个绰号来表现国王的崇高地位,包括 $\ddot{α}ναξ\ ἀνδρῶν$,"统治者", $ποιμὴν\ λαῶν$,"牧羊人",以及 $δῖος$,这个词来自产生了 Zeus[宙斯]、deus 和 divus 的同一个印欧词源。将 $δῖος$ 用于英雄,比如阿伽门农,有关绰号 $διογενής$ 即"地上的宙斯"并不表示他们具有神性,但是它的确将凡人拔高到了英雄的地位。荷马曾在《伊》卷二中用了阿伽门农的绰号('$Aγαμέμνονι\ δίῳ$,同样可以参阅《伊》3. 120, 7. 312, 11. 251, 18. 251,以及23. 36)。与路加笔下的哥尼流比较,相关的是阿伽门农的傲慢,这让他一次又一次地遇到麻烦。他称自己为"最出色的阿开奥斯人",决不能忍受别人的不服从。① 他蛮横地抢夺布里塞伊丝,导致阿喀琉斯退出战场。与阿伽门农不一样,哥尼流是谦卑的典范。尽管他可以行使高于彼得的权力,他却让自己俯伏在彼得面前,顺从他,正如他礼貌的话语"你来了很好"。② 百夫长的言行感动了许多人,尤其是克里索斯托(John Chrysostom,见 Bovon,页50－51)。

---

① 《伊》1. 91;2. 82。关于阿伽门农的傲慢,见1. 202－205。
② 《徒》10:33,Fitzmyer 对 $σύ\ τε\ καλῶς\ ἐποίησας\ παραγενόμενος$ 的翻译(页458)。

4.2. 哥尼流对彼得的讲话(30－33)。 彼得询问百夫长请他来的原因,哥尼流简短地描述了他的异象,就像阿伽门农向集会的长老们重述自己的幻梦一样。下面的两列表格和之前呈现的非常相似,不过在这儿我省略了前面划分的主题。①

[53]《伊》2.56–60 和 63–67	《徒》10:30b–32
朋友们,你们请听,有一个从天神那里下降的梦在神圣的夜晚、在我的睡眠中来到我身边,梦中人的容貌、身材和形象,特别近似神样的涅斯托尔。	前四天这个时候,我在家中守着申初的祷告,
	忽然有一个人穿着光明的衣裳,
他站($\sigma\tau\widetilde{\eta}$)在我的头顶上方,	站在($\H{\varepsilon}\sigma\tau\eta$)我面前,
对我说,"还在睡觉呀,驯马的阿特柔斯的儿子……?我是从大王宙斯那里来的信使,	说:"哥尼流,
他虽然远在天上,但却关心你,怜悯($\dot{\varepsilon}\lambda\varepsilon\alpha i\varrho\varepsilon\iota$)你。	你的祷告已蒙垂听,你的周济($\dot{\varepsilon}\lambda\varepsilon\eta\mu\sigma\sigma\nu\alpha\iota$)达到上帝面前,已蒙记念了。
他叫你立刻把长头发的阿开奥斯人武装,	你当打发人往约帕去,请那称呼彼得的西门来,

---

① 在大部分的史诗文本中,并没有一个固定的模式来引入人物的演讲,但是对第 55 行,希腊化时期的语言学家泽诺多托斯(Zenodotus)记录了一种不同的形式,由两行组成,第二行是 $\tau o \tilde{\iota} \sigma \iota\ \delta'\ \dot{\alpha}\nu\iota\sigma\tau\acute{\alpha}\mu\varepsilon\nu\sigma\varsigma\ \mu\varepsilon\tau\acute{\varepsilon}\varphi\eta\ \varkappa\varrho\varepsilon\iota\acute{\omega}\nu\ \dot{A}\gamma\alpha\mu\acute{\varepsilon}\mu\nu\omega\nu$, 意思是"强大的阿伽门农站了起来,对他们说"。这种变化形式恰好和《徒》10:30a 引入哥尼流的演说类似,$\varkappa\alpha\grave{\iota}\ \dot{o}\ K o \varrho\nu\acute{\eta}\lambda\iota o \varsigma\ \check{\varepsilon}\varphi\eta$,"哥尼流说道……"。

因为你现在能攻下特洛亚人的宽阔的城市。"	他住在海边一个硝皮匠西门的家里。"

4.3. 彼得对教会的讲话(10:34-43)。彼得在凯撒利亚讲话的第一句就清楚地说出了他的异象的含义:"我真看出上帝是不偏待人的。原来各国中,那敬畏主、行义的人都为主所悦纳。"(《徒》10:34-35)紧接着的 36-38 节,语法的混合,以及圣经上的隐晦典故都不是我们关注的对象,因为这些与我们进行的和史诗的对比并不直接相关。值得注意的是,从第 39 节开始,语言就和奥德修斯在奥利斯介绍异兆时的语言有些相似了。路加笔下的彼得是这样说的:"他[耶稣]在犹太人之地并耶路撒冷所行的一切事,有我们作见证($καὶ\ ἡμεῖς\ μάρτυρες$)。"荷马笔下的奥德修斯则是这样说的:"我们都清楚地知道那预言,我们这许多没有被死亡命运带走的人都是见证($ἐστὲ\ δὲ\ πάντες\ μάρτυροι$)。"(《伊》2.301-302)在第 40-43 节,彼得清楚地表达了路加对基督福音传道的解释。

4.4. 圣灵降临(44-48)。这一段同样和史诗没有明显的相似之处:圣灵降临在每一个听彼得布道的人身上;房子里的犹太人见证了这一事情的发生;彼得给外邦人施洗。和史诗的相似之处在下一个场景中继续体现。

场景五:彼得向耶路撒冷教会报告(11:1-18)

阿伽门农向他的战争议事团重述他的幻梦之后,全军被召集,之后奥德修斯提醒他们关于蛇和麻雀的预兆。这第二次集会和第一次明显不同,这些不同之处在《徒》第十至十一章中也有出现。比如,第二次集会比第一次更大:荷马把聚集的军队比拟为从洞里飞出的蜜蜂,"阿开奥斯人的许多种族就是这样从低海岸前的船上和营帐里,[54]结队赴会场"(《伊》2.91-92)。在长老们组成的议事会上没有人反对阿伽门农,但是在全军的集会上,凶猛的忒尔西忒斯(Thersites)代表其他人谴责阿伽门农坚持攻击特洛亚。议事团主要关注的是阿伽门农幻梦的真实性;相反,军队集会听的是奥德修斯重述奥利斯的预兆。最后,议事会后,众首领带着尊敬和顺从散去,但是聚集的军队则是在狂乱中散去。当奥德修斯讲完话,"阿尔戈斯人大声欢呼,称赞神样的奥德修斯,欢呼声在阿开奥斯人的周围不断回响,叫人畏惧"(《伊》2.333-335)。同样,当阿伽门农对士兵们一席鼓舞士气的讲话结束后,荷马这样写道:"阿尔戈斯人大声欢呼,有如波涛对着险峻的海角轰鸣。"(《伊》2.394-395)正如我们将要看到的,此处第二次集会与议事会的每一个不同之处,在耶路撒冷的集会中也出现了,我们也可以看到一个大的集会、强烈的反对、对象征性异象的思考,以及欢呼声。

> 使徒和在犹太的众弟兄听说外邦人也领受了上帝的道。及至彼得上了耶路撒冷,那些受割礼的门徒和他争辩说,"你进入未受割礼人的家和他们一同吃饭了"。(《徒》11:1-3)

彼得的回应是重述在约帕和凯撒利亚发生的事,尤其是他所见异象中关于"不洁净的动物"的事情。同样,奥德修斯对忒尔西忒斯和其他想要当逃兵的人的回应,主要包含了对奥利斯预兆的回顾。再现两个异象的相似之处没有什么意义,只要指出一点就够了;无论是在荷马史诗中还是在《徒》中,作为对反对者的回应,早期的异象都在众多观众面前被重述。奥德修斯和彼得所讲述的异兆或异象都发生在户外,都有爬行动物、鸟类和吞食行为。两者都和前面天使的造访相配合,具有一致性。奥利斯的异兆预示着第十年将取得胜利,和"眼前"阿伽门农的幻梦相关联。在约帕发生的异象,就在哥尼流的使者到来的同时展现出了它的意义:"突然看见有三个人站在我们所住的房门前。"(《徒》11:11)然后彼得简要讲述了他到达凯撒利亚后发生的事,包括对哥尼流所见异象的简短描述,以及外邦人如何领受了圣灵的恩赐。下面我们来对比一下那些听了彼得讲话和听了奥德修斯讲话的人的反应。

《伊》2.333–335
他这样说,
阿尔戈斯人大声欢呼,欢呼声在阿开奥斯人的船只周围不断回响,叫人畏惧,
他们称赞神样的(θείοιο)奥德修斯。

[奥德修斯的讲话将把他们中的多数人带向死亡。]

《徒》11:18
众人听见这些话,
就不言语了,

只归荣耀与上帝(θεόν),说:
"这样看来,上帝(θεός)也赐恩给外邦人,叫他们悔改得生命。"

[55]这一章把《徒》第十至十一章的两个异象和《伊》卷二中的幻梦和异兆进行对比,来评定相似性分布的密度和顺序(标准三、四)。哥尼流的异象遵照了阿伽门农骗人幻梦的主题顺序。另外,奥德修斯把幻梦解释为对奥利斯港异兆的证实;彼得把哥尼流的异象解释为理解他在约帕所见异象的关键。正如阿伽门农在议事会上向首领们重述自己的幻梦一样,哥尼流也向凯撒利亚集会的人重述他遇到天使的经历;正如奥德修斯向军队回忆在奥利斯所见的预兆一样,彼得也向耶路撒冷的同胞重述他所见的异象。相似主题分布的密度和顺序令人惊讶——甚至比在第三章所呈现的对《伊》卷二的模仿更让人惊讶——但模仿不是唯一可能的解释。第五章将会重点阐述第四条标准,并且延伸到对最后两条标准的分析:一是鲜明特征的存在(标准五),二是相似性必须能够解释为什么作者会大费周折地重塑他的模型(标准六)。

5

当地的传说还是对荷马的模仿?

[56]我在序言中曾提出了判断模仿的六条标准:可及性、类比、密集度、顺序、鲜明特征,以及可解释性。第一条标准是针对所提供模型在文化上的可及性。路加和他的受过教育的读者很显然之前已经知道了阿伽门农骗人的幻梦和奥利斯的异兆。《伊利亚特》在古代希腊如此著名,保存下来的学校作业证实了它是古代教育中最常用的模仿对象,正如我在第二章的后面部分尝试表现的一样。

第二条标准是类比,即证明其他作者使用了同样的既定模型,用于他们的创作。对骗人的幻梦的模仿出现在《奥德赛》中,也出现在卢坎、维吉尔以及斯塔提乌斯的作品中;对蛇-麻雀征兆的模仿出现在《奥德赛》、埃斯库罗斯、维吉尔、菲洛斯特拉托斯以及诺努斯的作品中;对幻梦和预兆的模仿同时还出现在希罗多德的作品中以及伊塔利库斯的史诗作品中(见第三章)。以上的列举虽不能说是挂一漏万,但绝对不是涵盖所有。

标准三是关于相似性的密集度问题,标准四是关于相似内容出现的顺序。相似性累积得越多,模仿的证据就越强。《徒》10:1－11:18所包含的五个场景中,有三个场景在《伊》卷二中有其对应物,且以相同的顺序出现;还有第四个场景,也有其潜在相似的对应场景。哥尼流的异象(《徒》10:1－18)和阿伽门农的幻梦(《伊》2.16－47)之间存在相似之处;彼得和哥尼流在凯撒利亚的会面(《徒》10:23b－48)相似于众首领的议事会(《伊》2.48－

83);耶路撒冷的集会(《徒》11:1-18)和军队的集会(《伊》2.84-335)形成呼应。彼得的异象和[57]奥利斯的异兆相似,但由于异象发生在九年前,它在史诗中以奥德修斯的讲述而重现。然而,应该注意的是,这种重现与彼得向耶路撒冷的弟兄讲述他的异象时的重现相似。只有第三个场景,哥尼流差遣的使者来到约帕(《徒》10:17-23a),在史诗中找不到相似之处。这是因为路加创作了这一部分来强调两个异象在时间上重叠。

下面的表格将总结第四章的研究成果,当然也会呈现《伊》卷二和《徒》第十至十一章之间相似性的密集度和顺序。

场景一:哥尼流的异象

《伊》卷二以宙斯对奥涅伊洛斯的指令(主题 I. 派遣使者)开始。这一幕在《徒》中没有对应,在希罗多德和卢坎对骗人幻梦的模仿中也没有对应。

《伊》2.1-52	《徒》10:1-8
背景	
●希腊军队临时驻扎在特洛亚城外,在他们的战船旁边。	●哥尼流住在凯撒利亚,马里蒂马(Maritima),一个著名的海港。
●阿伽门农是希腊军队的首领,以虔诚和他的傲慢闻名。	●哥尼流是意大利营的百夫长,虔诚而正直。
●阿伽门农正在夜里熟睡。	●≠然而,哥尼流正在下午三点勤勉地祷告。

2. 传递旨意
2.1 使者的出现

奥涅伊洛斯,"宙斯的使者",在阿伽门农睡觉时出现在他面前。 | "上帝的使者"在哥尼流祷告时出现在他面前。

2.2 责难

梦神奥涅伊洛斯因阿伽门农在睡觉而责备他。 | ≠在《徒》中没有责备;哥尼流是完全醒着的,并且在做祷告。

2.3 表达神的支持

"宙斯……很关心你,怜悯你。" | "你的祷告已蒙垂听,你的周济达到上帝面前,已蒙记念了。"

2.4 对凡人的指令

"武装……阿开奥斯人"攻打特洛亚 | "差人去约帕,去请一个叫西门的。"

2.5 对胜利的保证

梦神奥涅伊洛斯向阿伽门农保证特洛亚"现在"将会失败。 | 在叙述者讲述异象时没有对胜利的保证,但是可以在11:14中彼得的叙述中看到。

2.6 信使离开

"梦神这样说,随即离开。" | "当天使说完这些话时,就离开了……"

3. 对旨意的反应

阿伽门农召集议事团,向他们讲述他的幻梦。 | 哥尼流召来两个家人和常伺候他的一个虔诚兵来,告诉他们他所见的异象。

场景二:彼得的异象

由于先兆发生在九年前,所以它并不是由叙述者来讲述。下面的列表是依据奥德修斯的回顾对这个预兆的重构。

《伊》2.301–335	《徒》10:9–16

背景

- 希腊军队即将驶离奥利斯。

- 彼得正寄居在约帕硝皮匠西门的家里,"在海边上"。

- 他们正在做百牲献祭,在这之后他们将有一顿临行前的美餐。

- 他正在屋顶做祷告,突然感到饥饿,这时其他人正在准备晚餐。

- "一个预兆出现了。"

- "彼得魂游象外。"

征兆

- 一条蛇爬上树,在吃掉母鸟之前吞食了八只小麻雀。

- 一个像大布的物体降下来,里面有各种不洁净的动物,包括爬行动物和鸟类。一个来自天上的声音让彼得把它们宰了吃。

- 蛇爬下来,变成了石头。

- 那个物体升上天空消失了。

迷惑

"[他们]感到木然,对事情惊奇不已。"

- "彼得心里正在猜疑之间,不知所看见的异象是什么意思。"

对征兆的解释

卡尔卡斯对麻雀的解释是一只代表一年:希腊人将会在战争的第十年攻下特洛亚,奥德修斯在九年后理解了这事要和阿伽门农梦幻中的"现在"联系起来。

后来彼得将哥尼流和他同一时期领受的异象联系在一起,明白了不洁净的动物代表外邦人。他不应该把上帝所洁净的视为不洁净。

场景三：差人去约帕请彼得

《徒》10:17-23a：路加创造了这一场景把两个异象连接到一起。当彼得正在思索异象的意思时，送信人来到。圣灵告诉彼得是他派他们来的，送信人则告诉彼得是上帝的使者指示哥尼流派他们来。由于此事和神旨意的关联，以及送信人到来在时间上的一致性，使徒和他们一起上路去往凯撒利亚。

场景四：彼得和哥尼流的见面

《伊》2.48-83　　　　　　《徒》10:23b-48

相聚

- 阿伽门农召集首领们参加议事团。"他在召集($συγκαλέσας$)他们之后，安排了一个精明的策略说：'朋友们($φίλοι$)，你们请听。'"

- "哥尼流已经请了($συγκαλεσάμενος$)他的亲属、密友($φίλους$)等候他们。"

- 荷马把阿伽门农称作像神一样($δῖος$)，同时描述他太过傲慢，滥用自己的权威。

- ≠哥尼流俯伏在彼得脚前拜他，彼得却拉他起来，说："我也是人。"

哥尼流的讲话

百夫长告诉彼得他所见的异象，这和阿伽门农告诉议事团他的幻梦一样。此处两个作品分享了相同的主题。

2.1 信使的出现

"有一个从天神那里下降的梦在神圣的夜晚,在我的睡眠中来到我身边,梦中人的容貌、身材和形象特别近似神样的涅斯托尔,他站在($στῆ$)我的头顶上方,对我说话。"

"前四天这个时候,我在家中守着申初的祷告,忽然有一个人穿着光明的衣裳,站在($ἔστη$)我面前,说……"

2.3 表达神的支持

"我是从大王宙斯那里来的信使,他……很关心你,怜悯你。"

"你的祷告已蒙垂听,你的周济达到上帝面前,已蒙记念了。"

2.4 对凡人的指令

"他叫你立刻把……阿开奥斯人武装",攻击特洛亚。

"差人去约帕,去请西门来。"

彼得的讲话

《徒》10:34-43 充满了圣经典故,主要用于阐明路加对基督福音传教的理解;因此这一节和荷马史诗之间没有一致性。

圣灵降临

《徒》10:44-48 和《伊》之间也没有关联。

场景五:彼得向耶路撒冷教会报告

《伊》2.84-335
- 阿伽门农召集全军。

《徒》11:1-18
- 彼得在耶路撒冷众弟兄的集会上讲话。

当地的传说还是对荷马的模仿？

- 忒尔西忒斯代表那些反对国王攻打特洛亚的人讲话。
- 奥德修斯通过引导大家回忆起九年前的预兆来反驳那些反对意见。
- "阿开奥斯人的船只……集中在奥利斯……在神圣的祭坛前给天神献上有效的百牲祭……出现了一个重大的预兆。"
- 一条蛇从祭坛下冲出,爬上一棵阔叶树最高的树头,吞食了九只麻雀。
- 那条蛇爬下树,变成了石头。
- 卡尔卡斯把蛇解释为希腊人,麻雀象征着特洛亚人;每一只麻雀代表一年。
- 奥德修斯用这个"九年"来证实阿伽门农"现在的"幻梦。
- "他这样说,阿尔戈斯人大声欢呼,称赞神样的($\vartheta\varepsilon\acute{\iota}o\iota o$)奥德修斯,欢呼声在阿开奥斯人的船只周围不断回响,叫人畏惧。"

- "那些受过割礼的人"反对彼得和"未受割礼的人"在一起。
- 彼得通过告诉他们他所见的异象来反驳那些反对的声音。
- "我在约帕城里祷告的时候,魂游象外,看见异象:有一物降下,好像一块大布,系着四角,从天上缒下,直来到我跟前。"
- 这个物体中包含了很多动物,包括地上四足的牲畜和野兽、昆虫并天上的飞鸟。"我且听见有声音向我说,'彼得,起来,宰了吃。'"
- "就都收回天上去了。"
- 正在这个时候,哥尼流的使者到来,彼得由此受了启发,将不干净的动物解释为外邦人。
- 两个异象在时间上的相关性使得它们彼此印证。
- "众人听见这话,就不言语了,只归荣耀与上帝($\vartheta\varepsilon\acute{o}\varsigma$),说:'这样看来,上帝($\vartheta\varepsilon\acute{o}\nu$)也赐恩给外邦人,叫他们悔改得生命了。'"

形式批评家或许会承认这些相似性非常密集,并且通常是连续的,但却会坚持认为直接的文学模仿并不是最好的解释。比如,有人会认为,幻梦和异象在古代宗教经验中非常常见,不管是在异教徒中还是犹太教中,它们出现在早期的基督教文本中一点都不会让人感到惊奇。另外,对幻梦或异象的叙述或许都会使用一个标准模式,正如人们在《徒》中看到的那样:一个背景,天使出现,表达神的支持、指令,以及天使离开。象征性的预兆也是一样,通常都是程式化的:预兆出现(通常都会涉及蛇或鸟,或两者都有),目击者迷惑,一个圣人或一个释经的人给出权威解释,以及恰当的回应。有时幻梦和预兆会连接在一起,以至于个人或主观的幻梦会在由另一个人所解明的公开、客观的预兆上得到证实。

这些观察给解释者提出了很多问题。如何判定路加是模仿了《伊》,或只是采用了一种流行的文学惯例?即使路加的脑海里有一个文学模板,难道这个模板本身就不可能是荷马的某个著名的模仿品吗?路加是否也期望他的读者能够发现他对史诗的重构,或发现史诗中体现出的军事领导者的幻梦或预兆的传统?

最后两条标准旨在回答这样的问题:鲜明特征(标准五)以及可解释性(标准六)。不同寻常的特征可以将模仿和同一体裁的故事区分开,并把它作为[62]一个阐释学意义上的同类作品并入到一个模型中。比如,第三章讨论过的那些异教中的模仿之作,每个都有鲜明的特征使之与《伊》卷二相连,尽管没有任何两位作者是以完全相同的方式与之相连。古代的作者经常会使用不同寻常的特征,来提醒读者这是他们受到模板影响的标志。四个独特性特征把《徒》第十至十一章和《伊》卷二如此显著地联系起来,以至于我们最好把二者分别视为模仿和模型:提及了海;两个异象在时间上的重叠;对幻梦或异象的复述;异象在整个叙述中的重要性。

评论家们很少提及海在《徒》第十至十一章中的重要性。凯撒利亚的马里蒂马因其壮丽的海港而闻名，并且约帕的海港在犹太教圣经中也非常著名。例如，它是约拿带着他对外邦人的使命逃跑时离开的地方。天使特别强调硝皮匠西门所居住的位置"在海边上"。①路加仅仅在《徒》第十至十一章中将彼得故事的场景放在靠近海港或海的地方。

《伊》卷二中的幻梦同样发生在靠近海的地方。宙斯告诉奥涅伊洛斯去往阿伽门农那里，他正在阿开奥斯人的"快船旁"熟睡，这正是能找到他的地方（《伊》2.4 和 17；以及 47 和 91-93）。军队没有通过阿伽门农的试验，拴起船只准备逃离战场；也正是在海边，雅典娜和奥德修斯把他们召集回来（《伊》2.167-210）。蛇和麻雀的预兆发生在奥利斯，这里是战船出发开往特洛亚的著名海港。作为奥德修斯重述预兆的回应，"阿尔戈斯人大声欢呼"，"欢呼声在阿开奥斯人的船只周围不断回响"（《伊》2.333-334）。第三章中提到的对骗人的幻梦的模仿都没有强调发生的地点是在海边，只是在维吉尔对预兆的模仿中有提到。海边的幻梦是《伊》和《徒》中所独有的。

希腊人误解了奥利斯港的预兆和阿伽门农的幻梦在时间上的一致，这影响到他们对二者的解释。"现在的"幻梦代表了预兆中九年的结束。同样，希罗多德和伊塔利库斯也都模仿了幻梦和预兆，让二者能

---

① Gaventa 认为提到西门的家在海边"看似多余"，实际上却非常重要——不是说提及海重要，而是说提及房屋重要，这和款待的主题相关（页 113）。路加把降下的物体描述为一块巨大的布或船帆（ὀθόνην μεγάλην）。在荷马史诗中，ὀθόνη 指的是亚麻布（《伊》3.141 和 18.595 以及《奥》7.107），但是后来，这个词主要指船帆。将之和船帆联系起来是由于文中说到它有四个角，据此，它被收回到天上。一个从西方传统出发的抄写员，似乎就是因此而将之另译成了"一个容器，系着四角，就像一个巨大的帆"（τέσσαρσιν ἀρχαῖς δεδεμένον σκεῦός τι ὡς ὀθόνην λαμπράν）。这才导致西方有了这节圣经的另一异文。

相互解释,但是两位作者都没有让它们在时间上并列。① 然而,在《徒》中,两个异象在时间上的一致性非常重要;事实上,哥尼流的使者到来,正好是在彼得思考异象意义的时候,这让他将不洁净的动物解释为外邦人。

古代文学作品中充满了幻梦和异象,我们可以发现好几个例子中都有两个异象相互印证,但是,将两个异象相连并且不断重述的例子却比较少见。荷马在宙斯给奥涅伊洛斯发出指令时首次记录了骗人的幻梦的内容;奥涅伊洛斯出现在阿伽门农面前时,又几乎逐字重述了幻梦的内容,仅仅在开头加入了五行诗文,在结尾处加入了两行;希腊王再一次重述了这个幻梦,几乎是按他听到的原封不动重述给议事团的首领们。这三次讲述[63]构成了幻梦在接下来几卷书中的重要性,并且深深地印在了读者的记忆中。诗人期望读者能够将幻梦记在心里一直到第九卷,那时阿伽门农失去了许多兵士,才意识到宙斯骗了他。②

希罗多德或许正是模仿了《伊》卷二重述的部分,塑造了薛西斯和阿尔塔巴诺斯的多重幻梦,薛西斯在经历了很多挫折之后,才意识到他的幻梦或许具有欺骗性(《原史》7.47)。除了希罗多德,众多的模仿作品从没有重述幻梦;也不存在军事领导向其他人重述幻梦——除了在《徒》中。

哥尼流所见的异象同样被叙述了三次,并且被提到两次。虽然路加在《徒》的其他地方也使用了重复——最为人知的是对扫罗(Saul)的转变叙述了三次——但在《徒》第十至十一章的重述非常明显且值得注意。第一个异象版本由叙述者以第三人称的口吻叙述,之后读者读到百夫长"把一切都告诉了"他的三个使者。第二次提及是彼得第

---

① 在希罗多德的作品中,橄榄枝的符号支撑了三个梦幻,似乎是对薛西斯王和波斯人胜利的保证。伊塔利库斯作品中,具有毁灭性的蛇的异象强化了汉尼拔将会征服罗马的保证。

② 关于《伊》卷二中的重复,见 G. S. Kirk,1985,页 121–122。

一次提到他所见的异象,之后我们看到哥尼流亲口对彼得的讲述,这是第二个完整的版本。第三次即最后一次是彼得向耶路撒冷教会简要叙述他的故事时。不管是在《伊》卷二,还是在《徒》第十至十一章,在每一个故事中,对幻梦或异象的简要提及已经足够了,因此很显然,所有的重复都不是为了成功地讲述故事而重述异象。研究史诗和《徒》的学者都在重复的功能上产生了分歧,但是显然没有人注意到两部作品之间的相似性。①

另外,《徒》第二章和第十至十一章都涉及多次集会,与会者在异象的基础上做出集体的决议。在史诗中,阿伽门农第一次召集了他的议事团,然后召集了整个军队,奥德修斯在很多兵士准备回家时再一次聚集了军队。② 在第一次召集中,阿伽门农叙述了他的幻梦,在第二次召集中,奥德修斯讲述了奥利斯的预兆。同样,在《徒》中也有两次集会。第一次出现在哥尼流家,在那里彼得"见有好些人在那里聚集"。在这个环境下,彼得简要提及了他所见的异象,但是哥尼流详细讲述了他所见的异象(《徒》10:28 和 30-32)。第二次集会发生在耶路撒冷,显然是一个较大的集会,在那里彼得的异象成了集会的核心,事实上会议一开始就是彼得讲述他的异象;哥尼流的异象有了第二次记述,但只

---

① 至于《使徒行传》第十至十一章中的重复,见 Ronald D. Witherup,《一遍一遍又一遍的哥尼流:〈使徒行传〉中的"功能性冗余"》("Cornelius Over and Over and Over Again: 'Functional Redundancy' in the Acts of the Apostles"), *JSNT* 49 (1993):45-66。重复不仅能够唤起人们对场景的重视,而且能够增加悬念,为重要变化的发生作铺垫,并且有助于角色的发展。William S. Kurz 指出了一个全知的叙述者和一个认知有局限的角色之间的差距(《〈使徒行传〉10-11 章不同叙述者的作用》["Effects of Variant Narrators in Acts 10-11"], *NTS* 42 [1997]:570-586)。同样可参见 Edith M. Humphrey,《不同模式的冲突?——〈使徒行传〉10:1-11:18 中的异象和决定性的观点》("Collision of Modes?—Vision and Determining Argument in Acts 10:1-11:18"), *Semeia* 71 (1995):65-84。

② 《伊》2.50-83(集会)和 84-393(军队的聚集)。

有一句话(《徒》11:5 – 11 和 13 – 14)。毫无疑问,这些明显的共性暗示了模仿。

最后一个把《徒》和《伊》卷二联系在一起的鲜明特征是,每一个幻梦对于主叙事都非常重要。有学者在评论古代文学作品时,尤其是谈到《伊》卷二中幻梦的不同功能时,强调了幻梦的三重意义:做梦人的尊贵;旨意的庄严;形势的重要。① 宙斯把幻梦派往阿伽门农,希腊军队的卓越指挥者,他被认为是[64]"最出色的阿开奥斯人"。涅斯托尔认为,如果幻梦到了其他人处,"我们或许会说这是一个谎言"(《伊》2.81)。梦神奥涅伊洛斯对阿伽门农的指令也非常重大:它会把整个军队(除了阿喀琉斯和他所率的密耳弥冬人)卷入残酷的战场。同样,战争形势也非常重要;特洛亚战争在希腊文化意识中是具有决定性作用的事件之一。在史诗卷九,希腊王最终明白自己上了当,此时读者再一次记起宙斯的欺骗(《伊》2.81)。这一评定同样适用于模仿宙斯骗人幻梦的作品。信使通常会来到一个国王或是一支强大军队的指挥官那里,在一个国家处于危机的形势下命令他进攻对手。很典型的是,做梦者都会立刻遵从幻梦的旨意,从而从根本上改变后续事件的发展方向。

这三重意义对于哥尼流的故事同样适用。天使带着重要指令出现在罗马军官面前:去请使徒来,听使徒的布道,这会让他和他全家"得救"。事实上,他的归信将使所有外邦人都加入耶稣的犹太门徒中成为可能。哥尼流遵照了天使的旨意,从而导致了后续事件的发生,这也将成为彼得向外邦人宣教的一个转折点。彼得在耶路撒冷教会上为自己的使命进行辩护时,回顾了这个事件,作为上帝接纳外邦人的一个清楚的证据(《徒》15:7 – 9;对比《徒》14)。

从这两部作品的对比中读者能得到什么呢?回答这个问题是第六条标准的任务,即可解释性。这一标准通常包括模拟,对模板的改进,

---

① Latacz,1984,页 31 – 34。

要么是美学意义的,要么是哲学意义或道德意义的。我认为,《徒》和《伊》卷二中相似处的对比揭示了三重竞赛:哥尼流的美德超过阿伽门农;哥尼流的异象是真实的,与阿伽门农的幻梦截然不同;《徒》中的两个异象都消除了东西方的敌意,与致命的战争没有关系。

首先,哥尼流的品格。尽管百夫长相似于阿伽门农,但阿伽门农,希腊的指挥官,作为一个虔诚的军事领导却有道德缺陷。他将自己的女儿伊菲格涅亚作为牺牲祭献给阿尔忒弥斯;他从阿喀琉斯那里抢夺了布里塞伊丝;他还将卡珊德拉带回家作妾,激怒了他的妻子。梦神奥涅伊洛斯来到他的营棚时,责备他还在睡觉,无视自己在战争中的重任。① 然而,在《徒》中,哥尼流没有睡觉;他按照往常的惯例正在做祷告,他在完全是白天的光亮中看到了他的异象。正是由于这个原因,异象中没有责难(主题 2.2),只有对神的支持的传达(主题 2.3):"你的祷告已蒙垂听,你的周济达到上帝面前,已蒙记念了。"阿伽门农以他的傲慢闻名,鼓吹自己是"最出色的阿开奥斯人",即使是在战场上,阿喀琉斯都不能和他相比。相反,哥尼流则怜悯犹太人,而且他虔诚地俯伏在使徒的脚下,就像对方是神一样。

[65]第二,幻梦的本质。阿伽门农的幻梦完全是个骗局,并且在大部分对此的模仿中也是这样。薛西斯的幻梦(希罗多德)、图努斯的幻梦(维吉尔)、庞培的幻梦(卢坎)、厄特克勒斯的幻梦(斯塔提乌斯)以及汉尼拔的幻梦(西利乌斯),都是神的骗局,导致了他们的死亡或其他很多兵士的死亡。古代的伦理学者们试图为宙斯带来毁灭的谎言开脱,基督教的护教论者们则非常欣喜荷马认识到了宙斯的口是心非和残暴。尽管从表面上看,阿伽门农的幻梦和奥利斯的预兆都预示着对特洛亚作战的胜利,但是读者能够看出幻梦的虚假以及后六卷书的

---

① 古代很多《伊》的读者也会责备阿伽门农没有质疑梦幻的真实性,并且把"现在"就理解为"就在这一天"。骗人梦幻的故事使阿伽门农蒙污,也使得宙斯的名誉受到了损害(Latacz,1984,页35)。

讽刺性。相反,在《徒》中,哥尼流的异象完全真实,而且和彼得的异象紧密相扣。上帝也告诉哥尼流去请彼得,并且警示彼得不要将外邦人视为不洁净。

第三,幻梦的结果。奥涅伊洛斯指示阿伽门农对特洛亚人发起攻击;薛西斯的幻梦告诉他向西进军攻打希腊;庞培的幻梦命令他攻打恺撒;图努斯的幻梦告诉他拒绝特洛亚的移居者;厄特克勒斯的幻梦让他攻打波吕尼克斯;汉尼拔的幻梦让他进攻罗马。① 在每一个故事中,战争的指挥者都将战败,他们的很多兵士都将阵亡,有的故事中首领自己也会丢掉性命。相反,哥尼流的异象不是命令他去战斗,而是让他去请使徒到他家,好让他和他的家人都"得救"。路加并没有像其他模仿骗人幻梦的模仿作品一样,煽动欧洲人和奄族人之间的敌对行动,路加的模仿中消除了犹太人和外邦人之间的差异,或者至少让外邦人被犹太人社会接纳成为可能。② "我真看出上帝是不偏待人。原来各国中,那敬畏主、行义的人都为主所悦纳。"(《徒》10:34-35)

---

① Huber 提出,希罗多德如何依据荷马对特洛亚战争的描述来理解波斯战争,并且不断地借鉴《伊》来表现薛西斯和希腊人之间的冲突(1965,页36-40)。

② Jouette M. Bassler 认为,路加的观点与希腊罗马人对普世主义(包容边缘群体进入特权群体)的态度一致,然而,保罗的观点则与犹太人的启示论一致(废掉种族的和文化的差异),因而也更为激进(《路加和保罗的公平观》["Luke and Paul on Impartiality"],*Biblica*[1985]:546-552)。

第二部分

保罗在米利都的辞别与《伊利亚特》卷六

6

赫克托尔告别安德罗马克

[69]在《徒》中,几乎没有哪个章节,像保罗在米利都向以弗所长老的临别赠言(20:18-35)那样受到学界的关注。比起《徒》中的其他演说,这段讲话充满了对保罗书信的呼应,因此很多阐释者认为,或许路加可以看到其中几封书信。① 但是,仅靠这些书信并不能解释这段讲话的形式、功能和体裁。几乎所有的评论都认为,保罗的临别赠言是路加模仿了犹太遗训。

[把演说当作遗训的最重要的研究来自 Johannes Munck,《圣经文学和新约中的临别赠言》(Discours d'adieu dans le Nouveau Testament et dans la littérature biblique), *Aux Sources de la tradition chrétienne. Mélanges offerts à M. Goguel*, Neuchâtel: Delachaux & Niestlé, 1950, 页155-170; Otto Knoch, SB 62, 1973; 以及 William S. Kurz, 《〈路加福音〉22:14-38 和希腊罗马传统以及圣经中的临别赠言》("Luke 22:14-38 and Greco-Roman and Biblical Farewell Addresses"), JBL 104 (1985):251-268。对于演说体裁最为详尽的研究出自 Hans-Joachim Michel, SANT 35, 1973。关于犹太教中的临别赠言,见 Eckhard von Nordheim, ALGHJ 13, 1980; 以及 Anitra Bingham Kolenkow,《约:作为文体的"遗训"》(Testaments: The Literary Genre 'Testament'), *Early Judaism and Its Modern Interpreters*, Robert A. Kraft 和 George W. E. Nichelsburg 编, BMI, 卷2, 1986, 页259-267。

---

① 比如, Lars Aejmelaeus, AASF B, 232, 1987。

以下研究都是基于价值或功绩的评论。一些学者试图为演说的历史可靠性进行辩护,认为这则演说是著名的"我们-篇章"(we-sections)中的一篇,这或许说明这则演说是作者自己或作者所引述的人确实听到的(例如,Colin J. Hemer,《〈使徒行传〉中的演说(上):对米利都以弗所长老的临别赠言》["The Speeches of Acts: Part 1: The Ephesian Elders at Miletus"],见 *TynBul* 40 [1989]:76 - 85 和 239 - 259)。还有学者提出,演说的可信主要归因于保罗和路加使用了一个源本(如 Thomas L. Budesheim,《〈使徒行传〉中保罗的临别赠言》["Paul's *Abschiedsrede* in the Acts of the Apostles"], *HTR* 69 [1976]:9 - 30; Lewis R. Donelson,《祭仪的历史和〈使徒行传〉的渊源》["Cult Histories and the Sources of Acts"], *Bib* 68 [1987]:1 - 21)。多个注释者已经注意到了保罗论证中的逻辑裂痕,并且试图用结构方案来解释(如 J. Cheryl Exum 和 Charles H. Talbert,《保罗对以弗所长老的临别赠言[〈使徒行传〉20:18 - 35]的结构》["The Structure of Paul's Speech to the Ephesian Elders [Acts 20:18 - 35]", *CBQ* 29 [1967]:233 - 236; Jan Lambrecht,《保罗在米利都的临别赠言[〈使徒行传〉20:17 - 38]》[Paul's Farewell-Address at Miletus (Acts 20, 17 - 38)],选自 *Les Actes des apôtres. Tradition, rédaction, théologie*, Jacob Kremer 等编, BETL 48, 1979,页 307 - 337; Jacques Dupont,《米利都讲道的建构》[La Construction du discours de Milet], *Nouvelles études sur les actes des apôtres*, LD 118, 1984, 页 424 - 445; 以及 John J. Kilgallen,《保罗对以弗所长老演说的结构[〈使徒行传〉20:18 - 35]》["Paul's Speech to the Ephesian Elders: Its Structure [Acts 20:18 - 35]"], ETL 70 [1994]:112 - 121)。其他学者试图确定路加心中的对手,或者去发现他对使徒传说和教会职能的理解,比如 H. Schürmann,《保罗的临别赠言:〈使徒行传〉20:18 - 35》(Das Testament des Paulus für die Kirche, Apg 20, 18 - 35),见该作者 1968 年的著作,页 310 - 340; G. W. H. Lampe,《"恶狼"(〈使徒行传〉20:29)》("Grievous Wolves" [Acts 20:29]), *Christ and Spirit*, FS. C. F. D Moule, Barnabas Lindars & Stephen S. Smalley 编, Cambridge: Cambridge University Press, 1973, 页 253 - 268; Franz Prast, FB 29, 1979; P. - R. Tragen,《米利都讲道的接受者:基于共同体框架对〈使徒行传〉20:18 - 35 的一项研究》(Les 'Destinataires' du discours de Milet. Une approche du cadre communautaire d'Ac 20,18 – 35），*À Cause de l' évangile. Ètudes sur les synoptiques et les Actes*，Paris：Cerf,1985,页 779 – 798；以及 Evald Lövestam,*ST* 41(1987)：1 – 10)。]

根据米歇尔(Hans-Joachim Michel)的细致分析,路加在叙述保罗召集听者(17)时采用了遗训方式,保罗把自己作为一个榜样(18 – 21,31,以及 33 – 35),申明他道德上的正直(26),宣布他的死亡(22 – 25),劝诫听者要谨慎自己的道德行为(28,31 和 35),并预言未来的灾难(29 – 30),向追随者授予他的权威(28),祝福他们(32),以及祷告(36)。叙述结束时仍然模式化地采用了哭泣作为最后告别的标记(37；Michel,1973,页 68 – 71)。

尽管学者们关于演讲体裁的观点近乎一致,但是仍然有一些学者警示：简单将其体裁归为某一种形式未免太过生硬。① 例如,米歇尔发现犹太遗训中三个典型的主题在《徒》中并没有体现：指示埋葬事宜、应许和誓言,以及对死亡本身的叙述。其次,在米歇尔所确定的遗训文体的诸多特征中,至少有两个特征——召集听者以及情感的回应——在各种讲话文体中都能找到。第三,尽管遗训主题中有几个看似符合《徒》,但是正如米歇尔自己指出的,有些主题则并不符合。比如说话者将自己作为榜样予以呈现,以及他对自己道德的辩护,在犹太遗

---

① Christoph Burchard 的很多论述都反对"遗训假说",《〈使徒行传〉中的保罗》("Paulus in der Apostelgeschichte"),*TZ* 12 (1975)：889。Lawrence Wills 认为这个演说主要是一场布道(《希腊化时期犹太教和早期基督教中的布道形式》["The Form of the Sermon in Hellenistic Judaism and Early Christianity"], *HTR* 77 [1984]：277 – 299),Duane F. Watson 则将此视为希腊史诗修辞的一个样例(《保罗对以弗所长老的演说[〈使徒行传〉20.17 – 38]：史诗中的告别修辞》[Paul's Speech to the Ephesian Elders [Acts 20.17 – 38]：Epideictic Rhetoric of Farewell],选自 *Persuasive Artistry：Studies in New Testament Rhetoric in Honor of George A. Kennedy*,Duane F. Watson 编,JSNTSup 50.1；Sheffield：JSOT Press,1991,页 184 – 208)。

训中极为少见,而且在任何地方都不像在《徒》第二十章中那样突出。最后,可能是最具摧毁性的一条反对意见,即,为何保罗在死亡之前好几年发表这样的讲话,并且整个文本完全避而不讲他的死亡。事实上,在犹太文学的遗训中,其他类似的例子都是发生在讲话人死之前不久。人们熟知的新约《提摩太后书》,即保罗在身陷囹圄时所写的信,就与《徒》第二十章形成生动的对比,因为它非常清楚地包含了犹太遗训的特征。与《徒》第二十章不一样,这封保罗的告别书就发生在他死前不久(见《提摩太后书》4:6-8),符合传统模式。尽管认识到了这些问题,学者们仍然认为,路加是仿照犹太遗训的传统创作了这段演说。然而,通过细致的分析会发现,与这段文字最相似的应该是《伊利亚特》卷六中赫克托尔与安德罗马克的告别,① 而不是犹太遗训。

在希腊人和特洛亚人惨烈的战斗中,赫克托尔的兄弟赫勒诺斯(Helenus)让赫克托尔返回特洛亚城,去告诉他们的母亲赫卡柏,"召集年老的妇女们到雅典娜的神庙"去祈求神赐予他们胜利(《伊》6.87-88)。主人公鼓励他的勇士们在他不在时要勇敢地战斗,这样他可就以去到特洛亚城,去"请求议事长老和我们的妻子向众神祈祷"(《伊》6.113-115)。进入普里阿摩斯的宫殿之后,他告诉他的母亲"召集年老的妇女"去女神雅典娜的庙里,祈求女神"能对城市、对特洛亚人的妻子和儿女大发慈悲"(《伊》6.269-276;比对296-311)。然后他来到帕里斯和海伦的家里,激励他的弟兄回到战场上去。海伦让赫克托尔留步,但是他急于离开,"因为我还要到家里去看看家中的人、我的妻子和我的小儿子,由于我不知道能否再回到他们那里,或是神明会借阿开奥斯人的手把我杀死"(《伊》6.365-368)。这段话是和《徒》中保罗的演讲相似的其中一处,我们将分析它们共同具有的主题1:主人公坦

---

① 在对保罗临别赠言的研究中,我没有发现任何一种参考了《伊利亚特》。例如,Michel 刻意避免研究希腊罗马文学中的临别赠言,尽管这种演说早在柏拉图《斐多》中描述苏格拉底之死时就已经是非常流行的演说形式了。

言他不知道自己将面临怎样的危险。

赫克托尔回到家里,他的家人并不在那里;安德罗马克已经上到城楼之上,观看战事。他带着沮丧,冲向城门,准备重新回到他的军队中。当他正要离开城堡时,安德罗马克跑向他,带着他们的儿子斯卡曼德里奥斯(Scamandrius),特洛亚人都叫他阿斯提阿那克斯(Astyanax),意为城邦的王,"因为赫克托尔是伊利昂的干城"(《伊》6.403)。因此,他最后的临别赠言不是发生在家里,而是发生在靠近城门的地方。

安德罗马克请求他不要回战场上去,因为他是她的"父亲,尊贵的母亲和兄弟",也是她的丈夫。"你得可怜可怜我,待在这座望楼上,别让你的儿子做孤儿,妻子成寡妇。"赫克托尔的回答包括三个部分:(1)他意识到他将死去,安德罗马克将会被奴役;(2)他为阿斯提阿那克斯祈祷;(3)他对妻子最后的嘱托。《徒》中保罗的讲话同样可以分为三个部分,[71]与赫克托尔讲话中的三个部分非常一致,只是主题出现的顺序有一些不同。在此,我们将细致地分析一下赫克托尔讲话的第一部分,以及它和《徒》共有的主题。

第一部分:赫克托尔意识到他将会死去
主题2:主人公自诩他永远不会逃避自己的职责。

夫人,这一切我也很关心,但是我羞于见特洛亚人和那些穿拖地长袍的妇女,要是我像个胆怯的人逃避战争。我的心也不容我逃避,我一向习惯于勇敢杀敌,同特洛亚人并肩打头阵,为父亲和我自己赢得莫大的荣誉。

主题3:主人公对灾难的警示。

可是我的心和灵魂也清清楚楚地知道,有朝一日,这神圣的特洛亚和普里阿摩斯,还有普里阿摩斯的挥舞长矛的人民将要灭亡。

主题4：主人公表达了当他想到他最爱的人将被囚禁时的担忧。

　　特洛亚人将来的结局，还不至使我难受得痛心疾首……使我难以忍受的，是想到你的痛苦：你将流着泪被披铜甲的阿开奥斯人带走，强行夺去你的自由自在的生活……某一天，有人看见你伤心落泪，他就会说，"这就是赫克托尔的妻子，驯马的特洛亚人中他最英勇善战，伊利昂被围的时候"。人家会这样说，你没有了那样的丈夫，使你免遭奴役，你还有新的痛苦。但愿我在听见你被俘呼救的声音之前，早已被人杀死，葬身于一堆黄土。（《伊利亚特》6.441－450,454－455,459－465）

第二部分：赫克托尔为阿斯提阿那克斯祈祷
赫克托尔的第二段话是为他的儿子阿斯提阿那克斯祈祷。

　　显赫的赫克托尔这样说，把手伸向孩子，孩子惊呼，躲进腰带束得很好的保姆的怀抱，他怕看父亲的威武形象，害怕那顶铜帽和插着马鬃的头盔，看见那鬃毛在盔顶可畏地摇动的时候。他的父亲和尊贵的母亲莞尔而笑，那显赫的赫克托尔立刻从头上脱下帽盔，放在地上，那盔顶依然闪闪发亮。他亲吻亲爱的儿子，抱着他轻轻地往上抛一抛，然后向着宙斯和其他的神明祷告。

主题5：主人公祈求众神。"宙斯啊，众神啊……"
主题6：主人公祈祷他的继承者能够像他一样。"让我的孩子和我一样在全体特洛亚人当中名声显赫，孔武有力，成为伊利昂的强大君主。"
[72] 主题7：主人公引述了把他与继承者对比的话。"日后他从战斗中回来，有人会说：'他比父亲强得多。'愿他杀死敌人，带回血淋淋的战利品，讨母亲心里欢欣。"（《伊利亚特》6.466－481）

第三部分：赫克托尔最后的嘱托

第三段话是赫克托尔最后对妻子安德罗马克的嘱托，包括非常著名的他对残酷命运的评述。

主题8：主人公自陈他将心甘情愿勇敢面对他的命运。

> 他这样说，把孩子递到妻子手里，她把孩子接过来，搂在馨香的怀里，含泪惨笑。丈夫看见，觉得可怜，用手抚摸她，呼唤她的名字，对她说："夫人，我劝你心里不要过于悲伤，谁也不能违反命运女神的安排，把我提前杀死，送到冥土哈得斯（Hades）。人一生下来，不论是懦夫还是勇士，我认为，都逃不过他的注定的命运。"

主题9：主人公命令他的听众回去做好自己的事。

> 你且回到家里，照料你的家务，看管织布机和卷线杆，还要敦促家中的女仆做好她们的活计，打仗的事男人管，每一个生长在伊利昂的男人管，尤其是我。

结尾

诗人以他们的含泪离别结束了这一场景。

> 那显赫的赫克托尔这样说，随即拿起那顶插着马鬃的帽盔，他妻子朝家走去，频频回头顾盼，流下泪珠。她很快回到那杀人的赫克托尔的居住舒适的宫室，遇见许多女仆聚在那里，引起大家不停地哭泣。她们就这样在厅堂里哀悼还活着的赫克托尔；认为他再也不能躲避阿开奥斯人的力量和毒手，从战斗中回到家里。（《伊利亚特》6.487 – 502）

毫无疑问，路加和他的读者读过荷马史诗。一位评论者把赫克托尔对安德罗马克的离别赠言称为"荷马史诗中最著名的场景"。① 古代文献都显示出这一场景的流行性无可置疑。和路加同时代的普鲁塔克（L. Mestrius Plutarchus）写了布鲁特斯（Marcus Inuius Brutus）的妻子如何被迫独自一人回到罗马。就在航程开始之前，他的妻子波尔恰（Porcia）看到了一幅画，

> 安德罗马克告别赫克托尔。她离开他的怀抱，目光仍然注视着她的丈夫。当波尔恰看到这幅画时，她自己悲伤的样子让她突然大哭起来。她会一天多次去看这幅画，在它面前哭泣。（《布鲁特斯》[Brutus]23. 2 – 3）

布鲁特斯的一个朋友非常熟悉《伊利亚特》，他可以背诵卷六中的两行诗句 [73] 来描述她悲苦流泪的样子；布鲁特斯则引述其他的诗行作为回应。② 这幅画中所描绘的赫克托尔与安德罗马克的最后一次见面，是很多古代希腊和罗马画家们的创作对象，尤其多见于瓶画。③ 非常典型的画面是，全副武装的赫克托尔站在悲伤的妻子面前，准备重返战场；有的画面有他们的儿子阿斯提阿那克斯，有的没有。普鲁塔克期望他的读者能够回忆起荷马史诗中的场景，并且强调了波尔恰的形象，把她作为安德罗马克的化身。

赫克托尔与安德罗马克的告别，成了众多文学作品中最受热捧的模仿对象，这丝毫不会让人觉得惊讶，比如《奥德赛》、希罗多德的《原史》、索福克勒斯的《埃阿斯》、阿里斯托芬的《吕希斯忒拉忒》（Lysistra-

---

① G. S. Kirk,1990,页 219。
② 《布鲁特斯》23. 3 – 4，引用了《伊》6. 429 – 430 和 491。值得注意的是斐洛（Philo）从《特洛亚的赫克托尔》（Hector in Troy）中引用了三行诗（《亚伯拉罕的迁徙》[Migration of Abraham]156 – 157，《特别的法律制度》[Special Laws] 2. 6，以及《每一个善人都是自由的》[Every Good Man Is Free]，112）。
③ 见 LIMC，"安德罗马克"，词条 4 –25，以及"赫克托尔"，词条 12 –29。

ta)、柏拉图的《斐多》、色诺芬的《居鲁士传》、阿波罗尼俄斯的《阿尔戈船英雄记》、喀利同的《凯勒阿斯和卡里洛厄》、以弗所的色诺芬的《以弗所传奇》(*Ephesiaca*)、赫里俄多洛斯的《伊西欧比亚人的故事》、维吉尔的《埃涅阿斯纪》、塞涅卡的《特洛亚妇女》(*Troades*)、奥维德的《女英雄书信集》(*Heroides*),以及伊塔利库斯的《布匿战争史》。① 阿匹西纳斯(Apsines,公元3世纪)鼓励未来的修辞学者牢记《伊利亚特》卷六,将之作为如何感动读者产生怜悯之心的范例,尤其是赫克托尔对安德罗马克将遭受奴役以及阿斯提阿那克斯将会成为孤儿的预言。②

我想说的是,《徒》20:17－38 中保罗在米利都致以弗所长老的临别赠言,是另外一个类似的模仿。下一章我将把《徒》第二十章与《伊》卷六进行对比。第八章则要讨论,用模仿来作解释,比起人们习以为常的看法,即认为路加是按照犹太教的原型创作了保罗作为最后遗训的临别赠言,更具有说服力。

---

① 《奥》1.356－363(比对21.350－357),希罗多德《原史》4.162,索福克勒斯的《埃阿斯》500－557,阿里斯托芬的《吕希斯忒拉忒》534－557,柏拉图的《斐多》59a－60 和115a－117d,色诺芬的《居鲁士传》6.4.2－11,阿波罗尼俄斯的《阿尔戈船英雄记》1.292－304(还可参阅 1.557－558 和3.793－801),喀利同的《凯勒阿斯和卡里洛厄》3.8,4.1,以及8.5,以弗所的色诺芬的《以弗所传奇》1.10.9－11.1,赫里俄多洛斯的《伊西欧比亚人的故事》1.27－28,维吉尔的《埃涅阿斯纪》2.671－795,7.443－444,以及 12.436－443(还可参阅 3.316－319 和4.304－392),塞涅卡的《特洛亚妇女》438－476 和767－785,奥维德的《女英雄书信集》13,以及伊塔利库斯的《布匿战争史》3.70－135。在拉丁诗歌中,其他对这一场景可能存在模仿的包括卡图卢斯(Catullus)、普罗佩提乌斯(Propertius)和斯塔提乌斯。卡图卢斯在描述一个叫柏妮丝的女子送别丈夫去战场(《诗篇》66)时,心里想着的应该是安德罗马克的眼泪。预见到自己的死亡,普罗佩提乌斯引用了赫克托尔对安德罗马克说的话给他的爱人(普罗佩提乌斯 1.29)。在《忒拜战记》中,斯塔提乌斯把流泪的阿克瑞亚(Agria)送到她父亲——暴君卡伯纽斯(Capaneus)那里,她怀里抱着她的孩子忒桑多(Thessander),担心她的丈夫会死在即将到来的战争中(3.678－721)。

② 《修辞术》(*Ars rhetorica*)1.2.314－315(Spengel 编本)。

7

保罗辞别以弗所长老

[74]《徒》的读者已经从十九章21节知道,在以弗所时,保罗"心里定意,经过了马其顿、亚该亚(Achaea),就往耶路撒冷去(πορεύεσθαι εἰς Ἱεροσόλυμα)。又说,'我到了那里以后,也必须往罗马去看看'"。正如很多评论家注意到的一样,这段话呼应了耶稣在《路加福音》九章51节的内心决定:"他就定意向耶路撒冷去"(πορεύεσθαι εἰς Ἱεροσόλυμα)。在耶路撒冷,耶稣遭迫害,被钉在了十字架上;同样,等待保罗的也只有灾难。去罗马并在那里死去同样也是他的命运(δεῖ)(《徒》19:21;对比23:11和27:24)。

《徒》第二十章和二十一章包含三个离别场景,其中第一个是保罗向以弗所长老告别。在每一个场景中,保罗都表示自己决意继续往耶路撒冷去。在第一个场景中,他告诉长老们,他毫不惧怕面对反对他的犹太教徒;他并不十分清楚他将会遭遇何事,但他知道有"捆锁和患难等待着"他。在第二个告别场景中,"圣灵"警示推罗(Tyre)的门徒,保罗将要面临危险,因此他们请求他"不要上耶路撒冷去"(《徒》21:4),但保罗决意继续前行。信徒们,包括"妇女和孩子",送他到城外,一直来到海岸边,在那里他和他们道别,然后上了船,"他们都回家去了"。与赫克托尔-安德罗马克的场景一样,此处我们也能看到对危险的警示,主人公决意面对,以及向妇女孩子的告别。主人公动身去迎接自己的命运,其他人则怀着悲伤回家。①

[75] 根据三个场景中的最后一个,《徒》21:7-14,保罗和众门徒到了凯撒利亚,在那里有一个叫亚迦布(Agabus)的先知,

> 拿保罗的腰带捆上自己的手脚,说:"圣灵说,犹太人在耶路撒冷,要如此捆绑这腰带的主人,把他交在外邦人的手里。"我们和那本地的人听见这话,都苦劝保罗不要上耶路撒冷去。保罗说:"你们为什么这样痛哭,使我心碎呢?我为主耶稣的名,不但被人捆绑,就是死在耶路撒冷也是愿意的。"保罗既不听劝,我们便住了口,只说"愿主的旨意成就"便了。

保罗的话与赫克托尔对安德罗马克的临别赠言相似,尤其是后者著名的关于他命运的说法。

《伊》6.485-489	《徒》21:13-14②
他对她说,	保罗说:
"夫人,我劝你心里不要过于悲伤,谁也不能违反命运女神的安排,把我提前杀死,送到冥土哈得斯。人一生下来,不论是懦夫还是勇士,我认为,都逃不过他的注定的命运。"	"你们为什么这样痛哭,使我心碎呢?我为主耶稣的名,不但被人捆绑,就是死在耶路撒冷也是愿意的。"保罗既不听劝,我们便住了口,只说"愿主的旨意成就"便了。

---

① François Bovon 从《使徒行传》第二十至二十一章和《伊利亚特》卷六背后看到了一个相似的模式,该模式在柏拉图的《克力同》(Crito)、次经诸行传(Apocryphal Acts of Apostles)以及基督徒的殉道中也都有体现。一个高贵的角色心甘情愿走向死亡,尽管他完全有机会避免(《〈使徒行传〉20.36-21.16 中的圣灵、教会和人际关系》,页340-351。)

② 附录中有这一章中涉及这些及其他相似之处的希腊语对比。

不管是赫克托尔还是保罗,都不知道自己身上将会发生什么,但是他们都勇敢地面对危险,顺从安排:赫克托尔顺从的是命运,保罗顺从的是"主的旨意"。

这三个场景合在一起为读者提供了一个背景,使他们预料接下来最糟糕的事情将会发生在使徒身上,并且钦佩他坚定不移地要去耶路撒冷和罗马亲身作见证。路加将这些场景放置在使徒死亡的数年前,为《徒》最后八章作了非常好的铺垫。使徒和史诗主人公都知道他们将死在对手手里,然而他们心甘情愿去完成自己的使命。路加这种将告别放置在死亡之前很久的叙述方式,并不是犹太遗训的传统,因为传统的做法是离别演说发生在主人公死前不久。

与赫克托尔的告别一样,保罗的告别同样包含三个部分:(1)保罗过去和现在的勇气(18-27);(2)长老们未来将面临的挑战(28-31);(3)保罗为他们的祈祷(32-35)。每一个场景都与《伊》卷六中赫克托尔的演说相似,尽管出现的顺序不同。赫克托尔对安德罗马克说了两段话,中间插入他为阿斯提阿那克斯的祈祷。不同的是,在《徒》中,祈祷出现在最后。同样,路加前两个部分的主题也是从赫克托尔两段讲话转变而来。第八章将用更多细节讨论顺序的问题,这一章集中讨论相似性的密度问题。

1. 保罗的勇气(《徒》20:18-27)

[76] 路加在开始保罗对以弗所长老们的讲话之前,用了一个包含 68 个词的句子,提醒长老们回想起他如何多次遭人谋害而始终勇敢地传道。

> 你们知道,自从我到亚细亚的日子以来,在你们中间始终为人如何,服侍主,凡事谦卑,眼中流泪,又因犹太人的谋害,经历试炼。你们也知道,凡与你们有益的,我没有一样避讳不说的,或在众人面前,或在各人家里,我都教导你们,又对犹太人和希腊人证明当

向上帝悔改,信靠我主耶稣基督。①

路加在《徒》前面的章节并没有提到来自以弗所犹太人的迫害,但是当读者读到以弗所这一节时,犹太人对付保罗的模式已定。保罗早就卷入了种种争斗。在大马士革,"犹太人商议要杀他,但他们的计谋被他知道了"(《徒》9:23-24);在耶路撒冷,犹太人"想法子要杀他"(《徒》9:29);在彼西底的安提阿(Pisidian Antioch),"犹太人挑唆虔敬、尊贵的妇女和城内有名望的人,逼迫保罗、巴拿巴,将他们赶出境外"(《徒》13:50);在路司得(Lystra),"不顺从的犹太人耸动外邦人,叫他们心里恼恨弟兄",以至于他们试图"凌辱使徒,用石头打他们"(《徒》14:2和5)。在帖撒罗尼迦(Thessalonica),"那不信的犹太人心里嫉妒,招聚了些市井匪类,搭伙成群,引发全城的骚动"(《徒》17:5);在庇哩亚(Beroea),"当帖撒罗尼迦的犹太人知道保罗又在庇哩亚传上帝的道……他们也就往那里去……耸动搅扰众人"(《徒》17:13);在哥林多(Corinth),"犹太人同心起来攻击保罗,拉他到会堂"(《徒》18:12);在亚该亚,"犹太人谋划了一个对付保罗的阴谋"(《徒》20:3;对比23:30)。于是当人们读到《徒》二十章19节,保罗在亚细亚也忍受了"犹太人的阴谋"这句话时,丝毫不会惊讶。尽管遭遇强烈的反对,保罗还是勇敢传道,这一主题反复出现在他对以弗所长老的临别赠言中。

保罗临别赠言的开头部分与赫克托尔对安德罗马克讲的第一段话开头部分类似。在这里我们发现了共同的主题2:主人公自表永远不会逃避自己的职责。

---

① 《使徒行传》20:18b-21。在Michel看来,《使徒行传》20:18b-21和26-27遵守的是遗训的主题,说话者将自己作为道德的楷模,强调自己的诚实正直,这些主题在这里所起的作用,甚至比《撒母耳记上》第十二章更重要,后者是与之最相似的犹太文本(1973,页69)。然而,这几节经文并没有提到保罗意图将自己在以弗所的行为视为他人的榜样,其重点也不是强调保罗的清白,尽管也包含这一主题。这里强调的重点是保罗面对迫害的勇气。

《伊》6.440-446	《徒》20:18-21
那头戴闪亮铜盔的伟大的赫克托尔对她说(τὴν ... προσέειπεν)："夫人,这一切我也很关心,但是我羞于见特洛亚人和那些穿拖地长袍的妇女,要是我像个胆怯的人逃避战争,[77] 我的心也不容我逃避,我一向习惯于勇敢杀敌,同特洛亚人并肩打头阵,为父亲和我自己赢得莫大的荣誉。"	他对他们说(εἶπεν αὐτοῖς),"你们知道……我在你们中间始终为人如何……凡与你们有益的,我没有一样避讳不说的。或在众人面前,或在各人家里,我都教导你们。又对犹太人和希腊人证明当向上帝悔改,信靠我主耶稣基督。"①

赫克托尔说的这些话与保罗的话在结构上显著相似。在两个故事中,主人公都用第一人称单数的形式进行陈述,证明自己的勇气,申明他永远不会逃避自己的职责(ἀλυσκάζω / ὑπεστειλάμην)。赫克托尔的危险来自希腊人,保罗的危险来自犹人人。在两个故事中,主人公都详述了自己的勇气,用"和"连接了两个动词不定式(ἔμμεναι...καὶ...μάχεσθαι / ἀναγγεῖλαι ... καὶ διδάξαι),用一个副词(πρώτοισι / δημοσίᾳ)来表达众人的行为,之后用了一个一般现在时单数主格情景分词(ἀρνύμενος / διαμαρτυρόμενος)以及一个宾格名词(μέγα κλέος / μετανοίαν καὶ πίστιν)。

[其他一些学者注意到,保罗演说的开头几行和《帖撒罗尼迦前书》2:1-2之间相似。比如,Lars Aejmelaeus 提出了一个值得关注的观点,认为路加的确模仿了保罗这封书信中的一些内容(页 98-112 以及 128-132)。即使Aejmelaeus 正确,也不能排除《伊利亚特》影响了路加。古代作者通常会模仿多

---

① 关于相似之处的希腊语对比,见附录。

种范例,从每一个当中提取一些信息,创作出一个更高级的杂合物。对这种折中主义的最佳描述是,它就像一只蜜蜂,从许多不同的花朵上采集花粉,然后将它们混合成"美味的混成物,尽管从它身上依然能看到其来源的异兆,然而,它显然是一个完全区别于其来源的独特的物体"(塞涅卡《书简》[*Epistle*]84.3—5)。将《使徒行传》20:18—21 和《帖撒罗尼迦前书》2:1—2 对比,可以说明路加如何将赫克托尔对安德罗马克说的话基督教化。

《徒》20:18b—19 在《伊》卷六中找不到相似之处,这里《帖撒罗尼迦前书》第二章的文本与它最为相近。

《帖前》2:1—2a	《徒》20:18b—19
弟兄们,你们自己原晓得,	你们知道,
我们进到你们那里,	自从我到亚细亚的日子以来,在你
并不是徒然的,	们中间为人始终如何——
我们从前在腓立比被害受辱,	服侍主,凡事谦卑,眼中流泪,又因犹
这是你们知道的……	太人的谋害,经历试炼……

就在《帖前》后面的几节(2:14—16)中,保罗控诉犹太人反对他在外邦人中传道,这是与《徒》二十章 19 节"因犹太人的谋害"的另一相似之处。尽管存在这些相似之处,两段讲话仍有一个明显的不同:在《帖撒罗尼迦前书》中,保罗用了第一人称的复数"我们",其中不仅包括他自己,也包括和他一起传道的人,据推测,可能是西拉(Silvanus)和提摩太(1:1)。然而,在《徒》中,保罗使用的是第一人称单数,仿佛只有他一人有这样的勇气面对危险去传道。当然,赫克托尔对安德罗马克说话时用的也是第一人称单数。

并非所有的学者都认为路加在此处模仿了《帖撒罗尼迦前书》,但是所有人都认识到,他成功地将使徒圣保罗的声音赋予了这个演说。18—19 节充满了典型的圣保罗式的表达,这些表达中的一些内容同样也会被保罗书信之后(Deutero-Pauline)的模仿者们使用。关于"你们自己知道",可比对圣经中的《帖撒罗尼迦前书》1:5、2:5 以及 2:9—12,《加拉太书》4:13,《腓立比书》4:15,以及《帖撒罗尼迦后书》3:7—8;"服侍主",可比对《帖撒罗尼迦前书》1:9,《罗马书》12:11 和 16:18,《歌罗西书》3:24,以及《以弗所书》6:7;对比《加拉太书》1:10,《罗马书》1:1,《腓立比书》1:1,《歌罗西书》4:12,以及《以弗所书》6:6;"谦卑"可对比《哥林多后书》10:1 和 11:7,《腓立比书》2:3,8 和 4:12,以及《以弗所书》4:2;"眼中含泪",可对比《哥林多后书》2:4 和《腓立比书》3:18;关于"犹太人和希腊人",可对比《哥林多前书》22 和 24,10:32,以及 12:13,《加拉太书》3:28,《罗马书》1:16,2:9 和 10,10:12,以及《歌罗西书》3:11。这些表述与赫克托尔对安德罗马克说的话都没有相似之处。]

在《帖撒罗尼迦前书》的相似段落中,保罗讲述了他自己的"勇气",用了一个动词 παρρησιάζομαι;在别处他还用了一个同源名词 παρρησία。① 保罗之后的书信作者们经常用这些词来讲保罗的传道,路加自己也在《徒》中多处用它们来讲保罗。② 然而,《徒》第二十章在此处两次使用了新约中从未用过的一个表达:"凡与你们有益的,我没有一样避讳不说的

---

① 《帖撒罗尼迦前书》2:2;《哥林多后书》7:4,《腓立比书》1:20,以及《腓利门书》8。Aejmelaeus 认为路加模仿了《帖撒罗尼迦前书》中的这一段落创作了《使徒行传》第二十章。

《帖前》2:2b	《徒》20:20–21
在腓立比,我们靠着我们的神放开胆量,在大争战中把神的福音传给你们。	凡与你们有益的,我没有一样避讳不说的。或在众人面前,或在各自的家里,我都教导你们,又对犹太人和希腊人证明当向神悔改。

不管路加是否心里装着《帖撒罗尼迦前书》,此处,他再一次使用了典型的圣保罗的表达:"犹太人和希腊人","证明","悔改",尤其是"信"。关于"证明",可比对《帖撒罗尼迦前书》2:12 和 4:6,《加拉太书》5:3,《以弗所书》4:17,《提摩太前书》5:2,《提摩太后书》2:14 和 4:1;至于"悔改",可比对《哥林多后书》7:9–10 和 12:21 以及《罗马书》2:4。当然,"信"是贯穿保罗书信和后保罗书信的主要内容。

② 《以弗所书》3:12 和 6:19–20 以及《使徒行传》9:27–28,13:46,14:3,19:8,26:26,28:31;对比《歌罗西书》2:15 和《提摩太前书》3:13。

(οὐδὲν ὑπεστειλάμην);我不会逃避(οὐ ... ὑπεστειλάμην)传道。"动词 ὑποστέλλω 有时可以用来表示当风力强大的时候把帆卷起,在品达(Pindar)的诗中则是一个勇敢水手的形象:"即将来临的风暴不能使他卷起 (ὑπέστειλ')风帆"(《伊斯米安颂歌》[*Isthmian Odes*] 2.39 – 40)。德莫斯忒涅斯认为,他不像他的对手那样俯伏在马其顿的腓利面前,他勇敢地守卫着雅典的俘虏:"我会尽一切努力"(οὐδὲν ὑπεστειλάμην)去拯救他们。① 斐洛用了同样的表达来描述勇敢:"我要勇敢地说 (μετὰ παρρησίας),毫无退缩(οὐδὲν ὑποστειλαμένη)"(《亚伯和该隐的祭》[*Sacrifices of Abel and Cain*]35)。有两个希腊化时期的纪念碑,碑文纪念希腊城邦中政治家们的勇气,碑文中写道:他们"毫不退缩",尽管满是危险(κίνδυνος)和磨难(κακοπαθία)。②

为什么路加只在此处通过使用παρρησιάζομαι的否定形式提到保罗的勇敢,而在其他任何地方都没有?③《伊》卷六或许影响了路加的选择。赫克托尔告诉安德罗马克,他永远不会"从战场上退缩"。动词 ἀλυσκάζω 几乎只出现在史诗中。它的另外一个形式 ἀλύσκω 差不多出现在路加同时期的散文中,但是也很少见。比如,在旧约圣经的希腊文译本中就从未出现过。路加似乎比较偏好更为普遍的 ὑποτέλλω,来替代

---

① 《虚假的使命》(*De falsa legatione*)338。还可参阅七十子译本《申命记》1:17,《智慧书》6:7,约瑟夫斯《约瑟夫斯自传》(*Vita*)278,《犹太战记》(*War*)1.518 和《犹太古史》(*Antiquities*)2.80,以及普鲁塔克《德米特里传》(*Demetrius*)47.4。

② Wilhem Dittenberger,《希腊铭文集》(*Sylloge inscriptionum graecarum*),第四版,Hildesheim: Georg Olms, 1960, nn. 547, 9 – 11 行,和 700, 28 – 29 行;对比 n. 613, 31 – 34 行。其他关于παρρησία和ὑποστέλλω之间对立的例子,见德莫斯忒涅斯《虚假的使命》237 以及《第一场抨击性演说》(*First Philippic*)51, 伊索克拉底(Isocrates)《埃瓦戈拉斯》(*Evagoras*)39, 以及普鲁塔克《道德论集》(*Moralia*)60c。对于这一问题的精彩讨论见 Jacques Dupont, 1962, 页 58 – 67。

③ 关于相关的两个表达,见 Aejmelaeus,页 105 – 107。

荷马史诗中的动词[78] ἀλυσκάζω。不管是在史诗中,还是在《徒》中,主人公都把不逃避自己的职责描述为自己的英雄行为。①

保罗在《徒》20:22 – 27 继续为自己的英雄行为辩护:

> 现在我往耶路撒冷去,心甚迫切,不知道在那里要遇见什么事。但知道圣灵在各城里向我指证,说有捆锁和患难等待我。我却不以性命为念,也不看为宝贵,只要行完我的路程,成就我从主耶稣所领受的职事,证明上帝恩惠的福音。我素常在你们中间来往,传讲上帝国的道。如今我晓得,你们以后都不得再见我的面了。所以我今日向你们证明,我于众人的血是洁净的,因为上帝的旨意,我并没有一样避讳不传给你们的。②

一些评论家注意到,表面看来,在《徒》二十章 22 节,保罗说他不知道他在耶路撒冷会遇到什么,而在第 25 节,他却说他知道长老们将

---

① John Chrysostom 曾就《使徒行传》20:17 – 21 作过一次布道,把这几节经文解释成使徒勇气的体现。"[保罗]在这里表明了他的勇气,但不是忍耐的勇气,仿佛说'我受了大苦,但还是跟你们在一起'……他说的是'我没有一样避讳不传给你们的',这话即包含爱,也包含勇气"(《关于〈使徒行传〉的布道第 44 篇》[Homily 44 on the Acts of the Apostles], MPG 60.309;对比 MPG 56.277 和 60.313)。

② 按照 Michel 的说法,这几节经文表达了犹太遗训中宣布死亡的主题(1973,页 69)。诚然,使徒说长老们将永不会再和他相见,但是他也同样明确指明他对未来的不确定:"不知道我会遇到什么。"Aejmelaeus 认为,路加此处还是在模仿保罗的书信,尤其是《帖撒罗尼迦前书》2:8 – 10,《腓立比书》2:16 – 17,以及《以弗所书》3:6 – 7。所提出的这些和保罗书信中的相似之处没有引起多少释经者的注意,但是毫无疑问,路加的确从他的保罗式调色板上给演说赋予了颜色:"证明""捆绑""不幸""使命""福音",以及"恩惠"经常出现在关于保罗的文本中,正如保罗在讲述他心甘情愿去死时一样(例如,《哥林多后书》5:1 – 9,《加拉太书》6:14,以及《腓立比书》1:20 – 26)。

永不得和他再见面,二者似乎相矛盾,①事实上完全不矛盾。保罗知道他会死,但不知道他会在什么时候、以怎样的方式死去。一方面确定自己会死,一方面不确定自己会怎样死,这使得保罗继续前往耶路撒冷的决心显得更加英勇。

赫克托尔也知道他很快会死,但不知道什么时候、以什么样的方式死。他在《伊利亚特》卷六中对海伦说的话,与《徒》中保罗的不确定(共享主题 1:英雄讲述他不知道自己会面临怎样的危险)相似。

《伊》6.361–362 以及 367–368	《徒》20:22–23
现在我的心急于要去援助特洛亚人……我不知道($o\dot{v}...o\tilde{\iota}\delta$)能否再回到他们那里,或是神明会借阿开奥斯人的手把我杀死。	现在我往耶路撒冷去,心甚迫切,不知道($\mu\eta$ $\varepsilon\iota\delta\dot{\omega}\varsigma$)在那里要遇见什么事。但知道圣灵在各城里向我指证,说有捆锁与患难等待我。

在每一段话里,英雄都表明自己将勇敢面对前方等待着他们的危险的决心,并且用 $o\tilde{\iota}\delta\alpha$ 的否定形式表明了自己对未来的无知。赫克托尔怀疑神明会让自己战败;保罗也猜测自己会遭监禁。

尽管保罗非常清楚自己将要面临的危险,他还是坚持继续自己的行程(主题 8:主人公表达了自己心甘情愿面对命运的勇气):"我却不以性命为念,也不看作宝贵,只要行完我的路程,完成我从主耶稣那里所领受的职事。"《伊利亚特》也正是用这种尽管要付出代价,但仍然坚持自己的职责的做法来定义勇气。再也没有哪位英雄人物,能像赫克托尔那样对勇气作更好的例证了。② 他一直以来勇敢

---

① 见 Aejmelaeus,页 116。
② Wilhelm Metz,1990。

地战斗在前线,他深信"谁也不能违反命运女神的安排,把我提前杀死,送到冥土哈得斯。我认为不论谁……都逃不过他的注定的命运"(《伊》6.487–488)。

[79]心甘情愿面对自己的命运,同样成为那些模仿赫克托尔的告别的文本的特征。比如,根据阿波罗尼俄斯的《阿尔戈船英雄记》,伊阿宋(Jason)试图安慰他的母亲,他说的这段话明显模仿了赫克托尔对安德罗马克讲的话:"母亲,不要过度地去想苦难和悲伤……因为不知道神给予人类的会是怎样的灾难。"人只有带着勇气去面对"由命运($μοῖραν$)决定的事情"。① 细心的读者会发现,此处阿波罗尼俄斯模仿了《伊利亚特》6.486–488:"夫人,我劝你心里不要过于悲伤。……不论是懦夫还是勇士,都逃不过他的注定的命运($μοῖραν$)。"② 这一主题同样出现于伊塔利库斯的《布匿战争史》,在这部史诗中汉尼拔向伊米尔珂(Imilce)讲到命运:"我忠实的妻子呀,不要再猜测命运和流泪了。无论是在战时还是在和平时期,每一个人生命的结束都是注定的,出生的第一天就注定了生命的最后一天。"(《布匿战争史》3.133–135)此处再一次表现出对赫克托尔描述命运的模仿。赫克托尔认为不可能逃脱自己的命运。保罗则认为他不是被命运而是"被圣灵捆绑",并且顺

---

① 《阿尔戈船英雄记》1.295–296 和 298–300。希罗多德 1.91.1 几乎可以肯定是对《伊利亚特》6.488 的模仿:"任何人——甚至神——都不可能逃离既定的命运($μοῖραν$)。"见 Huber,页 35–36。

② 赫克托尔命令安德罗马克照料好自己的家务,看管织布机和卷线杆,还要敦促家中的女仆($ἀμφιπόλοισι$)做好她们的活计,我们在伊阿宋敦促他母亲的一段讲话中看到了对此的模仿,"就待在这里,和你的女仆($ἀμφιπόλοισι$)待在一起"(《阿尔戈船英雄记》1.292–304;对比《伊》6.484–494)。同样可比较《阿尔戈船英雄记》1.557–558 和《伊》6.394–403,以及《阿尔戈船英雄记》3.793–801 和《伊》6.459–465。

从"上帝的旨意"。①

赫克托尔和保罗都不确切知道他们的未来是什么样,只是确切知道他们很快会死。下面表格左侧一栏是赫克托尔的"名言",他认识到自己不会胜利;他和特洛亚都会灭亡。② 表格右侧一栏是保罗的话,他认识到他将永不会再和以弗所的长老们见面(主题3:主人公警示灾难)。

《伊》6. 447 – 449	《徒》20:25
我的心和灵魂清清楚楚地知道(εὖ γὰρ ἐγὼ τόδε οἶδα),有朝一日,这神圣的特洛亚和普里阿摩斯,还有普里阿摩斯的挥舞长矛的人民将要灭亡。	如今我知道(καὶ νῦν ἰδοὺ ἐγὼ οἶδα ὅτι)你们以后都不得再见我的面了——我素常在你们中间来往,传讲上帝国的道。

荷马和路加笔下的英雄都说了"我知道",并且恰好用了同样的词:ἐγὼ οἶδα。在这两个故事中,他们知道残酷的死亡不可避免,并且即将到来。

因为知道他将永远不会再和长老们见面,保罗声明了他的清白(主题2:英雄自诩他永不会逃避自己的职责):"我今日向你们证明,我

---

① 《使徒行传》21:14。赫克托尔讲话中所涉及的命运的必然性在后来引起了热烈的哲学辩论,基督教作者也参与其中,这些讨论包括:赫拉克利特残篇(Heraclitus frag)105,路吉阿诺斯《为〈论大领主门下的受薪学者〉一文的申辩》(*Apology*)8. 19,托名路吉阿诺斯《爱国者》(Ps. - Lucian. *Philopatris*),14. 8,普鲁塔克《劝慰阿波罗尼俄斯》(*Consolatio ad Apollonium*),117e – 118a,波菲利《荷马史诗〈伊利亚特〉献疑》之 1. 3. 10 和 1. 104. 3,以及尤塞比乌斯《福音的预备》(*Praeparatio evangelica*)6. 8. 2. 5 和 6. 8. 6. 5(引用了伊壁鸠鲁学派的第欧根尼[Diogenianus])。亚历山大的克雷芒认为这一句是希腊的抄袭者最喜欢的一句话(《杂文集》[*Stromata*] 6. 2. 22)。德莫斯忒涅斯提到了一段公开的铭文,其最后一行可能暗指《伊》6. 488(*De corona* 289)。

② W. Schadewaldt,1997,页 124 – 142 和 135。同样可参阅 Kirk,2. 220。

于众人的血是洁净的,因为上帝的旨意,我并没有一样避讳(οὐ...ὑπειλάμην)不传给你们的。"① 在这一章第 20 节,路加使用了同样的表达:"凡于你们有益的,我没有一样避讳不说的(οὐδὲν ὑπεστειλάμην)。"这显然是受到赫克托尔的启发,他宣称他永远不会"逃避战斗",而要勇敢完成他的职责。保罗于以弗所人的血是无辜的,即无论以弗所什么人死亡,罪都不在保罗,他是救他们的人。同样,作为特洛亚的保卫者,赫克托尔也不为城邦里任何人的死亡负责,因为正是他保护着弱者,尤其是妇女和孩子。"因为赫克托尔是伊利昂的干城"(《伊》6.403)。

2. 长老们将面临的挑战(《徒》20:28 – 31)

[80]《徒》二十章 28 节是保罗演说的一个重要转折,在 28 – 31 节中,保罗将演说的焦点从自己转移到长老们。这个焦点的转移非常突然,和前面内容没有明显的衔接。② 这一句或许呼应了赫克托尔最后对

---

① 《使徒行传》20:26 – 27。路加两次写到了对他人血的责任。根据 5:28,耶路撒冷的大祭司指控使徒们因为耶稣的血指责犹太当局。《徒》18:6 称,当马其顿的犹太人亵渎神灵,拒绝使徒的传道时,保罗说,"你们的罪(血)归到你们头上;与我无干"。John Chrysostom 指出,假如保罗逃避他的责任,他就应该为他们的"血"负责而且理当被判为凶手——比凶手还罪孽深重,John Chrysostom 这样说道。凶手只是伤害身体;保罗若逃避传福音之责则会伤害他们的灵魂(MPG 50.656)。

② 这节经文中有两个奇怪之处引起了评论家们的好奇。首先,长老现在被称为ἐπίσκοποι,这里译为"监督者",但是这个词后来又有了基督教中"主教"的意思。学者们试图找出这个指称和犹太教中的ἐπίσκοπος之间的联系,以及和长老、执事并后来的用法之间的关系。第二个奇怪之处是最后一个短语,它显然提到上帝的血,古代的抄写员修订了文本,把"上帝"的教会改为"主"的、"主神"的、"主耶稣"的、"耶稣基督"的、或者"基督"的。学者们认为"儿子"这个词从"自己"这个词后面脱漏了:"上帝自己(儿子)的"血。有学者将"他自己"这一指称视为基督论意义上的称呼,"他自己的儿子"(his Own)。还有学者认为路加粗糙地将传统的基督论表述整合进保罗的演说,没有意识到

安德罗马克的命令,该故事也是焦点的突然转换。在前面表格的左列,赫克托尔发表了他关于命运不可逃避的名言,在表格的右列,保罗谈到"不会避讳传播所有上帝的旨意"。然后,没有任何提示,两个说话者都从谈论自己的勇气转移到对听者下达旨意(共享了主题9:主人公命令听众回去做好自己的事)。

《伊》6.490–493
照料你自己的家务,
看管织布机和卷线杆,
还要敦促家中的女仆做好她们的
活计,打仗的事男人管,每一个生
长在伊利昂的男人管,尤其是我。

《徒》20:28
圣灵立你们作全群的监督,你们就当自己谨慎,也为全群谨慎,牧养上帝的教会,就是他用自己的血救赎的。②

在表格的每一列中,主人公都用祈使语气给出指令。命令首先适用于眼前的听者,并且用了一个反身词("照料你自己的家务";"做好你们自己的事情");然后扩展到其他人("敦促家中的女仆做好她们的活计";"全群须谨慎行事……圣灵立你们作全群的监督")。赫克托尔

它也许会对属天意义上的血产生何种意味。

路加并没有表述清楚耶稣的血如何救赎"神的教会"。如果按照其他新约文本来读的话,就像《希伯来书》9:12,《启示录》1:5–6 和 5:9–10,耶稣的血被视为圣殿中动物牲祭的血的替代,用来宽恕罪孽。然而,《路加福音》22:19–20 中指到用耶稣的血所立的新约,这表明耶稣的血与《出埃及记》24:5–6 赐下摩西之约时所规定的祭牲的血形成对照。

② 我采用 F. J. Foakes Jackson 和 Kirsopp Lake 的做法,将动词 ποιήσατο 译为 rescued[救援]。他们认为 περιποιέομαι 的使用"在旧约和新约中看似只是一般性的'救活',或'从灾难中挽救'",如同在《路加福音》17:33,《希伯来书》10:39,以及《以弗所书》1:14 节中那样(《基督教的开端(第一部分)》[The Beginnings of Christianity], London: Macmillan, 1920–1933;再版, Grand Rapids: Baker, 1979, 4.261)。

在给她们指令之后继续重申自己守卫城邦的决心:"打仗的事男人管,每一个生长在伊利昂的男人管,尤其是我。"同样,保罗也提醒长老们,耶稣的牺牲是为了全群。正如赫克托尔流血是为了挽救特洛亚,耶稣流血是为了拯救教会。

如果说路加模仿了这一指令,那他并不是唯一一个模仿者。在《奥德赛》卷一中,奥德修斯和佩涅洛佩的儿子特勒马科斯命他的母亲回自己的房间,他用了一段话,与赫克托尔命妻子安德罗马克返回家中的话非常相似。在下面的摘录中,只有楷体部分的词汇有差异。

> 现在你还是回房去操持自己的事情,看守机杼和纺锤,吩咐那些女仆们认真把活干,谈话是所有男人们的事情,尤其是我,因为这个家的权力属于我。①

这几句话让人回想起《伊利亚特》中一个最著名的场景,即赫克托尔与安德罗马克的告别,因此对我们有一种类似引语的效果。对比这几句话之前[在《伊利亚特》]中的出现,更会增强此处上下文中的冷漠无情之感。② 对这几句话,有评论家这样写道:

> 这几句话让人回想起《伊利亚特》中一个最著名的场景,即赫克托尔与安德洛玛克的告别,因此对我们有一种类似引语的效果。对比这几句话之前[在《伊利亚特》中]的出现,更会增强此处上下文中的冷漠无情之感。③

---

① 《奥》1.356–359;对比《伊》6.490–493. 这些诗行几乎在《奥》21.350–353 中逐字重复。

② 对比《伊》6.495–499 和《奥》1.360–63,21.354–357。关于《伊》卷六和《奥》卷一之间的关系较为合理的讨论,见 Danek,页 61–62。

③ 在 Heubeck(1988/1992),1.120 中,Stephanie West 认为这段文字属于伪造而将其删除,正如 Aristarchus 所做的一样。但是这段话的真实与否并不能改变一点,即无论这段话出自《奥德赛》的诗人是后来的抄写员,它都是对《伊》卷六的模仿。见 Rutherford,页 51。

根据阿里斯托芬,男性公民搞砸了雅典的统治,由于他们延长了伯罗奔半岛的战争(公元前431年至前404年雅典与斯巴达、科林斯及其盟邦发生的战争),所以妇女们决定从男人们手上接过他们的事情。下面吕希斯忒拉忒与地方法官的对话中,女主人公以抱怨男人们总是引用《伊利亚特》中的话让他们的女人待在家里来开始自己的演说。

> **吕希斯忒拉忒**:我们会问,"丈夫,你怎么会如此愚蠢地处理事情?"他立刻会瞪着我,然后告诉我如果不想脑袋受伤的话,赶快回家里织布去:"打仗是男人的事"($πόλεμος\ δ'\ ἄνδρεσσι\ μελήσει$)。
>
> **法官**:在宙斯面前起誓,他说的完全正确。
>
> **吕希斯忒拉忒**:他说的怎么会正确,你们这些让人同情的傻瓜,甚至在你们的政策发生错误的时候,我们也被禁止提供建议?① 但是然后——我们开始听到你们在大街上,在大庭广众下哭喊着"战场上没有一个男人活下来",而且还有人说,"是的,在宙斯面前起誓,没有一个人活着"②——在这之后,我们女人们决定不再浪费时间,而要联合起来拯救希腊……因此,如果你们愿意用你们的耳朵听的话,我们有一些好的建议,假如你们能闭嘴的话,如同我们过去一样,我们能够让你们回到正确的轨道上来。
>
> **法官**:你让我们——太离谱了!我不能容忍!……
>
> **吕希斯忒拉忒**:现在,捡起你们的衣服开始缝纫吧;边干活边嚼

---

① 在《伊》6.433-439中,安德罗马克给赫克托尔提了一个建议,如果他听从了,将会延长他的生命。

② 参见《伊》6.463,赫克托尔说有朝一日安德罗马克将会渴望有一个男人能够救她。

着豆子。至于打仗,那是女人的事情(πόλεμος δὲ γυναιξὶ μελήσει)!①

阿里斯托芬当然期望他的读者能够从吕希斯忒拉忒的话中获得快乐,吕希斯忒拉忒的话是戏仿,因为赫克托尔也命令安德罗马克回到"织布机和纱杆前",他说"打仗是男人的事情"(πόλεμος δ' ἄνδρεσσι μελήσει)。这段话"模仿的是《伊利亚特》卷六中赫克托尔与安德罗马克的著名对话"(亨德森,《阿里斯多芬尼斯的三幕剧》,213-214n. 11.)。

根据拜占庭的荷马注释家尤斯塔修斯(Eustathius)的说法,相同的对话被希罗多德用作模板,来讲述他的故事,故事中,一个叫菲瑞提墨(Pheretime)的妇女向萨拉米斯(Salamis)的埃维尔顿(Evelthon)要一支军队来保护她的家人,抵御敌人的入侵。埃维尔顿没有给她派去军队,反倒给她送去"一个金色的纺锤和纱杆"(希罗多德《原史》4.162)。希罗多德显然希望菲瑞提墨和读者们都能看到,此处是受《伊利亚特》启发而来的对妇女的侮辱。

在维吉尔的作品中,图努斯,埃涅阿斯的敌人,告诉孚里埃(Furies,复仇女神二姐妹)中的一个把她的注意力转移到更适合女性的事情上来,照顾好"诸神的神像和庙宇",不要干涉和战争有关的事情:"战争和和平都是男人应该关心的事,因为这是他们应该做的。"(《埃涅阿斯纪》7.443-444)女神大为不悦,狠狠地收拾了他。

这些模仿非常有用,不仅可以使我们更理解这一场景的普及程度,[82]而且可以让人们清楚地看到路加对此的改编。赫克托尔对安德罗马克的旨意含有轻视的意味:他认为她应该别管战争的事情,用家务活来打发自己的生活。阿里斯托芬、希罗多德以及维吉尔认为他的旨

---

① 《吕希斯忒拉忒》,行 534-548 和 556-557;译文略有改动,见 Jeffrey Henderson,《阿里斯多芬尼斯的三幕剧:女人的故事》(*Three Plays by Aristophanes: Staging Women*; New York: Routledge, 1996)。还可参阅斯米尔纳《续荷马史诗》(*Posthomerica*)1.468-469。

意贬低了安德罗马克,从更广泛的意义上说贬低了所有女性。

保罗对长老们的旨意不是贬损他们,而是向他们授予权柄。在他走后,他们应该在没有他的情况下坚持战斗。他命他们践行上帝给予的看管全群的权柄。正如保罗从不放弃传道——尽管遭到犹太人的反对,他们也必须握住自己的权柄,来抵御即将来临的持错误教义的人的攻击。之后的几句话说得很清楚:

> 我知道我去之后,必有凶暴的豺狼进入你们中间,不爱惜羊群。就是在你们中间,也必有人起来,说悖谬的话,要引诱门徒跟从他们。所以,你们应当警醒,记念我三年之久昼夜不住地流泪,劝诫你们各人。

[《徒》20:29-31。Michel 认为,《徒》20:29-31 是典型的临别赠言,这种体裁会预言未来的事件,通常都包含灾难(1973,页 70)。此处和犹太遗训的契合非常明显。《提摩太后书》,一部确切的托名保罗的临别赠言,用长段篇幅警告未来的危险,从始至终都采用这种文体(《提摩太后书》3:1-4:4;对比《提摩太前书》1:3-7,4:1-7,以及 6:3-4,《以弗所书》4:14,以及《彼得后书》2:1-3:18)。保罗自己警告信徒提防那些传播相反教义的人(例如,《加拉太书》1:6-9 和 5:7-12 以及《罗马书》16:17-18)。

Fridolin Keck 和 Aejmelaeus 分析了这几节经文和《马可福音》之间显著的相似性,在《马可福音》13:21-23 中,耶稣警示他的四个门徒提防将来的伪弥赛亚和伪先知(Keck,1973,页 161-164;Aejmelaeus,页 142-148)。路加显然了解《马可福音》,但是在他自己的福音版本《路加福音》第二十一章的末世预言中,并没有使用这几节经文,或许是为了把它们保留到《使徒行传》中使用。其他很多学者研究了《徒》20:29-30,并以此为证据,把这里所说的敌人与当时的宗教运动等同(例如,Schürmann,1968,页 310-340;Lampe,1973,页 253-268;Prast,1979;Tragen,页 779-798,以及 Lövestam,页 1-10)。]

与此相似,赫克托尔警示安德罗马克未来的灾难:"我的心和灵魂清清楚楚地知道,有朝一日,这神圣的特洛亚和普里阿摩斯,还有普里阿摩斯的挥舞长矛的人民将要灭亡。"(《伊》6.447–449)在此之前,当讨论到保罗意识到长老们永不会再和他见面时,我对比了这段话的开头和赫克托尔的名言,即他知道在他死后特洛亚将会被摧毁。荷马史诗中的这段话与《徒》二十章29节非常相近(共享了主题3:主人公警示灾难)。

《伊》6.447–449
我的心和灵魂清清楚楚地知道 (εὖ γὰρ ἐγὼ τόδε οἶδα),有朝一日,这神圣的特洛亚和普里阿摩斯,还有普里阿摩斯的挥舞长矛的人民将要灭亡。

《徒》20:29
我知道(ἐγὼ οἶδα ὅτι)我去之后,必有凶暴的豺狼进入你们中间,不爱惜羊群。

在两列列表中,主人公都非常确定地预测了未来的灾难,并且几乎使用了完全相同的表达(εὖ γὰρ ἐγὼ τόδε οἶδα / ἐγὼ οἶδα ὅτι)。在赫克托尔死后不久,希腊勇士吞并了城市,毫无怜悯之心地杀害城邦里的居民。保罗的警示表达了对教会同样的担忧。

保罗把他的敌人称为"豺狼",一个在早期有着犹太根基的基督教文献中非常常见的指称宗教敌人的隐喻用法。[①] 就我所知,没有人认识到,荷马的豺狼比喻提供了一个更为丰富的观念复合体。在《伊利亚特》卷

[①] 例如,《马太福音》7:15,《十二使徒遗训》(*Didache*)16:3(很有可能是基于《马太福音》7:15,同样还有殉道者游斯丁的《第一护教书》[*First Apology*] 16.13 和《与特里弗的对话》[*Dialogue with Trypho*]35.3),伊格那丢(Ignatius)的《费拉德》(*Philad*)2:1–2,以及《克莱门特二书》(*2 Clem*)5:2–4;对比《约翰福音》10:11–12 和菲洛斯特拉图(Philostratus)《泰安那的阿波罗尼传奇》8.22。在犹太教文献中涉及狼的比喻的,包括《以西结书》22:27(LXX),《西番雅书》3:3(LXX),《以斯拉记》5:18,以及《以诺一书》89:13–27。关于这一古代比喻的一个有价值的分析,见 Dupont,1984[2],页209–213。

十六中有两个这样的比喻特别重要。第一个是描述阿喀琉斯忠实的密耳弥冬人战士,他们在后文攻打特洛亚的战事中起到了决定性的作用。

> 他们冲了出来,有如一群性情凶猛的食肉恶狼(λύκοι),它们在山中逮得一头高大的长角鹿,把猎物撕扯吞噬,嘴角鲜血滴淌,然后成群结伙前去灰暗的泉边,用 [83] 狭长的舌头舔吮灰暗泉流的水面,不断向外喷溢扑杀的野兽的鲜血,胸中无所畏惧,个个把肚皮填满。(《伊》16. 156 – 163;Loeb Classical Library,简作 LCL)

在第二个比喻中,荷马把希腊军队比作恶狼,攻击没有牧人保护的羊羔;这与《徒》第二十章非常相似。

> 有如恶狼(λύκοι)进攻羊羔,或者凶猛地扑杀山羊群,粗疏的牧人让它们在山中四散吃草,狼群见了,立即扑过来把这些胆怯的动物抓跑。达那奥斯人(Danaan)也这样进攻特洛亚人。(《伊》16. 352 – 356;LCL)

后荷马时代的作者在讲述特洛亚的陷落时都使用了恶狼的比喻。①

正如我们看到的,《徒》二十章 29 节表达了保罗担忧从外部来的敌人,这些人"将会进到"信徒中间搞破坏。然而,下一节则讲述了来自内部的敌人,他们"就在你们中间","也必有人起来……引诱门徒跟从他们"。来自外部的人会破坏;来自内部的会带跑迷途者。这种担忧同样与赫克托尔的担忧一致:

---

① 例如,斯米尔纳《续荷马史诗》7. 504 – 511,8. 267 – 272,以及 13. 44 – 49,258 – 266(关于阿斯提阿纳克斯之死)和 133 – 142。维吉尔笔下的埃涅阿斯在重述特洛亚城的陷落时用到了残暴的恶狼形象,但是他描述的是特洛亚人,而非希腊人(《埃涅阿斯纪》2. 355 – 360)。

> 特洛亚人将来的结局,还不至使我难受得痛心疾首……使我难以忍受的,是想到你的痛苦:你将流着泪被披铜甲的阿开奥斯人带走,强行夺去你的自由自在的生活……某一天,有人看见你伤心落泪,他就会说,"这就是赫克托尔的妻子,驯马的特洛亚人中他最英勇善战,伊利昂被围的时候"。人家会这样说,你没有了那样的丈夫,使你免遭奴役,你还有新的痛苦。但愿我在听见你被俘呼救的声音之前,早已被人杀死,葬身于一堆黄土。(《伊》6.450,454-455,以及459-465)

索福克勒斯在《埃阿斯》中模仿了这段话。塔美莎(Tecmessa)请求埃阿斯不要自寻死路,免得她再一次成为奴隶。下面要提到的这些相似之处表明,她希望埃阿斯能够向她表达赫克托尔对安德罗马克表达的同样的怜悯。

> 那时我的某个主人会用恶毒的嘲讽的话语对我说:"看看这是埃阿斯的妻子,他曾是军队中最勇猛的人!相对于这份荣耀,看看她现在受着怎样的奴役!"有人将来会说这样的话。(《埃阿斯》500-504;见附录)

和安德罗马克一样,塔美莎在特洛亚战争中失去了自己的父亲和母亲;埃阿斯是支撑她活下去的唯一理由,但是他并没有向他表达赫克托尔的怜悯(《埃阿斯》516-519)。"在索福克勒斯的《埃阿斯》中,塔美莎对埃阿斯的告别被视为古代文学中……对赫克托尔和安德罗马克告别场景的改编。"①

保罗担忧一些以弗所的信徒会被拐走:

---

① Lisa B. Hughes,《维吉尔的克瑞乌萨以及〈伊利亚特〉卷六》("Vergil's Creusa and *Iliad* 6"), *Mnemosyne* 50(1997):415 n. 28。

> 在你们中间,也必有人起来,说悖谬的话,要引诱门徒跟从他们。
> 所以你们应当警醒,记念我三年之久昼夜不住地流泪,劝诫你们各人。

保罗三年的不懈努力,挡住了来自外部的恶狼和来自内部的分裂者。他死后,照顾羊群的责任就落在长老们的身上,他们必须提高警惕($\gamma\varrho\eta\gamma o\varrho\varepsilon\tilde{\iota}\tau\varepsilon$)以免门徒被带走,就像安德罗马克被尼奥普托列墨斯(Neoptolemus)带到伊庇鲁斯(Epirus)一样。这一旨意,如 28 节,[84] 呼应了赫克托尔对安德罗马克的旨意(同样共享了主题 9:主人公命他的听众做好自己的事情)。

《伊》6.490 – 493	《徒》20:31
照料你的家务,……	所以你们应当警醒,
打仗的事男人管,每一个生长	记念我三年之久,昼夜不住地
在伊利昂的男人管,尤其是我。	流泪,劝诫你们每一个人。

可以肯定的是,这两列文字表层的相似并不足以给人留下深刻的印象,但是在两个故事中,主人公都向他的听众发出了旨意,并且自诉他盼望着去履行自己的职责。

3. 保罗为长老们祈祷(《徒》20:32 – 36)
保罗这样继续自己的告别演说:

> 如今我把你们交托上帝和他恩惠的道。这道能建立你们,叫你们和一切成圣的人同得基业。(《徒》20:32)

动词 $\pi\alpha\varrho\alpha\tau\dot{\iota}\vartheta\varepsilon\mu\alpha\iota$,"我交托",暗示的是一个祈祷,正如《徒》十四章 23 节:"禁食祷告……把他们交托($\pi\alpha\varrho\acute{\varepsilon}\vartheta\varepsilon\nu\tau o$)所信的主。"① 把长老们

---

① 路加在《使徒行传》14:26 和 15:40 中使用了和动词 $\pi\alpha\varrho\alpha\delta\acute{\iota}\delta\omega\mu\iota$ 相似的表达。同样可参见《路加福音》23:46 中耶稣的祷告:"父啊,我把我的灵魂交在($\pi\alpha\varrho\alpha\tau\acute{\iota}\vartheta\varepsilon\mu\alpha\iota$)你的手上。"(引《诗篇》31:5)

交托给上帝显然是保罗祈祷的目的,他讲完这番话后就"跪下同众人祷告"(《徒》20:36)。

中间几节(33-35)插入文字,与这些起括号作用的、提到祷告的文字之间有何关系,完全不清楚,有阐释者认为,它们引出了一个明显的话题转换:为保罗正直品格的辩护,这与18-21节比较相似。① 但是最好把这几节看作32节的继续。② 读者可能会假设,保罗讲话过后的祈祷内容应该与他给予他们的指示内容一致。我把《徒》20:32-36改写成了祷告来说明这一点。我改写的部分用楷体字表示,改变顺序的句子放在了方括号里。

[他和众人一同跪下祷告。]"主啊,我把这些长老们交托给你,和你恩惠的道(Logos)。这道能建立他们,叫他们和一切成圣的人同得基业。我未曾贪图一个人的金、银、衣服。我这两只手常供给我和同人的需要,这是他们自己所知道的。我凡事给他们做榜样,叫他们知道应当这样劳苦,扶助软弱的人,又当记念主耶稣你的话,'施比受更为有福。'"当他说完这些话……众人痛哭,抱着保罗的颈项,和他亲嘴。(《徒》20:32-36,节选)

《徒》20:32-36若以这种方式看作一个整体,就建立起了一个来自耶稣的连续传统。耶稣对保罗说过"施比受更为有福",后者用自己的双手劳作,帮扶他人,然后也对长老[85]说,他们同样应该"这样劳苦,扶助

---

① 例如,Dupont,1962,页285-286;Prast,页149;以及Aejmelaeus,页166。
② 在这一点上,我同意以下这些学者的观点,Bruce,页435;Weiser,页568和579;Zmijewski,页745-746;Fitzmyer,页675;以及Marion L. Soards,页105。

软弱的人"。① 此处的焦点是保罗的榜样:"凡事我给你们做榜样……"他祈祷长老们跟随他的指引,得到"主和主恩惠的道"所给予的力量。

我直译并且大写了"道"(Logos)来凸显上帝的道的人格化。人格化的、神圣的道在古代犹太教和基督教中非常普遍,路加此处用它作为基督的称号。② 保罗祈祷道/基督"建立"(οἰκοδομῆσαι)这些长老们,并且"让他们得基业",暗示着在某种程度上这些长老是儿子,保罗此处扮演的角色类似于犹太遗训中的先祖,要把他的财产和地位传给后代。③ 保罗给不了他们"金、银或衣服";他给予他们的遗产是"和一切成圣的人"同得永生。④

在赫克托尔对安德罗马克的两次讲话之间,他伸手欲抱他的儿子,但孩子因惧怕他父亲头盔上摇曳的马鬃而退缩。赫克托尔和安德罗马克见状大笑起来,他放下他的头盔,

> 他亲吻亲爱的儿子,抱着他轻轻地往上抛一抛,然后向着宙斯和其他的神明祷告:"宙斯啊,众神啊,让我的孩子和我一样在全体特洛亚人当中名声显赫,孔武有力,成为伊利昂的强大君主。日后他从战斗中回来,有人会说:'他比父亲强得多。'愿他杀死敌人,带回血淋淋的战利品,讨母亲心里欢欣。"(《伊》6.476-481)

---

① 这一连续传统是 Prast 研究的一个重点,尤其是其书页 157-211 部分。还可参阅 Michel,1973,页 73-100。

② Dupont,1962,页 244-250;以及 Aejmelaeus,页 157-158。

③ Michel 把这节经文视为对长老们的祝福完全正确,这和文学中的遗训一致(1973,页 70)。

④ Aejmelaeus 认为,路加可能受到了《帖撒罗尼迦前书》2:13("上帝的道运行在你们信主的人心中"),5:11("互相建立"),以及《以弗所书》1:18("他在圣徒中的基业何等丰盛荣耀")的影响;对比《申命记》33:3-4。Aejmelaeus 同样注意到 33-34 节满是圣保罗式的词汇和观念(其书页 166-175、219-224)。《帖撒罗尼迦前书》2:9-12 和 4:11-12 以及《哥林多前书》4:11-12 之间的相似尤其值得一提;同样可参阅《以弗所书》4:28。

赫克托尔把儿子交到他母亲的手里,"她把孩子接过来,搂在馨香的怀里,含泪惨笑"。读者都知道,赫克托尔的祈祷不会实现;事实上,阿斯提阿那克斯没有活着过他下一个生日。塞涅卡笔下的安德罗马克这样警示他:"神拒绝了祈祷者。在你王室的大厅里你不会拿到统治伊利昂的节杖……你不会把希腊人击退。"①

赫克托尔简单的祈祷,总共6行诗,成了索福克勒斯、喀利同、维吉尔和伊塔利库斯创作祷告的模板。所有这些都有助于我们理解路加对《伊利亚特》卷六的兴趣。为了解释得更清楚,我把赫克托尔的祷告分为三部分,每一部分都可以和《徒》第二十章以及其他古代模仿找到相似之处:(1)背景和祷告;(2)希望阿斯提阿那克斯能够像他父亲一样,或比他父亲还要卓越;(3)假设了有人会把他和他父亲相比较而说的话。

背景和祷告

维吉尔在讲述埃涅阿斯为他的儿子阿斯卡尼俄斯(Ascanius)祷告时,明确模仿了赫克托尔为阿斯提阿那克斯的祷告。② 赫克托尔全副武装,伸于欲抱他的儿子,孩子看到父亲头上的铜盔,害怕地哭起来。英雄取下他的头盔,亲吻了儿子,抱着他轻轻地往上抛一抛,并且为他祷告。同样,埃涅阿斯"急于返回战场,……在左腿和右腿上都穿上黄金的盔甲。他嘲笑迟到上战场的人,挥舞着手中的长矛……他把阿斯

---

① 对比《特洛亚妇女》行 767–875 和《伊》6.476–481。还可阅读《特洛亚妇女》行 461–476,安德罗马克在阿斯提阿纳克斯死之前说的一段话,明显地引用了荷马的场景。关于荷马史诗中安德罗马克对后来的文学创作尤其是诗歌的影响,见 Thadeusz Zielinski,《论荷马颂诗之后的安德罗马克》("De Andromacha Posthomerica"),见 *Eos* 31(1928):1–39。

② 对于这一场景,以及埃涅阿斯对克瑞乌萨的告别最精彩的讨论,见 Louis H. Feldman,《阿斯卡尼俄斯和阿斯提阿纳克斯:维吉尔和荷马的对比研究》("Ascanius and Astyanax: A Comparative Study of Virgil and Homer"),*CJ* 53 (1957–1958):361–366。

卡尼俄斯抱在怀里,戴着头盔亲吻他的脸颊,[86]然后说道……"(《埃涅阿斯纪》12.430－431和433－434)。两个英雄都急于返回战场,都亲吻和拥抱了他们的儿子,一个戴着头盔,一个手里拿着头盔;二者都祈祷儿子在军事上有一个辉煌的未来。之后我将对比两个祷告的内容,但是现在只要指出场景的相似性就够了。

喀利同的小说多次模仿了安德罗马克的场景。在一段文字中,暴君狄俄尼索斯读到他的妻子卡里洛厄(Callirhoe)的来信,信中解释了为什么她会离开他。然后他转向那个男孩,他认为她给他生的儿子,哀悼他们未来的分离。"看看这个可怜的孩子,他把他抱在怀里轻轻地往上抛一抛(πήλας ταῖς χερσίν;参见《伊》6.474:πῆλέ τε χερσίν):'有一天你也会离开我,我的儿子,会回到你妈妈身边。'"(《凯勒阿斯和卡里洛厄》8.5.15;见附录)

> 喀利同此处应用了《伊利亚特》(6.474)中的一个著名场景,赫克托尔抱着他的儿子阿斯提阿那克斯,这是他离开之前的最后一次,因为他知道,他将会死在阿喀琉斯手里。(Reardon,《希腊小说》[Greek Novels],119 n.131)

路加说保罗讲完话之后祷告,这与《伊利亚特》卷六也有相似之处。

《伊》6.466和474－475	《徒》20:36－37
显赫的赫克托尔这样说(ὣς εἰπών),把手伸向孩子……他亲吻亲爱的儿子,抱着他往上抛一抛。然后向着宙斯和其他的神明祷告(ἐπευξάμενος)。[祷告之后,安德罗马克伤心地哭泣。]	保罗说完这些话(ταῦτα εἰπών),就跪下同众人祷告(προσηύξατο)。众人痛哭,抱着保罗的颈项,和他亲嘴。

在表格的两列中，主人公都刚结束了讲话（ὡς εἰπών /ταῦτα εἰπών），然后祷告（ἐπευξάμενος /προσηύξατο，两个词都是ευχ-的合成词）。赫克托尔在祷告前拥抱并亲吻了他的儿子；长老们在祷告后拥抱亲吻保罗。两个祷告之后，都是伤心哭泣。这种相似性在古代文本中出现得非常广泛，因此此处并不是非常有说服力；人们并不觉得吃惊，因为告别祷告、拥抱、亲吻成为一个自然序列，出现在很多没有文学互文关系的文本中。埃涅阿斯和狄俄尼索斯的祷告显然是对《伊利亚特》卷六的改写，包含同样的主题，但这说明不了太多问题。

幸运的是，两段祷告之间的相似性还不止于此。两位主人公都开始呼唤他们的神（共同的主题5：主人公呼唤他们的神）。

《伊》6.475 – 476　　　　　　《徒》20：32

[赫克托尔]在祷告中对宙斯和其他的神明（ϑεοῖσιν）说：宙斯啊，众神（ϑεοί）啊，……

我把你们交托给上帝（ϑεῷ）和他恩惠的道。

[87]这或许是个巧合，两个祷告都呼唤最高的神（宙斯/上帝）以及地位较低的神（其他的神明/道）。然而，后续的内容毫无疑问来自模仿。

赫克托尔希望阿斯提阿那克斯将来能够像他一样

赫克托尔为阿斯提阿那克斯的祷告是这样的："让我的孩子和我一样"，并且，有一天有人会对他说，在战场上"他比他父亲强得多"。这种父亲和儿子的对比，在模仿这一场景的文学作品中非常常见。

正如我们之前看到的，索福克勒斯在埃阿斯对塔美莎的告别中，模仿了赫克托尔对安德罗马克的告别，同样，在埃阿斯对他的儿子欧律萨西斯（Eurysaces）的祝福中，模仿了赫克托尔为儿子阿斯提阿那克斯的祷告。塔美莎不让她的儿子靠近他精神错乱的父亲，以至于他一看到父亲就害怕,但是埃阿斯叫他,并且说:"希望你比你的父亲幸福,但不管怎么说要像他一样勇敢。"(《埃阿斯》50 - 51)埃阿斯希望欧律萨西斯在战场上能够像他,正如赫克托尔祈祷阿斯提阿那克斯要像他一样勇猛(《埃阿斯》556 - 557)。但是他同样祈祷他的儿子能够比他幸福。人们一定会料到埃阿斯是一个肃剧角色,就在说出这些话不久之后,他结束了自己的生命。

在维吉尔的作品中,埃涅阿斯祈祷阿斯卡尼俄斯能够成长为一个像他和他叔叔赫克托尔一样的男人。维吉尔显然模仿了赫克托尔在《伊利亚特》卷六中的祷告。

> 他把阿斯卡尼俄斯抱在怀里,透过头盔轻轻地亲吻他的面颊,然后说道,"我的儿子,要从我身上学到真正的勇气和勤劳……(对比《埃阿斯》550 - 551)当你从年幼走向成熟,努力使自己记得[我的成就],希望你的父亲埃涅阿斯和你的叔叔赫克托尔能够鼓舞你的精神,当你想到你的亲人给你做的榜样的时候。"说完这些话,他带着力量走出城门,挥舞着手中巨大的长矛,在他旁边,就像是一个紧凑的纵队,冲出来安修斯(Antheus)和门纳斯忒斯(Mnestheus)。(《埃涅阿斯纪》12.433 - 436 和 438 - 443;见附录)

假如维吉尔的读者发现这一祈祷的背景是荷马史诗,那他们会清楚地记得,宙斯并没有答应赫克托尔的祈求:希腊士兵把阿斯提阿那克斯从特洛亚的城墙上使劲摔到了地上。相反,埃涅阿斯对阿斯卡尼俄斯的愿望却实现了。他会按照父亲和叔叔赫克托尔的传统统治意大利。赫克托尔为阿斯提阿那克斯的祷告间接地得到了回答,他的儿子不可能成为统治者,但他的侄子会。

在伊塔利库斯的故事里,汉尼拔为他儿子的祷告,表现出他自己与儿子之间很大程度的对比。

> 我祈祷,希望你比你的父亲更荣耀,希望你从战场上获得的声名能够超过你的祖先……我认得我父亲的容貌和紧缩的眉头下坚毅的眼神;我注意到你出生时哭喊的声音的高昂,以及从一开始你所具有的像我一样的勇猛。(《布匿战争史》3.70 – 72 以及 75 – 77;对比《伊》6.476 – 481)

此处正如在《伊利亚特》卷六中一样,人们看到[88]孩子与父亲之间的对比,以及父亲表达他将击败敌人的希望。西利乌斯的这段话可能没有历史来源。事实上,诗人自己看似创造了一个名字"伊米尔珂"来模拟"布匿"这个词的声音,后者正是汉尼拔儿子的真实存在。①

《徒》第二十章中,保罗与长老们之间的对比似乎没有那么明显,但是仍然存在。

《伊》6.476 – 478	《徒》20:32
[赫克托尔]向着宙斯和其他的神明(θεοῖσιν)祷告:"宙斯啊,众神(θεοί)啊,让(δότε)我的孩子和我一样在全体特洛亚人当中名声显赫,孔武有力,成为伊利昂的**强大君主**。"	如今我把你们交托上帝(θεῷ)和他恩惠的道。这道能建立你们,让(δοῦναι)你们和一切成圣的人同得基业。

保罗靠着耶稣的祝福努力帮助他人,满足他人的需要,他的努力成了长老们"帮助弱者"的榜样(ὑπέδειξα)。按照叙事传统,略作改变之后,保罗说的话应该是这样的:"我希望他们能像我一样,尽最大的努

---

① Richard T. Bruère,《伊塔利库斯的〈布匿战争史〉3.62 – 162 和 4.763 – 822》("Silius Italicus *Punica* 3, 62 – 162 and 4, 763 – 822"),*CP* 47 (1952):219。

力帮助需要帮助的人"(共享主题6:主人公祈祷他的继承者能够像他一样)。

比较性的引语

赫克托尔用了一段假设性的话来结束自己的祈祷,假设有人将来会说阿斯提阿那克斯比他的父亲还要卓越:"日后他从战斗中回来,有人会说:'他比父亲强得多'。愿他杀死敌人,带回血淋淋的战利品,讨母亲心里欢欣。"(《伊》6.479-481)前面我们已经看到喀利同如何模仿《伊利亚特》卷六中的祷告,叙述了狄俄尼索斯对着那个他认为是卡里洛厄给他生的孩子的讲话。在同一个故事中,卡里洛厄,这个孩子的母亲,也为孩子有一段祷告,与赫克托尔的祷告相呼应,包括了另一段假设的话。但是首先卡里洛厄祈祷他能够比得上他可敬的祖先。

> 把他抱在怀里,她对[阿芙洛狄忒]说,"女神呀,我知道你对这孩子的慈悲……请让我的孩子比他的父母要幸福,能够比得上他的祖父。希望他也能够驾驭战船,有一天当他在海上战斗时,有人会说:'赫摩克拉底(Hermocrates)的孙子比他还要卓越。'他的祖父同样会非常高兴有这样一位英勇的继承者,我们,作为他的父母,会感到非常欣慰,即使我们死了。"(《凯勒阿斯和卡里洛厄》3.8.7-8;见附录)

这段祷告和《伊利亚特》非常相近,是一段嵌入式的话语;假设的引语涉及祖孙之间卓越性的比较。"有一天当他在海上战斗时,有人会说,'赫摩克拉底的孙子比他还要卓越。'"

毫无疑问,路加并非偶然用了一段嵌入式[89]的直接引语来结束保罗的布道,这句引语也有其自己的对比,但其内容与《伊利亚特》形成了鲜明的对照(共享了主题7:主人公引述对比性的引语)。

《伊》6.478–480　　　　　《徒》20:35

日后他从战斗中回来,有人会说:"他比父亲强得多。"

当记念主耶稣的话,他说,"施比受更为有福"。

这两段比较性的引语在英语中比在希腊语中更接近;即便如此,人们还是会发现,在两部著作中,为后代祷告的引语中都包含一句简单的对比。赫克托尔祷告说,希望有人将来会说,阿斯提阿那克斯是比他父亲还要卓越的勇士;路加笔下的保罗祷告说,愿长老们记念耶稣说过的话,"施比受更为有福"。①

这些引语的结构可能相似,内容则更是整齐对应得无以复加。赫克托尔希望阿斯提阿那克斯会被人们评判说,在战场上他比他的父亲更了不起:"愿他杀死敌人,带回血淋淋的战利品,讨母亲心里欢欣。"埃阿斯对欧律萨西斯的祷告也包含了希望他能够"在敌人面前表现出你是谁的儿子"(《埃阿斯》556–557)。卡里洛厄祈祷他的儿子能够成为凯旋的战船指挥官。汉尼拔为他儿子的祷告包含下面这几句话:

> 罗马身处疾病与恐惧多年,这些年正是你的年龄——让母亲们流泪的日子。假如我那预见未来的灵魂没有欺骗我的感觉,这个世界的巨大苦难将在你的身上继续。(《布匿战争史》3.73–75)

然而,保罗为长老们的祈祷和军事成就没有任何关系,相反,使徒祈祷他们能够像他一样,不贪图任何人的"金、银或衣服",并且用自己的双手努力帮扶弱者。

---

① 这一说法在福音书中并没有出现;一种类似的说法出现在修昔底德2.97.4,"据说色雷斯人认为 λαμβάνειν μᾶλλον ἢ διδόναι[获取优于给予],恰好和波斯人相反(因此他们一定认为 διδόναι μᾶλλον ἢ λαμβάνειν[给予优于获取]),事实上后者是路加的说法"(Barrett,页983;他还引用了其他一些例子)。

保罗的离开(《徒》20:37-38)

赫克托尔对安德罗马克说完话,以及为阿斯提阿那克斯的祷告结束之后,他们分开了。

> 那显赫的赫克托尔这样说,随即拿起那顶插着马鬃的帽盔,他妻子朝家走去,频频回头顾盼,流下泪珠。她很快回到那杀人的赫克托尔的居住舒适的宫室,遇见许多女仆聚在那里,引起大家不停地哭泣。她们就这样在厅堂里哀悼还活着的赫克托尔;认为他再也不能躲避阿开奥斯人的力量和毒手,从战斗中回到家里。(《伊》6.487–502)

很多对赫克托尔-安德罗马克告别场景的模仿,都包含相似的分别。比如,在方式《奥德赛》卷一,特勒马科斯对佩涅洛佩的命令几乎逐字重复了赫克托尔让安德罗马克回家的命令,[90]对佩涅洛佩的离开是这样描述的:"她返回房间,不胜惊异(οἴκόνδε βεβήκει;和《伊》6.495 的结构一样)……她同女仆们一起回到自己的寝间(ἀμφιπόλοισι;对应《伊》6.498 中的ἀμφιπόλους),禁不住为亲爱的丈夫奥德修斯哭泣(φίλον πόσιν/ 对应《伊》6.495 中"亲爱的妻子"ἄλοχος...φίλη)"(《奥》1.360 和 362–363;对比 21.354–357)。

在色诺芬的作品中,波斯人的将军阿伯拉德塔斯告别他的妻子潘荻亚(Panthea)时,模仿了赫克托尔-安德罗马克的场景。与赫克托尔一样,阿伯拉德塔斯向宙斯祈祷,然后命妻子返还家中。"然后男侍从和女仆们随同她,帮助她登上马车,他们让她躺在马车上,从马车外部完全看不见她",这样她可以偷偷哭泣而不被人看见(《居鲁士传》6.4.11)。在喀利同的故事里,女主人公卡里洛厄和她的丈夫凯勒阿斯分别,也是模仿安德罗马克为赫克托尔哭泣的场景。"那一晚卡里洛厄为凯勒阿斯哀悼,那个时候他还活着。"①

维吉尔可能也用《伊利亚特》卷六为模板,创作了狄多(Dido)和埃涅阿斯的告别:

> 说完这些话,她突然打住了,从阳光下的骚乱中逃离,不去看他的眼睛,跑掉了,留下他在恐惧中等待,他还有很多话要说。她的女仆们追着她,把晕倒的她带回到她大理石的宫殿,把她放在她的床上。(《埃涅阿斯纪》4.388-391)

她和她的姐妹、奶妈以及女仆一起举哀,直到该书卷四她结束自己的生命(见《埃涅阿斯纪》4.663-671)。正如在赫克托尔-安德罗马克的场景中一样,此处可以看到一系列相关的主题:临别赠言、自杀的想法、富有同情心的女仆,以及在卧室里的哭泣。

在伊塔利库斯的《布匿战争史》中,汉尼拔和伊米尔珂的告别也呼应了荷马史诗:

> 在他们说话的时候,他们的眼泪融合到一起,舵手觉得他应该开船了,他从他位于船尾的高高的位置上招呼这位不愿离开的妻子。人们把她从她丈夫的怀抱拽走,带她离开。她热切的目光仍然看着他,看着海岸,直到陆地远远退去,大海的波浪推动着快船,她再也看不到他了。

汉尼拔返回去,"把他的爱淹没在战事上"(《布匿战争史》3.152-159)。这一部分尤其表现了和《伊利亚特》卷六的关系,伊米尔珂的目光凝视着自己的丈夫,与安德罗马克"频频回头顾盼,流下一滴滴泪珠"有着相似的叙述模式。

---

① 《凯勒阿斯和卡里洛厄》4.1.1;见附录。同样可参阅以弗所的色诺芬《以弗所传奇》1.10.9-11.1。

古代文学中最有名的最后告别场景,是柏拉图《斐多》中苏格拉底的告别,不过这似乎也是对荷马史诗场景的模仿。其中有些相似之处,属于赫克托尔与安德罗马克分离之前二人彼此告别的元素,但是最适合于理解《徒》第二十章的,似乎是离别本身。雅典人要求苏格拉底喝下毒药,苏格拉底与家人及朋友告别。柏拉图笔下的叙述者斐多说道:

当我想到苏格拉底不久就要死去,我突然有了一种从来没有过的奇怪的感觉,一种奇怪的欢乐和悲哀混合的感觉,[91]我们在场的所有人的感受都差不多,时而大家开怀大笑,时而悲从中来,忍不住流泪(ὅτε μὲν γελῶντες, ἐνίοτε δὲ δακρύοντες)。(《斐多》59a)

柏拉图应该不会惊讶,他的读者在此处会看到安德罗马克的矛盾:"含泪惨笑"(δακρυόεν γελάσασα)。①

来向苏格拉底告别的朋友们来到监狱,第一眼看到的是赞蒂普(Xanthippe),"抱着他的小儿子"(ἔχουσάν τε τὸ παιδίον αὐτοῦ),这一细节让人想到了安德罗马克的女仆,"怀中抱着那娇嫩的孩子"(παῖδ᾽ ἐπὶ κόλπῳ ἔχουσ᾽,《斐多》60a 和《伊》6.400)。正如安德罗马克的第一句话就预示着赫克托尔的厄运,"阿开奥斯人很快会一齐向你进攻,杀死你",赞蒂普对苏格拉底说的第一句话也是唯一一句话是这样的:"这是最后一次你的朋友和你在一起说话了。"(《伊》6.409–410 和《斐多》60a)柏拉图的读者或许期待看到苏格拉底能够温柔地对待他的妻子,并且为他的儿子祈祷,但是事实却相反,他立刻命令他们离开。柏拉图让苏格拉底的最后告别不是留给他的家人,而是留给了他

---

① 《伊》6.484。同一个表示"笑"的动词在《斐多》(62a,64a 和 b,77c,84d,101b,以及 115c)中出现了七次之多。苏格拉底死之前的讽刺笑声或许是对《伊》6.484 的一个模仿。

的哲学圈。赞蒂普从监狱里离开的场景再一次让人想到了《伊利亚特》卷六。"'克里同(Crito),请你让人送她回去吧。'于是她在克里同仆人的陪同下,一边哭一边捶胸离开。"(《斐多》60a;见附录)在和朋友们的谈话中,面对自己的死亡,苏格拉底谈到死、灵魂的本质、永生、勇气以及爱智慧之人的勇气。① 当然,赫克托尔对安德罗马克讲的话则集中在强调自己心甘情愿赴死的勇气和决心。

克里同问苏格拉底:"你对你的孩子有什么事情要交代吗?我们好替你办?"苏格拉底再一次忽略他的家人,而把爱留给了他的朋友:"你们如果好自为之,只要去做,就算对得起我,对得起你们自己了。"(《斐多篇》115b)他的朋友就像他真正的家人:

> 我们觉得对于我们来说他等于是我们的父亲,一旦失去他,我们以后就会像孤儿似的度过一生。(《斐多》116a;对比《伊》6.433)

苏格拉底血缘上的家人在他死之前再次出现,当他的三个儿子以及"家里的几个妇人进来后,他当着克里同的面和他们交谈,把他要嘱咐的话说给他们;然后就把妇人和孩子打发走了"。他向众神祷告,愉快地道别,然后将毒药一饮而尽。在场的人都痛哭起来,就像安德罗马克和她的女仆们。安德罗马克"流下一滴滴泪珠"(δάκρυ)。苏格拉底的朋友们也是一样。

在这之前,我们还能忍住眼泪(τὸ δακρύειν),但是当我们看到

---

① 见《斐多》63e–64,68c–d,83e–84b,以及88b。苏格拉底说,一个智慧的人修饰他的灵魂,是"靠自身适合的饰物:自我克制、正直、勇敢、自由和真实,做好前往另一个世界的准备,一旦命运召唤立即前行……我现在已经作好准备了,正如肃剧演员说的,命运在召唤我"(115a)。荷马笔下的赫克托尔也说了同样的话。

他喝那毒药,一饮而尽,我们再也忍不住了,我虽尽量忍住不哭,泪水($τὰ\ δάκρυα$)还是如泉水般涌下来,我连忙用衣服蒙住脸,暗自哭泣;我不是为他哭,而是哭我自己不幸将要失去这样一位益友。克里同比我先站起来走开了,因为他控制不住自己的眼泪($τὰ\ δάκρυα$)。阿波罗多洛斯(Apollodorus)早就在暗自落泪($δακρύων$),到这时竟然放声大哭,引得我们大家全都哭出声来,只有苏格拉底[92]没有哭。他说:"哭什么?你们这些人真奇怪!我正是怕妇人们哭,所以打发她们先走了,免得她们做出这样可笑的举动。我听说,人临死必须肃静。大家肃静些,坚强些!"我们听他这样说,很难为情,这才止住不哭($τοῦ\ δακρύειν$)。(《斐多》117c-e)

就像赫克托尔,苏格拉底男敢地面对自己的命运;他不想让他的朋友像安德罗马克和她的仆人们一样哭泣。

同样,在《徒》第二十章,保罗祷告之后,"众人痛哭,抱着保罗的颈项,和他亲嘴,叫他们最伤心的,就是他说以后他们不能再见他的面。于是送他上船去了"(《徒》20:37-38)。在古代文学中,再也找不到比这段文字与《伊》卷六更接近的了。

《伊》6.498-501	《徒》20:37-38
[安德罗马克回到家中]遇见许多女仆聚在那里;引起大家($πάσῃσιν$)不停地哭泣。她们就这样在厅堂里哀悼还活着的赫克托尔;认为他再也不能($οὐ...ἔτ᾽$)躲避阿开奥斯人的力量和毒手,从战斗中回到家里。[赫克托尔回到了战场上。]	众人痛哭($πάντων$),抱着保罗的颈项,和他亲嘴。叫他们最伤心的,就是他说以后他们不能再见($οὐκέτι$)他的面。于是送他上船去了。

在两列文字中,这些听到主人公和他们永别的人都痛哭起来,并且都说,"他再也不能从战斗中回到家里",或"他们以后再也不能见他的面"。荷马的 oὐ ... ἔτ, "再也不能", 和路加的 οὐκέτι 一致。荷马的原形动词 ἵξεσθαι 与路加的 θεωρεῖν 对应。赫克托尔再也不能躲避"阿开奥斯人的力量和毒手";保罗则躲不过犹太人将他交到"外邦人的手上"(《徒》21:11)。

8

犹太遗训还是对荷马的模仿？

[93] 这一节将具体讨论《徒》第二十章，并尝试回答一个简单的问题：为什么要放弃有着丰富传统的犹太式遗训文学，而选择单独的希腊文学模板来解释保罗在米利都的辞别？答案就存在于对六条标准的应用。标准一和二毫无疑问得到应用了；赫克托尔告别安德罗马克的故事对路加和他的读者都可及，它是一个流行的、类别模仿的目标。阿里斯托芬、索福克勒斯、柏拉图、希罗多德、色诺芬、阿波罗尼俄斯、喀利同、维吉尔以及伊塔利库斯不仅模仿了这一场景，他们中很多人还明显希望自己的读者能够看到他们对此的援引。

标准三和四评价相似性的密集度以及它们的相对顺序。第七章已经分析了荷马和路加的故事中共同包含的九大主题，我按照它们在史诗中出现的顺序进行了编号。保罗的演说始于主题2，赫克托尔对安德罗马克说的话也开始于主题2。第一个主题出现在几行之前赫克托尔对海伦说的话中（英雄说他不知道他将面临怎样的危险）。下面列表的右侧包括保罗完整的讲话，左侧是赫克托尔对应的讲话。我用数字加相关主题的描述来引出讲话的每个部分（大部分列表内容都将出现在希腊文附录中）。

主题2：主人公自陈他永远不会逃避自己的职责

《伊》6.440–446
他对她说道，……
"但是我羞于见特洛亚人和那些穿拖地长袍的妇女，要是我像个胆怯的人
逃避战争。
我的心也不容我逃避，我一向习惯于勇敢杀敌，同特洛亚人并肩打头阵，为父亲和我自己赢得莫大的荣幸。"

《徒》20:18–21
他对他们说道，
"你们知道，自从我到亚细亚的日子以来，在你们中间我的为人始终如何，服侍主，凡事谦卑，眼中流泪，又因犹太人的谋害，经历试炼。你们也知道，凡与你们有益的，我没有一样避讳不说的，或在众人面前，或在各人家里，我都教导你们。又对犹太人和希腊人证明当向上帝悔改，信靠我主耶稣基督。"

主题1：主人公讲述他不知道自己会面临怎样的危险

《伊》6.361–362以及367–368
现在我的心急于要去援助特洛亚人……
我不知道能否再回到他们那里，或是神明会借阿开奥斯人的手把我杀死。

《徒》20:22–23
现在我往耶路撒冷去，心甚迫切，不知道在那里要遇见什么事。但知道圣灵在各城里向我指证，说有捆锁与患难等待我。

主题8：主人公讲述了他将心甘情愿地勇敢面对他的命运。

《伊》6.486–489

我劝你心里不要过于悲伤，谁也不能违反命运女神的安排，把我提前杀死，送到冥土哈得斯。人一生下来，不论是懦夫还是勇士，我认为，都逃不过他的注定的命运。

《徒》20:24

我却不以性命为念，也不看作宝贵，只要行完我的路程，成就我从主耶稣所领受的职事，证明上帝恩惠的福音。

主题3：主人公警示灾难

《伊》6.447–449

我的心和灵魂清清楚楚地知道，有朝一日，这神圣的特洛亚和普里阿摩斯，还有普里阿摩斯的挥舞长矛的人民将要灭亡。

《徒》20:25

如今我晓得，你们以后都不得再见我的面了——我素常在你们中间来往，传讲上帝国的道。

主题2：主人公自诩他永远不会逃避自己的职责

《伊》6.441–443

但是我羞于见特洛亚人和那些穿拖地长袍的妇女，要是我像个胆怯的人逃避战争。

《徒》20:26–27

所以我今日向你们证明，我于众人的血是洁净的，因为上帝的旨意，我并没有一样避讳不传给你们的。

主题9:主人公命令他的听众回去做好自己的事

《伊》6.490–493
照料你的家务,
看管织布机和卷线杆,
还要敦促家中的女仆做好她们的活计,打仗的事男人管,每一个生长在伊利昂的男人管,尤其是我。

《徒》20:28
圣灵立你们作全群的监督,你们就当自己谨慎,也为全群谨慎,牧养上帝的教会,就是他用自己的血救赎的。

主题3:主人公警示灾难

《伊》6.447–449
我的心和灵魂清清楚楚地知道,有朝一日,这神圣的特洛亚和普里阿摩斯,还有普里阿摩斯的挥舞长矛的人民将要灭亡。[荷马用恶狼的比喻来形容希腊士兵将会毫无怜悯地劫掠特洛亚城。赫克托尔担忧他的妻子会遭到希腊人的奴役和放逐。]

《徒》20:29–30
我知道我去之后,
必有凶暴的豺狼进入你们中间,不爱惜羊群。
就是在你们中间,也必有人起来,说悖谬的话,要引诱门徒跟从他们。

主题9:主人公命令他的听众回去做好自己的事

《伊》6.490;492–493
照料你的家务,……
打仗的事男人管,每一个生长在伊利昂的男人管,尤其是我。

《徒》20:31
所以你们应当警醒,
记念我三年之久昼夜不住地流泪,劝诫你们各人。

主题5:主人公祈求众神

《伊》6.475-476

[赫克托尔]向着宙斯和其他的神明祷告:宙斯啊,众神啊,让我的孩子和我一样在全体特洛亚人当中名声显赫,孔武有力,成为伊利昂的强大君主。

《徒》20:32

如今我把你们交托上帝和他恩惠的道。这道能建立你们,叫你们和一切成圣的人同得基业。

主题6:主人公祈祷他的继承者能够像他一样

《伊》6.476-478

让我的孩子和我一样在全体特洛亚人当中名声显赫,孔武有力,成为伊利昂的强大君主。

《徒》20:33-35a

我未曾贪图一个人的金、银、衣服。我这两只手常供给我和同人的需用,这是你们自己知道的。我凡事给你们做榜样,叫你们知道应当这样劳苦,扶助软弱的人。

主题7:主人公引述了对比性的引文

《伊》6.478-480

日后他从战斗中回来,有人会说:'他比父亲强得多。'

《徒》20:35b

当记念主耶稣的话,他说,"施比受更为有福"。

显然,这些列表满足了密集度的标准,但是《徒》和《伊》共有主题出现的顺序却不相同:2,1,8,3,2(第二次),9,3(第二次),9(第二次),5,6,以及7。这种顺序上的差异初看上去似乎影响了文学上的依赖,但是仔细看来,人们一定会欣赏路加的这种重组。

[97]正如我们看到的,保罗的讲话由三部分组成:保罗的英勇行为(18-27节,包含主题2、1、8、3以及2),长老们面临的挑战(29-31

节,包含主题 9、3,以及 9 节)以及保罗为长老们的祈祷(32－35 节,包含主题 5、6、7)。荷马在赫克托尔对安德罗马克的两段讲话间插入了为阿斯提阿那克斯的祷告,路加则把为长老的祷告放在了讲话的后面。对祷告位置的移动解释了为什么主题 5、6、7 和史诗不一样,出现在末尾而不是中间。

第一部分的逻辑(18－27)是这样:保罗声称他不会害怕退缩(主题 2),尽管他知道他不管走到哪里都会遭受迫害,他对未来的事情也不是十分确定(主题 1)。为了完成主耶稣交给他的使命,他不会把自己的生命视为宝贵(主题 8)。保罗确切地知道长老们将不会再见他的面(主题 3),但是他清楚地让他们知道他不会逃避自己的职责(主题 2)。对第二个主题(不退缩)的重复,形成了一个优美的交叉结构。

  A. 保罗永远不会逃避自己的职责(主题 2)
   B. 他不知道自己将面临怎样的未来(主题 1)
    C. 他不会把自己的生命视为宝贵,因此他会完成自己的使命(主题 8)
   B^1. 他确切地知道长老们将不会再见他的面(主题 3)
  A^1. 他不会逃避自己的职责(主题 2)

A 和 A^1 讲述保罗传道的勇气;B 和 B^1 讲述保罗确切知道的和不知道的,尽管两段文字都预言了苦难;C 处于交叉点的中心,并且使讲话达到高潮:保罗心甘情愿冒死完成他的使命。

保罗临别赠言的第二部分(28－31)由命令组成。赫克托尔在他和安德罗马克见面的最后才给出他的吩咐(主题 9),路加则利用这一主题引出给长老们的命令。在此之前,路加已经使用主题 3(警示)说到保罗自己的死亡,在 29－30 节他再次用这一主题警示教会的危险。31 节通过重申命令(主题 9)实现了另一个交叉。

A. 保罗命长老们提高警惕（主题9）

    B. 他知道豺狼将会进入，对教会形成威胁（主题3）

A¹. 他命长老们如同他以前一样提高警惕（主题9）

在这个交叉中 B 处在了中心位置：对危险的警示。

第三部分，也是最后一部分，是一个祷告，由三个主题组成，和史诗中出现的顺序一样（主题5、6、7）。祷告部分出现在这里，在主题8和9之后，来完成演说。然后在送行之前继续祷告的行为。路加再一次用主题来形成交叉结构。

A. [98]保罗把长老们交托给"上帝和他恩惠的道"（主题5）

    B. 他祈祷长老们能够像他一样帮扶需要帮助的人（主题6）

A¹. 他提醒长老们记住"主耶稣说过的话（λόγοι）"（主题7）

这一交叉的焦点是 B：祈祷长老们能够遵照保罗的榜样帮扶弱者。演说分开的三部分自身形成了一个交叉结构。

A. 保罗从未逃避对长老的职责，尽管他知道这很危险（18–27）

    B. 他命长老们警醒，因为灾难即将来临（28–31）

A¹. 他祈祷长老们能够像他一样，履行对他人的职责（32–35）

由《伊利亚特》的主题形成的这一结构暗示着如下宏观结构。

A. 保罗从未逃避对长老的职责，尽管他知道这很危险（18–27）

    AA. 保罗永远不会逃避自己的职责（主题2）

        AB. 他不知道自己将面临怎样的未来（主题1）

            AC. 他不会把自己的生命视为宝贵（主题8）

        AB¹. 他确切地知道长老们将不会再见他的面（主题3）

    AA¹. 他不会逃避自己的职责（主题2）

B. 保罗命长老们提高警惕，因为即将来临的灾难（28–31）

    BA. 保罗命长老们提高警惕（主题9）

        BB. 他知道豺狼将会进入对教会形成威胁（主题3）

BA¹. 他命长老们如同他以前一样提高警惕（主题9）
A¹. 他祈祷长老们能够像他一样，履行对他人的职责（32 – 35）
　A¹A. 保罗把长老们交托给"上帝和他恩惠的道"（主题5）
　　A¹B. 他祈祷长老们能够像他一样帮扶需要帮助的人（主题6）
　A¹A. 他提醒长老们记住"主耶稣说过的话（ἐπευξάμενος）"（主题7）

在这个大的交叉结构中，保罗对未来灾难的警示处在中心位置（BB）。如果对演说的这种处理方式正确的话，就可以解释为什么《徒》第二十章中主题出现的顺序和史诗中的顺序不一样了。

认为保罗的临别赠言是一种犹太式遗训的人，可能会认为我总结的《徒》与史诗之间的相似之处同样也出现在遗训中，比如主人公对自己人品的辩护、对未来灾难的警示、准备赴死、对后代的指示，以及祷告。这完全正确，但是我会认为，如果人们要从整个犹太式遗训中挖掘出与《徒》第二十章相似的文本，那么，[99] 把它们汇编到一起也不会比《徒》第二十章与赫克托尔 - 安德罗马克场景更为相似。维护遗训假说的人或许会反对我的交错结构，认为这只是一种掩盖共有主题的不同顺序的聪明的策略。揭示这种古代文学的交错结构具有众所周知的主观性，对《徒》中演说的结构也可以作出其他方式的评估。

要做出合适判断，需要找到几乎不能从其他体裁的样例中找到的共有特征，该特征能够将两个文本连接在一起，形成独特的解释上的张力。第五条标准即独特特征很重要，具有将两个文本粘合起来的能力。另外，鲜明特征的呈现能够将单纯的呼应和用典区分开来。《徒》第二十章表现出来的特征是否只对它和《伊》卷六是独特的，而非普遍意义上的遗训特征？

赫克托尔和保罗都谈到不会逃避自己的职责，都讲到他们对未来所确切知道的和他们不知道的，并且都在自己的祷告中呼吁不止一位神："宙斯和其他神明"；"上帝和道"。但是让两个演说最相似的是它们的文学语境,这是我一直保留到现在的话题。

犹太式遗训一般都会发生在族长死亡前不久,一般都是在他自己的家里,在他临终所躺的床上。那些基于犹太模板认为保罗的临别致辞是最后遗训的人,必须解释为什么保罗在这之后并没有立刻死去。事实上,路加从来没有说到保罗的死;在这个演说之后,使徒在后面八章里继续了他的使命,书的最后,他还在罗马继续布道长达两年之久。如果路加想让保罗的临别赠言成为最后遗训,他应该把这段演说放在《徒》的最后,在保罗等待执行死刑的时候。这段演说被放置在这里,几乎是他最后去往耶路撒冷之行的开始,使得它不可能是临终遗训,而更像是一个英雄走向战场之前的告别。另外,保罗在米利都的演说坚固了他勇敢地、心甘情愿地去执行上帝旨意的决心,尽管他知道来自主要敌人——犹太人的危险在耶路撒冷等待他。①

同样,古代读者和现代读者都想知道为什么荷马要将赫克托尔的告别放在史诗如此靠前的位置,即卷六,尽管他直到卷二十二才死去,是很多天之后了。英雄在卷七再一次回到特洛亚,诗人应该是故意设置了这个场景(《伊》7. 307 – 310)。事实上,诗人本可以让赫克托尔在卷二十二的开头,在他遇到阿喀琉斯之前再作最后的辞别。注意到这个过早的放置告别的位置,以及赫克托尔没有完成他试图去做的事——去和特洛亚城里的长者商议——一些解释者提出,这一场景曾经是作为一首独立的诗歌,后来才被嫁接到卷六。②

---

① Michel 认为,由于路加避免了讲述保罗的死,因此他可以不受限制地把临别赠言放在任何他认为合适的地方。他选择了米利都,那是因为爱琴海是保罗神职的中心,他对长老们的告别标示了教会发展的转折点,从第一阶段转到后使徒时代,从使徒的管理转到长老/主教的管理。他没有将临别赠言放在以弗所,因为在他那个时代,灵知派污染了以弗所这个城市(1973,页 75 – 76)。

② 例如,Ulrich von Wilamowitz-Moellendorff,1916,页 310 – 311。

[100] 然而,其他学者

认为荷马选择将这一场景放置在史诗比较靠前的位置,是为了确立赫克托尔的重要性,更实质性的是,使读者了解了赫克托尔为什么而战——一切终必成空,为他后来的出现投下一个不吉利的阴影,可怕地预示了特洛亚的厄运以及在战场上人的生命的损耗。①

尽管赫克托尔知道他的努力最终会失败,但他不是非常清楚失败什么时候或将怎样发生。无论如何,他说,躲在城里将什么也得不到,因为"人一生下来,不论是懦夫还是勇士,都逃不过他的注定的命运"(《伊》6.488-489)。从这个史诗开始比较早的时候,在接下来的十六卷里,读者都很清楚赫克托尔的勇气,并且预见到他的悲剧以及高贵的死亡。

很多荷马的模仿者同样用到了这个告别的场景,并且是在他们的故事发生比较早的时候,以此来强调他们的英雄面对危险的勇气。在罗迪乌斯的故事中,当阿尔戈船员(Argonauts)即将驾船前往科尔基斯(Colchis),从永不睡觉的恶龙那里取回金羊毛时,伊奥尔科斯(Iolchus)的妇人们就来到船边痛哭。阿凯美迪(Alcimede),伊阿宋的母亲,认为自己最好死去,这样就看不见自己唯一的儿子乘船驶向自己的厄运了。现在她独自一人被留下,就像是一个奴隶。"她痛苦地哭泣,站在她身旁的女仆们和她一起举哀。"② 伊阿宋安慰她说:"没有人可以逃脱命运"。这句话可以肯定模仿了赫克托尔对安德罗马克所说的有关命运的话。伊阿宋在史诗最后安全返回,但是在出发之前,他不知道众神和命运为他安排了什么。将告别的场景放置在史诗刚开始的时候,为整

---

① Clarke,页169。还可参阅 John A. Scott,《赫克托尔和安德罗马克的告别》("The Parting of Hector and Andromache"),*CJ* 9(1914):274-277。

② 对比《阿尔戈船英雄纪》1.292-293(ἀμφίπολοι γοάασκον)和《伊利亚特》6.499(ἀμφιπόλους ... γόον...ἐνῶρσεν)。

部戏剧搭建了一个可以继续发展的舞台。

根据维吉尔的讲述,埃涅阿斯告诉狄多,当他正要离开特洛亚去攻打希腊人的时候,他的妻子克瑞乌萨(Creusa)在城门口和他见面,"把小儿子尤路斯(Iulus)抱到他父亲面前",请求他带他们一起走(《埃涅阿斯纪》2.671-278)。这一场景显然模仿的是《伊利亚特》卷六。埃涅阿斯的确带上了他们,但是西布莉(Cybele)在克瑞乌萨逃离之前杀死了她。后来,克瑞乌萨的鬼魂来和埃涅阿斯告别。她告诉他不要悲伤,因为她的死是神的旨意,并且她"不会承受和安德罗马克一样的命运"。安德罗马克最后作为奴隶被带走了(Hughes,页418)。埃涅阿斯终有一天会统治台伯河(Tiber)岸的王国(《埃涅阿斯纪》2.771-795)。"特洛亚公主指示她的丈夫照顾好他们的儿子,此处她再一次引用了《伊利亚特》卷六"(Hughes,页418)。维吉尔和荷马一样,用埃涅阿斯逃离特洛亚的告别为后续的故事发展投下阴影——总共十二卷书的后十卷。

伊塔利库斯用《伊利亚特》卷六作为模板,创作了汉尼拔和妻子伊米尔珂的告别,包括对不可改变的命运的重述(Juhnke,页193-196)。"一个军人,"汉尼拔说,"不能让懦弱阻止他参加战斗,因为没有人知道他的命运是什么。"从此刻一直到拉丁语长诗的最后——一千多行之后!——读者们欣赏到了汉尼拔的勇气。这些对荷马的模仿或许可以解释,为什么路加会将保罗的告别放在故事发生如此早的位置[101],而避开不谈他的死亡。这并不是一个临死之人的遗训;这是一个英雄的勇敢宣言,他将面对危险并义无反顾地履行自己的职责。

将临别赠言放在《徒》如此靠前的位置,并不是唯一特殊的场景设置。路加讲述了保罗和他的追随者沿着亚细亚的西部海岸航行——米提列涅(Mitylene)、喀俄斯(Chios)、萨摩斯(Samos)——绕过以弗所而选择经行米利都,

> 因为保罗早已定意越过以弗所,免得在亚细亚耽延。他急忙前走,巴不得赶五旬节能到耶路撒冷。保罗从米利都打发人往以

弗所去,请教会的长老来。(《徒》20:16-17)

很多评论家都注意到,路加对绕过以弗所的解释不能令人信服。如果保罗着急赶路,他应该停在以弗所,那样比较明智,而非乘船到米利都,再打发使者去以弗所请教会的长老,等着他们到达。①

路加这种仓促而又笨拙的编排方式,再一次表现出对《伊利亚特》卷六的模仿,荷马不断强调赫克托尔着急返回战场。海伦让他停留一会儿,但是他的回答是,"海伦,别叫我坐下……现在我的心急于要去援助特洛亚人"(《伊》6.360-362)。他还让她催促帕里斯重返战场(《伊》6.363)。然后赫克托尔"急如星火"赶回自己家中,但是他在家里没有找到安德罗马克;她去了望楼上观看战事,希望能看到丈夫的身影。他决定不再浪费时间,"即刻赶到"城门前,"打算穿过门洞,下到特洛亚平原"(《伊》6.390-393)。正是在那里,安德罗马克遇到了他,与他作最后告别。② 在《徒》第二十章中,保罗急于($\H{\epsilon}\sigma\pi\epsilon\upsilon\delta\epsilon\nu$)面对他在耶路撒冷的敌人,同样导致他和长老们最后的告别不是发生在以弗所而是在米利都。

我将对两个场景做如下对比:

---

① 一些学者因此怀疑路加拼接了两个故事,一个是以第一人称描述的从特罗亚到米利都的旅程,一个是在以弗所对长老们的演说。Donelson 为这一解读提供了一个有价值的历史记录(1978,12n.33)。

② Schadewaldt 对这一不寻常的编排提供了非常精彩的解读(1997,页131-132)。还可参阅 Dieter Lohmann,1988。

赫克托尔重返战场的热情在向安德罗马克告别之后并没有衰退。帕里斯最终准备上战场,并且"仗持自己腿快,迅速越城奔跑($\sigma\epsilon\upsilon\alpha\tau$)"(6.505)。他抱歉来迟了,耽误了赫克托尔的时间($\dot{\epsilon}\sigma\sigma\acute{\upsilon}\mu\epsilon\nu o\nu$)(行518-519)。卷七的开始继续讲述他们跑出城门,渴望投入战斗。"光荣的赫克托尔这样说,匆匆忙忙冲($\dot{\epsilon}\xi\acute{\epsilon}\sigma\sigma\upsilon\tau o$)出城门,他的弟弟阿勒珊德罗斯(Alexander)和他同行,兄弟二人心里都急于($\mu\acute{\epsilon}\mu\alpha\sigma\alpha\nu$)参加战斗"(行1-3)。

《伊》6
- 赫克托尔是暴力的目标。
- 赫克托尔返回特洛亚，让长者们向众神祷告。
- 赫克托尔急于返回战场，尽管存在危险。
- 赫克托尔和安德罗马克的告别发生在城门前，而非他们家里。
- 赫克托尔直到很多天之后才死去。

《徒》20
- 保罗是暴力的目标。
- 保罗离开特罗亚，召唤教会长老是为了发布命令和为他们祷告。
- 保罗急于返回耶路撒冷，尽管存在危险。
- 保罗和以弗所长老的告别发生在米利都，而非他们家里。
- 保罗直到很多年之后才死去。

《徒》第二十章的演说中不同寻常的场景设置，让读者可以将之视为赫克托尔－安德罗马克场景的另外一种表现方式。

演说后长老们的反应可以说也是模仿荷马。为了防止读者早前没有看到保罗与赫克托尔之间的相似之处，结尾部分使之更加确定。

《伊》6.466,474－475，以及498－502

[102] 显赫的赫克托尔这样说(ὣς εἰπών)，

把手伸向孩子……

他亲吻亲爱的儿子，抱着他往上抛一抛，然后向着宙斯和其他的神明祷告(ἐπευξάμενος)……

[安德罗马克回到家中] 遇见许多女仆聚在那里，引起大家不停地哭泣。她们就这样在厅堂里哀悼还活着的赫克托尔；认为他再也不能(οὐ...ἔτ') 躲避阿开奥斯人的力量和毒手，从战斗中回到家里。

[赫克托尔回到了战场上。]

《徒》20:36－38

保罗说完这些话(ταῦτα εἰπών)，就跪下同众人祷告(προσηύξατο)。

众人痛哭，

抱着保罗的颈项，和他亲嘴。

叫他们最伤心的，

就是他说，以后他们不能再(οὐκέτι) 见他的面了。

于是送他上船去了。

我的第六条也是最后一条标准是可解释性：我所建议的这种互文式阅读对我们理解文本有什么作用呢？或者说，二者的对比能够让我们在解释学的意义上得到什么呢？模仿是如何对模板进行价值重估的？

这两个场景之间最明显的区别在于对主人公行为的描述。赫克托尔自诩他永不会从战场上退缩，他已经用自己的勇猛为自己和他的父亲赢得了声誉，而他祈祷他的儿子能够成为比他更为出色的勇士：

> 日后他从战斗中回来，有人会说"他比父亲强得多"。愿他杀死敌人，带回血淋淋的战利品，讨母亲心里欢欣。

相反，保罗没有打仗，而是为大家提供"益处"；他"未曾贪图任何人的金、银、衣服"；并且他用自己的力量不是去杀戮敌人，而是帮扶弱者。赫克托尔希望他的儿子能够在战场上出类拔萃，保罗与赫克托尔不一样，他希望长老们能够依据耶稣的话——"施比受更为有福"来生活。赫克托尔感觉自己被命运捆锁；保罗则是受到圣灵的约束，心甘情愿按照上帝的旨意做事。赫克托尔轻蔑地命安德罗马克回到家里去，把打仗的事留给男人。保罗命长老们负起监管羊群的职责，保持警醒以防恶狼的攻击。最后，宙斯拒绝了赫克托尔为阿斯提阿那克斯的祷告，阿斯提阿那克斯很快就在希腊人的进攻中死去。然而，《徒》的读者可以认为上帝和道会坚固长老们的心，让他们继承产业，正如保罗祈祷的那样。因此可以看出，路加并不仅仅是在模仿赫克托尔－安德罗马克的场景，他超越了它，让它提供了一种新的对英雄行为的阐释。

第三部分

选出马提亚与《伊利亚特》卷七

9

选出埃阿斯迎战赫克托尔

[105]赫克托尔与安德罗马克告别之后,冲回战场,对希腊人形成了巨大的挑战,他让他们派出最卓越的勇士,和他面对面一决高下。希腊军队半晌说不出话来;没有人敢接受这个挑战,直到墨涅拉奥斯站了出来,正是他的妻子引发了战争,所以他认为迎战赫克托尔是自己的责任。当他穿上他的盔甲时,他的兄弟阿伽门农让他和其他人一起坐下;他没有办法和这个特洛亚勇士相比。

随后,"涅斯托尔站起来对阿开奥斯人这样说"(《伊》7.123)。他指责他们的胆怯让人蒙羞。如果他能拥有他年轻时的力量,他一定站出来与赫克托尔决斗。很久之前,吕库尔戈斯(Lycurgus)让勇士之王阿瑞托奥斯(Areithous)在一条狭窄的隧道中了他的埋伏,

> 吕库尔戈斯首先下手,一枪刺穿他的腰身,他往后仰,倒在地上。(《伊》7.145)

胜利者后来把倒地的国王的铠甲赠给了巨人埃柔塔利昂(Ereuthalion),穿着这身铠甲,他挑战皮洛斯人,让他们把最勇猛的人送来和他决战。所有的兵士都不敢和他交手,直到涅斯托尔站了出来,他是所有兵士当中最年轻的一个,他接受挑战并且杀死了那巨人。"雅典娜女神赐我以荣誉。他是我杀死的最魁梧最强大的人,他就像一大堆东西横竖躺在那里。"(《伊》7.154-156)涅斯托尔结束了自己

的讲话,"'你们是阿开奥斯全军中最高贵的领袖,却无心前去面对赫克托尔。'老人这样谴责他们,有九个人站起来"(《伊》7.159–161)。诗人随后列出他们的名字:阿伽门农、狄奥墨得斯(Diomedes)、大小埃阿斯、伊多墨纽斯(Idomeneus)、墨里奥涅斯(Meriones)、欧律皮洛斯(Eurypylus)、托阿斯(Thoas)以及奥德修斯。

[106]这些人全都乐意同神样的赫克托尔战斗。革瑞尼亚的策马人涅斯托尔又对他们说:"你们继续拈阄,选出一个人来,他将有益于胫甲精美的阿开奥斯人,对自己的灵魂也有益处,只要他这次能把激烈的战斗和可畏的杀戮躲过。"

他这样说,他们每个人在阄上作记号,把自己的阄投到阿特柔斯的儿子阿伽门农的头盔里;将士伸手祷告。有人遥望辽阔的天空这样祈求说:"父亲宙斯啊,[我祈祷]请让埃阿斯或提丢斯(Tydeus)的儿子,或富有黄金的迈锡尼(Mycene)的国王中选。"他们这样说,革瑞尼亚的策马人涅斯托尔摇摇头盔,他们所盼望的阄跳出来,埃阿斯的阄。

埃阿斯认出那是自己的阄,他非常欣喜,并且呼吁军队向宙斯祷告祈求胜利,他们便这样向宙斯祷告(《伊》7.194–205)。埃阿斯和赫克托尔之间的决战打成了平局,双方停手,决定再战。

该段文字出现在《伊利亚特》中,很显然对于路加和他的读者都可及(标准一)。① 但是这个故事不能满足标准二,类比。尽管《伊》卷七出现在很多基础教育的作业和一份高等教育的作业里,但并不像《徒》所模仿的几卷那样流行。更重要的是,我在其他古代文学作品中再没找到一处对此的模仿,除了在《徒》第一章有一点可能的相

---

① 这一场景在艺术作品中并不是很流行;据我了解只有一个可能的例子;见 *LIMC*,"Aias I",词条18。

似之外,那里通过抓阄补选出使徒来替代犹大,使得使徒人数保持为十二。

尽管没有类似的模仿,我们将看到《使徒行传》第一章和《伊利亚特》卷七之间的相似之处足够广泛,并且与众不同,能够确立二者之间文学上的联系。六个判断模仿的标准并不构成必备条件的清单。最好把它们用作一个整体,以确立能够证明——或反驳——模仿关系的一致论据。

10

选出马提亚取代犹大

[107] 路加写道，耶稣升天之后，耶路撒冷的教会通过摇签来决定是巴撒巴(Joseph Barsabbas)还是马提亚能够替代犹大，填补十二门徒的缺。从《徒》1:15-16，能够听到用摇签来决定由谁迎战赫克托尔的回声。①根据《徒》1:13-14，信徒们在耶稣升天之后集会，其中包括十一位使徒和"几位妇人，以及耶稣的母亲马利亚，并耶稣的弟兄"，但是在第15节中，集会的人数莫名其妙地扩大到一百二十名。②通过扩大人数，路加设置的场景在某种程度上非常像《伊利亚特》卷七中涅斯托尔对全军的讲话。彼得讲话的开始和涅斯托尔讲话的开篇具有相似性。

《伊》7.123　　　　　　　　《徒》1:15

涅斯托尔站起来(ἀνίστατο)对　彼得就在弟兄中间站起
阿开奥斯人这样说(μετέειπεν)。　(ἀναστάς)，说(εἶπεν)。

这种相似之处倒没有什么特殊的，因为路加经常用动词ἀνίστημι引出演说。③但是两部作品中接下来的演说，都包含了对残酷的死亡的

---

① P. W. van der Horst 注意到了《徒》1:15-26和《伊》卷七之间的相似之处，但是他并没有提出此处存在文学意义上的模仿(1983, 页17-26)。

② 两段论述之间的差异明显导致了伯撒抄本中的异文：在提到女性之后，这个手稿中添加了καὶ τέκνοις，"和孩子"。

③ 例如，《路加福音》10:25，《使徒行传》5:34, 11:28, 13:16, 15:7, 23:9。

叙述。涅斯托尔告诉军队关于吕库尔戈斯杀死阿瑞托奥斯,以及自己战胜埃柔塔利昂的故事,彼得演说的内容则与犹大的死有关。

[108]弟兄们,圣灵藉大卫的口,在圣经上预言带领人捉拿耶稣的犹大,这话是必须应验的。他本来列在我们数中,并且在使徒的职任上得了一份。这人用他作恶的工价买了一块田,以后身子仆倒,肚腹崩裂,肠子都流出来。住在耶路撒冷的众人都知道这件事,所以按着他们那里的话给那块田起名叫亚革大马(Hakeldamach),就是"血田"的意思。因为诗篇上写着说:"愿他的住处变为荒场,无人在内居住,愿别人得他的职分。"①

这段演说表现了路加用词的特征和独特风格。② 这里引用的经文是将旧约圣经中《诗篇》的两段话(69:26 和 109:8)组合在一起,比起希伯来文版本,和七十子译本更为相似。如果路加发现这两段圣经在某个文献中合在一起,那文献一定是用希腊文写的。③ 另外,历史上的彼得——或某个闪族语(Semitic)的文献——不太可能会说"按着他们那里的话给那块田起名叫亚革大马",好像亚兰语是一种需要翻译的

---

① 《使徒行传》1:16 - 20。我翻译两段圣经文本(《诗篇》69:26 和 109:8)时把它们当作一个单独的引文。我之所以这样做,是由于第 16 节把他们当作一个单独文本引入(τὴν γραφήν)。同样要注意,三个第三人称单数的祈使句由连词连接,构成平行结构(γενηθήτω...καὶ μὴ ἔστω, καὶ ... λαβέτω)。路加不得不把《诗篇》109 篇中的 λάβοι 转换为 λαβέτω,以此来建立这种平行关系。

② 见 J. Renié 的分析,《选举马提亚(〈使徒行传〉1. 15 - 26):故事的真实性》("L' Election de Matthias[Act. 1, 15 - 26]. Authenticité du récit"),*RB* 55 (1948):43 - 53;以及 L. Desautels,《犹大之死(〈马太福音〉27.3 - 19;《使徒行传》1. 15 - 26))》("Le Mort de Judas [Mt 27,3 - 19; Ac 1,15 - 26]"),*ScEs* 38 (1986):221 - 239。《使徒行传》1:19a 显然是路加的创作;对比 4:10 以及 16,9:42,13:38,28:28,尤其是 19:17。

③ 这一点依然是一个论据,尽管 E. Nellessen 认为希伯来文本应该是这一引用的来源(1975,页 215 - 218)。

外国语言似的。①

另一方面,路加显然继承了传说中关于犹大之死的信息。和这本书中讨论的其他例子不同——路加之前的传说中没有关于那些例子的重要的外部证据——关于《徒》1:15-20,我们能在《马太福音》以及 2 世纪弗里吉亚(Phrygia)一个名叫帕皮亚(Papias)的主教的残篇描述中找到部分犹大之死的证明。

［犹大之死成了很多学者讨论的主题。除了一些关于《使徒行传》的常规评论,下面这些研究都值得特别关注:J. Rendel Harris,《犹大真的是自杀吗?》("Did Judas Really Commit Suicide?"), AJT 6 (1900):490-513,以及《犹大之死的圣路加版本》("St. Luke's Version of the Death of Judas"), AJT 18 (1914):127-131;F. H. Chase,《关于〈使徒行传〉1:18 中的 πρηνής γενόμενος》, JTS 13 (1912):278-285;Kirsopp Lake,《犹大之死》(The Death of Judas),选自 Foakes

---

① 由于这一明显的年代不符,很多学者认为 18 和 19 节是路加插入的,其作用就是对读者说话;例如,新修订标准本圣经(NRSV)把它放在了括号里。省去这两节,第 20 节引用的圣经文本就更接近第 16 节中它的引入语了。例如,见 Bruce 的观点,页 109。R. H. Fuller 将 16b-19 视为"一个修昔底德式的作品,让作者可以对读者讲话"(《选择马提亚》[The Choice of Matthias], Studia Evangelica 6, Elizabeth A. Livingstone 编, TU,卷 112 [Berlin: Akademie Verlag, 1973],页 142 和 143)。

然而,很多细节表明路加试图让这个演说成为一个连贯的整体。οὗτος μὲν οὖν,"那么这一个",和之前的内容连接在了一起。另外,提及购置田地可以帮助理解圣经的引文。《诗篇》的引入语和引文之间的差别可以解释为交叉结构外的一对括号。

　A. 大卫的"旨意必须完成"($\H{\epsilon}\delta\epsilon\iota$ πληρωθῆναι τὴν γραφήν)(16-17)
　　B. 犹大"购买了一块田地"(ἐκτήσατο χωρίον)(18a)
　　　C. 他"仆倒在地上"(πρηνὴς γενόμενος)死了(18b)
　　　C^1. "这是众所周知的"(γνωστὸν ἐγένετο)(19a)
　　B^1. "这块地被叫做(κληθῆναι τὸ χωρίον)……'血田'"(19b)
　A^1. "因为这是《诗篇》上写的"(γέγραπται)(20)

Jackson& Kirsopp Lake, *Beginnings*, 5. 22 – 30; Pierre Benoit,《犹大之死》(La Mort de Judas), *Synoptische Studien. Wikenhauser zum siebzigsten Geburtstag dargebracht*, J. Schmid & A. Vögtle 主编 (Munich: Karl Zink, 1954), 页 1 – 19; Eduard Schweizer,《论〈使徒行传〉1. 16 – 22》("Zu Apg. 1. 16 – 22"), *TZ* 14 (1958): 46; Jacques Dupont,《大卫预言犹大的命运(〈使徒行传〉1:16 – 20),》("La Destinée de Judas prophetisée par David [Actes 1:16 – 20]"), *CBQ* 23 (1961): 41 – 51; O. Betz,《双重身份的仆人以及叛徒犹大的终结:黑暗道路上的明灯:〈马太福音〉24:51 和〈使徒行传〉1:18》("The Dichotomized Servant and the End of Judas Iscariot: Light on the Dark Passages: Matthew 24,51 and Parallel Acts 1, 18"), *RevQ* 5 (1965):43 – 58; Morton S. Enslin,《故事是如何发展的:现实和小说中的犹大》(How the Story Grew: Judas in Fact and Fiction), *Festschrift to Honor F. Wilbur Gingrich: Lexicographer, Scholar, Teacher, and Committed Christian Layman*, Eugene Howard Barth & Ronald Edwin Cocroft 编, Leiden: Brill, 1972, 页 123 – 141; Max Wilcox,《〈使徒行传〉1:15 – 26 中犹大的传说》("The Judas – Tradition in Acts 1:15 – 26"), *NTS* 19 (1973):438 – 452; Nellessen, 1975; Frédéric Manns,《一个基督教的米德拉西:犹大之死的故事》("Un Midrash chrétien. Le Récit de la mort de Judas"), *RSR* 54 (1980):197 – 203; Werner Vogler, 1983, TA 11, 页 65 – 70 和 85 – 89; Desautels, 1986; 以及 Günther Schwarz, 1988, 页 197 – 200。]

马太和路加都认为,犹大死于非命是作为圣经经文的应验;也一致说到,犹大用出卖耶稣得到的钱买了一块田,这块田因此而得名"血田"。路加的故事中至少这部分必定来自传统。

根据《马太福音》,犹大后悔出卖了耶稣,向祭司长返还了他出卖耶稣得到的钱,然后上吊自尽了。祭司长和长老们用这钱买了"窑户的田",作为埋葬外乡人的地方,当地人就把这块田叫作"血田"。如此,教会当局就应验了《撒迦利亚书》11:12 – 13 以及《耶利米书》18:1 – 3 和 32:6 – 15 的预言。路加同样知道这块田,但是在《徒》中,这块田是犹大自己买的,并且是他自己的血,而不是耶稣的血使之得名血田。和马太一样,路加认为购买这块田是对预言的应验——不是撒迦利亚的预言,也不是耶利米的预言,而是大卫的预言。

这是帕皮亚的版本:犹大

> 浮肿得厉害,导致他都不能穿过一个让二轮战车轻易可通过的通道。甚至连他巨大的头也无法穿过!他们说他的眼睑肿胀得使他完全不能看见光亮,甚至医生用放大镜都看不到他的眼睛,眼睛已经深陷到完全看不到光。他的阳物变得比[109]一般这种恶心家伙的更大,更让人厌恶,全身都是脓血和蛆虫……他们说在受过很多酷刑和惩罚之后,他在自己的田里死了,因为恶臭熏天,这块田一直荒芜无人居住。他躯体腐烂,烂水流到田里,直到今天,任何人经过这块地方都要捏紧鼻子。(帕皮亚,残篇3)

这段恐怖的描述,和《马太福音》第二十七章相比,与《徒》第一章更为一致。帕皮亚和路加认为犹大没有自杀,而是上帝击打他,从他身体中流出的东西弄脏了他自己的田产。帕皮亚和路加之间有一个共同点特别有趣。帕皮亚的描述强调了犹大身体的肿胀;他身体浮肿,他的头已经如同一辆二轮战车一样大,他的眼睛因为肿胀而闭上,他的阳物也变大。我的翻译中"变得浮肿"来自动词πǫηοϑείς,这或许在某种程度上和路加众所周知的古怪表达γενόμενος[面朝下倒下]有关。πǫηνής,"面朝下"这个词在新约中只出现过一次,但是在七十子译本中却出现了四次。根据《智慧书》4:19,终有一天,上帝会让邪恶的人"倒在地上(πǫηνείς)不能说话"。①这一句的文本来源说明这个词的意思对于古代读者来说并不确定。

梵蒂冈抄本(Codex Vaticanus)的校订者在页面空白处加了一句注释,ἐπὶ πρόσωπον[在他脸上],表明尽管他知道这个词的意思,

---

① 其他例子均出现在《马加比三书》(5:43 和 50,以及 6:23)。

但是他认为这个词可能会让读者理解起来有些困难。①

阅读《徒》第一章的读者可能会遇到类似的麻烦。亚美尼亚语(Armenian)和古格鲁吉亚语(Old Georgian)版本——大概来源于古叙利亚语(Old Syriac)版本——读起来好像它们背后的希腊文读本写的是 $πρησθείς$ 或者 $πεπρησμένος$,"肿起来,肚腹崩裂,肠子都流出来"。一些学者推测 $πρησθείς$ 实质上是《徒》1:18 的最早写法,如同帕皮亚版本中的一样。②

然而,大部分学者认为,路加写的是 $πρηνής γενόμενος$,而这个短语的古怪很快就导致了误解。事实上,在帕皮亚残篇中已知的《徒》的文本,或许已经写作了 $πρησθείς$。这种读法的另外的证据可能来自《多马行传》(Acts of Thomas),讲述的是使徒多马杀死了一条龙,那龙"浑身肿胀,肚子裂开,死掉了,毒液和胆汁从他的身体里流出"($ὁ δὲ δράκων φυσηθεὶς ἐλάκησεν καὶ ἀπέθανεν, καὶ ἐξεχύθη αὐτοῦ ὁ ἰὸς καὶ ἡ χολή$,《多马行传》33)。这段话几乎可以肯定模仿的是《徒》1:18, $πρησθείς$[肿胀]的使用完全说得通,如果它模仿的版本读作 $πρησθείς$。《多马行传》是用叙利亚语创作的,很显然,《徒》的古叙利亚语版本为亚美尼亚语和古格鲁吉亚语描述犹大的死提供了资料,而且可能是基于相似的希腊文本。遗憾的是,我们已经无法知道,是《徒》第一章的手抄本影响了帕皮亚,还是一个抄经者知道帕皮亚的故事信息,从而使他抄写时这样写。

[110] 假如路加的确写了这个词 $πρηνής$,那原因是什么呢?这个词在路加那个时代非常罕见,但在荷马的故事中却非常常见,用来描述懦夫的死亡。当史诗中的英雄勇敢地作战时,他们面向敌人负伤,因此

---

① Lake,1965,5.27。拉丁文武加大译本中将 $πρηνείς$ 译为 inflatos。

② 例如,J. Rendel Harris 认为路加将阿西加(Ahikar)故事中的叛徒纳丹(Nadan)作为了自己模仿的对象("自杀者"和"犹大之死")。F. H. Chase 认为路加写的 $πρηνής γενόμενος$ 中的 $πρηνής$ 具有特别的医学意义,即"肿胀的",和动词 $πίμπρημι$ 相关联("On $πρηνής γενόμενος$")。尽管有非常充分的论证,Chase 却几乎没有说服几个读者。关于对他的观点的反驳,见 Lake,1965,5.27–29。

死的时候是向后倒(ὕπτιος)。但是从战场上逃跑的懦夫通常是从后面遭到攻击,所以是πρηνής"脸朝下"倒下。武器,通常是长枪,从后面刺中懦夫的后背使得他们向前倒,面朝下倒在地上。长枪插入后背,使得他的内脏从肚子掉到地上。例如,当特洛亚人斯卡曼德里奥斯(Scamandrius)逃跑的时候,墨涅拉奥斯投向他一根长枪,刺中他的肩膀中间的后背,刺过胸膛,他"俯身倒地"(ἤριπε ... πρηνής,《伊》5.58)。墨涅拉奥斯再一枪刺中一位勇士多洛普斯(Dolops)的后背,"他栽倒在地"(πρηνής ἐλιάσθη,《伊》15.543)。墨诺提奥斯(Menoetius)的长枪刺死了阿瑞吕科斯(Areilycus),当时那人转身要逃跑,却"栽倒在地"(πρηνής ἐπὶ γαίῃ κκππεσ')。①

路加在描述犹大之死时,说他"肚腹裂开"(ἐλάκησεν μέσος)。这个动词形式有可能是两个动词的不定过去时,而这两个词在新约或七十子译本中都再也没有出现过。动词λακάω的意思是"爆发";非常少见。较为常见的动词是λάσκω,意思是"说出",或"裂开",《伊利亚特》中用于描述战斗中骨头裂开。墨涅拉奥斯用长枪击中了佩珊得罗斯(Peisander)的头部,后者"脑壳被砍裂(λάκε),两颗眼珠血淋淋地掉到他脚边的尘埃里,他本人晃悠悠倒地"(《伊》13.616-618)。

路加在描述犹大之死的最后说"他的肠子都流了出来"(ἐξεχύθη πάντα τὰ σπλάγχνα αὐτοῦ)。这段恶心的描述同样可以在荷马史诗中找到相似之处。荷马在描述波吕多洛斯(Polydorus)的死时,这样写道:

> 捷足的阿喀琉斯趁他从前面跑过,一枪击中他的背窝……枪头穿过身体再从肚脐穿出,他大叫一声跪下,眼前一阵昏黑,用手堵住流出的肚肠栽倒地上。(《伊》20.413-414和416-418)

---

① 《伊》16.310-311。ἐκ...χύντο这个词被用来指勇士的死,同样出现在12.396,16.413和579,以及21.118。

史诗中的这两段描述,用到了与《徒》中一样的方式来描述内脏掉出来。《徒》1:18:ἐκ δ' ἄρα πᾶσα χύντο χαμαὶ χολάδες[他的内脏都涌出来掉在了地上];ἐκ...χύντο 是对 ἐκχέω 的插词法变形(《伊》4.525 – 526 和 21.181)。熟悉荷马史诗的读者都能理解,犹大向前倒下表示怯懦。他中腹崩裂,内脏流出掉在地上,表明他是从背后受到了看不见的利器的攻击,就像史诗中的懦夫一样。但是,不熟悉荷马史诗的读者就会觉得这样的表达很奇怪。在《伊利亚特》卷七的演讲中,涅斯托尔没有用 πρηνής 这个词,但是他用了这个词的反义词来描述高贵的阿瑞托奥斯的倒地:吕库尔戈斯"用长矛刺中了他的中腹(μέσον),他向后倒(ὕπτιος)在了地上"。①尤斯塔修斯在这段文字的注释中说明了此处用 ὕπτιος 的重要性:

"他向后倒下"这个表达清楚地表明被长枪刺中的人[阿瑞托奥斯(Areïthous)]倒下时,不是在战场上逃跑,而是在和对手面对面地交锋。如果他要逃跑,他可能会面朝下倒地(πρηνής)。②

[111]彼得的演说继续发展了他在之前暗示过的摇签的主题。当谈到犹大位列十二门徒时,路加用了一个特殊的表达"他接受了命运

---

① 《伊》7.145。荷马用了 ὕπτιος 这个词来描述这一场景,同样还有《伊》4.522,7.145 和 271,11.144,12.192,13.548,15.434 和 647,16.289,以及 17.523。
② 《〈伊利亚特〉和〈奥德赛〉评注》(Commentarii ad Homeri Iliadem)之7.145。熟悉荷马史诗的读者,或许也会在此处看到和帕特洛克罗斯(Patroclus)之死的某种相似之处。阿波罗潜隐在浓雾中,悄悄地靠近这位阿开奥斯战士,"站在他身后,手掌向下伸出,向他的宽肩和后背拍击一掌"(《伊》16.791 – 792)。此处被译为"向下的"形容词是源自 πρηνής καταπρηνεῖ 的一个复合词。神打掉了他戴着的头盔,特洛亚人欧福尔波斯(Euphorbus)"从后面投出锐利的长枪","刺中他肩甲的脊背"(行 806 – 809)。正当帕特洛克罗斯试图逃命之时,赫克托尔追上了他,从他的身后,"一枪刺中他的小腹,枪尖一直把身体穿透,他砰然倒地"(行 819 – 822)。帕特洛克罗斯之死可能影响了《安德烈和马提亚行传》,故事中魔鬼走在使徒的后面,让群众去打他的嘴(26)。

($ἔλαχεν\ τὸν\ κλῆρον$)的安排"。路加认为《诗篇》109 篇预言了必有其他人来代替犹大的职分,这个人"始终与我们作伴,当主耶稣在我们中间出入的时候,从约翰施洗起,直到主离开我们被接上升的日子为止"(《徒》1:21 – 22)。要从这样合格的且心甘情愿与我们同在的人中摇签挑选出一位来,代替犹大。

涅斯托尔和彼得的演说得到的回应也相似:

《伊》7.161

于是有九个人站起来($ἀνέσταν$)。

《徒》1:23

于是选举($ἔστησαν$)两个人。

两部作品接下来都给出自愿站出来的人的名字。对名字的列举并不相似——《徒》中仅有两个人站了出来——但是史诗中名字的列举却和《徒》中刚开始列举十一门徒的名字时相似。对比下面的内容,尤其是列表的最后。

《伊》7.161 – 169

有九个人站起来。
头一个起身的是人民的国王阿伽门农,后面是提丢斯的儿子、强大的狄奥墨得斯,后面是两个埃阿斯、英勇顽强的战士,后面是伊多墨纽斯和伊多墨纽斯的伴侣墨里奥涅斯,强似阿瑞斯(Enyalius)的杀敌的勇士,后面是欧埃蒙(Euaemon)的光荣的儿子欧律皮洛斯、安德赖蒙(Andaemon)的儿子托阿斯和奥德修斯——
这些人全都($πάντες\ ἄρ'\ οἵ\ γ'$)乐意同神样的赫克托尔战斗。

《徒》1:13 – 14

他们上了所住的一间楼房。在那里有彼得、约翰、雅各、安德烈、腓利、多马、巴多罗买(Bartholomew)、马太、亚勒腓(Alphaeus)的儿子雅各、奋锐党(Zealot)的西门和雅各的儿子犹大——

这些人都($οὗτοι\ πάντες$)同心合意地恒切祷告。

使徒的名字列表在新约中还出现了三次,但是他处都没有像《徒》1:14 这样在列举完之后有一句话总结。①

为了从犹士都的约瑟(Barsabbas Justus)和马提亚之中选出犹大的替代者,众门徒为他们摇签,这个程序和《伊利亚特》卷七的描述一样。涅斯托尔告诉九位勇士,"让我们拈阄[择取],一个接着一个,看看谁有这个运气($κλήρῳ...ὅς κε λάχησιν$)"。事实上,两段描述引人注目地相似。

《伊》7.175–183

他们每个人在阄($κλῆρον$)上作记号,把自己的阄投到阿特柔斯的儿子阿伽门农的头盔里。
[112]将士们伸手祷告。有人遥望辽阔的天空这样祈求说($εἴπεσκεν$):"父亲宙斯啊,[我祈祷]请让埃阿斯或提丢斯的儿子,或富有黄金的迈锡尼的国王中选($λαχεῖν$)。"
他们这样说,革瑞尼亚的策马人涅斯托尔摇摇头盔,他们所盼望的阄($κλῆρος$)跳出来,埃阿斯的阄。

《徒》1:24–26a

[彼得在1:17的讲话预示着摇签:犹大位列十二门徒也是用了类似于拈阄的方式($ἔλαχεν τὸν κλῆρον$)。]
众人就祷告
说($εἶπαν$):
"主啊,你知道万人的心。
求你从这两个人中,指明你所拣选($λαβεῖν$)的是谁,叫他得这使徒的位分。这位分犹大已经丢弃,往自己的地方去了。"
于是众人为他们摇签($κλήρους$),一根签($κλῆρος$)掉了出来,是马提亚。

在两个列表中,都是中立的志愿者在阄上作标记,并且在场的所有人都祈祷一个最好的选择。每个祷告都从一个直接的呼语开始("父

---

① 对比《马可福音》3:13–19,《马太福音》10:1–4,以及《路加福音》6:12–16。

亲宙斯啊"/"主啊,你知道万人的心")。《伊》中的军队希望宙斯能够挑选埃阿斯;《徒》中的众门徒希望上帝或基督挑选两个人中最配得的一个。在两个列表中,志愿者都是通过拈阄的方式来决定胜出者。

这些相似之处非常值得关注,但是显然以前并没有被当作模仿的证据来进行研究。学者们不是从《伊利亚特》中寻找选择马提亚故事的来源,而是从路加之前的传说中寻找。下一章我们将研究关于这个故事起源的种种说法,并应用我们判断模仿的标准。

11
耶路撒冷的传说还是对荷马的模仿？

[113] 我们已经看到，路加确实知道关于犹大之死的某个传统说法，因为他与马太版本共有很多有趣的细节；帕皮亚的一些相似叙述可能与《徒》没有什么联系。然而，对于用摇签的方法来选择替代犹大的人这件事，却没有完全独立的证据存在。另外，"第21节以下的结构、用词、风格、主题、思路都强烈地指向路加的构造，以至于不可能看出其背后有任何传统"。① 但是，典型的路加特征并没有防止批评家们假设在这段材料背后也有一个传统存在。对此众说纷纭，从口头传统到文字资料，从亚兰语背景的到希腊语背景的。

[认为是亚兰语口传传统的支持者包括 Ethelbert Stauffer,《早期基督教教会法中的犹太遗产》("Jüdische Erbe im urchristlichen Kirchenrecht"), *TLZ* 77 (1952):201 – 206; William A. Beardslee,《昆兰团体的掣签及其在〈使徒行传〉中的体现》(The Casting of Lots at Qumran and in the Book of Acts), *NovT* 4 (1960 – 1961):252; Karl Heinrich Rengstorf, 1962, 页 178 – 192; Roloff, 页 30; Fuller, 146; Fitzmyer, 页 218; 以及 Zmijewski, 页 81 – 82。认为源自亚兰语文献的包括 C. Masson,《十二门徒的重组：依据〈使徒行传〉1:15 – 26》("La Reconstitution

---

① Alfons Weiser,《选择马提亚（〈使徒行传〉1.15 – 26）：基督教故事的接受和解释》(Die Nachwahl des Matthias [Apg 1,15 – 26]: Zur Rezeption und Deutung urchristlicher Geschichte durch Lukas), *Zur Geschichte des Urchristentums*, G. Dautzenberg 等编著, Freiburg: Herder, 1979, 页 103。还可参见 Renié, 1948, 页 43 – 53; Bauerneind, 页 25 – 27; 以及 Desautels, 1986。

du collège des Douze. D'après Actes 1:15–26"),*RTP* 3（1955）:193–201；Wilcox,页452（他认为原始资料在路加接受之前早已被译为了希腊语）；A. Jaubert,1973,页280；Nellessen,1975,页211–218,以及1976,页164–169；Manns,1980；以及F. Schmidt,2000,页105–117。那些认为文本背后有亚兰语文献资料的人经常提到《使徒行传》1:17和一个巴勒斯坦的《创世记》译本44:18（Targum D）之间的相似之处,其中犹大谈到便雅悯时说:"他在部族中是我们中的一个……并将接受命运的安排,和我们一起分得一块土地"（例如,Wilcox,1973,页447–451）。Jacques Dupont表达了对这一相似之处的怀疑（1984 [1],页139–145）。认为该文本源自希腊语的学者包括P. H. Menoud,1957,页71–80；以及Weiser,1979,页274–280。Nellessen提供了1975年前学界研究这一问题的简明历史（1975,页133–136）。]

存在一个路加之前的传统的论据通常由以下观点的组合构成：(1)巴撒巴,又称犹士都的约瑟,以及马提亚的名字来自传统；(2)摇签行为在巴勒斯坦的犹太教中很常见；(3)马提亚的选择和路加在别处对使徒职分的理解不一致。

1. 说路加无中生有地创造了约瑟·巴撒巴·犹士都和马提亚这样的名字,这的确不太可能；这些名字自身并不重要,它们在《徒》之后都再没出现过。路加对于这些人的兴趣,仅仅在于他们有资格被推选为第十二个使徒。但是,传统名字的出现并不能就此说明有他们出现的叙事就是传统的。

[一些学者认为《使徒行传》15:22中约瑟·巴拉巴是犹大·巴拉巴的兄弟。

另外一位巴拉巴·犹士都出现在次经的《保罗行传》中,是罗马皇帝尼禄手下的一名士兵。这一传说的起源很可能是腓利的女儿讲给帕皮亚的一个故事(Dennis R. MacDonald,1983,页24–25,36–37,以及40–41)。

马提亚——人们经常会和马太混淆——经常出现在基督教的次经中。比如,《安德烈行传》的开始明显是一个关于马提亚的掣签故事,并不是掣签取代犹大,而是把世界分成不同的部分以供使徒们传道。安德烈分到了阿开奥斯,而马提亚分到了密耳弥冬,野蛮的密耳弥冬人(《伊利亚特》中阿喀琉斯勇猛的军队)的土地。《使徒行传》1∶15-26对这一故事的影响很明显。《安德烈行传》的开头或许已不再存在,但是《安德烈和马提亚在食人族城里传道》(*Acts of Andrew and Matthias in the City of the Cannibals*)的开头,即人们通常所说的《殉道者安德烈前篇》(*Martyrium Andreae prius*),似乎已可以证明其存在,尽管这些文本间确切的关系仍然不是很确定。

除了为安德烈和马提亚掣签的故事,其他次经书卷中也有使徒们掣签选择多马去印度、选择约翰去以弗所的故事(例如,《多马行传》以及《伯罗哥罗的约翰行传》[*Acts of John by Prochorus*])。《腓利行传》(*Acts of Philip*)中两次提到了使徒的掣签(第三卷和第八卷)。Jean-Daniel Kaestli对此以及其他一些例子进行了讨论(1981,页149-164)。奥利金同样把掣签作为一种传统说法进行引用,其中约翰赢得了小亚细亚,安德烈得到了塞西亚,多马得到了帕提亚(见Eric Junod,1981,页233-248;以及Dennis R. MacDonald,1992,页176-178)。奥利金书中的这段文字表明掣签可能曾出现在《约翰行传》的开头,这或许是最早对《使徒行传》1∶15-26的模仿。不幸的是,《约翰行传》的开头已不复存在,否则,《安德烈行传》就会排在前头;而这里是通过掣签将马提亚送到密耳弥冬人的土地,后者组成了《伊利亚特》中阿喀琉斯的野蛮军队。]

2. 一种说法认为摇签是巴勒斯坦犹太教的一种做法,这种说法经常出现在现代的注疏中,似乎已成为颠扑不破的事实。① 或许[114]对于古代摇签最为详尽的分析是在埃伦伯格(Victor Ehrenberg)于1927年出版的著名的《保利古典学百科全书》(*Real-Encyclopädie der classischen Altertumswissenschaft*),为向编辑们表示敬意,这本书被称为"保利-维索瓦"(Pauly-Wissowa)("圣经格言"[Losung],《保利古典学百科全书》[简作PW]13[1927]∶1451-1504)。由于没有证据或论证,埃伦伯

---

① 例如,Gerhard Lohfink,1975,页247-249;Weiser,1979,页99;Roloff,页34;以及Zmijewski,页89。

格说,"来自异教徒世界摇签的做法"对古代基督教"没有任何可辨识的影响"(同上,1467)。基督徒是从犹太文化中继承了这一习俗。

我们将会看到,这种说法太过草率。摇签的确在古代以色列比较常见,但是在犹太人流亡之后就逐渐不流行了,到了公元1世纪,一些犹太智识人取笑这种选取领导人的方法。且不说《伊利亚特》卷七中文学上的平行段落,在路加所处的时代,最相似的拈阄的做法应该来自异教徒。

纵观古代地中海文化,人们以拈阄的方式来抵消做决定时人为的干预。每一个参与拈阄的人把一个独特的记号,比如鹅卵石、陶瓷碎片或者豆子放入一个顶端开口的容器中,就像《伊利亚特》卷七中阿伽门农的头盔一样。然后中立的一方会摇动容器,这样阄就会"跳出来"或从容器中"扔出来",然后"掉落"在地上。根据阄上的记号,就可以判断出对应的人。阄是在盲目情况下选出获胜者的符号。在拈阄的过程中,没有人接触到记号图案,直到它跳出来。正是因为这个原因,拈阄的过程可以确保公正。然而,在很多案例中,阄起到了占卜的功能,机会表现出一种神圣性。"签放在怀里,定事由耶和华。"(《箴言》16:33;对照《以赛亚书》34:17)外邦船员们通过拈阄来揭发约拿的罪行(《约拿书》16:33;《以赛亚书》34:17)。因此,拈阄之后紧接着会有一个祷告,祈求最好的结果,正如《徒》第一章和《伊》卷七。①

有人发现古代以色列人用拈阄的方法来分配财产。② 根据《约书

---

① 关于祷告时掣签的证据,见柏拉图《法义》6.767e,以及路吉阿诺斯《赫尔摩底谟》(Hermotimus)40。

② 例如,圣经《民数记》26:52-56和33:53-54,以及《以西结书》47:22和48:29。据《禧年书》(Jubilees)第八章记载,洪水过后,挪亚的三个儿子用摇签的方式决定他们居住的疆域。犹太作家们担心外邦军队会以抽签的方式瓜分他们的人民和土地(《约珥书》3:3,《俄巴底亚书》11,以及七十子译本《那鸿书》3:10)。《诗篇》作者控诉恶党用拈阄的方式分他的衣服(22:19),这是《马可福音》用来描述耶稣受难的控诉(15:24;参见《马太福音》27:35,《路加福音》23:34,以及《约翰福音》19:34)。

亚记》,以色列十二支派通过摇签的方式对从巴勒斯坦征服的土地进行分配(《约书亚记》18－19;参照约瑟夫斯《犹太古史》5.81－87)。《撒母耳记上》的作者说到选举扫罗为以色列的第一位王。摇签的候选人是所有的成年男性,第一次摇签将范围缩小到便雅悯(Benjamin)支派,第二次摇签又从便雅悯支派中选出了玛特利(Matrites)族。最后一次摇签选出了扫罗,他不情愿地接受了这个职分(《撒母耳记上》10:20－24;参照约瑟夫斯《犹太古史》6.61－65)。此后再也没有用摇签的方式来选举以色列王,用摇签的方式来分配财产也逐渐变得很少见。①

然而,公元1世纪时,在巴勒斯坦犹太人生活的另外一个领域,则仍然经常使用摇签。犹太各祭司家族使用摇签的方式,来分配在圣殿中供职的时间和职责。《历代志上》第二十四至二十六章描述了这一做法,路加自己也提到了:

> 他[撒迦利亚]按班次,在上帝面前供祭司的职分。按祭司的规矩摇签,得进主殿烧香。②

一些学者认为,这里的祭司摇签为《徒》中选择马提亚提供了来源,但是这里签的用途和[115]他们所说的并不相似(例如,若贝尔,"上帝的选择",274－280)。祭司摇签并不选择祭司——他们通过继承获得这个职分——只是用于在他们中间暂时分配职事。相反,在《徒》中,摇签则被用来填补职分的空缺,并且这个结果将是永久的。

约瑟夫斯记录了犹太战争中的一个事件。战争中奋锐党人(Zea-

---

① 在某些方面,掣签的失误类似于用乌陵和土明(Urim and Thummim)(古代犹太教用来判断神谕的占卜器具)占卜时的中断。没有证据表明大卫王统治之后,这种占卜器具仍然被使用,根据《以斯拉记》2:63和《尼希米记》7:65,这种占卜方式不再被使用,尽管有人希望这种做法有一天会重新使用,但很显然它再也没有出现。

② 《路加福音》1:8－9(新修订标准本)。根据《利未记》16:8－10,祭司呈上两个动物作为替罪羊,并用掣签来决定哪一只将会用刀宰割。

lots)占领了圣殿,并且坚持大祭司的职位最初并非来自世袭,而是由摇签决定。他们把摇签的范围扩大到祭司宗族的成员中,最后这个好运落在了一个叫藩尼(Phanni)的小丑身上,这个人成了众人的笑柄和愤怒之因(《犹太战记》4. 153 – 157)。尽管他们在这个事件中使用摇签的做法,产生了负面影响,但其动机是为了反对世袭和实现民主,至少是在祭司家庭。改革者试图为摇签正名,声称摇签的做法古代就有,这或许正是从以色列第一个王通过摇签产生而得到的启发。

很多学者提出,"死海古卷"(the Dead Sea Scrolls)中一个犹太宗派的被称为《教团总则》(1QS, *Rule of the Community*)的文献提供了选择马提亚的关键信息。《总则》中交代了具备成员资格的条件,以及在昆兰(Qumran)团体中进入领导阶层的条件,并且提到摇签是选举过程中的一个阶段。但是,其每一个"摇签"的例子明显并不是指占卜仪式,而是比喻地指称领导阶层的选举,一个被认为和上帝的意愿一致的选举。文本中保留了摇签这个用语,但是没有清楚描述其做法。①

比尔兹利(William A. Beardslee)认为,路加接受了某种同样在比喻意义上谈论摇签的传统,并用它来描述早期教会中的选举,即将马提亚选入十二使徒中。是路加把投票改变得如同异教徒中的做法一样,成了严格意义上的拈阄。②

> 在《徒》中,毫无疑问,路加所描述的选择马提亚一事是一次真实的摇签选择。很多注本提到,在犹太人的世界,这种选择方法

---

① 然而,Schmidt 认为在昆兰团体中使用的签是真实的掣签做法,并不仅仅是一种投票活动(2000);参照 Jaubert,1973,页 257 – 276。

② Beardslee,1960 – 1961,页 249 – 250。同样可参阅 Everett Ferguson,《昆兰和法典 D(〈使徒行传〉1:15 – 26)》("Qumran and Codex D [Acts 1:15 – 26]"),*RevQ* 8 (1972):75 – 80。

是大家所期待的,因为摇签的做法司空见惯。一些残篇中的证据则表明,恰恰相反,拈阄选择一个负责人这种做法在希腊化时期的异教徒当中完全正常,但是在犹太人中却并不常见……伪经(pseudepigraphic)和后来的拉比作品都表明,拈阄作为一种神性存在的媒介从古代各个时期就被人们所记忆,但没有表明在《徒》的时代拈阄仍被认为具有这种中介功能。(比尔兹利,"摇签"[Casting of Lots],页249)

比尔兹利当然是正确的。在古代的希腊罗马,人们经常通过摇签在平等的享有者中分配财产。潜在的受益人或许是小孩、获胜的兵士或者普通的城邦民。① 在希腊神话中,宙斯、波塞冬以及哈得斯通过拈阄来划分宇宙:宙斯赢得了天空,波塞冬赢得了海洋,而哈得斯赢得了阴间。② 这种做法是如此普遍,[116]因此一个用来表示继承的词是 $\kappa\lambda\eta\rho o\nu o\mu\acute{\epsilon}\omega$,表示继承人的词是 $\kappa\lambda\eta\rho o\nu o\mu\acute{\epsilon}\omega$,用来表示继承的动词是 $\kappa\lambda\eta\rho o\nu o\mu\acute{\epsilon}\omega$,都指的是拈阄($\kappa\lambda\tilde{\eta}\rho o\varsigma$)的法则($\nu\acute{o}\mu o\varsigma$)。这些词在新约中具有了神学上的重要性,尤其是对于保罗来说。$\kappa\lambda\tilde{\eta}\rho o\varsigma$ 这个词后来被用于指宗教职务,是我们现在 cleric[神职人员]这个词的词源。

拈阄的做法对于决定遗产归属之外的目的来说也非常有用,比如在竞争中决定谁赢得岗位,谁第一个参加比赛,谁可以迎娶海伦。③ 根

---

① 例如,修昔底德 3.50,哈利卡纳索斯的狄俄尼索斯《罗马古代史》(Roman Antiquities)7.13.5,以及伊塞优斯(Isaeus)的著作。

② 例如,《伊利亚特》15.187 – 193,柏拉图《高尔吉亚》(Gorgias)523a,以及阿波罗多洛斯《文库》(Library)1.2.1。

③ 关于赛马比赛中的拈阄,见《伊利亚特》23.351 – 357 以及对此的模仿,托名卡利斯提尼斯(Pseudo – Callisthenes)《亚历山大传奇》1.19 和诺努斯《狄奥尼西卡》37.226 – 235。首先要对比的是《伊利亚特》3.314 – 325 和 23.859 – 862。关于为海伦的拈阄,见西西里的狄奥多罗斯(Diodorus Siculus)4.63.3.6 和普鲁塔克《忒修斯》(Theseus)31.2 – 3。

据苏格拉底,准备好了再生的灵魂,用拈阄来决定次序,看谁先选择回到地上的新生活。①

在古代,最有名也是最有争议的使用拈阄的做法发生在古代雅典,在那里,地方法官通过拈阄的方式产生。每一个男性城邦民都有资格去统治,不管他的血统和能力如何。这个做法首先可能是用在宗教领域的,但是它已成为雅典民主制的一个标志。② 据说苏格拉底讽刺了这一做法:如果领航员是通过拈阄的方式选出来的,在海上谁会觉得安全呢?(色诺芬《回忆录》[*Memorablia*]1.2.9)犹太哲学家斐洛提出了相同的反对意见,反对雅典的这种不合理做法,并把它与《申命记》17:15 中摩西关于选择统治者的指示相对比——他巧妙而隐秘地忽略了

---

① 柏拉图《王制》10.617d。不是所有的拈阄都值得赢。希腊神话中的妖怪通常要求用孩子作牺牲,城邦利用拈阄的方式来选出这个不幸的家伙(普鲁塔克《忒修斯》17.1-3 和 18.1,以及泡萨尼乌斯(Pausanius)《希腊史》[*Description of Greece*]9.26.7)。食人族通过拈阄来决定他们中的谁将为其他人提供晚餐(希罗多德 3.25 以及《安德烈和马提亚行传》[*Acts of Andrew and Matthias*]22-23)。将军们通过拈阄来决定哪一部分士兵将在战斗中打头阵,以及哪些不服从命令的士兵将被处死以儆效尤(哈利卡纳索斯的狄厄尼索斯《罗马古代史》9.50.1.8 和 9.50.7.6,普鲁塔克《伯里克勒斯》[*Pericles*]27.2.4,戴奥[Cassoius Dio]《罗马历史》56.23.3,以及约瑟夫斯《犹太战记》3.97;对比《以斯帖记》3:7 和 9:24)。根据约瑟夫斯的记载,被困在马察达(Masada)的犹太人通过拈阄,来决定他们中的谁将拥有这种难以言表的义务,在杀死自己之前先杀死其他九个人(《犹太战记》7.396)。在另外一段文字中,约瑟夫斯宣称,他和他旗下的军队对话,决定他们相互杀死对方的顺序,这样可以避免死在罗马人的手里。他们让运气(τύχη)来决定顺序。结果最后只剩下他和另外一个人("无论是凭运气或是上帝的旨意"),他说服了那个人不去拈阄,这样他们都可以活下来(《犹太战记》3.387-391)。

② 例如,希罗多德 3.80 和 83,柏拉图《王制》561a-b 和《法义》690c 和 744a,以及德莫斯忒涅斯《阿波罗尼俄斯的信》(*Letter to Apollonius*)4(102e)。参见 James Wycliffe Headlam,1933。

用摇签的方式选扫罗作王一事。① 斐洛认为,用拈阄的方式来填补政治职位的做法主要是异教徒文化的特征,而非犹太人的。

如果我们要寻找与选择马提亚类似的做法,可能会找到异教徒对祭司的选择。根据德莫斯忒涅斯的记载,雅典的贵族为赫拉克勒斯神庙的祭司职位提名候选人,用摇签的方式决定由谁供职(《演说辞》57.46-50,页1313-1314)。叙拉古(Syracuse)有一条法律,公民可以提名三个人作为朱庇特神庙的祭司;再通过摇签从他们中选出一位(西塞罗《驳弗里斯》[*Against Verres*]2.2.126)。这些做法尽管很显然和《徒》第一章有相似之处,但都不如《伊》中对埃阿斯的选择所提供的线索多。

3. 第三种维护《徒》1:21-26背后有一传统的说法认为,这些文段与路加在《徒》中他处对使徒身份的理解相矛盾。显然,"十二"的重要性深深地植根于传统之中。② 另外,路加后来并没有表现出对马提亚的兴趣。十二名使徒队伍保持完整,这在巴勒斯坦背景下以及对于向犹太人宣教的使命来说应该极为重要。③ 该论证说,补满十二使徒的数把保罗排除在了使徒队伍之外,而路加自己不可能这么干,因为他后来把保罗和巴拿巴也称作使徒。④

然而,另外一些学者认为,《徒》1:21-26对于理解路加笔下的使徒非常关键,并且构成了他整部《徒》的观点。首先,选择马提亚并不排除其他人成为使徒。彼得并没有提出用摇签的方式把使徒的数目限

---

① 《特殊的法律》(*Special Laws*)4.151-157;见Jaubert,"上帝的选择",页277-278。Philostratus也对《泰安那的阿波罗尼俄斯的生平》(*Life of Apollonius of Tyana*)5.36.48-50中的做法进行了考证。

② 《哥林多前书》15:5,Q 11:30,以及《马可福音》多处。参见W. Hornby的讨论,《十二使徒和族长》,*NTS* 32 (1986):503-527。

③ 例如,Masson,页195-200;Rengstorf,1962;Wilcox,页451;Jaubert,1973,页279;以及Nellessen,1976,页136-167。

④ Roloff,页34-36;见《使徒行传》14:4和14。

制到十二,只是提供了第十二个"见证复活的人"。另外,《徒》不断强调,向犹太人的传道既是通过彼得也是通过保罗进行的。①

[117] 路加有足够充分的理由创作对马提亚的选择,因为他在他的福音书最后留下了一个明显未解决的问题。在《路加福音》第二十二章,撒旦进到犹大的心里,"他本是十二门徒中的一个"。耶稣和门徒吃了最后的晚餐,晚餐之后,他许诺他们在他的国中要"坐在宝座上,审判以色列十二个支派"(《路加福音》22:30)。读者都知道十二门徒中有一个配不上他末世的职责,并且显然正是由于这个原因,路加并没有给出宝座的数量,尽管文本确实暗示了每个支派都有一个使徒。②路加的这个对使徒王座的许诺来自文献 Q,如果是这样的话,《马太福音》很可能忠实地保留了 Q 的内容:

> 当人子坐在他光辉的宝座上时,你们同样将坐在十二个宝座上,审判以色列的十二个支派。③

Q 从未提到犹大对耶稣的背叛,因此在 Q 中不存在和耶稣许诺之间的矛盾。马太似乎认识到了这一问题,当他将这一说法用到对《马可福音》的改写过程中时,犹大的背叛就已经十分突显了。④ 但是路加在他的福音书结尾讲到,耶稣许诺众使徒他们将审判十二支派,尽管十二门徒中有一个是执迷不悟的叛徒。《路加福音》第二十四章提到"十一

---

① 例如,Menoud,页 78-80;Nellessen,1976,页 128-145;Zmijewski,页 90-95;尤其是克莱因(Günter Klein),他对这一问题进行了非常详尽的分析,表明补满十二使徒的选择是《路加福音》的创新性和重要性的体现(1961,页 204-216)。
② 事实上,很多抄本在《路加福音》22:30 都提到了"十二个宝座"。
③ 《诗篇》122:4-5 提到了宝座,在大卫的耶路撒冷,十二支派在那里受审判。
④ 犹大在《马太福音》27:3-4 中最后时刻的忏悔,或许不足以使他成为末世的领导者,但的确在一定程度上挽回了他的名声。

个和所有其他的",以及"十一个使徒和其他同他们一起的人",以此提醒读者犹大的空缺(《路加福音》24:9 和 33)。读者读完路加的福音书时,或许非常想知道耶稣如何兑现自己的许诺:会有第十二个审判者吗?

路加的解决方案是,从一开始就跟随这十一个使徒的人中,用摇签的方式选出一位上帝(或升天的耶稣)会选择的人来填补空缺,使十二个使徒的队伍完整。这个人将成为耶稣复活的一个权威证人,并由此成为一名配得的审判者,将来参与审判以色列。① 对这一观点的支持来自约翰的哥哥雅各之死,在其死后并没寻找一个替代者(《徒》12:1－2)。犹大之死摆在路加面前的问题,不是他空出了这个职分,而是他不配在上帝的国度里做以色列支派的审判者。

路加所需要的是一个程序,早期的教会通过这个程序,就得以让上帝选出一名合格的、可以替代犹大的人,而《伊利亚特》卷七中的拈阄做法正好可以实现这一目的。在《伊利亚特》中,九名杰出的英雄都愿意决战赫克托尔,军队向宙斯祈祷选择一名最合适的人,并且的确拈阄选出了他们最希望被选到的人。在创作取代犹大这个故事时,路加并不是需要一个历史的记忆,一个口传传统,或者某种文字资源。他所需要的只是一个合适的文学模板,而他在荷马史诗中找到了这个模板。

为了验证这一论据,可以应用本研究其余部分所提到的判断模仿的标准。显然,路加可能已经接触到了这一传说,因为它出现在《伊利亚特》这本最为著名的古代希腊读本中一个重要的位置(标准一,可及性)。但是二者的相似之处没办法满足类比这条标准;我没有发现对《伊利亚特》卷七中摇签的模仿。② 另一方面,[118] 第三和第四条标准(密集度和顺序)在《徒》第一章与《伊》卷七之间非常明显。(附录

---

① Rengstorf 认为路加使用这个故事来提醒读者,基督首先把福音带给了犹太人(页 187-192)。同样可参阅 Fitzmyer,页 221。

② 但是,有一个对涅斯托耳演说以及对罗迪乌斯《阿尔戈船英雄记》3.502-575 中英雄们的自愿行为的模仿。

中用希腊文提供了这些相似之处的大部分内容。)

《伊》7
- 希腊军队集合在一起,但没有人既适合又愿意去迎战赫克托尔。
- 涅斯托尔站起来($ἀνίστατο$)对阿开奥斯人这样说($μετέειπεν$)。
- 涅斯托尔告诉他们阿瑞托奥斯是如何被长枪刺穿腰身($μέσον$),然后倒在了地上。吕库尔戈斯将他杀死的王的铠甲赠给了巨人**埃柔塔利昂**(Ereuthalion),这个人后来被涅斯托尔杀死了。
- 在这个演说的激励下,九位勇士站了出来($ἀνέσταν$)。荷马给出了九个人的名字,在列举完他们的名字之后说道,这些人($πάντες\ ἄρ'\ οἵ\ γ'$)全都乐意同神样的赫克托尔战斗。
- 为了决定九个勇士中由谁迎战赫克托尔,涅斯托尔说道,"让我们拈阄($κλήρῳ$),一个接着一个,看看谁有这个运气($λάχησιν$),他将有益于胫甲精美的阿开奥斯人。"

《徒》1
- 一百二十名——许多人($ἄνδρες\ ἀδελφοί$)?——聚集在一起。
- 彼得就在弟兄中间站起来($ἀνίστατο$),说($εἶπεν$)。
- 彼得告诉他们犹大是怎么死的——身子仆倒,肚腹崩裂($μέσος$),肠子都流出来。
- 受到彼得演说的激励,于是他们推选($ἔστησαν$)出两个人。路加给出了这两个人的名字,并在之前列举了其他十一个人的名字。在列举完名字之后,他说,"这些人都($οὗτοι\ πάντες$)同心合意地恒切祷告。"
- 彼得显然提议了摇签的方式。注意,在选择犹大作为门徒时就预示了后来的摇签:"他被列在我们中间,并且接受了这一职事的阄拈($ἔλαχεν\ τὸν\ κλῆρον$)。"

- 他们每个人在阄上作记号（κλῆρον），把自己的阄投到阿特柔斯的儿子阿伽门农的头盔里。
- 随后，将士们伸手祷告。有人遥望辽阔的天空这样祈求说（εἴπεσκεν）：
"父亲宙斯啊，[我祈祷]请让埃阿斯，或提丢斯的儿子，或富有黄金的迈锡尼的国王中选（λαχεῖν）。"
他们这样说，革瑞尼亚的策马人涅斯托尔摇摇头盔，他们所盼望的阄（κλῆρος）跳出来，埃阿斯的阄。

- 于是众人给他们摇签（κλήρους）。
- 众人祷告说（εἶπαν）：
"主啊，你知道万人的心。求你从这两个人中，指明你所拣选（λαβεῖν）的是谁，叫他得这使徒的位分。这位分犹大已经丢弃，往自己的地方去了。"
于是众人为他们摇签（κλήρους），一根签（κλῆρος）掉了出来，是马提亚。

[119] 这些相似之处自然可以满足密集度和顺序的标准。

标准五，鲜明特征，是证明两个文本具有模仿关系的关键因素。没有哪个古代文本比《伊利亚特》卷七和《徒》第一章更相似。二者都是以一个危机开始（赫克托尔的挑战或犹大之死），然后一位年长的演说者（涅斯托尔或彼得）向大家演说。演讲的内容是让在场的人回忆一起或多起暴力的死亡（阿瑞托奥斯以及埃柔塔利昂或犹大），最后是一个提议，激励观众中某些人站出来，表明自己乐意并且适合完成这项任务。两个故事中的拈阄都包含收集阄或签，所有在场人的祷告，以及最后成功的结果。另外，两个故事中都使用了相似的词汇来形容站出来的说话者（都用到了 ἀνίστημι），自告奋勇者的陈辞（ἀνίστημι或ἴστημι），以及拈阄（都用了 κλῆρος）和选择（都用了 λαγχάνω）。

在描述犹大之死时，很多要素也同样指向史诗，比如用到一个荷马

式形容词 πρηνής 以及动词 λάσκω。这两个词在新约他处再也没有出现过。犹大内脏流出和很多荷马故事中战士的死相似,尤其和帕特罗克洛斯(Patroclus)的死相似。路加将荷马故事中的形象组合起来,创作了犹大临死的画面,他就像一个逃跑的懦夫从后面受到长枪攻击那样,身子仆倒在地上。

第六条,也是最后一条标准是可解释性:读者识别出《徒》1:15-26 和《伊利亚特》7:123-183 相似之后,可以得到什么呢? 在史诗中,拈阄的目的是选出一位能够杀死赫克托尔的勇士。在拈阄过程中,军队祈祷宙斯选择埃阿斯,他们盖世的勇士(除阿喀琉斯之外,阿喀琉斯拒绝了参战)。但是在《徒》第一章,摇签不是选择一个人去杀死谁,而是去帮助他人,作借着耶稣复活得生命的见证人。参与摇签的资格不是力量和勇气,而是在耶稣整个传道过程中始终跟随十一使徒的这种忠诚。他们祈祷时并没有表示在两个候选人中更偏向谁,而是让上帝或基督选择。史诗中的下一幕是勇士之间面对面的搏杀,一个来自东方,一个来自西方。《徒》中的下一幕是众使徒领受了圣灵,说起别国的方言来,使圣灵传递的信息能够被东西方所有国家的人明白。

第四部分

彼得狱中逃脱与《伊利亚特》卷二十四

12

普里阿摩斯从阿喀琉斯营地逃脱
以及相关模仿

[123] 古代文学中充满了神的故事、英雄的故事，或者"非凡的人"用魔法将门打开逃离危险的情境。事实上，在《徒》中，人们可以发现三处监狱逃脱：两次来自彼得（5：17－42，以及12：3－17），一次来自保罗（16：16－40）。一些学者还把福音书中空墓穴的故事解释为对传说故事类型的改编，次经诸行传不断地重复这种故事形式。① 古代文本中还出现了十几个其他的例子。根据《徒》第十二章，当彼得在监狱里睡觉时，一个天使唤醒他，帮助他打开监狱的门，让他逃脱了，显然其方式是让看守处于熟睡状态。

> 希律将要提他出来的前一夜，彼得被两条铁链锁着，睡在两个兵丁当中。看守的人也在门外看守。忽然有主的一个使者站在他的旁边，屋里有光照耀。天使拍了拍彼得的肋旁，拍醒了他，说："快快起来！"那铁链就从他手上脱落下来。天使对他说："束上带子，穿上鞋。"他就那样做。天使又说："披上外衣，跟着我来。"彼得就出来跟着他，不知道天使所作是真的，只当见了异象。过了第一

---

① 例如，《马可福音》16：1－8，《马太福音》28：1－8，《路加福音》24：1－12，《约翰福音》20：1－13，《彼得福音》9：34－13：57，《保罗行传》7，《约翰行传》72－73，《安德烈和马提亚行传》18－19，《安德烈行传》"耶稣受难记"28－32，以及《多马行传》122和151－155。

层、第二层监牢,就来到临街的铁门,那门自己开了。他们出来,走过一条街,天使便离他去了。(《徒》12:6-10)

[124] 1929年,魏因赖希(Otto Weinreich)出版了一本书,非常全面地分析这一古代逃跑故事,成为这一问题讨论的主导作品。① 他特别关注门被打开这一作为显灵证据的主题,并且在各种广泛的古代文献资料中找到了这一主题,其中包括荷马、维吉尔、奥维德、菲洛斯特拉托斯、阿普列乌斯,尤其是在欧里庇得斯和诺努斯的酒神(Dionysian)作品中。魏因赖希总结道,《徒》第十二章和十六章中的逃跑神迹,对于路加来说是一种独立的传统,其最接近的类似物是异教徒对奇迹和巫术的信仰,但是路加在欧里庇得斯的《酒神的女祭司们》的影响下改编了这些故事。在《酒神的女祭司们》中,神通过打开狄俄尼索斯的手铐,制造地震震开监狱的门来显示自己的力量。②

50年后,克雷茨(Reinhard Kratz)重新对这一问题进行了研究,他提出,路加并没有依据《酒神的女祭司们》来创作《徒》第十二章,而是听民间信仰提到过这样的显灵故事。③ 这两个研究对于理解这一迷人而流行的宗教宣传形式都必不可少,但不幸的是,二人都忽略了《伊利亚特》卷二十四。在这个故事里,赫耳墨斯让看守睡着,在普里阿摩斯

---

① 《祈祷和奇迹:关于宗教与文学史的两篇文章》(Gebet und Wunder. Zwei Abhandlungen zur Religions- und Literaturgeschichte),刊于 *Genethliakon*,施密德(Wilhelm Schmid)纪念文集,TBAW 5, Stuttgart: W. Kohlhammer,1929,页169–464。这项研究出版了两次,一次是作为专题论文(Stuttgart: W. Kohlhammer,1929),一次是和其他研究一起刊于该作者的《宗教历史研究论文集》(*Religionsgeschichtliche Studien*; Darmstadt: Wissenschaftliche Buchgesellschaft,1968)。

② 同上,页326–341,特别是340。

③ 《奇迹救援的主题》(*Rettungswunder. Motiv-, traditions- und formkritische Aufarbeitung einer biblischen Gattung*),EH 123 (Frankfurt am Main: Peter Lang,1979),页493–495。

勇敢地赎回赫克托尔尸身的过程中,打开门让普里阿摩斯进来,安然无恙地出入希腊人的营帐。①

对普里阿摩斯逃跑的忽略,很显然由两个原因造成。首先,荷马描写特洛亚王奇迹般地进入阿喀琉斯的营帐,花费了比他逃脱更多的笔墨,尽管逃脱同样需要看守处于熟睡的状态,并且门需要打开。其次,研究者已经把注意力集中到了门被打开这一主题;假如他们研究了看守熟睡这一主题的话,那他们就会把注意力从酒神身上转移到赫耳墨斯,从《酒神的女祭司们》转移到《伊利亚特》了。关于酒神的文学传统并没有提到神让看守都睡着;事实上,震开监狱是为了向见证人展示神的力量。目的不是逃避注意,而是引起注意。另一方面,催眠也是赫耳墨斯所司领域。②

对赫耳墨斯这个催眠者最关键的描述,是他在《伊利亚特》最后的出现,希腊古代文本中最重要的故事之一。事实上,"普里阿摩斯拜访阿喀琉斯,是所有《伊利亚特》故事中在希腊和罗马艺术中最受欢迎而经常被再现的一幕"。③ 这个画面尤其在希腊花瓶上比较常见,不过它也出现在铜或银质的杯子上,人们或许会想到,它还会作为一个负面的主题出现在石棺上。凡受过教育的希腊读者,都不会不知道这部伟大的希腊古典著作中戏剧化的最后一卷。

另外,《伊利亚特》卷二十四也是一座文学模仿的宝藏。学者们早

---

① Weinreich 和 Kratz 忽视了普里阿摩斯的逃脱,不过他们讨论了《伊利亚特》5.748–752 和 8.392–396 中门敞开的场景,在这一部分,天堂的门由于时序女神(Hours)的影响自动为赫拉打开。

② 例如,尤斯坦修斯《荷马史诗〈伊利亚特〉评注》之 24.343,《荷马史诗〈奥德赛〉评注》之 3.332。

③ Nicholas Richardson,1993,页 291。

已注意到《伊利亚特》最后一卷对《奥德赛》卷一的影响。① 埃斯库罗斯创作了一部戏剧,名为《赎回赫克托尔》(Ransoming of Hector);叙拉古僭主,有抱负的剧作家恩纽斯(Dionysius I. Ennius)[125]根据《伊利亚特》卷二十四的拉丁语译文,创作了他的《赎回赫克托尔》。② 这些剧本都没能保存下来,还有索福克勒斯的《普里阿摩斯》,可能描述的是同样的对象,但是不幸也没能保存下来。对赎回赫克托尔的尸体这一故事的模仿,在《埃涅阿斯纪》中有好几处显现。③ 斯塔提乌斯在《忒拜

---

① 在两个故事中,人们都可以看到一个神圣的集会,信使奉派去释放某个人(《伊利亚特》中的赫克托尔,《奥德赛》中的奥德修斯),信使穿上神奇的靴履,能够让他越过海洋(《伊》和《奥》第五卷中的赫耳墨斯,《奥》第一卷中的雅典娜),伪装成他人,以掩饰他们的身份(见 Danek,页 50 – 53,以及 Heubeck,1.87)。在传递了旨意之后,信使奇迹般地消失了。这些以及其他一些相似之处起到了纽带的作用,将《伊利亚特》的结尾和《奥德赛》的开头联系在了一起,尽管后者以十年后发生的事件开头。关于《伊》结尾和《奥》开头之间的关系,见 Richardson,《伊》6:21 – 24。

《奥德赛》的诗人同样在卷十二中描述厄尔皮诺的葬礼时模仿了赫克托尔的葬礼:对比《伊》24.201 – 203 和《奥》12.16 – 20。同样可对比《伊》24.354 – 357 和《奥》10.274 – 279,《伊》24.346 – 348 和《奥》10.274 – 279,以及《伊》24.357 和《奥》10.481。Götz Beck,《对〈奥德赛〉中喀耳刻插曲的评述》("Beobachtungen zur Kirke – Episode in der Odyssee"),*Philologus* 109 (1965):1 – 29;Heubeck,2.58 – 59,64,68;以及 MacDonald 2000[2],页 160。

② 见 Karl Deichgräber,1972,页 118 – 126。

③ 赫耳墨斯在水面上行走,显然为《埃涅阿斯纪》4.219 – 278 提供了模板。阿喀琉斯归还赫克托尔的尸身,为帕拉斯(Pallas)的尸身返还给伊万德(Evander)提供了模板。特洛亚妇女的痛哭和欧律阿罗斯母亲的痛哭相呼应,赫克托尔的葬礼(以及帕特洛克罗斯的葬礼)为米瑟努斯(Misenus)的葬礼提供了模板(《埃涅阿斯纪》1.483 – 487,6.212 – 225,9.465 – 497,以及 11.139 – 181 和 199 – 202)。见 Knauer,"Vergil and Homer",882。

战记》的最后一卷中反复模仿了《伊利亚特》最后一卷。① 根据昆体良所记,学习修辞学的人创作演讲稿时,都应像他们是普里阿摩斯正在向阿喀琉斯索要赫克托尔的尸身一样(昆体良 3.8.53)。

《伊利亚特》卷二十四的幕布拉开时,阿喀琉斯正在踩躏赫克托尔的尸体,把它拴在他的战车后面拖着奔驰。阿波罗设法保持了尸体的完整,并且恳求其他神明因赫克托尔的虔诚对他施以怜悯。宙斯同意了,因为赫克托尔"是伊利昂人的神明的宠儿"(《伊利亚特》24.18–21 和 66–67)。宙斯派伊里斯(Iris)去到普里阿摩斯身边,让他去赎回他儿子的尸身,独自完成这段危险的征程,只带一个仆人驾着马车带着赎金。

尽管遭到妻子赫卡柏的反对,特洛亚王还是凑了巨额赎金,带着他的仆人伊代奥斯(Idaeus)驾着马车穿越平原。宙斯对他们心生怜悯,就对赫耳墨斯说:"去吧,领着普里阿摩斯到阿开奥斯人的船寨去,别让人看见他,注意到他在希腊人中间。"(《伊》24.336–337)赫耳墨斯立即

> 把漂亮的鞋绳系在脚上,那是神专用的黄金服装,能使他快如风地飘过大海和无边的陆地。他手里还拿着根魔杖,能按他的意愿,催人入睡,或使人从睡眠中醒过来。那杀死阿尔戈斯的强大的神举着魔杖飞腾,他很快就到达特洛亚和赫勒斯滂托斯海峡

---

① 见《忒拜战记》12.228–447。《安德烈行传》中讲述一个小伙子死了,是被污鬼掐死的。他的父亲"痛哭流涕"并把他的尸体带到安德烈的面前,安德烈治好了他。"他们用火把和油灯把他带到房子跟前——这时已经夜幕降临了——然后引他走进屋子"(GE 14)。故事中的很多细节,以及在《行传》中的位置表明,这个年轻人就像是赫克托尔的化身,现在从死里复活,站起来(见《荷马的基督教化》,页 128–129)。根据 Marilyn B. Skinner,诗人埃里纳(Erinna)在哀悼她的朋友时模仿了特洛亚妇女的挽歌(《布里塞伊斯,特洛亚妇女和埃里纳》["Briseis, the Trojan Women, and Erinna"], CW 75 [1982]: 265–269)。约瑟夫斯似乎模仿了赫卡柏对普里阿摩斯的抱怨,抱怨他失去理智,竟然决定出去找阿喀琉斯那里索回赫克托尔尸身。对比《伊利亚特》24.200–202 和《犹太古史》16: 376–380 (Koopidakis, "Ἰώσηφος ὁμηρίζων", 页 22–23)。

(Hellespont)。(《伊》24.340–346)

赫耳墨斯将用他手中的节杖让希腊的看守熟睡。很多作者模仿了这一段对赫耳墨斯出场的描述。比如,《奥德赛》的作者说,当赫耳墨斯离开奥林波斯去卡吕普索(Calypso)那里营救奥德修斯时,他"又提一根手杖,那手杖可随意使人双眼入睡,也可把沉睡的人立即唤醒"(《奥德赛》5.47–48)。这几行诗文和《伊利亚特》24.343–344一样,但是在《奥德赛》卷五中赫耳墨斯并没有用这根魔杖让人熟睡,在《伊利亚特》卷二十四中也没有,尽管"他手里握一根美丽的金杖,他用那金杖可随意使人双眼入睡,也可把沉睡的人立时唤醒"。①

赫耳墨斯的魔杖(在荷马的笔下是ῥάβδος,在他处是κηρύκειον;拉丁文是caduceus)成为古代小说中一个频繁出现的道具,艺术作品中一个可识别的特征,包括表现普里阿摩斯在阿喀琉斯面前的形象时也用到了它。② 维吉尔在描述墨丘利(=赫耳墨斯)时,很可能也想到了《伊利亚特》卷二十四。墨丘利"带着他的魔杖,用它从奥尔彻斯(Orchus)身上唤醒苍白的灵魂,把其他人送下暗无天日的塔尔塔罗斯(Tartarus),赋予或剥夺睡眠"。③ 奥维德在他的作品中好几次提到墨丘利的催眠魔杖:拿着它,神明杀死了阿格斯(Argus),引诱了喀俄涅(Chione)。④

---

① 《奥德赛》24.1–4。费埃克斯人在祭祀上把酒泼向赫耳墨斯,希望在夜晚能睡个好觉(7.136–138)。同样可参阅索福克勒斯《埃阿斯》832 和赫里俄多洛斯《伊西欧比亚人的故事》3:5。赫耳墨斯和催眠之间的联系是如此紧密,以至于床柱被称为ἑρμίς;见尤斯坦修斯《荷马的〈奥德赛〉评论集》8.278。关于赫耳墨斯的催眠杖,见科尔努图斯(Cornutus)《论神性》(De natura deorum)16。
② 例如,LIMC,"Achilleus",词条642、649、656、661 以及680。
③ 《埃涅阿斯纪》4.242–244。同样可参阅诺努斯《狄奥尼西卡》20:261–265。
④ 《变形记》1.715–716 和 11.307–309。关于守卫奇迹般地被催眠,同样可参见奥维德《变形记》7.210–214(关于金羊毛)以及斯塔提乌斯《忒拜战记》12.307–308 和447–451,这些或许也受到了《伊利亚特》卷二十四的影响。

他同样用它打开了锁着的大门(《变形记》2.818 – 819；对比 2.708 和 735 – 736，7.210 – 214，以及 8.627)。

再回到荷马：看到赫耳墨斯[126]化身而成的年轻兵士向他们走过来，普里阿摩斯和伊代奥斯非常害怕。为了消除他们的疑虑，神明握着普里阿摩斯的手，轻声告诉他，尽管自己是阿喀琉斯的一名士兵，但是对他们绝无伤害。然后特洛亚王请他带路到阿喀琉斯的营地。他答应了他们，然后跳上马车，拿起缰绳，驱车来到营地。下面的这段文字包含了和《徒》第十二章尤其相关的主题。

> 当他们驶到垒墙和保护船只的壕沟时，守兵们($φυλακτῆρες$)正忙着吃晚饭。那杀死阿尔戈斯的神、那向导给他们都洒上催眠的液汁。他然后把门闩推回去，打开门($πύλας$)，把普里阿摩斯带进去，再把车上的漂亮礼物运进去……[在阿喀琉斯的营棚]大门($θύρην$)是用一根巨大的枞木闩上，要三个阿开奥斯人才能把它推上，要三个人才能把这根大门闩推开，打开开大门($θυράων$)——三个普通的阿开奥斯人，但阿喀琉斯仅凭一己之力，即可把它插入孔眼。那救助之神却为老人把门打开，把赠送佩琉斯的捷足的儿子的礼物运进去。他然后下车来对普里阿摩斯大声说："老人家，到这里来的是一位永生的神，我乃是赫耳墨斯，父亲派我来当向导。但是我现在就要回去……"他这样说，随即返回奥林波斯。(《伊》24.443 – 448，453 – 462，以及 468 – 469)

普里阿摩斯来到阿喀琉斯面前，抱住他的膝头，"亲那双使他的许多儿子丧命的杀人手"(《伊》24.478 – 479)。他奉上赎金，阿喀琉斯同意了交换：

> 普里阿摩斯，你的事我心里明白全知道，有一位天神把你引到阿开奥斯快船边。没有一个凡人敢到希腊军中来，连筋强力壮的小伙子也不敢，因为他不可能躲过哨兵($φυλάκους$)，也不容易把门闩($θυράων$)往后推。(《伊》24.563 – 567)

然后两个人用餐,睡觉去了;普里阿摩斯打算清晨就带着儿子的尸身返回特洛亚。

此时,普里阿摩斯并不是逃离危险,而是安全地进入危险境地之中。对这段文字的第一个模仿出现在《奥德赛》卷七:奥德修斯一定是避开了哨兵的注意,进到费埃克斯人(Phaeacians)的王阿尔喀诺俄斯(Alcinous)的宫殿,询问他是否可以得到一艘船返回伊塔卡(Ithaca)岛。正如赫耳墨斯化身为一位年轻的兵士来到普里阿摩斯面前,偷偷带着他来到阿喀琉斯的营地,雅典娜也带着相同的目的,化身为一个年轻姑娘,来到奥德修斯面前(《伊》23.347 以及《奥》7.20)。普里阿摩斯和奥德修斯都请求陌生人带他们去到危险的环境中,并且两位神明都答应了(《伊》24.429-439 以及《奥》7.22-36)。正如赫耳墨斯"立刻(καρπαλίμως)把鞭子和缰绳两样抓在手里,"雅典娜也"迅速(καρπαλίμως)领他上路"(《伊》24.441 以及《奥》7.37-38)。雅典娜不愿让哨兵入睡,而是善意地把奥德修斯笼罩在一层浓重的昏矇里,使他不被看见(《奥》7.39-42)。普里阿摩斯和奥德修斯都借用船只行路。雅典娜告诉奥德修斯,进入宫殿后,首先必须寻找土后阿瑞塔(Arete)的支持。"目光炯炯的雅典娜说完,转身离开,飞越了喧嚣的大海。"在《伊利亚特》中,赫耳墨斯告诉普里阿摩斯:"'你一走进营帐,便抱住阿喀琉斯的膝头……'说完,赫耳墨斯离他而去,返回奥林波斯。"①

两位英雄都避过他人的注意进入房中,越过哨兵和保护的大门,看见一位 [127] 权威的领导者正用完餐(《伊》24.471-476 以及《奥》7.135-138)。在《奥德赛》中,是雅典娜而非赫耳墨斯帮助奥德修斯进入,但是赫耳墨斯并不是完全不在场。当奥德修斯进入宫殿后,他发现费埃克斯人正在进行一个常规的夜间仪式:把杯中最后

---

① 对比: ὣς ἄρα φωνήσας ἀπέβη γλαυκῶπις Ἀθήνη (《奥》7.78) 和 ὣς ἄρα φωνήσας ἀπέβη… Ἑρμείας (《伊》24.468-469)。

的酒泼给赫耳墨斯,以助佑他们晚上睡个好觉(《奥》7.136-138)。浓雾中奥德修斯抱住王后阿瑞塔的双膝,笼罩在他周围的神雾这时也立即散去;普里阿摩斯抱住阿喀琉斯的膝头,然后被认出。阿喀琉斯和他身边的人都觉得非常疑惑;费埃克斯人也沉默不语(《伊》24.477-484以及《奥》7.139-145)。普里阿摩斯和奥德修斯都提出他们的请求,并征得了同意,随后用餐,然后在夜间休息。下面的五行诗句两部史诗几乎一模一样:在两个故事中,主人都命令侍女"把床支在门廊下,床上铺上非常精美的紫色毯子,毯子上放上被单,再加上可穿的毛大衣。侍女们打着火炬出去,铺好了两张床……"。① 虽然人们会解释说,这种相似性是因为遵循史诗演诵的惯例,但是两个故事中所用言语的相似,以及当奥德修斯跨过宫殿的门槛时无端地提及赫耳墨斯,都暗示着文学意义上的借鉴(见赫贝克,《评荷马的〈奥德赛〉》,1.321-322)。

路吉阿诺斯很显然希望他的读者了解赫耳墨斯催眠的能力,这样才能很好地欣赏到他的模仿。比如,在他的一部作品中,一只大公鸡声称,赫耳墨斯赋予它的羽毛打开紧闭的门的力量,并且可以不被人们看见(《幻梦》[The Dream]28)。另外一部作品中的一个人物说,他希望赫耳墨斯能够赐予他一个魔幻的戒指,"让每一个我想让睡着的人入睡,并且打开每一扇我经过的门,松开螺栓、移动栏杆"(《船》[The Ship]24.677-694)。可以非常肯定地说,此处是对《伊利亚特》卷二十四的模仿。

下面是荷马史诗中普里阿摩斯征程的结尾。普里阿摩斯和伊代奥斯在阿喀琉斯的营帐熟睡,希望清晨能够带着赫克托尔的尸身返回特洛亚。

---

① 两则故事之间唯一的差异关乎《伊利亚特》中需要两张床,因此最后一行中用 δοιὼ λέχε' 替换了 πυκινὸν λέχος (《伊》24.644-648 和《奥》7.336-340);对比 4.296-301,那里同样可能模仿的是《伊》24.643-649。

普里阿摩斯从阿喀琉斯营地逃脱以及相关模仿

所有其他的神和指挥战车的将领都被温柔的睡眠征服,整夜躺卧,但睡眠却不曾制服救助之神赫耳墨斯,他在考虑怎样把普里阿摩斯王从船舶间护送回去,不被强有力的守门人发现,他因此站在他的床头对他这样说:"老人家,你没有想到有祸害,阿喀琉斯饶了你,你就这样在敌人面前安眠。你现在赎回了你的儿子,付了重礼,要是阿特柔斯之子阿伽门农知道你在这里,全体阿开奥斯人也知道了,你留下的儿子将为你的生命付出三倍的赎礼。"

他这样说,那老人惊恐,把传令官唤醒。赫耳墨斯为他们给骡和马上轭,匆忙赶着车穿过营地,无人发现。他们到达那流水悠悠,有圆涡旋转的克珊托斯河的渡口……这时,赫耳墨斯返回奥林波斯。(《伊》24.677–694)

普里阿摩斯能够成功逃脱,是因为赫耳墨斯让门卫熟睡,让房门和城门打开。

[128] 普里阿摩斯的逃脱看似已经成为很多文学作品中从危险中逃脱之事的写作范本。比如,在《阿尔戈船英雄记》中,赫拉让美狄亚(Medea)想到了陷害伊阿宋的阴谋,让她感到恐惧;年轻的姑娘决定和阿尔戈一起逃离科尔基斯。在夜色中她冲出房屋,光着脚,蒙着面纱,希望门卫不会看见她。因为她神奇的能力,"门上的螺栓($\vartheta v \varrho \acute{\varepsilon} v$)自动为她松开,"并且"没有一个守卫($\varphi v \lambda \alpha \varkappa \tau \acute{\eta} \varrho \omega v$)觉察到,当她急速逃离时,他们都没有看见。"和荷马用词的密度相似暗示着对《伊利亚特》卷二十四的模仿。①

---

① 对比:$\vartheta v \varrho \acute{\varepsilon} \omega v \ldots \acute{o} \chi \tilde{\eta} \varepsilon \varsigma$(《阿尔戈船英雄记》4.41)和$\acute{o} \chi \tilde{\eta} \alpha \ldots \vartheta v \varrho \acute{\alpha} \omega v$(《伊》24.566–567);$o \dot{v} \delta \acute{\varepsilon} \ \tau \iota \varsigma \ \check{\varepsilon} \gamma v \omega \ \tau \acute{\eta} v \gamma \varepsilon \ \varphi v \lambda \alpha \varkappa \tau \acute{\eta} \varrho \omega v$(《阿尔戈船英雄记》4.48–49)和$\varphi v \lambda \alpha \varkappa \tau \tilde{\eta} \varrho \varepsilon \varsigma \ldots o \dot{v} \delta \acute{\varepsilon} \ \tau \iota \varsigma \ \check{\varepsilon} \gamma v \omega$(《伊》24.444 和 692);以及 $\lambda \acute{\alpha} \vartheta \varepsilon \ \delta \acute{\varepsilon} \ \sigma \varphi \varepsilon \alpha \varsigma \ \acute{o} \varrho \mu \eta \vartheta \varepsilon \tilde{\iota} \sigma \alpha$(《阿尔戈船英雄记》4.49)和$o \dot{v} \delta \acute{\varepsilon} \ \gamma \grave{\alpha} \varrho \ \ddot{\alpha} v \ \varphi v \lambda \acute{\alpha} \varkappa o v \varsigma \ \lambda \acute{\alpha} \vartheta o \iota$(《伊》24.566)。

帕诺波利斯(Panopolis)的诺努斯(Nonnus),古典时代晚期一位说话啰嗦自命不凡的诗人,讲述了好几个版本的酒神从监狱逃脱的故事,但是他同样模仿了《伊利亚特》卷二十四。诺努斯写道,赫耳墨斯从奥林波斯下来,"带着他有着巨大魔力的节杖,让守卫的兵士(φυλάκων)不知疲倦的眼睛闭上,进入香甜的睡梦",以此来保护酒神的崇拜者。"女人们没有发出一点声音,当没有翅膀的赫耳墨斯带领他们秘密地穿过城市时。他用神圣的魔杖打开高高的城门(πυλάων)的门闩。"(《狄奥尼西卡》35. 234 – 236 和 238 – 241)和《伊利亚特》卷二十四共有的独特词语,以及赫耳墨斯的出现,再一次表明了对《伊》的模仿。①

到现在为止,我们已经看到了普里阿摩斯破门进入阿喀琉斯营地的模仿证据(《奥德赛》和路吉阿诺斯),以及模仿他成功逃脱的印记(罗迪乌斯和诺努斯)。希腊化时期的犹太作家阿塔帕努斯(Artapanus,公元前1世纪)创作了摩西闯入危险之中然后又成功逃脱的故事,和《伊利亚特》卷二十四一样,但顺序相反:摩西逃离了监狱,然后破门进入法老的宫殿。下面楷体部分的内容几乎和《伊利亚特》一样:

> 知道此事后,国王囚禁了他。当夜色降临时,所有监狱的门(θύρας)都自己打开了,一些守卫(φυλάκων)死去,另一些则被睡眠(ὕπνου)所征服;同样,他们的武器也都成了碎片。摩西离开监狱,去往宫殿。发现所有的门(θύρας)都打开了,他进入宫殿,唤醒国王,而守卫(φυλάκων)则在自己的岗位上睡着了。国王被所发生的事情震惊了,命令摩西说出派他来的神的名字。他冷笑着,附身,对着国王的耳朵说出了这个神的名字。国王听到后,哑口无言摔

---

① 对比:φυλάκων ... ὕπνον ἔχευεν ... πανθελγέι ῥάβδῳ(《狄奥尼西卡》35. 234 – 235)和 ῥάβδον...θέλγει / φυλακτῆρες... ὕπνον ἔχευεν(《伊》24. 343 和 444 – 445),以及 βοιστρὴν κληῖδα πυλάων ἠλιβάτων ὤιξε(《狄奥尼西卡》35. 240 – 241)和 ὤιξε πύλας 还有 μεγάλην κληῖδα θυράων...ὦξε(《伊》24. 446 和 455 – 456)。

倒在地。摩西扶起他,他又活了过来。①

关于摩西从监狱逃脱不存在任何圣经上的证据。这个故事的灵感不是来自《出埃及记》,而很有可能来自《伊利亚特》卷二十四普里阿摩斯从阿喀琉斯的营地逃脱的故事。它同样依据了描写赫耳墨斯的传统,人们很容易在这样的故事中发现睡着的守卫和打开的门。

早期的基督教叙事同样表现出普里阿摩斯赎回赫克托尔尸身这一故事的影响。在拙作《荷马史诗与〈马可福音〉》一书中,我提出,马可[129]是以普里阿摩斯为模型创作了亚利马太的约瑟这一形象。和普里阿摩斯一样,约瑟"敢于"在夜晚去见彼拉多(Pilate)以求耶稣的遗体,好为他举行一个合适的葬礼。和阿喀琉斯一样,彼拉多对约瑟的请求感到很诧异,并允许约瑟把耶稣的尸身用细麻布裹好带走。两位妇女看见了约瑟安放耶稣的地方,三个妇女在复活节的早晨去给耶稣的尸身做了合适的打理,就像史诗中的安德罗马克、赫卡柏和海伦。

[下面右栏照抄《马可福音》15:42 – 16:2,几乎每一个主题都出现在左栏对《伊利亚特》卷二十四的转写中。

《伊科亚特》24	《马可福音》15:42 – 16:2
普里阿摩斯,特洛亚之王,连夜启程	到了晚上,因为这是预备日,就是安息日的前一日,有亚利马太的约瑟前来,他是尊贵的议士,
从阿喀琉斯的营地去赎回他儿子赫克托尔的尸身,	也是等候神国的。

---

① 阿塔帕努斯(Artapanus)残篇 3;Carl R. Holladay,1983,页 219。关于犹太文本中奇迹般开门的例子,见约瑟夫斯《犹太战记》6.5.3。

旅途非常危险,他进入阿喀琉斯的营地,索要赫克托尔的尸身。

阿喀琉斯非常吃惊普里阿摩斯胆敢进入他的营地。

阿喀琉斯派去两个兵士取走赎金,并召来侍女"净洗尸身,抹上精油。"

赫克托尔的尸身从羞辱中得到救赎。

"侍女们把尸首洗净,给他涂上油膏,盖上衬袍和披衫的时候,阿喀琉斯把它抱起来放在尸架上。"

[赫克托尔的尸骨将会被放置在一个骨罐之中,埋在地下,上面盖上石块]

[普里阿摩斯在夜间带着尸体离开,并且将它带回特洛亚,要为赫克托尔举办一个体面的礼葬。]

卡珊德拉第一个看见普里阿摩斯回来,马车上载着尸架。

三个妇女唱了挽歌:安德罗马克,赫卡柏和海伦。

在精心地准备之后,

他们在黎明十分埋葬了赫克托尔。

他放胆进去见彼拉多,求耶稣的身体。

彼拉多诧异耶稣已经死了;

便叫百夫长来,问他耶稣死了多久了。

[一个妇女之前已经用油膏了耶稣的尸身。]

当他从百夫长那得知实情之后,就把耶稣的尸身赐给了约瑟。

[耶稣死后迅速入葬使得其尸体从羞辱中得到救赎。]

随后约瑟买了细麻布,把耶稣放下来,用细麻布裹好,安放在磐石中凿出来的坟墓里。

他然后又滚过一块石头来挡住墓门。

抹大拉的马利亚和约西的母亲马利亚都看见安放耶稣身体的地方。

过了安息日,抹大拉的马利亚和雅各的母亲马利亚并撒罗米,买了香膏,要去膏耶稣的身体。

七日的第一日清晨,出太阳的时候,她们来到坟墓那里。

我还认为,这位最早的福音书作者模仿《伊利亚特》卷二十四(同上,页148-153)赫耳墨斯在水面行走的事,描述了耶稣在水面行走。]

《马可福音》中没有赫耳墨斯、熟睡的守卫或打开的门,一直到复活节的早晨来临。

《马太福音》中空墓穴的故事在很大程度上与赫耳墨斯的故事类似。根据《马太福音》,犹太当局派人把守坟墓以防尸体被偷走。然而到了黎明时分,

> 忽然,大地震动;因为有主的使者从天上下来,把石头滚开,坐在上面。他的像貌如同闪电,衣服洁净如雪。看守的人就因他吓得浑身乱战,甚至和死人一样。(《马太福音》28:2-4)

守卫将所经历的事报告给祭司长,祭司长和长老们聚集商议,就拿很多钱贿赂守卫,让他们说"夜间我们睡觉的时候,他的门徒来把他偷去了"。当然,普里阿摩斯也是晚上去见阿喀琉斯,并且也是在守卫的士兵熟睡的时候把他儿子的尸身带走的。为了不让守卫因为承认在执勤时睡觉而招致麻烦,祭司长和长老们保证,如果彼拉多知道了此事,"有我们劝他,保你们无事"。①《马太福音》的作者在写这个故事时或许没有想到《伊利亚特》卷二十四,但是以上与关于宙斯的信使(ἄγγελος)赫耳墨斯的传统的相似性却颇耐人寻味。②

普里阿摩斯进入阿喀琉斯的营地,很可能为《安德烈和马提亚行传》提供了信息。安德烈进到密耳弥冬人的监狱,从食人族手上营救了使徒马提亚。

---

① 《马太福音》28:12-14。同样可参阅《彼得福音》8:28-11:49。
② 关于马太对空墓穴的描述,以及对传统逃脱故事的精彩讨论,见Kratz,页511-541。

安德烈站起来,来到城里,没有让任何人看见他。他们来到监狱,安德烈看见七个守卫(φύλακας)站在监狱门口(θύραν)把守着。他默默地祷告,这七个守卫(φύλακες)倒下死了。当他来到监牢的门口(θύραν),安德烈在上面画上十字架的符号,门就自动打开了。安德烈和他的门徒走进监牢,看见马提亚正坐在那里,独自唱诗。马提亚看见安德烈,就站了起来,他们用神圣的亲吻彼此打招呼。①

此处很多细节都暗示着对《伊利亚特》卷二十四的模仿。首先,这个城被叫做"密耳弥冬尼亚",或"密耳弥冬人的城",密耳弥冬人是荷马史诗中阿喀琉斯的军队。安德烈进到城中时"没有让任何人看见他",和普里阿摩斯进到希腊人的营地相似。阿喀琉斯告诉普里阿摩斯,他知道是一位神帮助了他:"没有哪位凡人能够逃过守卫的注意。"安德烈没有让守卫睡着,相反,他用十字架的奇迹杀死他们,打开了监牢的门。普里阿摩斯进到营棚里的第一个动作是亲吻阿喀琉斯的手;安德烈和马提亚一见面就用神圣的亲吻彼此打招呼。② 好几个监狱逃脱的故事出现在[130]基督教的其他次经书卷中,通常都是对圣经叙事或更早期的次经故事的模仿。③

---

① 《安德烈和马提亚行传》19。这些文本间其他的相似之处还包括:伊里丝向普里阿摩斯保证他不会被杀,耶稣对安德烈作了同样的保证(对比《伊》24.181–182 和《安德烈和马提亚行传》18),以及伊里丝、赫耳墨斯和耶稣的离开(《伊》24.188 和 468: ὡς ἄρα φωνήσας ἐπέβη πρὸς μακρὸν Ὄλυμπον,以及《安德烈和马提亚行传》18: καὶ ταῦτα εἰπὼν ὁ σωτὴρ ἐπορεύετο εἰς τοὺς οὐρανούς)。同样可参阅《安德烈行传》,"受难记",28–32,一个俊美的少年站在敞开的牢房门口,允许妇女们接近被监禁的安德烈。狱卒和四个守卫都无法看见他们的来去。

② 同样需注意马提亚所扮演的角色和荷马赋予阿喀琉斯的一样,是作者所颂扬的(《伊》9.185–189)。

③ 例如,《约翰行传》72–73 中的监狱逃脱似乎模仿了《保罗行传》第七章,而后者显然又模仿了《使徒行传》第十二章。《多马行传》122 和 151–155 中牢房的门打开和睡着的守卫可能模仿了《安德烈行传》"受难记"28–32。

倘若《徒》第十二章彼得的逃脱模仿了《伊》卷二十四中普里阿摩斯的逃脱，那当然得满足前两条标准——可及性和类比。下一章我们将详细分析一个全面模仿普里阿摩斯赎回赫克托耳尸身的案例，表明该模仿所用的方法和策略如何启发了路加在《使徒行传》中所用的方法和策略，从而为路加模仿荷马提供更清晰的证据。

13

亚历山大从大流士宫殿逃脱

[131] 对普里阿摩斯从阿开奥斯人的营帐逃脱特别有趣的模仿，出现在《亚历山大传奇》(*Alexander Romance*)一书中。这本书是用笔名写的，创作于公元前2世纪末或公元前3世纪，据认为可能出自卡利斯提尼斯(Callisthenes)，亚历山大一世时期的史学家。这个故事讲述了亚历山大如何伪装成赫耳墨斯，勇敢地进入大流士的宫殿并成功逃脱。故事的特殊性让它的读者能够认识到，这是对《伊利亚特》结尾的模仿。①

那天晚上，亚历山大正在睡觉，睡梦中他看见了阿蒙神(Ammon)，化身为赫耳墨斯站在他的身旁——带着他的传令官(κηρύκιον)，穿着长袍，手拿魔杖(ῥάβδον)，头上戴着马其顿人的帽子——对他说道："亚历山大，我的孩子，当你需要帮助的时候，我就会在你身边。如果你派信使(ἄγγελον)去见大流士，他将会出卖你；你自己去当信使(ἄγγελος)吧，穿上这身衣服你就会看见我。"亚历山大对他说："我这样一个国王去当信使(ἄγγελον)太危险。"

---

① 众所周知，《亚历山大传奇》的创作非常复杂。根据Reinhold Merkelbach的说法，小说背后有三个来源，均来自希腊化时代，作者将这三个来源合并，创作了他自己的虚构叙事(《希腊亚历山大故事的起源》[*Die Quellen des griechischen Alexanderromans*]，第二版，以及Jürgen Trumpf, Zetemata 9 [Munich: Beck, 1977])。Merkelbach将亚历山大逃脱的故事归功于小说家自己的创作(127)。

阿蒙神对他说："但是有一位神明作你的守护者,什么危险都不会降临到你身上。"(《亚历山大传奇》2.13)

此处,读者应该看到对《伊》卷二十四中赫耳墨斯出现在普里阿摩斯面前的模仿。第一次出现时,赫耳墨斯手里拿着他的可以催眠的魔杖,把自己装扮成一个密尔弥冬人;第二次出现时,他在普里阿摩斯睡觉时以自己本来的面貌出现在他面前。在小说中,阿蒙神把自己装扮成赫耳墨斯,手拿魔杖,在亚历山大睡觉时出现在他面前。

[132] 然而,人物说话的内容则与《伊》前面伊里斯出现时说的话很相似。她告诉普里阿摩斯王独自去见阿喀琉斯:

> 不要让死亡和恐惧扰乱你的心灵。我们自会让杀死阿尔戈斯的神给你当向导,他会引路,带你到阿喀琉斯跟前……阿喀琉斯不会杀你,也不会让别人把你杀。(《伊》24.181–185)

阿蒙神告诉亚历山大,"有一位神明做你的守护者,什么危险都不会降临到你身上"。对这一异象的反应也同样类似。"接到这个神谕,亚历山大高兴地站起来,告诉了他的总督;但是他们都建议他不要这样做。"普里阿摩斯接到伊里斯的旨意后,告诉了赫卡柏,她却为这个主意感到惊骇,不敢让普里阿摩斯独自一人去见阿喀琉斯,试图劝他不要这样做(《伊》24.193–194,200–216,以及287–298)。尽管其他人不支持,普里阿摩斯和亚历山大还是决定完成他们危险的旅程。

"亚历山大带了一位叫欧墨洛斯(Eumelus)的传令官,准备了三匹马,即刻启程,来到了斯特朗戈(Stranga)河边。"(《亚历山大传奇》2.14)而在史诗中,普里阿摩斯命令他的儿子们给他的战车拴上两匹马,再准备一驾由两头骡子拉的马车,由伊代奥斯驾驶(《伊》24.263–282)。他们在夜晚启程,在斯卡曼得罗斯(Scamander)河边停了下来,让牲畜喝水(《伊》24.350–351)。在小说中,斯特朗戈河将亚历山大和大流士的营地分开是虚构的,据说这里河水冻结和解冻的速度相当之快。冻结时,"野兽和马车都可以从上面经过";解冻时,它会吞噬任何试图从上面经过的东西。① 从这个层面来看,这条河相当危险,就像斯卡曼得罗斯河,普里阿摩斯得穿过这条河,从希腊军队的营地去到阿喀琉斯的营地,并从那里回来,这条河曾与阿喀琉斯较力。"亚历山大发现河流已经凝固了,于是穿上了他在梦里见阿蒙神穿的衣服",也就是阿蒙神装扮成赫耳墨斯时所穿的衣服。在史诗中,当普里阿摩斯和伊代奥斯停在斯卡曼得罗斯河边时,赫耳墨斯第一次出现在他们面前。亚历山大也正是在斯特朗戈河边时,把自己装扮成赫耳墨斯。自己充当"信使"($ἄγγελος$)的亚历山大,此时化妆成赫耳墨斯,宙斯的信使($ἄγγελος$)。

然后亚历山大"骑上他的战马,独自一人过河"。《伊》中赫耳墨斯装扮成一个密尔弥冬人,在斯卡曼得罗斯河边跳上普里阿摩斯的战车,驾驶它来到希腊人的军营。欧墨洛斯想和亚历山大一起去大流士的宫殿,但是亚历山大拒绝了:

> 和两匹马一起待在这里。我有给我神谕的人的帮助,他要我换装成这个样子然后一个人前去。(《亚历山大传奇》2.14)

同样,在史诗中,普里阿摩斯也把伊代奥斯留在阿喀琉斯营棚的外面,"看守骡和马"(《伊》24.469–471)。

> 亚历山大向前走去,来到波西斯(Persis)城门($πυλῶν$)前。那里的守卫($φρούραρχοι$)看见他穿着这样的服饰,心想着他应该是一位神明。他们拦住他,问他是谁。亚历山大对他们说:"请带我去见大流士国王,我将会告诉他我是谁。"(《亚历山大传奇》2.14)

---

① 《亚历山大传奇》2.14。此处用来表示马车的词和荷马用来表示伊代奥斯的马车的词相同。对比短语 $κτήνη\ καὶ\ ἁμάξασς$ 与荷马的 $ἡμιόνους\ καὶ\ ἄμαξαν$(《伊》24.150 和 179)。

荷马史诗中的赫耳墨斯化身为一个密尔弥冬人,领着普里阿摩斯从守卫身边经过,穿过城门;在这里,尽管没有熟睡的守卫和奇迹般打开的门,但有些讽刺的是,是亚历山大装扮成赫耳墨斯来完成同样的任务。

[133] 当亚历山大出现在大流士面前时,所有人都对他"奇怪的装扮"感到惊奇,

> 大流士王还差一点跪倒在他面前,认为他是从奥林波斯山上下来的一位神明……大流士坐在那里……两边放着权杖,成千上万不同等级的人围绕在他的旁边。大流士问他是谁,呆呆地看着他穿着这种他以前从未见过的衣服……亚历山大回答说:"我是亚历山大王的信使($ἄγγελος$)。"(《亚历山大传奇》2.14)

他化妆成赫耳墨斯,自称是亚历山大的信使,暗示着亚历山大国王就像宙斯。这一场景与普里阿摩斯和阿喀琉斯刚见面时相似。阿喀琉斯同样坐在那里,当普里阿摩斯"看见他时",并且"当阿喀琉斯看见神样的($θεοειδέα$)普里阿摩斯时,他也非常吃惊,其他人也很惊异,面面相觑"(《伊》24.483-484;对比 631-632)。

在和大流士的对话中,亚历山大说话带着权威,这让大流士王非常吃惊:"你的回答如此大胆,就像你和我平起平坐一样。"然后大流士邀请亚历山大用餐:

> "到了用餐时间了,你和我一起用餐吧……",这样说完,大流士握着亚历山大的手,来到宫殿的里间。亚历山大将此作为一个很好的异兆,他被这个暴君拉着手。(《亚历山大传奇》2.14)

在《伊》中阿喀琉斯为普里阿摩斯的勇气感到吃惊,并且邀请他用餐(《伊》24.519 和 565-566,601,以及 618-619)。阿喀琉斯有三次"拉着普里阿摩斯的手":一次是将他推开,一次是扶他站起来,还有一

次是向他保证会答应他的请求,"他这样说,同时拉住老人的右手腕"(《伊》24.508,515,以及671-672)。

用餐时,酒无节制地倒着,每次当亚历山大喝光金色酒杯中的酒时,他就把酒杯装进他的口袋,说他已经习惯了亚历山大国王宴会上的做法。这样一来,他就让波斯人为马其顿人的财富和慷慨留下了深刻的印象。亚历山大离开时会把这些酒杯带走。① 在普里阿摩斯为赎回赫克托尔尸身向阿喀琉斯付的赎金中,同样有一个金色的酒杯(《伊》24.232-236)。

阿喀琉斯让普里阿摩斯睡在他房间的外面,以防夜间来找他的军师认出他,"如果他们中有一位在迅速逝去的黑夜里看见你,他会很快向那个放牧人民的阿伽门农报告消息"(《伊》24.651-654)。夜间赫耳墨斯出现在普里阿摩斯面前,警示他离开以免被发现(《伊》24.683-688)。亚历山大在大流士的宴会上同样面临着被发现的危险,因为在那里波斯的使者确实认得他。

得到赫耳墨斯的警示后,普里阿摩斯叫醒伊代奥斯,套好他的马车,在无人察觉时逃跑了。当他们来到斯卡曼得罗斯河边时,赫耳墨斯离开了他们。相反,亚历山大则没有神明的指引,也不能让守卫熟睡,因此他必须自己照顾自己——仍然把自己装扮成赫耳墨斯。

> 大流士和宴会上的人都已经喝醉了。因此亚历山大……站了起来……悄悄地离开。套好他的马车,逃离了危险,发现一个波斯人的守卫(φύλακα)站在门口(πυλῶνι),他杀死了他,然后离开了波西斯城。(《亚历山大传奇》2.15)

亚历山大比波斯追兵跑得更快,比他们更机智,并且正好在斯特朗

---

① 《亚历山大传奇》2.15。赫耳墨斯被视为盗贼;例如参见《伊》24.24,71-72和109。

戈河解冻前过了河。河水把他的［134］马冲到了下游,但是他自己却成功上岸,从欧墨洛斯那里分得一匹马,然后安全地骑回了营地。

这个故事当然满足模仿的标准。史诗中的故事是可及的,并且我们可以看到类似的场景,尤其是关于赫耳墨斯节杖的故事。下面的表格将给我们展示相似性的密度,并且这些相似之处通常都是按顺序出现(标准三和四)。

《伊》24

- 伊里斯出现在普里阿摩斯面前,叫他一个人去见阿喀琉斯,不要害怕死亡;赫耳墨斯会和他一起去。

- 赫耳墨斯带着他的魔杖来到普里阿摩斯面前,但是却装扮成一个密尔弥冬人。

- 普里阿摩斯告诉赫卡柏他所见的异象,但是她请求他不要去。

- 普里阿摩斯执意前往。

- 普里阿摩斯的儿子们备好了马和骡子。

- 普里阿摩斯带上伊代奥斯来驾驶马车。

- 在斯卡曼得罗斯河边赫耳墨斯出现在普里阿摩斯面前。

《亚历山大传奇》

- 阿蒙神以赫耳墨斯的形象出现在亚历山大面前,叫他去见大流士,不要害怕死亡,因为有一位神明会帮助他。

- 他必须把自己装扮成赫耳墨斯,"带着传令官,身穿长袍,手拿节杖,头戴马其顿人的帽子"。

- 亚历山大告诉他身边的人他所见的异象,"但是他们建议他不要去"。

- 亚历山大执意前往。

- 亚历山大备好三匹马。

- 亚历山大带上欧墨洛斯照顾战马。

- 在斯特朗戈河边,亚历山大将自己装扮成赫耳墨斯。

- 伊代奥斯留在城门外,看护牲畜,而普里阿摩斯独自进到城里。
- 普里阿摩斯能够接近阿喀琉斯,因为赫耳墨斯已经打开所有的门,并且让守卫都睡着了。
- 荷马把普里阿摩斯称为"神样的人"。
- 阿喀琉斯为他的胆量惊讶。
- 阿喀琉斯邀请普里阿摩斯用餐。
- 阿喀琉斯握着普里阿摩斯的手安慰他。
- 普里阿摩斯害怕除了阿喀琉斯之外有人认出他的身份。
- 普里阿摩斯和伊代奥斯在赫耳墨斯的帮助下驾着马车从守卫身边经过,穿过城门。
- 守卫都睡着了。
- 普里阿摩斯和伊代奥斯穿过斯卡曼得罗斯河,返回特洛亚。

- 欧墨洛斯和马匹待在河边,而亚历山大独自进到城里。
- 亚历山大能够接近大流士,是因为守卫惊讶于他赫耳墨斯的装扮。
- 大流士把亚历山大视为一位神明。
- 大流士为他的胆量而惊讶。
- 大流士邀请亚历山大用餐。
- 大流士握着亚历山大的手安慰他。
- 宴会上有人认出了亚历山大的身份。
- 亚历山大装扮成赫耳墨斯从守城的哨兵身边经过,穿过城门。
- 士兵们喝醉了;亚历山大杀死守卫。
- 亚历山大穿过斯特朗戈河,和欧墨洛斯回到营地。

[135] 为了让读者识别出其中的模仿,作者使用了好几个鲜明特征(标准五),点名提到赫耳墨斯,还提及他神奇的魔杖,以及两次涉水。最独特的叙述是对欧墨洛斯和斯特朗戈河的描写。欧墨洛斯这个名字是一面文学上的旗帜,直接指向《伊》。在《伊》中一位"骑术卓越"

的战车御者拥有与之一模一样的名字。他所驾驭的马匹是希腊骑兵马匹中最好的,他在《伊》卷二十三著名的骑术比赛中被授予第一名的荣誉。① 古代的马医学研究者(hippiatrician)把他的名字作为这门技艺的匿名权威(见 Corpus hippiatricorum graecorum)。

斯特朗戈河出其不意地冻结和融化具有同等重要的地位。荷马在《伊》卷二十二中这样描述斯卡曼得罗斯河:

> 他们[阿喀琉斯和赫克托尔]到达两道涌溢清澈水流的泉边,汹涌的斯卡曼得罗斯的两个源头。一道泉涌流热水,热气从中升起,笼罩泉边如同缭绕着烈焰的烟雾。另一道涌出的泉水即使夏季也凉得像冰雹或冷雪或者由水凝结的寒冰。②

斯特朗戈河的名字同样具有重要的意义。它来自词根 στεαγγ-,通过其派生的拉丁词 strangulo,产生了英语词 strangle[使……窒息]和其他同源的欧洲语词汇。这个词根可用于表示某物被勒死,也可以用作主动,表示使某物窒息。斯特朗戈河被描述为有"一个斯塔德(stade,希腊长度单位)宽",或者说二白码宽;看起来它几乎不可能被"勒"成一条小小的溪流。比较明智的,当然是从主动的含义上来理解这个名字,即"让人窒息的河"。在下一个片段中,它释放它的凶险,吞噬了很多波斯人(《亚历山大传奇》2.16)。如果选取 stranga 的主动意义,这条河就再次与《伊》卷二十一中描述的强大的斯卡曼得罗斯河相似,在卷二

---

① 《伊》2.763–769,23.288–292 和 373–565。斯米尔纳将欧墨洛斯描述为一个战车的御者(《续荷马史诗》4.500–504)。

② 《伊》22.147–152。怀疑主义的德米特里厄斯(Demetrius)说,他曾找到了那道冷泉,但没找到热泉(斯特拉波[Strabo]《地理志》[Geography]1.3.17 和 13.1.43)。见阿忒那奥斯(Athenaeus)在《智者之宴》(Deipnosophistae)2.14 以及尤斯塔修斯《荷马史诗〈伊利亚特〉评注》之 22.148 中对斯卡曼德河的讨论。《亚历山大传奇》的作者在 1.42 中也提到了斯卡曼德河,故事中亚历山大跳进河里,想模仿《伊》卷二十一中的阿喀琉斯。

十一它试图吞噬阿喀琉斯。

《亚历山大传奇》的作者当然期望,他的某个读者能从亚历山大的策略中,看到这是对普里阿摩斯赎回赫克托尔尸身的模仿(标准六)。特洛亚王需要赫耳墨斯的帮助安全出入阿喀琉斯的营地,马其顿王则将自己装扮成赫耳墨斯,凭着自己的勇气、智慧和力量安全出入大流士的宫殿。普里阿摩斯是被动的;亚历山大则是他自己的赫耳墨斯。普里阿摩斯当着其他两位兵士的面冒险请求阿喀琉斯,而亚历山大当着上千人的面请求大流士。普里阿摩斯给了阿喀琉斯数不清的赎金,包括一个金酒杯;亚历山大什么也没有给大流士带,反而带走了大流士王的金酒杯。

我在上一章提出,普里阿摩斯赎回赫克托尔尸身,为《奥德修斯》闯入阿尔喀诺俄斯的宫殿提供了写作的模板,同样也为阿塔帕努斯的作品中摩西从监狱逃脱,为《马可福音》中约瑟求回耶稣的尸身,为《马太福音》中空墓穴的故事,为《安德烈行传》中安德烈进入密耳弥冬尼亚的监狱营救使徒马提亚,为诺努斯笔下酒神的女祭司的逃脱,以及为维吉尔、奥维德和路吉阿诺斯作品中赫耳墨斯的描写提供了写作的模板。在这一章,[136]我们将《亚历山大传奇》中的一个段落,与荷马笔下普里阿摩斯和阿喀琉斯的故事进行了对比,认为《亚历山大传奇》对荷马的这种戏仿,只有在读者意识到它是在重述前文本的前提下才能起到应有的效果。明确提及赫耳墨斯是一个标志,很多例子通过类似的做法摆明它们与史诗的关系(《奥德赛》,维吉尔,奥维德,路吉阿诺斯,诺努斯以及《亚历山大传奇》)。这样的标志,在罗迪乌斯和其他所有犹太人和基督徒作品(阿尔塔巴诺斯、马可、或许还有马太,以及《安德烈行传》)的模仿中不存在,这并不奇怪。同样,《使徒行传》第十二章也没有提到赫耳墨斯。

14

彼得从希律王的监狱逃脱

［137］根据《徒》的记载,"希律王"将彼得锁在监狱里。夜里,"主的使者"打开监狱的门,叫彼得离开,并且显然让监狱的看守睡着了,这样使徒就可以在没有人发现的情况下离开。我称为希律王的这个亚基帕(Julius Agrippa),只在《徒》中出现过。监狱逃脱发生在他下令杀死约翰的哥哥雅各,以及他因傲慢自大受上帝惩罚而死这段时期。《徒》12:1-23 在文学上形成一个有机整体,由亚基帕的两个故事支撑,路加写作这两个故事时可能都受到了传统说法的影响。① 然而,夹在这两个故事之间的彼得的故事,却找不到外部证据;学者们根据所谓的"地方性特色",通常把它归为犹太传说。

［人们会发现,这种形式批评的判断几乎出现在每个学者的评论当中,但是在下面的研究中最为清楚:Bauernfcind,页 162;Dibelius,页 21;August Strobel,《〈使徒行传〉xii. 3ff 中的象征主义和奇迹救援》("Passa-Symbolik und Passa-Wunder in Act. xii. 3ff"),*NTS* 4 (1957-1958):212;Jacques Dupont,《获救出狱的彼得(〈使徒行传〉12.1-11)》("Pierre délivré de prison [Ac. 12.1-11]"),*Nouvelles études sur les actes des apôtres*, LD 118 (Paris:Cerf, 1984),页 330;Haenchen,页 390-391;W. Radl,《监狱逃脱:〈使徒行传〉12 中圣经基本主题的艺术表现》("Befreiung aus dem Gefängnis. Die Darstellung eines biblischen

---

① 路加对亚基帕之死可怖的描述与约瑟夫斯《犹太古史》19.343-352 在很多方面都非常一致。

Grundthemas in Apg. 12"),*BZ* 27（1983）:81 – 86;Roloff,186 – 188;Conzelmann,页93;Zmijewski,页457;Jacob Jervell,《〈使徒行传〉的翻译和阐释》(*Die Apostelgeschichte übersetzt und erklärt*),Evangelisch – katholischer Kommentar zum Neuen Testament,简作 EKKNT,3,Göttingen: Vandenhoeck & Ruprecht,1998,页338;Fitzmyer,页485 – 486;以及 Ben Witherington III,页376。其他一些重要的论述包括 R. Eulenstein,《彼得从死亡的危险中奇迹般逃脱——〈使徒行传〉12.1 – 23》("Die wundersame Befreiung des Petrus aus Todesgefahr, Acta 12,1 – 23"),*Wort und Dienst*,简作 *WD*,12（1973）:43 – 69;Dupont,"获救出狱的彼得"(Pierre délivré);Radl,"自由"(Befreiung);以及 Susan R. Garrett,《逃脱束缚:〈路加福音〉9:31 和〈使徒行传〉12:1 – 24》("Exodus from Bondage: Luke 9:31 and Acts 12:1 – 24"),*CBQ* 53（1991）:628 – 643。关于《使徒行传》第十二章,我已发表了《催眠天使》("Soporific Angel")一文,这是我本人对《徒》第十二章的一个简要分析。]

我们将要看到,路加很有可能用《伊利亚特》卷二十四作为模板,自己创作了这一故事。

《伊》卷二十和《徒》第十二章中故事发生的背景或环境都非常相似。夺回赫克托尔的尸身要求将其从希腊军队的营地运送到特洛亚。荷马这样描述阿喀琉斯的防御工事:他自己的住所有两道门($\vartheta\acute{v}\varrho\eta$),都用一根巨大的枞木闩上,"要三个阿开奥斯人才能把它推上,要三个人才能把这根大门闩推开"(《伊》24.453 – 455)。"没有哪个凡人……可以轻松地拉开门闩将门($\vartheta v \varrho \acute{\alpha} \omega \nu$)打开。"(《伊》24.565 – 567）两位兵士跟着他:奥托墨冬(Automedon)和阿尔基摩斯(Alcimus)。门外保护营地周围的护墙的,是上着门闩的大门($\pi\acute{v}\lambda\alpha\iota$)和守卫($\varphi v \lambda \alpha \kappa \tau \tilde{\eta} \varrho \varepsilon \varsigma / \varphi \acute{v} \lambda \alpha \kappa \varepsilon \varsigma$)(《伊》24.443 – 446 和 566)。

[138]以下是路加设置的场景:彼得在监牢中被铁链锁着,睡在两个兵丁当中,门外也有看守($\varphi \acute{v} \lambda \alpha \kappa \acute{\varepsilon} \varsigma\ \tau \varepsilon\ \pi \varrho \grave{o}\ \tau \tilde{\eta} \varsigma\ \vartheta \acute{v} \varrho \alpha \varsigma$)。这些看守构成了"第一重守卫"($\pi \varrho \acute{\omega} \tau \eta \nu\ \varphi v \lambda \alpha \kappa \acute{\eta} \nu$)。另外一群人驻守在通往城内的铁

门内(τὴν πύλην τὴν σιδηρᾶν)(《徒》12:6 和 10)。希律王总共设置了 16 名看守——每四个兵丁一个班——和罗马采用四班兵丁轮流守夜的做法一致(《徒》12:4)。在夜间的任何时间,至少有四名看守醒着,在他们的岗位上守卫。可以推算,第一层看守和第二层看守分别有两个人。执勤时睡着了的看守将会丢掉性命(《徒》12:18 – 19)。下面的列表描绘了两个场景的相似之处。

阿喀琉斯的营棚

- 闩住的大门(θύρη/θύραι)有两个兵丁看守
- 营地四周紧锁的大门(πύλαι)里设置了守卫(φυλακτῆρες/φύλακες)

彼得的监牢

- 锁住的门(θύρη)有两个兵丁守护
- 监牢的门外设置了守卫(φύλακες),其他的分布在临街的铁门(πύλη)内

普里阿摩斯从阿喀琉斯的营地逃脱之后,在夜色中回到特洛亚城,特洛亚人正虔诚地为他守望。① 同样,彼得离开监狱后,也在夜色中来到马利亚家,在那里"有好些人聚集祷告"(《徒》12:5 和 12)。

路加对彼得逃脱的描述折射出普里阿摩斯的逃脱,二者如此近似,人们可以从下面的列表中看到其间的相似之处。

《伊》24.673 – 674,678 – 682, 《徒》12:6b – 9a②
以及 689 – 691

---

① 关于特洛亚人的祷告,见《伊》24.281 – 321 和 327 – 331。
② 附录中用希腊文提供了这些相似之处。

普里阿摩斯和传令官在前厅睡觉……

他们整夜躺卧(παννύχιοι)……但睡眠却不曾制服救助之神赫耳墨斯,他在考虑怎样把普里阿摩斯王从船舶间护送回去,不被强有力的守门人(πυλαωρούς)发现。

[在24.169和173中伊里斯被称作"天使"。]他因此站(στῆ)在他的头顶上方

对他这样说:……

[赫耳墨斯警示普里阿摩斯不要停留。]

[139]他这样说,那老人惊恐,把传令官唤醒(ἀνίστη)。赫耳墨斯为他们给骡和马上轭,匆忙赶着车,穿过营地,无人发现。

就在那个晚上(νυκτί),彼得被两条铁链锁着,睡在两个兵丁当中。

看守的人(φύλακες)也在门外看守。忽然有主的一个使者站在旁边(ἐπέστη),屋里有光照耀。天使拍彼得的肋旁,拍醒了他,说:"快快起来(ἀνάστα)!"(对比《伊》10.157–159)

那铁链就从他手上脱落下来。天使对他说:"束上带子,穿上鞋。"他就那样做。天使又说:"披上外衣,跟着我来。"彼得就跟着他出来。

两个文本之间的相似之处非常显著。两个文本中,都有两个面临危险的主人公,他们的敌人睡着了(κοιμήσαντο...εὗδον/κοιμώμενος),门卫夜间(παννύχιοι/νυκτί)在门口看守(πυλαωρούς/φύλακες...πρὸ τῆς θύρας)。都有神的使者来到他们面前,站在(στῆ/ἐπέστη)他们的头顶上方,叫醒他们(ἀνίστη/ἀνάστα)。赫耳墨斯和天使都关心主人公脱身的细节(套好战车和马车/让彼得穿好衣服),好领他们走出危险。当赫耳墨斯来见普里阿摩斯时,荷马并没有用ἄγγελος这个词来称呼赫耳墨斯,但是在其他地方,赫耳墨斯就像伊里斯,一个和他对应的女性人物一样,被

称为Διός ἄγγελος,"宙斯的使者"。

[例如,《奥德赛》5.29,《荷马的赞美诗》(Homeric Hymn)4(致赫耳墨斯)571–572 和 18(致赫耳墨斯)3,柏拉图《克拉底鲁》408b–c,欧里庇得斯《厄勒克特拉》(Electra)461 和《伊菲格涅亚在奥利斯》(Iphigenia at Aulis)1302,阿波罗尼俄斯《阿尔戈船英雄记》3.587–588,以及诺努斯《迪奥尼西卡》(Dionysiaca)3.433,20.262,以及38.76;关于伊里丝:《伊》24.169 和 173。关于赫耳墨斯作为一个传送梦幻的天使,见科尔努图斯《论神性》(De natura deorum)16。

Peter Hofrichter 认为,路加模仿《伊》卷二十四创作了天使的显现,不是模仿赫耳墨斯出现在普里阿摩斯面前,而是模仿行 77–100 中伊里丝出现在忒提斯面前的情景。他对其间的相似之处作了如下的总结:

> 夜里,彼得在监狱里;忒提斯在黑暗的海的深处一个很深的洞里(《使徒行传》12:4)。彼得睡在两个兵丁之间,由守卫看守着;忒提斯的周围坐着别的女海神(12:5)。天使走近彼得,拍他的肋旁,拍醒他,说:"快快起来!"伊里丝走近忒提斯,这样对她说"忒提斯,快起身!"(12:7)。彼得和忒提斯都穿好衣服准备离开(12:8)。二者都跟随神的使者的指引(12:9 和 10)。门为神的使者和彼得打开;水为伊里丝和忒提斯自动分开(12:11)。信徒们都聚集在称呼马可的约翰的母亲家里;众神都聚集在奥林波斯山(12:14)。彼得和忒提斯都被一个女性接待:使女罗大(Rhoda)为彼得打开门;忒提斯从女神赫拉手上接过欢迎的酒杯(12:15)。(《平行于〈伊〉的二十四首诗歌》["Parallele zum 24. Gesang der Ilias in den Engelerscheinungen des lukanischen Doppelwerkes"],Protokolle zur Bibel,简作 PzB,2[1993]:72)

这些相似之处非常清楚,或许启发了《使徒行传》第十二章的创作,但是赫耳墨斯两次出现在普里阿摩斯面前一事更具说服力。]

我们看到,正是赫耳墨斯这个信使/天使的角色,给笔名为卡利斯提尼斯的作者提供了改编的模板,创作了亚历山大伪装成赫耳墨斯,以他自己的信使身份去见大流士的故事。对《伊》卷二十四中赫耳墨斯出现在沉睡的普里阿摩斯面前这一情景的模仿,出现在很多古代文学作品中,特别明显的是维吉尔的《埃涅阿斯纪》。

[根据《埃涅阿斯纪》卷四,丘比特(=宙斯)派墨丘利(=赫耳墨斯)去到埃涅阿斯面前,警告他尽快离开迦太基。埃涅阿斯眼下并无危险,但是如果他继续待在迦太基,那他将永远无法实现丘比特创建罗马的设计。墨丘利也出现在埃涅阿斯面前两次,第一次是让他为离开做准备,第二次是让他离开。人们会回想起赫耳墨斯在《伊》卷二十四中出现在普里阿摩斯面前两次,第一次是陪同他到阿喀琉斯的营地,第二次是引导他离开。墨丘利第一次出现在埃涅阿斯面前,毫无疑问呼应了赫耳墨斯第一次出现在普里阿摩斯面前(对比《伊》24.331－353 和《埃》4.219－265)。

和《使徒行传》第十二章更多的相似之处,在于《埃涅阿斯纪》卷四中墨丘利的第二次访问罗马未来的创建者。当墨丘利再次走近埃涅阿斯时,他正在船上睡觉——这一次是在梦境中,墨丘利以自己的身份出现——墨丘利问埃涅阿斯:"神的儿子,你怎么能在这样的状况下睡觉呢?"(《埃》4.554－560)普里阿摩斯睡在阿喀琉斯的营地,这时赫耳墨斯站在他的头顶——显然是没有伪装的——说道:"老人家,你全然不顾眼前的危险,睡躺在敌营之中。"(《伊》24.683－684)墨丘利提醒埃涅阿斯眼下的危险并告诉他立刻离开,正如赫耳墨斯对普里阿摩斯的警告一样。维吉尔这样写道:"因此,他的话语(sic fatus)和黑色的夜混合在一起。"(《埃》4.570)荷马是这样写的,"他如是说道"($\overset{\text{\tiny{\}}}{\omega}\varsigma\ \overset{\text{\tiny{\}}}{\epsilon}\varphi\alpha\tau'$);五个诗行之后,"他回到了高高的奥林波斯山"(《伊》24.689 和694)。普里阿摩斯非常害怕($\overset{\text{\tiny{\}}}{\epsilon}\delta\delta\epsilon\iota\sigma\epsilon\nu$),叫醒伊代奥斯即刻离开;埃涅阿斯也"大为惊恐"(exterritus),叫醒友伴,即刻离开(《伊》24.689;《埃》4.571)。普里阿摩斯逃离了阿喀琉斯,埃涅阿斯逃离了狄多。亦可参见《奥德赛》4.803－804,6.21 和 41－42,以及 15.1－15 和 43－45。]

路加这样描述彼得的逃脱:

> 他们过了第一层、第二层监牢,就来到临街的铁门,那门自己

开了。他们出来,走过一条街,天使便离他去了。彼得醒悟过来,说:"我现在真知道主差遣他的使者,救我脱离希律的手和犹太百姓一切所盼望的。"(《徒》12:10 – 11)

尽管文本中并没有说得特别明白,但是读者可以推测出来,门口的看守与彼得坐监时身边的兵丁一样,都睡着了。

下面列表的左侧描述了赫耳墨斯的行为让普里阿摩斯进到希腊人的营地,这也是让普里阿摩斯得以逃脱的必要行为。列表右侧则是关于彼得脱身的情况。

《伊》24.443 – 447	《徒》12:10 – 11a
当他们驶到垒墙和保护船只的壕沟时,守兵们($φυλακτῆρες$)正忙着吃晚饭。那杀死阿尔戈斯的神、那向导给他们都洒上催眠的液汁。他然后把门闩推回去,打开门($πύλας$)把普里阿摩斯带进去。	他们过了第一层、第二层监牢($φυλακήν$), [读者应该可以推测出天使让守卫都睡着了。] 就来到临街的铁门($πύλην$),那门自己开了。他们出来,走过……

[140] 在列表两栏中,神的使者以及主人公都经过熟睡的守卫和闩着的门而不被人发现。但两个故事之间的相似性并没有到此结束。在赫耳墨斯将守卫催入睡眠,打开大门之前,普里阿摩斯猜测这位来帮助他的人是谁,对方说,"我是一个密尔弥冬人",阿喀琉斯的兵士(《伊》24.396 – 397)。然而,在完成这些奇迹之后,赫耳墨斯揭开了他的身份:

"老人家,到这里来的是一位永生的神,我乃是赫耳墨斯,父亲派我来当向导。但是我现在就要回去……"当他说完这句话,赫耳墨斯回到了奥林波斯山的峰脊。

当然,赫耳墨斯后来又返回来,帮助普里阿摩斯离开希腊人的营地,在此之后他又即刻消失了:"赫耳墨斯返回奥林波斯。"与之相似,天使打开门之前,彼得觉得他是在做梦:"彼得就出来跟着他,不知道天使所作是真的,只当见了异象。"直到奇迹般地从监狱里走出来,彼得才"醒悟过来"。他对自己说:"我现在真知道是主差遣他的使者。"

对比下面的列表:

《伊》24.692 以及 696 – 697	《徒》12:10b – 11b 以及 12a
当他们到达那流水悠悠,有圆涡旋转的克珊托斯河的渡口…… 赫耳墨斯返回奥林波斯, 他们呜咽哭泣,赶着马进城。	他们出来,走过一条街, 突然间,天使便离开他去了…… 彼得醒悟赤来,就往那……家去。

在两栏列表中,主人公一脱离险境,来到一个中立的地方(河边或街道),神的使者就离开了($ἀπέβη/ἀπέστη$),回到奥林波斯或天上。两个故事中的主人公走向他们爱的人("进城"或"往那……家去")。

面对这样的相似之处,某些形式评论家或许会认为,这些相似之处来自路加对监狱逃脱体裁的知识,并不一定是文学模仿。基于目前所能看到的证据,这或许是可能的解释,尤其是考虑到古代文学中这一体裁的流行性。这些相似之处尽管范围很广泛,而且在很多情况下是连续的,但它们也指向一个常见的体裁而不是模仿。然而,在下一章中,我们将会清楚地看到,彼得回到在马利亚和约翰·马可的房子里祈祷的信徒中间,对此最好解释成对《伊》卷二十四的刻意模仿。

15

希腊化时期的传说还是对荷马的模仿?

[141] 为了判断两个文本间的相似之处是体裁性的还是模仿性的,最迫切需要的是找到将两个文本捆绑在一起的共有特征,一些在体裁中找不到的特征集合(标准五,鲜明特征)。具有广泛学术影响力的克雷茨(Reinhard Kratz)发现,彼得监狱逃脱有一个主要方面,对于逃脱奇迹这一体裁来说是陌生的:彼得在约翰·马可的母亲马利亚家里被接待(《奇迹救援》,页460、470)。克雷茨和他之前的魏因赖希一样,避免谈论《徒》12:12-17,而评论家们则通常把彼得监狱逃脱的故事源头归结为耶路撒冷的传说,该传说由路加保存下来,但本身与彼得的逃脱无关。① 但是这个故事的特性直接指向《伊利亚特》。这块被形式评论家抛弃的石头,却成了模仿的基石。下面这段就是存在争议的文段。

> 他[彼得]醒悟过来[是主的使者帮助他从监狱逃脱的],就往那称呼马可的约翰,他母亲马利亚家去,在那里有好些人聚集祷告。彼得敲外门,有一个使女,名叫罗大,出来探听,听得是彼得的声音,就欢喜得顾不得开门,跑进去告诉众人说:"彼得站在门外。"他们说:"你是疯了!"使女极力地说:"真是他!"他们说:"必是他的天使。"彼得不住地敲门。他们开了门,看见他,就甚

---

① 例如,Dupont,1984[3],页330-331;Fitzmyer,页485;以及Zmijewski,页459。

惊奇。彼得摆手，不要他们作声，就告诉他们主怎样[142]领他出监，又说:"你们把这事告诉雅各和众弟兄。"于是出去，往别处去了。

这段奇怪的故事与普里阿摩斯返回特洛亚城相似，他被卡珊德拉认出，并且他进入城门的行为也被拖延。

很多评论家注意到马利亚的家里没有小屋。一个庭院和一面墙，一个临街的锁着的大门($πύλην$)，由一个使女看守(例如，Zmijewski，页464)。这个房子里聚集了很多人，他们聚集在一起为彼得祷告($ἱκανοὶ\ συνηθροισμένοι$)。一些学者把这一细节以及对房屋的不寻常的描述作为历史记忆的证据，"当地特色"。① 但这一描述同样有可能来自对荷马的模仿:一面墙，还有大门($πύλην$)，保护着特洛亚，居住在特洛亚城的人们在为普里阿摩斯的归来祷告。

几乎没有评论家给予罗大应有的关注:她是一个有着敏锐洞察力的人。彼得敲门，并宣告是他自己，仅凭他的声音，"她听得"($ἐπιγνοῦσα$)外面的人是彼得。在房子里的人没有认识到她的洞察力，还以为她无知。这部分与卡珊德拉认出普里阿摩斯相似。

《伊》24.697–700 以及 703–706	《徒》12:13–14②
[普里阿摩斯和伊代奥斯返回特洛亚]	彼得敲外门，
谁也不曾认出($ἔγνω$)他们，无论是男人或束带的女人，那美似金	有一个使女，名叫罗大，出来探听。听得($ἐπιγνοῦσα$)是

---

① William M. Ramsay 将细节视为历史可信度的证据:"我们认为此处是使女[罗大]根据自己的回忆，讲述给路加，并被他富有同情感和理解力的心灵所领会。"(1920，页209)

② 附录中呈现了希腊语中的相似之处。

色的阿芙洛狄忒的卡珊德拉，上到卫城。她认出(εἰσενόησεν)了她亲爱的父亲……她尖叫一声，向整座城市大声呼唤："特洛亚的男人和女人，快去看赫克托尔回来！要是他活着时作战回来，你们见了心里高兴(χαίρετ')，视为城邦和人民的大乐事(χάρμα)。"	彼得的声音，就欢喜(χαρᾶς)得顾不得开门，跑进去告诉众人说："彼得站在门外。"

在荷马史诗中，卡珊德拉并不是一个有洞察力的人，但是后来读者在这个故事中可以看到她超自然的洞察能力。①

这或许是希腊文学或拉丁文学中最后一次有人相信她，一个被忽略的预言家。根据一个古代神话作者的讲述，

> 因为阿波罗想向她求爱，他答应教她预言未来的事。她学会了这个技能，但是却不愿接受他的求爱，阿波罗剥夺了她让人信服她的预言的能力。②

希腊化时期的诗人里可弗朗(Lycophron)写了一部完整的作品，[143]讲述卡珊德拉众所周知的不能让他人相信的预言能力。1474行诗句中，一个奴隶讲述了她如何预言特洛亚城的陷落、阿开奥斯人的返程，以及很多其他神奇的事件，但却如何不被人们相信的故事。根据昆图斯，卡珊德拉预言了特洛亚木马将会给这个城市带来毁灭，并且告诉

---

① 注释者们反对突出她的预见能力，认为她走到那个高塔只是出于作为女儿和妹妹的悲痛。

② 阿波罗多洛斯的《文库》3.12.5。同样可参阅埃斯库罗斯《阿伽门农》1203－1212和维吉尔《埃涅阿斯纪》2.246－247。

了其他人,但是他们都不相信她的话。她抱怨道:"无论我说什么,你们都不相信我。"(《续荷马史诗》12.546)事实上,他们都认为她疯了(《续荷马史诗》12.555-557)。罗大——路加版本中的卡珊德拉,也无法让其他人相信她。①

特洛亚人在城门外迎接普里阿摩斯,他们蜂拥而至,大声痛哭,以至于普里阿摩斯王一时之间不能进到城里。直到他命令他们进城尽情地悼泣,他们才站开,给车让路。彼得同样被滞留在门外:

> 彼得不住地敲门;他们开了门,看见他,就甚惊奇。彼得摆手,不要他们作声,就告诉他们主怎样领他出监。

《徒》第十二章和《伊利亚特》卷二十四中的相似之处如此广泛,且在一定程度上是独特的,因此人们应该考虑这种文学上的联系绝非貌似真实,而是很可能存在。下面方括号里的内容出现在普里阿摩斯进入希腊人的营地,而非他逃脱之时。

《伊》24	《徒》12:1-17
● 阿喀琉斯杀死了很多特洛亚人,包括赫克托尔。	● "希律王下手苦害"教会中几个人,并且杀死了雅各。
● 普里阿摩斯夜间启程,与此同时,处在恐惧中的特洛亚人为他安全返回而祷告(299-321)。	● 希律王捉拿了彼得,与此同时,在耶路撒冷的信徒为他的获释而祷告。

---

① 关于罗大的文学角色的另一种评价,见 J. Albert Harrill,《奔跑的使女罗大的戏剧功能(〈使徒行传〉12.13-16):一则希腊罗马式的喜剧》("The Dramatic Function of the Running Slave Rhoda (Acts 12.13-16): A Piece of Greco-Roman Comedy"), *NTS* 46(2000):150-157。

- 普里阿摩斯和其他人睡在 (κοιμήσαντο) 阿喀琉斯的住所, 四周都是敌人的军队 (673–675)。

- "强有力的守门人"看守在门口 (681)。

- 午夜时, 赫耳墨斯, 宙斯的使者, 站 (στῆ) 在普里阿摩斯的头顶上方, 警示他危险的存在 (682–88)。普里阿摩斯叫醒伊代奥斯。

- 赫耳墨斯套好马车和骡车 (689–690)。

- 赫耳墨斯赶着马车出了营地, 没有被熟睡的守卫发现 (691)。

- [为了让普里阿摩斯安全地进到希腊人的营地, 赫耳墨斯将希腊的守卫 (φυλακτῆρες / φύλακες) 催入睡眠, 并且 [144] 为老人把门打开 (453–469)。]

- [打开大门之后, 普里阿摩斯意识到和他同行的这个人是神。揭开了他的身份之后, "赫耳墨斯离开他们返回奥林波斯" (460–468; 比较 694)。]

- 彼得在监牢里睡 (κοιμώμενος) 在两个兵丁当中。

- "看守的人 (φύλακες) 在门外看守 (φυλάσσειν)。"

- 午夜时, "主的使者"站在他的旁边 (ἐπέστη), 对他说道: "快快起来。"
彼得就醒了。

- 天使告诉彼得穿好衣服。

- 天使带领彼得走出监狱, 没有被熟睡的守卫发现。

- 为了让彼得安全地走出监狱,
天使很显然是将守卫催入睡眠, 然后打开了监狱的门。

- 彼得从监狱逃脱之后, 天使离开。彼得"现在真知道主差遣他的使者"。

- 普里阿摩斯返回特洛亚(696 – 697)。
- 卡珊德拉看见普里阿摩斯向城门走来,跑去告诉其他人(697 – 706)。
- 卡珊德拉通常被视为疯子。
- 普里阿摩斯在门外等待(707 – 717)
- 最后,城门打开,特洛亚人继续恸哭举哀(718 – 722)。

- 彼得朝马利亚的家走去。
- 罗大听到彼得敲门,听出了他的声音,跑去告诉其他人。
- 房子里的人认为罗大疯了。
- 彼得在门外等候。
- ≠最后,大门打开,彼得告诉他们"主"所做的奇妙的事情。

两个故事之间还有最后一个可能的相似之处值得注意。《徒》第十二章处于一个重要的节点,因为它是对该卷书前半部分的总结,在这个故事中彼得是主要人物。使徒彼得在《徒》中仅仅再出现了一次,是在耶路撒冷教会的会议上,他讲述哥尼流及其家人归信的事,力主向外邦人传道,那件事在《徒》第十章和十一章中曾有讲述(《徒》15:7 – 14)。自希律王死后,叙述者就把注意力转向了扫罗/保罗,他成为后半部分的主人公。从监狱营救彼得因此就完成了《徒》中圣彼得的部分;当然,赎回赫克托尔的尸身以及他的安葬则结束了整部《伊利亚特》。

《徒》中的一个细节不仅独特,还起到了旗帜作用,让读者能够回想起《伊利亚特》卷二十四。古代作者通常会借助一些重要名字来提示读者注意他对特定先在文本的模仿。第十三章讨论过的《亚历山大传奇》中的模仿显然就是一例。作者通过使用赫耳墨斯、欧墨洛斯以及斯特朗戈这些名字来暗示先前的文本。路加则通过使用罗大的名字,即"玫瑰"(Rose),来指向先前那个文本。① "罗大"的名字指向卡珊德拉;但并不是指整个神话故事中的卡珊德拉,而只是荷马笔下一行诗中的卡珊德拉。《伊利亚特》24.699 独一无二地将卡珊德拉和阿芙洛狄忒关联起来:"那美似金色的阿芙洛狄忒的卡珊德拉。"当克里索斯托(Dio Chrysostom)提醒他的读者,荷马说过卡珊德拉"和阿芙洛狄忒一样美"时,他其实是想起了这一行诗句(《祷词》16.21)。反过来,女爱神几乎和玫瑰等同,这是艺术作品中她的标志。② 她和玫瑰的关系已经在《伊利亚特》卷二十三出现了,诗人说她[阿芙洛狄忒]为了防止腐烂,"用玫瑰(ῥοδόεντι)神膏涂抹尸身"(《伊》23.186-187)。荷马对阿芙洛狄忒的起保护作用的玫瑰神膏的描述,显然激发人创制了不同寻常的以女神的形象烧制的长颈陶器装油瓶,它们通常出现在墓穴里。③ 阿芙洛狄忒的雕像有时也会伴随一个长颈的玫瑰油瓶出现。④

[145]根据欧里庇得斯,阿芙洛狄忒给她的头上"戴着布满芬芳的玫瑰的花环"(《美狄亚》840-841)。斯塔提乌斯把玫瑰称作"对阿芙洛狄忒的邀请"(《琉喀珀和克利托丰》2.1)。我们还有证据"编织花环的玫瑰是从阿芙洛狄忒的花园里采摘的,恋人们把它挂在新房里"(希米利乌斯[Himerius],《雄辩术与演说词》[Declamationes et orationes]

---

① 《路加福音》第二十四章中革流巴(Cleopas)和以马忤斯两个名称,似乎指向欧律克蕾娅和欧墨洛斯,奥德修斯的两个仆人,他们通过奥德修斯的伤疤认出了他。犹推古(Eutychus)的名字,"幸运的",是对荷马《奥德赛》卷十至十二中"不幸的"厄尔皮诺的转化。在《使徒行传》第十六章中,吕底亚(Lydia)的名字把她定义为一个基督教的"吕底亚妇女"或"女祭司",如同在欧里庇得斯的《酒神的女祭司们》中一样。

② 见 LIMC,"Aphrodite",词条 816,一枚钱币上表现了坐着的阿芙洛狄忒正在嗅一朵玫瑰。同样可见词条 1049 和 1323。

③ 见 LIMC,"Aphrodite",词条 72-75。

④ 见 LIMC,"Aphrodite",词条 227 和 696-706。

9.229)。其他关于阿芙洛狄忒和玫瑰的证据还有很多。① 比如,保萨纽斯(Pausanius)说,伊利斯城邦是美惠三女神(Graces)的一座神庙的所在地,那里有一些手拿一朵玫瑰和一枝香桃木的女神雕像。

她们手里拿着这些东西的原因或许是这样。玫瑰和香桃木对阿芙洛狄忒是神圣的,并且和阿多尼斯(Adonis)的故事有关系,而美惠三女神则具备所有与阿芙洛狄特最为接近的神性。(《希腊史》6.24.7)。

和阿多尼斯的联系是这样:阿多尼斯死时喷出的血迅速长成了一朵玫瑰,或根据一种异文,阿芙洛狄特本人被白玫瑰丛上的一根刺扎伤,她流出的血把那些玫瑰染成了红色。菲洛斯特拉托斯描述了一位爱人:"玫瑰花,裹在叶子里,就像长上了翅膀,迅速地飞向你。请温柔地接受它们吧,把它们当作阿多尼斯的纪念品,或当作阿芙洛狄特的芳香。"(《情书》1[29];对比4[37])像这样把玫瑰等同于阿芙洛狄忒很常见,据此,罗大这个名字以及她无法让他人相信这一特征,就提醒读者将她视作卡珊德拉的化身,"和金色的阿芙洛狄忒[玫瑰女神]一样"。

最后一个标准是可解释性,这尤其是仿写或改进模板的证据。

---

① 例如,巴库利德斯(Bacchylides)17.116,忒俄克里托斯(Theocritus)10.33,萨福(Sappho)2.6-8,喀利同《凯勒阿斯和卡利洛俄》3.2.17,阿忒纳奥斯《智者之宴》15.30.12 和 37.14,斐洛斯特拉托斯《中简与对话》(*Epistula et dialexeis*)1.4.13,诺努斯《狄奥尼西卡》13.358,31.210,以及 33.56。阿芙洛狄忒和玫瑰的紧密联系,可以解释她生了宁芙罗德斯("玫瑰")这一传说(品达《奥林匹亚颂歌》[*Olympian Odes*]7.14;对比埃庇米尼得斯残篇,18.1)。罗兹岛,"玫瑰之岛",是女爱神庙宇的所在之地,她的雕像引发了很多的模仿(见*LIMC*,"Aphrodite",740)。斯塔提乌斯讲述了阿芙洛狄忒如何把一个名叫洛多庇斯(Rhodopis)("蔷薇色的")的冷漠少女变成一个热情的恋人,然后又转变成一汪泉水,少女们都前来这里纪念女神(《琉喀珀和克利托丰》8.12)。

《伊利亚特》的故事以安葬赫克托尔尸身的悲惨葬礼结束,《徒》的故事则以信徒关于彼得平安释放的祷告得以实现,以及在马利亚家的大欢喜结束。

　　如果这种对《徒》十二章 1 至 17 节的解读正确的话,那么它对阅读《徒》中所有故事都有巨大意义。路加期待比较有领悟力的读者能够看出,他的故事是对荷马史诗的再叙述。就《徒》十二章而言,他的目的绝对不是记录历史,而几乎全部是文学上的和神学上的。然而,这个特殊的例子不同凡响,因为"罗大"这个名字已假设读者能够通过古代希腊文学的一个独特联系,即"美似金色的阿芙洛狄忒的卡珊德拉",将她和卡珊德拉联系起来。路加对他的读者理解荷马的能力的期待,表明了我们现代读者在赏析古代文本的互文技巧上是多么不足。

结　语

　　[146]《使徒行传》的创作，当然是历史记忆、传说、通俗布道以及文学创作复杂的相互影响的产物。这本书中提到的四个故事，看似都对《伊利亚特》中的故事进行了模仿，但是它们同样包含着一些特征，表明了历史记忆和传说的存在。比如，在《徒》一章15至26节的背后，几乎可以肯定隐藏了犹大之死的信息，否则很难解释路加的讲述与《马太福音》二十七章1至10节之间的相似性。尽管路加似乎是以《伊利亚特》卷二十四为模板创作了彼得监狱逃脱的故事，但他同样了解关于雅各和希律亚基帕之死的传说。保罗对以弗所长老们的临别赠言，充满了极具代表性的保罗书信和相关故事的影子，显出路加在写作之前似乎读了很多使徒书信。

　　事实上，《路加福音》的前言似乎暗示，作者着手要创作一部历史著作，一些保守的学者也力图证明这一点的可靠性。很多形式批评家同样认为，路加试图写一部史书，尽管他那些过于轻信的资料来源承担不了这个目的。因此，他们把路加的文学成就，视作仅仅对传说进行组装、重装和编辑，使之成为一部有意义的故事。但另一方面，这卷书也表明，路加创作的每个故事，都是对《伊利亚特》中故事的模仿或改写，并没有从先在的传说中寻求支持。他绝不是一个仅仅轻信传说的编辑者，而是一个富有经验的作家；是我们，他的读者，[147]太过幼稚。他不是仅仅记述真实发生的故事，他还编造故事，因为他的兴趣在于提出他本人对耶稣基督所传福音的理解。

结　语

　　学者习以为常地把本书讨论的四个故事归于路加之前的传说。最常见的一种看法认为，《徒》一章 15 至 26 节中选择马提亚来替代犹大是一个耶路撒冷传说。《徒》十章 1 节至十一章 18 节常被学者们视作一个凯撒利亚的传说，该传说讲述第一批外邦人的归信，以及在那里建立起一个多民族教会的事。《徒》十二章 1 至 17 节中彼得的第二次监狱逃脱或许不是历史事实，但评论家们把它视作一个巴勒斯坦的原始传说，该传说可能部分来自流行的希腊宗教比如酒神崇拜中的监狱逃脱故事。最后，几乎所有的学者都认为，《徒》二十章 17 至 38 节中保罗对以弗所长老的著名的临别赠言，来自路加对典型的圣保罗词汇和表达的重塑，并以此形成了一个以犹太惯例为模板的遗训文本。

　　但是，这些故事的每一个都与荷马的《伊利亚特》有着潜在的相似性，为了理解它们之间的关系，这本书用了六条判断模仿的标准来验证。第一条标准是可及性，即在物理意义上对模板的接触。鉴于本书所提出的每一个样例都来自《伊利亚特》，这本在古代文学中最有名、最普及的文本，标准一确定可以完全得到满足。

　　第二条标准是类比，它检测是否其他作者模仿了同一个故事。只有一个荷马的模板缺乏类似的模仿（拈阄为赫克托尔选择对手），此外所有其他方面都成为频繁模仿的目标。阿伽门农骗人的幻梦以及蛇和麻雀的征兆，成为《奥德赛》、埃斯库罗斯、希罗多德、维吉尔、卢坎、斯塔提乌斯、伊塔利库斯、菲洛斯特拉托斯以及诺努斯创作的模板。普里阿摩斯赎回赫克托尔的尸身的故事，为《奥德赛》、阿波罗尼俄斯、阿塔帕努斯、维吉尔、卡利斯提尼斯、诺努斯以及很多基督教文本，包括为《马可福音》、《安德烈行传》提供了资料。赫克托尔和安德罗马克的告别，为《奥德赛》、阿里斯托芬、索福克勒斯、希罗多德、色诺芬、柏拉图、阿波罗尼俄斯、喀利同、维吉尔以及伊塔利库斯提供了模仿的对象。赫克托尔为阿斯提阿那克斯的祷告，被索福克勒斯、喀利同、维吉尔以伊塔利库斯模仿。以上列举的模仿并不是全部，但足以说明路加的模仿在古代能够找到其类似物。

密集度是第三条标准,顺序是第四条标准。它们分别评估两个文本之间相似之处的密集程度及其相对顺序。本书第 5、8、11 章以及第 15 章都用列表的方式,列举了荷马史诗与路加故事之间的相似主题,并且在附录中提供了这些相似之处的原文文本。此处不再赘述。不仅所列举的这些可能共享的主题非常广泛,并且大部分的相似点都以相同的[148]顺序出现在两部作品中。多数情况下,路加的模仿都比其他模仿荷马的作品模仿得更为全面。

第五条,也是最有决定性的标准,是鲜明特征,即在模板和所讨论的模仿作品中存在一些不常见的词汇、短语、名称或主题,将两个文本紧紧关联在一起。比如,《徒》第一章中的摇签包含了荷马的词汇,在新约他处再没有出现过。《伊》卷七中为埃阿斯拈阄的故事再没有其他模仿,说明了它和《徒》一章 15 至 26 节共同具有的鲜明特征。哥尼流和彼得所见的异象,分享了《伊》卷二中的一些独特特征:异象发生的地点临海,异象和征兆的发生在时间上一致,将征兆中的动物解释为族群,以及主人公几乎逐字对他人重述异象。

彼得从监狱逃脱,与普里阿摩斯的逃脱,最鲜明的特征是主人公返回到所爱的人身边。在史诗中,"美似金色的阿芙洛狄忒的卡珊德拉"隔着很远的距离看见了普里阿摩斯、伊代奥斯,也看见了赫克托尔的尸身,呼唤特洛亚人前去迎接,他们拥挤在门口,阻延了普里阿摩斯进到城内。在《徒》中,罗大("玫瑰",代表女神阿芙洛狄忒的花)听出了彼得的声音,告诉屋子里的其他人彼得逃出来了,但是没有人相信;彼得被滞留在门外敲门,就像普里阿摩斯被滞留在特洛亚城门前一样。

保罗向以弗所长老告别的片断,与《伊》卷六共享了独特的场景和时间安排。保罗和赫克托尔都是暴力的对象,都心甘情愿面对自己的命运。在两个故事中,他们的迫切心情都使得他们与所爱之人的告别发生在离家很远的地方。赫克托尔和安德罗马克在特洛亚的城门口告别；保罗和长老们在米利都而非以弗所告别。另外，两位主人公的临别赠言都发生在他们死前很久，和典型的遗训不一样。这种对告别的时间设置，加强了两部作品中后续叙事的悲伤基调。那些试图否认路加模仿史诗的人，必须对这些鲜明的相似性作出某种解释。

最后一条标准是可解释性，即，任何对比都能进一步说明假定的模仿文本。或许最具说服力的例子是，《伊》卷二提供了理解哥尼流和彼得的异象的线索。阿伽门农因他的傲慢而闻名，当梦神奥涅伊洛斯来见他时，他正在睡觉，并且宙斯派来的幻梦具有虚假性。相反，哥尼流是醒着做祷告时天使来见他，并且天使非常谦卑地对待使徒，就像彼得是神一样。另外，天使的信息是真实的，是救人性质的。梦神奥涅伊洛斯传令阿伽门农去和特洛亚人作战，薛西斯、庞培、图努斯、厄特克勒斯以及汉尼拔也同样接受了幻梦的指令，坚持带领军队去战斗，最终导致大部人马为此丧命。相反，哥尼流和彼得的异象却消除了犹太人与外邦人、东方与西方之间的差异。

[149]《徒》第十二章中最不容易看出模仿。在天使、彼得及罗大的活动中，并没有明显构成对赫耳墨斯、晋里阿摩斯及克珊德拉活动的批评。假如二者之间存在模仿，那或许在于事件的结果。普里阿摩斯从阿喀琉斯的营地逃脱了，但他返回后只能埋葬他的儿子，然后等待特洛亚城的陷落。相反，彼得不仅从希律王的监狱逃脱，返回到信徒聚集的马利亚家，使得大家分外欣喜，在这之后不久，上帝还在希律身上为他复了仇。

路加荷马对史诗的模仿在保罗的临别赠言中相对更清楚。赫克托尔的英雄气概由他在战场上的勇敢构成，他为儿子祷告，希望他在斩杀敌人和掠获战利品上具有出众的能力。而保罗的英雄气概由向他人提供"有益的"东西构成；他"从不贪慕他人的金、银或衣服"。他为长老们祷告，希望他们也能够关爱较弱的人。宙斯拒绝了赫克托尔为阿斯提阿那克斯的祷告，但是《徒》的读者可以推想，上帝垂允了保罗为长老们的祷告。

关于新约圣经受希腊诗歌影响的研究相当晚近才出现,但遭到了质疑,正如人们也质疑新约圣经受了旧约圣经及别的犹太教文本影响一样,事实上,后者影响新约跟荷马影响新约的程度一样大,而且常常更为明显。这些影响是有意识的操作,还是无意为之呢?在很多例子中,或许可以说,作者相当精通希伯来圣经或荷马史诗,以至于他无意识地对它们进行了模仿。

在那些作者或许存在有意识地借用的例子中,他或她这样做是隐秘的呢,还是明显的呢?作者也许并不关心读者是否能觉察到存在一个模板。他可能只是为了一种单纯的快乐,以重塑深爱的文学文本来表达自己的思想。模仿成功的模板通常有助于故事的创作,因此,修辞学家会训练有潜力成为作家的人把自己的模仿伪装起来,以避免被人指控为剽窃或拙劣的复制。这种隐藏通常需要采取折中,即用到两个、三个甚至四个或五个模板。保存下来的学校作业、修辞指南以及古代文学批评详细讨论了模仿,并且指明了模仿和效仿在古代教育中起到的重要作用。

在另外一些案例中,作者则通过提供互文的标记来提醒读者模拟或效仿的存在,以此申明自己在模仿。这是最为巧妙地对模仿的使用,这本书里讨论的大部分模仿,异教徒的或基督徒的,都属于这种类型。除非读者对模板有所了解,否则他们根本觉察不到其中的模仿。不幸的是,这些标志或标记通常使用得如此微妙,并且具有文化特性,当代的读者可能认识不到。对他们来说明显的东西,对我们来说可能恰好是隐秘的。

假如作者就是在蓄意模仿,他或她是否期待每一位读者都能识别呢?一些文本,比如《埃涅阿斯纪》,模仿的痕迹如此明显,以至于[150]对荷马史诗不是非常了解的读者或许也能听到荷马的回音,但这种露骨的模仿属于例外情况,部分因为它们可以程式化。在绝大多数情况下,模仿将一个值得探究的意义体(sensus plenior)——在表面之下的一个更丰满的意义,有点像寓言——伪装起来,后者要表达的是更精微复杂的东西。发现作者在某处巧妙而不露声色地改编了某个流行故事,通常叫人发出会心一笑,仿佛作者在一个隐秘的典故中眨了一下眼睛。希腊化时期和罗马时期的知识分子认为,荷马史诗本身就包含了很多的寓言。① 同样,犹太人和基督徒在读他们的经文时,也旨在获得深层的意义:斐洛和奥利金就是最为著名的例子。倘若古代读者津津乐道这种隐秘的发现,然后去学习和研究,那么,他们也能带着这种隐含的深层意义去写作就不足为奇了。新约的研究者们就一直认为,微妙地引用犹太经书中的典故可以引出深刻的互文式解经。

类似地,《安德烈行传》也基督化了希腊神话,它呈现经过改进的人物,来对照异教徒的神和英雄,后者很多都因为他们道德的瑕疵而臭名昭著。比如改进的战神扔掉了他的胳膊,改进的宙斯不再追求女人,改进的阿芙洛狄忒拥有贞节。书中每一个主要人物都能从希腊史诗、肃剧或哲学作品中找到对应的人物。假如人们读到这部作品仅仅是为了其表层意义,那么它也可以成为引人入胜的故事。作者给这部著作提供了一个自己的后记,在不同的读者间作了区分:有解释眼光的和没有解释眼光的。

  在这里,对蒙福的故事、行迹以及难以言说的神秘事物,我要做一个总结。就让这成为最后一笔吧。首先我要为我自己祈祷,祈祷我所听说的事正如一直所传讲的一样,既有明显的事,又有只有智者可以理解的隐晦的事。其次,我要为所有相信所说事情的人祈祷,祈祷他们彼此团契,因为上帝为听他的人打开了听的耳朵,可以明白他在我主耶稣基督里所赐的一切恩惠。愿荣耀、尊贵、能力,并那全然圣洁、良善、永活的灵,都归于父和我主耶稣基

---

① 见 Buffière,1956,以及 Lamberton,1992。

督,从今时到永远,以至永永远远。阿门。

"相信所说的事情"是一回事,上帝"为听他话的人打开了听的耳朵"来领受"一切恩惠"则是另一回事。我们对史诗的相对无知,让我们中大部分人听到的只能是"明显的事",而不是"只有智者可以理解的隐晦的事"。

如果一个作者进行了明显的模仿,那么他或她这么做是为了什么目的呢? 这个问题的答案对于每个实例都是唯一的,可能性似乎无穷多,正如专家们在互文研究中观察到的一样。比如,在一些情况下,作者或许希望牺牲他们的模板来表明他们自己的精湛技巧;另外一些作者或许想通过模仿,为其作品提供一种来自公认经典的权威;还有一些作者或许试图通过模仿来嘲弄、攻击、戏仿或者讽刺他们的目标文本。吉奈特(Genette)[151]提到文本间的"价值重估"(transvaluation),即策略性地用新的价值代替目标文本的价值(《羊皮纸文献》)。这本书里提出的很多模仿都符合这一描述。哥尼流和彼得的异象,重新评估了原始神话和史诗中种族间的冲突。上帝不说谎,希腊人与其他蛮族人也不再需要相争。拈阄选择了埃阿斯去参加战斗;摇签则选择了马提亚作为耶稣复活的见证。赫克托尔为他的儿子祈祷,希望他长大后能成为一个杀戮敌人、掠获战利品的卓越勇士;保罗为长老们祈祷,则是希望他们能够像他一样坚固去帮扶较弱的人。

如果这本书的导向正确的话,那么它将具有深远的神学意义。当代神学家往往承认新约叙事的权威性,理由是它与早期基督教运动传统的连续性。从这个角度看,福音书和《使徒行传》其实是一个口头和文字写作的线性进程的产物——尽管是个有些复杂的线性进程——你可以用批判的眼光去读,也可以用欣赏的眼光去读。即便它们可能并非记录历史事件,那也记录了早期教会曾有的希望、理想、传道和习俗。然而,如果我们承认路加很多故事的创作并没有从传说中获取信息,这一观点就必须加以修正。毫无疑问,他的确接触到一些传说和原始资料,但是它们绝没有因此规定他的叙事形式。就像同时代从事文学创作的人一样,他很好地控制着自己的创作,包括创作他的故事,使之成为他的文化中主流宗教叙事之外的另一种选择。古代的福音传播从很大程度上讲是 mythomachia,即相互竞争的虚构故事之间的战斗。路加至少在两条阵线上同时作战——背后是犹太经书,面前是希腊诗歌。路加作品的主要长处不在于与历史事件或传统之间的线性连续,而在于他策略性地转化了古代叙事。

这本书以这样一个古老的问题开头:"谁能说散文的创作没有依赖于荷马史诗呢?"① 说这话的斐洛得摩斯肯定会惊奇,因为他发现,两千年来,学者们几乎普遍否认这样的影响同样作用于新约。新约模仿了荷马史诗吗? 对我来说,这个问题的答案是一个响亮的"是!"。你很难忽视书中提出的相似性,将之视为巧合或不重要。另外,假如路加在这里模仿了古典诗歌,那么他和其他早期基督教作者肯定也可能在别处这么做。或许现在是时候提出一个更全面、更有挑战性的问题了:新约中有多少内容模仿了荷马?

---

① 斐洛得摩斯,《诗学》5.30.36 – 31.2(Jensen,67 – 69)。

附 录

Introduction

1 Kings 17:10–24 (LXX)
καὶ ἀνέστη καὶ ἐπορεύθη εἰς Σαρεπτα

Luke 7:11–16
καὶ ἐγένετο ἐν τῷ ἑξῆς ἐπορεύθη εἰς
πόλιν καλουμένην Ναΐν,
καὶ συνεπορεύοντο αὐτῷ οἱ μαθηταὶ αὐτοῦ
καὶ ὄχλος πολύς.

καὶ ἦλθεν εἰς τὸν πυλῶνα τῆς πόλεως,
καὶ ἰδοὺ ἐκεῖ γυνὴ χήρα
συνέλεγεν ξύλα. . . .

ὡς δὲ ἤγγισεν τῇ πύλῃ τῆς πόλεως,
καὶ ἰδοὺ ἐξεκομίζετο τεθνηκὼς
μονογενὴς υἱὸς τῇ μητρὶ αὐτοῦ
καὶ αὐτὴ ἦν χήρα, καὶ ὄχλος τῆς πόλεως
ἱκανὸς ἦν σὺν αὐτῇ. καὶ ἰδὼν αὐτήν
ὁ κύριος ἐσπλαγχνίσθη ἐπ' αὐτῇ

καὶ εἶπεν Ηλιου πρὸς τὴν γυναῖκα·
δός μοι τὸν υἱόν σου.
καὶ ἔλαβεν αὐτὸν ἐκ τοῦ κόλπου αὐτῆς
καὶ ἀνήνεγκεν αὐτὸν εἰς τὸ ὑπερῷον,
ἐν ᾧ αὐτὸς ἐκάθητο ἐκεῖ,
καὶ ἐκοίμισεν αὐτὸν ἐπὶ τῆς κλίνης
αὐτοῦ. . . .

καὶ εἶπεν αὐτῇ·
μὴ κλαῖε.
καὶ προσελθὼν ἥψατο τῆς σοροῦ,
οἱ δὲ βαστάζοντες ἔστησαν,

καὶ ἐνεφύσησεν τῷ παιδαρίῳ τρὶς καὶ
ἐπεκαλέσατο τὸν κύριον
καὶ εἶπεν· κύριε ὁ θεός μου,
ἐπιστραφήτω δὴ ἡ ψυχὴ τοῦ
παιδαρίου τούτου εἰς αὐτόν.
καὶ ἐγένετο οὕτως,
καὶ ἀνεβόησεν τὸ παιδάριον.
καὶ κατήγαγεν αὐτὸν ἀπὸ τοῦ ὑπερῴου
εἰς τὸν οἶκον
καὶ ἔδωκεν αὐτὸν τῇ μητρὶ αὐτοῦ. . . .

καὶ εἶπεν· νεανίσκε, σοὶ λέγω, ἐγέρθητι.

καὶ ἀνεκάθισεν ὁ νεκρὸς
καὶ ἤρξατο λαλεῖν,

καὶ ἔδωκεν αὐτὸν τῇ μητρὶ αὐτοῦ.
ἔλαβεν δὲ φόβος πάντας

καὶ εἶπεν ἡ γυνὴ πρὸς Ηλιου
ἰδοὺ ἔγνωκα ὅτι ἄνθρωπος θεοῦ εἶ σὺ
καὶ ῥῆμα κυρίου ἐν στόματί σου
ἀληθινόν.

καὶ ἐδόξαζον τὸν θεὸν λέγοντες
ὅτι προφήτης μέγας ἠγέρθη ἐν ἡμῖν
καὶ ὅτι ἐπεσκέψατο ὁ θεὸς
τὸν λαὸν αὐτοῦ.

Chapter 3

Iliad 2.18–21
τὸν δὲ κίχανεν εὕδοντ' ἐν κλισίῃ,
περὶ δ' ἀμβρόσιος κέχυθ' ὕπνος.
στῆ δ' ἄρ' ὑπὲρ κεφαλῆς Νηληίῳ
υἷι ἐοικώς, Νέστορι, τόν ῥα μάλιστα
γερόντων τῖ' Ἀγαμέμνων.

Aeneid 7.413–16 and 419
tectis hic Turnus in altis iam mediam nigra
carpebat nocte quietem.
Allecto torvam faciem et furialia membra
exuit, in voltus sese transformat anilis. ...
fit Calybe Iunonis anus templique sacerdos.

Iliad 2.22–25
τῷ μιν ἐεισάμενος
προσεφώνεε θεῖος ὄνειρος·
εὕδεις, Ἀτρέος υἱὲ δαΐφρονος
ἱπποδάμοιο; οὐ χρὴ παννύχιον εὕδειν
βουληφόρον ἄνδρα, ᾧ λαοί τ'
ἐπιτετράφαται καὶ τόσσα μέμηλε.

Aeneid 7.420–22
et iuveni ante oculos
his se cum vocibus offert:
Turne, tot incassum fusos patiere labores,
et tua Dardaniis transcribi sceptra colonis?

Iliad 2.28–30
θωρῆξαί σε κέλευσε κάρη κομόωντας
Ἀχαιοὺς πανσυδίῃ· νῦν γάρ κεν
ἕλοις πόλιν εὐρυάγυιαν Τρώων

Aeneid 7.429–31
Quare age et armari pubem portisque moveri
laetus in arma para, et Phrygios ...
duces pictasque exure carinas.

Iliad 2.16 and 18–19
βῆ δ' ἄρ' ὄνειρος, ἐπεὶ τὸν μῦθον
ἄκουσε ...
βῆ δ' ἄρ' ἐπ' Ἀτρεΐδην Ἀγαμέμνονα·
τὸν δὲ κίχανεν εὕδοντ' ἐν κλισίῃ,
περὶ δ' ἀμβρόσιος κέχυθ' ὕπνος.

Thebaid 2.89–90 and 93–94
Nox ea, cum tacita volucer Cyllenius aura
regis Echionii stratis adlapsus ...
habet ille soporem.

tunc senior quae iussus agit.

Iliad 2.20–21
στῆ δ' ἄρ' ὑπὲρ κεφαλῆς Νηληίῳ
υἷι ἐοικώς, Νέστορι, τόν ῥα μάλιστα
γερόντων τῖ' Ἀγαμέμνων·

Thebaid 2.94–97
neu false videri
noctis imago queat, longaevi vatis opacos
Tiresiae vultus vocemque et vellera nota
induitur.

Iliad 2.22–25
τῷ μιν ἐεισάμενος προσεφώνεε θεῖος
ὄνειρος· εὕδεις, Ἀτρέος υἱὲ δαΐφρονος

Thebaid 2.101–4
visus fatorum expromere voces:
Non somni tibi tempus, iners,

ἱπποδάμοιο; οὐ χρὴ παννύχιον εὕδειν
βουληφόρον ἄνδρα, ᾧ λαοί τ᾽
ἐπιτετράφαται καὶ τόσσα μέμηλε.

Iliad 2.35
ὣς ἄρα φωνήσας
ἀπεβήσετο, τὸν δ᾽ ἔλιπ᾽ αὐτοῦ...

Iliad 2.305–19

ἡμεῖς δ᾽ ἀμφὶ περὶ κρήνην ἱεροὺς
κατὰ βωμοὺς ἔρδομεν ἀθανάτοισι
τεληέσσας ἑκατόμβας, καλῇ ὑπὸ
πλατανίστῳ, ὅθεν ῥέεν ἀγλαὸν ὕδωρ·
ἔνθ᾽ ἐφάνη μέγα σῆμα· δράκων
ἐπὶ νῶτα δαφοινός, σμερδαλέος,
τόν ῥ᾽ αὐτὸς Ὀλύμπιος ἧκε φόωσδε,
βωμοῦ ὑπαΐξας πρός ῥα πλατάνιστον
ὄρουσεν. ἔνθα δ᾽ ἔσαν στρουθοῖο
νεοσσοί, νήπια τέκνα, ὄζῳ ἐπ᾽
ἀκροτάτῳ, πετάλοις ὑποπεπτηῶτες,
ὀκτώ, ἀτὰρ μήτηρ ἐνάτη ἦν,
ἣ τέκε τέκνα.
ἔνθ᾽ ὅ γε τοὺς ἐλεεινὰ κατήσθιε
τετριγῶτας· μήτηρ δ᾽ ἀμφιποτᾶτο
ὀδυρομένη φίλα τέκνα·
τὴν δ᾽ ἐλελιξάμενος πτέρυγος
λάβεν
ἀμφιαχυῖαν.

αὐτὰρ ἐπεὶ κατὰ τέκν᾽ ἔφαγε
στρουθοῖο καὶ αὐτήν,
τὸν μὲν ἀΐζηλον θῆκεν θεός,
ὅς περ ἔφηνε· λᾶαν γάρ μιν
ἔθηκε Κρόνου πάϊς ἀγκυλομήτεω.

Iliad 2.2–6
Δία δ᾽ οὐκ ἔχε νήδυμος ὕπνος,
ἀλλ᾽ ὅ γε μερμήριζε κατὰ φρένα
ὡς Ἀχιλῆα τιμήσῃ, ὀλέσῃ δὲ πολέας
ἐπὶ νηυσὶν Ἀχαιῶν.

qui nocte sub alta, germani secure, iaces:
ingentia dudum acta vocant
rerumque graves, ignave, paratus.

Thebaid 2.120
Dixit,
et abscedens...

Aeneid 2.199–207, 212–17, 222, and 225–27
Hic aliud maius miseris multoque tremendum
obicitur magis atque improvida pectora turbat.
Laocoon, ductus Neptuno sorte sacerdos,
sollemnis taurum ingentem mactabat ad aras.
ecce autem gemini a Tenedo tranquilla per alta
(horresco referens) immensis orbibus angues
incumbunt pelago pariterque ad litora tendunt:
pectora quorum inter fluctus arrecta
iubaeque sanguineae superant undas....

illi agmine certo Laocoonta petunt;
et primum parva duorum corpora natorum
serpens amplexus uterque implicat
et miseros morsu depascitur artus;
post ipsum, auxilio subeuntem ac tela ferentem,
corripiunt spirisque ligant ingentibus....
clamores simul horrendos ad sidera tollit...
at gemini lapsu delubra ad summa dracones
effugiunt saevaeque petunt Tritonidis arcem,
sub pedibusque deae clipeique sub orbe
teguntur.

Punica 3.163–67
Tum pater omnipotens, gentem exercere
periclis Dardaniam et fama saevorum tollere
ad astra bellorum meditans
priscosque referre labores,

附 录 249

ἥδε δέ οἱ κατὰ θυμὸν ἀρίστη φαίνετο
βουλή, πέμψαι ἐπ' Ἀτρείδῃ
Ἀγαμέμνονι οὖλον ὄνειρον.

praecipitat consulta viri segnemque quietem
terret et immissa rumpit formidine somnos.

Iliad 2.16–18
βῆ δ' ἄρ ὄνειρος, ἐπεὶ τὸν μῦθον
ἄκουσε...
βῆ δ' ἄρ' ἐπ' Ἀτρείδην Ἀγαμέμνονα·

Punica 3.168–69
Iamque per humentem noctis Cyllenius
umbram aligero lapsu portabat
iussa parentis.

Iliad 2.18–19 and 22–25
τὸν δὲ κίχανεν εὕδοντ' ἐν κλισίῃ,
περὶ δ' ἀμβρόσιος κέχυθ' ὕπνος....
προσεφώνεε θεῖος ὄνειρος·
εὕδεις, Ἀτρέος υἱὲ δαΐφρονος
ἱπποδάμοιο; οὐ χρὴ παννύχιον εὕδειν
βουληφόρον ἄνδρα, ᾧ λαοί τ'
ἐπιτετράφαται καὶ τόσσα μέμηλε.

Punica 3.170–74
Nec mora: mulcentem securo membra
sopore aggreditur iuvenem
ac monitis incessit amaris:
Turpe duci totam somno consumere noctem,
o rector Libyae: vigili stant bella magistro.

Iliad 2.35–36
ὣς ἄρα φωνήσας
ἀπεβήσετο, τὸν δ' ἔλιπ' αὐτοῦ
τὰ φρονέοντ' ἀνὰ θυμὸν ἃ ῥ' οὐ
τελέεσθαι ἔμελλον.

Punica 3.214–16
His aegrum stimulis liquere deusque
soporque. it membris gelidus sudor,
laetoque pavore promissa evolvit
somni.

Chapter 4

Iliad 2.17–26
καρπαλίμως δ' ἵκανε
θοὰς ἐπὶ νῆας Ἀχαιῶν,

βῆ δ' ἄρ' ἐπ' Ἀτρείδην Ἀγαμέμνονα·

τὸν δὲ κίχανεν εὕδοντ' ἐν κλισίῃ,...
στῆ δ' ἄρ' ὑπὲρ κεφαλῆς
Νηληΐῳ υἷι ἐοικώς, Νέστορι,...
προσεφώνεε θεῖος ὄνειρος·
εὕδεις, Ἀτρέος υἱέ...; οὐ χρὴ
παννύχιον εὕδειν βουληφόρον ἄνδρα,
ᾧ λαοί τ' ἐπιτετράφαται

Acts 10:3–4a and 30–31
εἶδεν ἐν ὁράματι φανερῶς
ὡσεὶ περὶ ὥραν ἐνάτην τῆς ἡμέρας
ἄγγελον τοῦ θεοῦ εἰσελθόντα
πρὸς αὐτὸν
[When Cornelius retells the tale, he says:
ἀπὸ τετάρτης ἡμέρας μέχρι ταύτης
τῆς ὥρας ἤμην τὴν ἐνάτην
προσευχόμενος ἐν τῷ οἴκῳ μου,
καὶ ἰδοὺ ἀνὴρ ἔστη ἐνώπιόν μου
ἐν ἐσθῆτι λαμπρᾷ.]
καὶ εἰπόντα αὐτῷ·
Κορνήλιε. ὁ δὲ ἀτενίσας αὐτῷ
καὶ ἔμφοβος γενόμενος εἶπεν·
τί ἐστιν, κύριε;

250　模仿荷马

καὶ τόσσα μέμηλε.
νῦν δ' ἐμέθεν ξύνες ὦκα·
Διὸς δέ τοι ἄγγελός εἰμι.

Iliad 2.26–27 Διὸς δέ τοι ἄγγελός εἰμι, ὅς σευ ἄνευθεν ἐὼν μέγα κήδεται ἠδ' ἐλεαίρει.	Acts 10:4b (cf. 31) αἱ προσευχαί σου καὶ ἐλεημοσύναι σου ἀνέβησαν εἰς μνημόσυνον ἔμπροσθεν τοῦ θεοῦ.
Iliad 2.35 ὣς ἄρα φωνήσας ἀπεβήσετο … [Cf. Agamemnon's version of the angel's departure in 2:70–71: ὣς ὁ μὲν εἰπὼν ᾤχετ' ἀποπτάμενος, ἐμὲ δὲ γλυκὺς ὕπνος ἀνῆκεν.]	Acts 10:7 ὡς δὲ ἀπῆλθεν ὁ ἄγγελος ὁ λαλῶν αὐτῷ, φωνήσας δύο τῶν οἰκετῶν καὶ στρατιώτην εὐσεβῆ τῶν προσκαρτερούντων αὐτῷ.
Iliad 2.303–8 ἐς Αὐλίδα νῆες Ἀχαιῶν ἠγερέθοντο κακὰ Πριάμῳ καὶ Τρωσὶ φέρουσαι· ἡμεῖς δ' ἀμφὶ περὶ κρήνην ἱεροὺς κατὰ βωμοὺς ἔρδομεν ἀθανάτοισι τελήεσσας ἑκατόμβας, καλῇ ὑπὸ πλατανίστῳ, ὅθεν ῥέεν ἀγλαὸν ὕδωρ· ἔνθ' ἐφάνη μέγα σῆμα.	Acts 10:9b–10 ἀνέβη Πέτρος ἐπὶ τὸ δῶμα προσεύξασθαι περὶ ὥραν ἕκτην. ἐγένετο δὲ πρόσπεινος καὶ ἤθελεν γεύσασθαι. παρασκευαζόντων δὲ αὐτῶν, ἐγένετο ἐπ' αὐτὸν ἔκστασις.
Iliad 2.320 ἡμεῖς δ' ἑσταότες θαυμάζομεν οἷον ἐτύχθη.	Acts 10:17a and 19a διηπόρει ὁ Πέτρος τί ἂν εἴη τὸ ὅραμα ὃ εἶδεν. … τοῦ δὲ Πέτρου διενθυμουμένου περὶ τοῦ ὁράματος …
Iliad 2.56–60 and 63–67 κλῦτε, φίλοι· θεῖός μοι ἐνύπνιον ἦλθεν ὄνειρος ἀμβροσίην διὰ νύκτα· μάλιστα δὲ Νέστορι δίῳ εἶδός τε μέγεθός τε φυήν τ' ἄγχιστα ἐῴκει. στῆ δ' ἄρ' ὑπὲρ κεφαλῆς καί με πρὸς μῦθον ἔειπεν· εὕδεις, Ἀτρέος υἱέ … ; Διὸς δέ τοι ἄγγελός εἰμι, ὅς σευ ἄνευθεν ἐὼν μέγα	Acts 10:30b–32 ἀπὸ τετάρτης ἡμέρας μέχρι ταύτης τῆς ὥρας ἤμην τὴν ἐνάτην προσευχόμενος ἐν τῷ οἴκῳ μου, καὶ ἰδοὺ ἀνὴρ ἔστη ἐνώπιόν μου ἐν ἐσθῆτι λαμπρᾷ καὶ φησίν· Κορνήλιε, εἰσηκούσθη σου ἡ προσευχὴ

κήδεται ἠδ᾽ ἐλεαίρει·

θωρῆξαί σε κέλευσε κάρη κομόωντας
Ἀχαιοὺς πανσυδίῃ· νῦν γάρ κεν
ἕλοις πόλιν εὐρυάγυιαν Τρώων.

Iliad 2.333–35
ὣς ἔφατ᾽, Ἀργεῖοι δὲ μέγ᾽ ἴαχον,
ἀμφὶ δὲ νῆες σμερδαλέον κονάβησαν
ἀϋσάντων ὑπ᾽ Ἀχαιῶν, μῦθον
ἐπαινήσαντες Ὀδυσσῆος θείοιο.

καὶ αἱ ἐλεημοσύναι σου ἐμνήσθησαν
ἐνώπιον τοῦ θεοῦ.
πέμψον οὖν εἰς Ἰόππην
καὶ μετακάλεσαι Σίμωνα ὅς ἐπικαλεῖται
Πέτρος, οὗτος ξενίζεται ἐν οἰκίᾳ
Σίμωνος βυρσέως παρὰ θάλασσαν.

Acts 11:18
ἀκούσαντες δὲ ταῦτα ἡσύχασαν

καὶ ἐδόξασαν τὸν θεὸν λέγοντες·
ἄρα καὶ τοῖς ἔθνεσιν ὁ θεὸς τὴν
μετάνοιαν εἰς ζωὴν ἔδωκεν.

Chapter 7

Iliad 6.485–89
ἔπος τ᾽ ἔφατ᾽ ἔκ τ᾽ ὀνόμαζε·
δαιμονίη, μή μοί τι λίην ἀκαχίζεο
θυμῷ·
οὐ γάρ τίς μ᾽ ὑπὲρ αἶσαν ἀνὴρ Ἄϊδι
προϊάψει· μοῖραν δ᾽ οὔ τινά φημι
πεφυγμένον ἔμμεναι ἀνδρῶν,
οὐ κακόν, οὐδὲ μὲν ἐσθλόν,
ἐπὴν τὰ πρῶτα γένηται.

Iliad 6.440–46
τὴν δ᾽ αὖτε προσέειπε…
ἀλλὰ μάλ᾽ αἰνῶς αἰδέομαι Τρῶας
καὶ Τρῳάδας ἑλκεσιπέπλους, αἴ κε
κακὸς ὣς νόσφιν ἀλυσκάζω πολέμοιο·
οὐδέ με θυμὸς ἄνωγεν,
ἐπεὶ μάθον ἔμμεναι ἐσθλὸς αἰεὶ
καὶ πρώτοισι μετὰ Τρώεσσι μάχεσθαι,
ἀρνύμενος πατρός τε μέγα κλέος
ἠδ᾽ ἐμὸν αὐτοῦ.

Iliad 6.361–62 and 367–68
ἤδη γάρ μοι θυμὸς ἐπέσσυται
ὄφρ᾽ ἐπαμύνω Τρώεσσ᾽…
οὐ γὰρ οἶδ᾽ εἰ ἔτι σφιν ὑπότροπος

Acts 21:13–14
τότε ἀπεκρίθη ὁ Παῦλος·
τί ποιεῖτε κλαίοντες καὶ
συνθρύπτοντές μου τὴν καρδίαν;
ἐγὼ γὰρ οὐ μόνον δεθῆναι ἀλλὰ καὶ
ἀποθανεῖν εἰς Ἰερουσαλὴμ ἑτοίμως….
ἡσυχάσαμεν εἰπόντες·
τοῦ κυρίου τὸ θέλημα γινέσθω.

Acts 20:18–21
εἶπεν αὐτοῖς·
ὑμεῖς ἐπίστασθε… πῶς μεθ᾽ ὑμῶν…

ἐγενόμην,… ὡς
οὐδὲν ὑπεστειλάμην τῶν συμφερόντων

τοῦ μὴ ἀναγγεῖλαι ὑμῖν καὶ διδάξαι
ὑμᾶς δημοσίᾳ καὶ κατ᾽ οἴκους,
διαμαρτυρόμενος Ἰουδαίοις τε
καὶ Ἕλλησιν τὴν εἰς θεὸν μετάνοιαν
καὶ πίστιν εἰς τὸν κύριον ἡμῶν Ἰησοῦν.

Acts 20:22–23
καὶ νῦν ἰδοὺ δεδεμένος ἐγὼ τῷ
πνεύματι πορεύομαι εἰς Ἰερουσαλὴμ
τὰ ἐν αὐτῇ συναντήσοντά μοι μὴ εἰδώς,

ἵζομαι αὖτις, ἢ ἤδη μ' ὑπὸ χερσὶ
θεοὶ δαμόωσιν Ἀχαιῶν.

Iliad 6.447-49
εὖ γὰρ ἐγὼ τόδε οἶδα κατὰ φρένα
καὶ κατὰ θυμόν· ἔσσεται ἦμαρ
ὅτ' ἄν ποτ' ὀλώλῃ Ἴλιος ἱρὴ καὶ
Πρίαμος καὶ λαὸς ἐϋμμελίω Πριάμοιο.

Iliad 6.490-93
τὰ σ' αὐτῆς ἔργα κόμιζε, ἱστόν τ'
ἠλακάτην τε, καὶ ἀμφιπόλοισι
κέλευε ἔργον ἐποίχεσθαι·
πόλεμος δ' ἄνδρεσσι μελήσει πᾶσι,
μάλιστα δ' ἐμοί, τοὶ Ἰλίῳ ἐγγεγάασιν.

Iliad 6.447-49
εὖ γὰρ ἐγὼ τόδε οἶδα κατὰ φρένα
καὶ κατὰ θυμόν· ἔσσεται ἦμαρ
ὅτ' ἄν ποτ' ὀλώλῃ Ἴλιος ἱρὴ καὶ
Πρίαμος καὶ λαὸς ἐϋμμελίω Πριάμοιο.

Iliad 6.459-62
καί ποτέ τις εἴπῃσιν ἰδὼν
κατὰ δάκρυ χέουσαν·
"Ἕκτορος ἥδε γυνή, ὃς ἀριστεύεσκε
μάχεσθαι Τρώων ἱπποδάμων,
ὅτε Ἴλιον ἀμφεμάχοντο.
ὥς ποτέ τις ἐρέει·

Iliad 6.490-93
τὰ σ' αὐτῆς ἔργα κόμιζε, ...

πόλεμος δ' ἄνδρεσσι μελήσει πᾶσι,
μάλιστα δ' ἐμοί, τοὶ Ἰλίῳ ἐγγεγάασιν.

Iliad 6.474-75
αὐτὰρ ὅ γ' ὃν φίλον υἱὸν ἐπεὶ κύσε
πῆλέ τε χερσίν,
εἶπεν ἐπευξάμενος Διί τ' ἄλλοισίν
τε θεοῖσιν.

Iliad 6.466 and 474-75
ὣς εἰπὼν οὗ παιδὸς ὀρέξατο

πλὴν ὅτι τὸ πνεῦμα τὸ ἅγιον κατὰ πόλιν
διαμαρτύρεταί μοι λέγον ὅτι
δεσμὰ καὶ θλίψεις με μένουσιν.

Acts 20:25
καὶ νῦν ἰδοὺ ἐγὼ οἶδα ὅτι
οὐκέτι ὄψεσθε τὸ πρόσωπόν μου
ὑμεῖς πάντες ἐν οἷς διῆλθον
κηρύσσων τὴν βασιλείαν.

Acts 20:28
προσέχετε ἑαυτοῖς
καὶ παντὶ τῷ ποιμνίῳ, ἐν ᾧ ὑμᾶς
τὸ πνεῦμα τὸ ἅγιον ἔθετο ἐπισκόπους
ποιμαίνειν τὴν ἐκκλησίαν τοῦ θεοῦ, ἣν
περιεποιήσατο διὰ τοῦ αἵματος τοῦ ἰδίου.

Acts 20:29
ἐγὼ οἶδα ὅτι
εἰσελεύσονται μετὰ τὴν ἄφιξίν μου
λύκοι βαρεῖς εἰς ὑμᾶς
μὴ φειδόμενοι τοῦ ποιμνίου.

Ajax 500-504
καί τις πικρὸν πρόσφθεγμα
δεσποτῶν ἐρεῖ λόγοις ἰάπτων·
"ἴδετε τὴν ὁμευνέτιν Αἴαντος, ὃς
μέγιστον ἴσχυσε στρατοῦ, οἵας
λατρείας ἀνθ' ὅσου ζήλου τρέφει.
τοιαῦτ' ἐρεῖ τις.

Acts 20:31
διὸ γρηγορεῖτε
μνημονεύοντες ὅτι τριετίαν νύκτα καὶ
ἡμέραν οὐκ ἐπαυσάμην μετὰ δακρύων
νουθετῶν ἕνα ἕκαστον.

Chaereas and Callirhoe 8.5.15
θεασάμενος δὲ τὸ παιδίον καὶ
πήλε ταῖς χερσίν,
ἀπελεύσῃ ποτέ μοι καὶ σύ, τέκνον,
πρὸς τὴν μητέρα.

Acts 20:36-37
καὶ ταῦτα εἰπὼν θεὶς τὰ γόνατα αὐτοῦ

φαίδιμος Ἕκτωρ·...
αὐτὰρ ὅ γ' ὃν φίλον υἱὸν ἐπεὶ κύσε
πῆλέ τε χερσίν,
εἶπεν ἐπευξάμενος Διί.

Iliad 6.475–76
εἶπεν ἐπευξάμενος Διί τ' ἄλλοισίν
τε θεοῖσι·
Ζεῦ ἄλλοι τε θεοί,

Iliad 6.474–78 and 7.1–3
αὐτὰρ ὅ γ' ὃν φίλον υἱὸν ἐπεὶ κύσε
πῆλέ τε χερσίν,
εἶπεν ἐπευξάμενος Διί τ' ἄλλοισίν
τε θεοῖσιν·
Ζεῦ ἄλλοι τε θεοί, δότε δὴ
καὶ τόνδε γενέσθαι παῖδ' ἐμόν,
ὡς καὶ ἐγώ περ, ἀριπρεπέα Τρώεσσιν,
ὧδε βίην γ' ἀγαθόν....

καί ποτέ τις εἴποι, πατρός γ' ὅδε
πολλὸν ἀμείνων, ἐκ πολέμου ἀνιόντα·
... ὣς εἰπὼν πυλέων ἐξέσσυτο
φαίδιμος Ἕκτωρ,
τῷ δ' ἅμ' Ἀλέξανδρος κί' ἀδελφεός·
ἐν δ' ἄρα θυμῷ ἀμφότεροι μέμασαν
πολεμίζειν ἠδὲ μάχεσθαι.

Iliad 6.476–78

Ζεῦ ἄλλοι τε θεοί,
δότε δὴ καὶ τόνδε γενέσθαι
παῖδ' ἐμόν, ὡς καὶ ἐγώ περ,
ἀριπρεπέα Τρώεσσιν
ὧδε βίην τ' ἀγαθόν.

Iliad 6.474–81
αὐτὰρ ὅ γ' ὃν φίλον υἱὸν ἐπεὶ κύσε
πῆλέ τε χερσίν,
εἶπεν ἐπευξάμενος Διί τ' ἄλλοισίν
τε θεοῖσι·

σὺν πᾶσιν αὐτοῖς προσηύξατο.
ἱκανὸς δὲ κλαυθμὸς ἐγένετο πάντων.
καὶ ἐπιπεσόντες ἐπὶ τὸν τράχηλον
τοῦ Παύλου κατεφίλουν αὐτόν.

Acts 20:32
παρατίθεμαι ὑμᾶς τῷ θεῷ
καὶ τῷ λόγῳ τῆς χάριτος αὐτοῦ.

Aeneid 12.433–36 and 438–43
Ascanium fusis circum complectitur
armis summaque per galeam
delibans oscula fatur:

disce, puer, virtutem
ex me verumque laborem ...
tu facito, mox cum matura adoleverit
aetas, sis memor et te animo repetentem
exempla tuorum et pater Aeneas et
avunculus excitet Hector.
Haec ubi dicta dedit, portis sese extulit
ingens, telum immane manu quatiens;
simul agmine denso Antheusque
Mnestheusque ruunt.

Acts 20:32
καὶ τὰ νῦν παρατίθεμαι ὑμᾶς
τῷ θεῷ καὶ τῷ λόγῳ τῆς χάριτος αὐτοῦ,
τῷ δυναμένῳ οἰκοδομῆσαι καὶ δοῦναι
τὴν κληρονομίαν
ἐν τοῖς ἡγιασμένοις πᾶσιν.

Chaereas and Callirhoe 3.8.7–8
ἀνατείνασα χερσὶ τὸ βρέφος

ὑπὲρ τούτου σοι, φησίν, ὦ δέσποινα,
γινώσκω τὴν χάριν·...

254 模仿荷马

Ζεῦ ἄλλοι τε θεοί, δότε δὴ'
καὶ τόνδε γενέσθαι παῖδ' ἐμόν,
ὡς καὶ ἐγώ περ, ἀριπρεπέα Τρώεσσιν,
ὧδε βίην γ' ἀγαθόν,
καὶ Ἰλίου ἶφι ἀνάσσειν·
καί ποτέ τις εἴποι, πατρός γ' ὅδε
πολλὸν ἀμείνων, ἐκ πολέμου ἀνιόντα·
φέροι δ' ἔναρα βροτόεντα κτείνας
δήϊον ἄνδρα,
χαρείη δὲ φρένα μήτηρ.

δὸς δή μοι γενέσθαι τὸν υἱὸν
εὐτυχέστερον μὲν τῶν γονέων,
ὅμοιον δὲ τῷ πάππῳ·
πλεύσειε δὲ καὶ οὗτος ἐπὶ
τριήρους στρατηγικῆς,
καί τις εἴποι, ναυμαχοῦντος αὐτοῦ,
κρείττων Ἑρμοκράτους ὁ ἔκγονος·
ἡσθήσεται μὲν γὰρ καὶ ὁ πάππος
ἔχων τῆς ἀρετῆς διάδοχον,
ἡσθησόμεθα δὲ οἱ γονεῖς αὐτοῦ
καὶ τεθνεῶτες.

Iliad 6.479–80

καί ποτέ τις εἴποι πατρός γ' ὅδε
πολλὸν ἀμείνων, ἐκ πολέμου ἀνιόντα·

Acts 20:35
μνημονεύειν τε τῶν λόγων τοῦ κυρίου
Ἰησοῦ ὅτι αὐτὸς εἶπεν· μακάριόν
ἐστιν μᾶλλον διδόναι ἢ λαμβάνειν.

Iliad 6.500

αἱ μὲν ἔτι ζωὸν γόον Ἕκτορα
ᾧ ἐνὶ οἴκῳ.

Chaereas and Callirhoe 4.1.1
ταύτην μὲν οὖν τὴν νύκτα
Καλλιρόη διῆγεν ἐν θρήνοις,
Χαιρέαν ἔτι ζῶντα πενθοῦσα.

Iliad 6.490 and 495–96
εἰς οἶκον ἰοῦσα... ἄλοχος δὲ φίλη
οἰκόνδε βεβήκει...
θαλερὸν κατὰ δάκρυ χέουσα.

Phaedo 60a
ὦ Κρίτων,... ἀπαγέτω τις αὐτὴν οἴκαδε.
καὶ ἐκείνην μὲν ἀπῆγόν τινες τῶν τοῦ
Κρίτωνος βοῶσάν τε καὶ κοπτομένην.

Iliad 6.498–501
κιχήσατο δ' ἔνδοθι πολλὰς ἀμφιπόλους,
τῇσιν δὲ γόον πάσῃσιν ἐνῶρσεν.
αἱ μὲν ἔτι ζωὸν γόον Ἕκτορα
ᾧ ἐνὶ οἴκῳ·

οὐ γάρ μιν ἔτ' ἔφαντο
ὑπότροπον ἐκ πολέμοιο ἵξεσθαι.

Acts 20:37–38

ἱκανὸς δὲ κλαυθμὸς ἐγένετο πάντων,
καὶ ἐπιπεσόντες ἐπὶ τὸν τράχηλον
τοῦ Παύλου κατεφίλουν αὐτόν,
ὀδυνώμενοι μάλιστα
ἐπὶ τῷ λόγῳ ᾧ εἰρήκει, ὅτι οὐκέτι
μέλλουσιν τὸ πρόσωπον αὐτοῦ θεωρεῖν.

Chapter 8

Iliad 6.466, 474–75, and 498–502
ὣς εἰπὼν οὗ παιδὸς ὀρέξατο
φαίδιμος Ἕκτωρ·... αὐτὰρ ὅ γ' ὃν

Acts 20:36–38
ταῦτα εἰπὼν θεὶς τὰ γόνατα αὐτοῦ
σὺν πᾶσιν αὐτοῖς προσηύξατο.

φίλον υἱὸν ἐπεὶ κύσε πῆλέ τε χερσίν,
εἶπεν ἐπευξάμενος Διί....
κιχήσατο δ' ἔνδοθι πολλὰς ἀμφιπόλους,
τῆσιν δὲ γόον πάσῃσιν ἐνῶρσεν.
αἱ μὲν ἔτι ζωὸν γόον Ἕκτορα
ᾧ ἐνὶ οἴκῳ·

οὐ γάρ μιν ἔτ' ἔφαντο
ὑπότροπον ἐκ πολέμοιο ἵξεσθαι.

ἱκανὸς δὲ κλαυθμὸς ἐγένετο πάντων,
καὶ ἐπιπεσόντες ἐπὶ τὸν τράχηλον
τοῦ Παύλου κατεφίλουν αὐτόν,
ὀδυνώμενοι μάλιστα
ἐπὶ τῷ λόγῳ ᾧ εἰρήκει, ὅτι οὐκέτι
μέλλουσιν τὸ πρόσωπον αὐτοῦ θεωρεῖν.
προέπεμπον δὲ αὐτὸν εἰς τὸ πλοῖον.

Chapter 10

Iliad 7.123
Νέστωρ δ' Ἀργείοισιν ἀνίστατο
καὶ μετέειπεν.

Acts 1:15
ἀναστὰς Πέτρος ἐν μέσῳ τῶν ἀδελφῶν
εἶπεν.

Iliad 7.161
οἱ δ' ἐννέα πάντες ἀνέσταν.

Acts 1:23
καὶ ἔστησαν δύο.

Iliad 7.161-69
οἱ δ' ἐννέα πάντες ἀνέσταν·
ὦρτο πολὺ πρῶτος μὲν ἄναξ ἀνδρῶν
Ἀγαμέμνων, τῷ δ' ἐπὶ Τυδεΐδης
ὦρτο κρατερὸς Διομήδης, τοῖσι δ'
ἐπ' Αἴαντες, θοῦριν ἐπιειμένοι αλκήν,
τοῖσι δ' ἐπ' Ἰδομενεὺς καὶ ὀπάων
Ἰδομενῆος, Μηριόνης, ἀτάλαντος

Acts 1:13-14
εἰς τὸ ὑπερῷον ἀνέβησαν οὗ ἦσαν
καταμένοντες· ὅ τε Πέτρος καὶ
Ἰωάννης καὶ Ἰάκωβος καὶ Ἀνδρέας,
Φίλιππος καὶ Θωμᾶς, Βαρθολομαῖος
καὶ Μαθθαῖος, Ἰάκωβος Ἀλφαίου
καὶ Σίμων ὁ ζηλωτὴς καὶ Ἰούδας
Ἰακώβου.

Ἐνυαλίῳ ἀνδρειφόντῃ, τοῖσι δ' ἐπ'
Εὐρύπυλος, Εὐαίμονος ἀγλαὸς υἱός,
ἂν δὲ Θόας Ἀνδραιμονίδης
καὶ δῖος Ὀδυσσεύς·
πάντες ἄρ' οἵ γ' ἔθελον πολεμίζειν
Ἕκτορι δίῳ.

οὗτοι πάντες ἦσαν προσκαρτεροῦντες
ὁμοθυμαδὸν τῇ προσευχῇ.

Iliad 7.175-82
οἱ δὲ κλῆρον ἐσημήναντο ἕκαστος,
ἐν δ' ἔβαλον κυνέῃ Ἀγαμέμνονος
Ἀτρεΐδαο· λαοὶ δ' ἠρήσαντο,
θεοῖσι δὲ χεῖρας ἀνέσχον. ὧδε δέ τις
εἴπεσκεν ἰδὼν εἰς οὐρανὸν εὐρύν·
Ζεῦ πάτερ,
ἢ Αἴαντα λαχεῖν, ἢ Τυδέος υἱόν, ἢ

Acts 1:24-26a

καὶ προσευξάμενοι
εἶπαν·
σὺ κύριε καρδιογνῶστα πάντων,
ἀνάδειξον ὃν ἐξελέξω ἐκ τούτων

αὐτὸν βασιλῆα πολυχρύσοιο Μυκήνης.
...

πάλλεν δὲ Γερήνιος ἱππότα Νέστωρ,
ἐκ δ' ἔθορε κλῆρος κυνέης,
ὃν ἄρ' ἤθελον αὐτοί, Αἴαντος.

τῶν δύο ἕνα λαβεῖν τὸν τόπον
τῆς διακονίας ταύτης καὶ ἀποστολῆς,
ἀφ' ἧς παρέβη Ἰούδας
πορευθῆναι εἰς τὸν τόπον τὸν ἴδιον.
καὶ ἔδωκαν κλήρους αὐτοῖς,
καὶ ἔπεσεν ὁ κλῆρος ἐπὶ Μαθθίαν.

Chapter 12

Iliad 24.343 and 445–46
τῇ τ' ἀνδρῶν ὄμματα θέλγει
ὧν ἐθέλει. ...
τοῖσι δ' ἐφ' ὕπνον ἔχευε διάκτορος
Ἀργεϊφόντης πᾶσιν, ἄφαρ δ' ὤϊξε
πύλας καὶ ἀπῶσεν ὀχῆας ...

Lucian The Ship 42
... ἐς ὕπνον κατασπᾶν
ὁπόσους ἂν ἐθέλω

καὶ ἅπασαν θύραν προσιόντι μοι
ἀνοίγεσθαι χαλωμένου τοῦ κλείθρου
καὶ τοῦ μοχλοῦ ἀφαιρουμένου.

Chapter 14

Iliad 24.673–74, 678–82, and 689–91
οἱ μὲν ἄρ' ἐν προδόμῳ δόμου αὐτόθι
κοιμήσαντο, κῆρυξ καὶ Πρίαμος. ...
εὗδον παννύχιοι ...
ἀλλ' οὐχ Ἑρμείαν ἐριούνιον ὕπνος
ἔμαρπτεν, ὁρμαίνοντ' ἀνὰ θυμὸν

ὅπως Πρίαμον βασιλῆα νηῶν ἐκπέμψειε
λαθὼν ἱεροὺς πυλαωρούς.

στῆ δ' ἄρ' ὑπὲρ κεφαλῆς καί μιν

πρὸς μῦθον ἔειπεν ...
ὣς ἔφατ', ἔδδεισεν δ' ὁ γέρων,
κήρυκα δ' ἀνίστη.

ποῖσιν δ' Ἑρμείας ζεῦξ' ἵππους
ἡμιόνους τε,
ῥίμφα δ'
ἄρ' αὐτὸς ἔλαυνε κατὰ στρατόν.

Iliad 24.443–47

Acts 12:6b–9a
τῇ νυκτὶ ἐκείνῃ
ἦν ὁ Πέτρος κοιμώμενος μεταξὺ δύο
στρατιωτῶν δεδεμένος ἁλύσεσιν δυσὶν

φύλακές τε πρὸ τῆς θύρας
ἐτήρουν τὴν φυλακήν.
καὶ ἰδοὺ ἄγγελος κυρίου ἐπέστη
καὶ φῶς ἔλαμψεν ἐν τῷ οἰκήματι·
πατάξας δὲ τὴν πλευρὰν τοῦ Πέτρου
ἤγειρεν αὐτὸν λέγων· ἀνάστα ἐν τάχει.
καὶ ἐξέπεσαν αὐτοῦ αἱ ἁλύσεις ἐκ
τῶν χειρῶν.
εἶπεν δὲ ὁ ἄγγελος πρὸς αὐτόν·
ζῶσαι καὶ ὑπόδησαι τὰ σανδάλιά σου.
ἐποίησεν δὲ οὕτως. καὶ λέγει αὐτῷ·
περιβαλοῦ τὸ ἱμάτιόν σου καὶ
ἀκολούθει μοι. καὶ ἐξελθὼν ἠκολούθει.

Acts 12:10–11a

ἀλλ' ὅτε δὴ πύργους τε νεῶν καὶ
τάφρον ἵκοντο, οἱ δὲ νέον περὶ δόρπα
φυλακτῆρες πονέοντο,
τοῖσι δ' ἐφ' ὕπνον ἔχευε
διάκτορος Ἀργεϊφόντης πᾶσιν,
ἄφαρ δ' ὤϊξε πύλας καὶ ἀπῶσεν ὀχῆας,
ἐς δ' ἄγαγε Πρίαμον.

διελθόντες δὲ πρώτην φυλακὴν
καὶ δευτέραν

ἦλθαν ἐπὶ τὴν πύλην τὴν σιδηρᾶν
τὴν φέρουσαν εἰς τὴν πόλιν,
ἥτις αὐτομάτη ἠνοίγη αὐτοῖς
καὶ ἐξελθόντες προῆλθον...

Iliad 24.692 and 696–97
ἀλλ' ὅτε δὴ πόρον ἷξον ἐϋρρεῖος
ποταμοῖο, ... Ἑρμείας μὲν ἔπειτ'
ἀπέβη πρὸς μακρὸν Ὄλυμπον ...
οἱ δ' ἐς ἄστυ ἔλων οἰμωγῇ τε
στοναχ ῷ" ωφῃ

Acts 12:10b–11b and 12a
καὶ ἐξελθόντες προῆλθον ῥύμην μίαν,
καὶ εὐθέως ἀπέστη ὁ ἄγγελος
ἀπ' αὐτοῦ....
συνιδών τε ἦλθεν ἐπὶ τὴν οἰκίαν ...

Chapter 15

Iliad 24.697–700 and 703–6
οὐδέ τις ἄλλος ἔγνω πρόσθ' ἀνδρῶν
καλλιζώνων τε γυναικῶν, ἀλλ' ἄρα
Κασσάνδρη, ἰκέλη χρυσέῃ Ἀφροδίτῃ,
Πέργαμον εἰσαναβᾶσα φίλον πατέρ'
εἰσενόησεν....
κώκυσέν τ' ἄρ' ἔπειτα γέγωνέ τε πᾶν
κατὰ ἄστυ·
ὄψεσθε, Τρῶες καὶ Τρῳάδες, Ἕκτορ'
ἰόντες, εἴ ποτε καὶ ζώοντι μάχης
ἐκ νοστήσαντι χαίρετ', ἐπεὶ μέγα
χάρμα πόλει τ' ἦν παντί τε δήμῳ.

Acts 12:13–14
κρούσαντος δὲ αὐτοῦ τὴν θύραν
τοῦ πυλῶνος
προσῆλθεν παιδίσκη ὑπακοῦσαι
ὀνόματι Ῥόδη,

καὶ ἐπιγνοῦσα τὴν φωνὴν τοῦ Πέτρου
ἀπὸ τῆς χαρᾶς οὐκ ἤνοιξεν τὸν
πυλῶνα, εἰσδραμοῦσα δὲ
ἀπήγγειλεν ἑστάναι τὸν Πέτρον
πρὸ τοῦ πυλῶνος.

缩写表

AASF	Annales academiae scientiarum Fennicae
AAWM	Abhandlungen der Akademie der Wissenschaften in Mainz
AB	Anchor Bible
AClass	*Acta Classica*
AJT	*American Journal of Theology*
ALGHJ	Arbeiten zur Literatur und Geschichte des hellenistischen Judentums
ALUN	Annales littéraires de l'Université de Nantes
ANRW	*Aufstieg und Niedergang der römischen Welt*
ASP	American Studies in Papyrology
AUUSGrU	Acta Universitatis Upsaliensis, Studia Graeca Upsaliensia
BAGB	*Bulletin de l'Association G. Budé*
BBB	Bonner biblische Beiträge
BEFAR	Bibliothèque des Ecoles françaises d'Athènes et de Rome
BETL	Bibliotheca ephemeridum theologicarum lovaniensium
BGBE	Beiträge zur Geschichte der biblischen Exegese
Bib	*Biblica*
BICS	*Bulletin of the Institute of Classical Studies of the University of London*
BKP	Beiträge zur klassischen Philologie
BMI	The Bible and Its Modern Interpreters
Budé	Collection des universités de France, publiée sous le patronage de l'Association Guillaume Budé
BWANT	Beiträge zur Wissenschaft von Alten (und Neuen) Testament
BZ	*Biblische Zeitschrift*
BZNW	Beihefte zur Zeitschrift für die neutestamentliche Wissenschaft
CBQ	*Catholic Biblical Quarterly*
CJ	*Classical Journal*
CNT	Commentaire du Nouveau Testament
CP	*Classical Philology*
CW	*Classical World*

EH	Europäische Hochschulschriften
EKKNT	Evangelisch-katholischer Kommentar zum Neuen Testament
ETL	Ephemerides theologicae lovanienses
FB	Forschung zur Bibel
FS	Festschrift
FRLANT	Forschungen zu Religion und Literatur des Alten und Neuen Testaments
FUME	Forschung an der Universität Mannheim und Erbegnisse
GBLS	Greifswalder Beiträge zur Literatur-und Stilforschung
HTKNT	Herders theologischer Kommentar zum Neuen Testament
HTR	Harvard Theological Review
ICC	International Critical Commentary
ICS	Illinois Classical Studies
JBL	Journal of Biblical Literature
JHC	Journal of Higher Criticism
JSNT	Journal for the Study of the New Testament
JSNTSup	Journal for the Study of the New Testament Supplements
JTS	Journal of Theological Studies
LCL	Loeb Classical Library
LD	Lectio Divina
LIMC	Lexicon iconographicum mythologiae classicae
MPG	J.-P. Migne, Patrologiae cursus completus (series Graeca)
NCS	Noyes Classical Studies
NR	Noctes Romanae
NovT	Novum Testamentum
NRSV	New Revised Standard Version of the Bible
NTD	Das Neue Testament deutsch
NTS	New Testament Studies
OBL	Orientalia et biblica lovaniensia
OBT	Overtures to Biblical Theology
ÖTKNT	Ökumenischer Taschenbuchkommentar zum Neuen Testament
PW	Pauly-Wissowa, Real-Encyclopädie der classischen Altertumswissenschaft
PzB	Protokolle zur Bibel
RevQ	Revue de Qumran
RB	Revue biblique
RHPR	Revue d'histoire et de philosophie religieuses
RNT	Regensburger Neues Testament
RSC	Rivista di studi classici

RSR	*Revue des sciences religieuses*
RTHP	Recueil de travaux d'histoire et de philologie
RTP	*Revue de théologie et de philosophie*
SAC	Studies in Antiquity and Christianity
SANT	Studien zum Alten und Neuen Testament
SB	Sources bibliques
SBLTT	Society of Biblical Literature Texts and Translations
ScEs	*Science et esprit*
SHAW	Sitzungsberichte der Heidelberger Akademie der Wissenschaften
ST	*Studia theologica*
SUSI	Skrifter Utgivna av Svenska Institutet
TA	Theologische Arbeiten
TAPA	*Transactions of the American Philological Association*
TBAW	Tübinger Beiträge zur Altertumswissenschaft
TCH	Transformation of the Classical Heritage
TLZ	*Theologische Literaturzeitung*
TU	Texte und Untersuchungen zur Geschichte der altchristlichen Literatur
TynBul	*Tyndale Bulletin*
TZ	*Theologische Zeitschrift*
WD	*Wort und Dienst*
WJA	*Würzburger Jahrbücher für die Altertumswissenschaft*
WS	Wiener Studien
WSA	Würzburger Studien zur Altertumswissenschaft
WUNT	Wissenschaftliche Untersuchungen zum Neuen Testament
ZBKNT	Zürcher Bibelkommentar, Neues Testament
ZNW	*Zeitschrift für die neutestamentliche Wissenschaft*

参考书目

Aejmelaeus, Lars. *Die Rezeption der Paulusbriefe in der Miletrede (Apg 20.18–35)*. Annales academiae scientiarum Fennicae B, 232. Helsinki: Suomalainen Tiedeakatemia, 1987.
Barrett, C. K. *A Critical and Exegetical Commentary on the Acts of the Apostles*. 2 vols. International Critical Commentary. Edinburgh, T & T Clark, 1994.
Bassler, Jouette M. "Luke and Paul on Impartiality." *Biblica* (1985): 546–52.
Bauernfeind, Otto. *Kommentar und Studien zur Apostelgeschichte. Mit einer Einleitung von Martin Hengel*. Wissenschaftliche Untersuchungen zum Neuen Testament 22. Tübingen: Mohr (Siebeck), 1980.
Beardslee, William A. "The Casting of Lots at Qumran and in the Book of Acts." *Novum Testamentum* 4 (1960–61): 245–52.
Beck, Götz. "Beobachtungen zur Kirke-Episode in der Odyssee." *Philologus* 109 (1965): 1–29.
Benoit, Pierre. "La Mort de Judas." In *Synoptische Studien. Wikenhauser zum siebzigsten Geburtstag dargebracht*. Ed. J. Schmid and A. Vögtle, 1–19. Munich: Karl Zink, 1954.
Betz, O. "The Dichotomized Servant and the End of Judas Iscariot: Light on the Dark Passages: Matthew 24,51 and Parallel Acts 1,18." *Revue de Qumran* 5 (1965): 43–58.
Bompaire, Jacques. *Lucien écrivain. Imitation et création*. Bibliothèque des Ecoles françaises d'Athènes et de Rome 190. Paris: Boccard, 1958.
Bonz, Marianne Palmer. *The Past as Legacy: Luke-Acts and Ancient Epic*. Minneapolis: Fortress Press, 2000.
Bovon, François. *De vocatione gentium. Histoire de l'interprétation d'Actes 10,1–11,18 dans les six premiers siècles*. Beiträge zur Geschichte der biblischen Exegese 8. Tübingen: Mohr (Siebeck), 1967.
———. *L'Evangile selon saint Luc (1,–9,50)*. Commentaire du Nouveau Testament IIIa. Geneva: Labor et Fides, 1991.
———. "Le Saint-esprit, l'église et les relations humaines selon Actes 20,36–21,16." In *Les Actes des apôtres. Traditions, rédaction, théologie*. Ed. J. Kremer, 340–51. Bibliotheca ephemeridum theologicarum lovaniensium 48. Leuven: Leuven University Press, 1979.
———. "Tradition et rédaction en Actes 10,1–18." *Theologische Zeitschrift* 26 (1970): 22–45.
Brioso Sánchez, Máximo. "Mosco y Heliodoro. El símil de Etiópicas II, 22,4." *Habis* 17 (1986): 117–21.
Brodie, Thomas Louis. "The Departure for Jerusalem (Luke 9,51–56) as a Rhetorical Imitation of Elijah's Departure for the Jordan (2 Kgs 1,1–2,6)." *Biblica* 70 (1989): 96–109.

———. "Greco-Roman Imitation of Texts as a Partial Guide to Luke's Use of Sources." In *Luke-Acts: New Perspectives from the Society of Biblical Literature Seminar*. Ed. Charles H. Talbert, 17–46. New York: Crossroad, 1984.

———. "Luke 7,36–50 as an Internalization of 2 Kings 4,1–37: A Study in Luke's Use of Rhetorical Imitation." *Biblica* 64 (1983): 457–85.

———. "Luke-Acts as an Imitation and Emulation of the Elijah-Elisha Narratives." In *New Views on Luke and Acts*. Ed. Earl Richards, 78–85. Collegeville: Liturgical Press, 1990.

———. "Towards Unraveling Luke's Use of the Old Testament: Luke 7.11–17 as an *Imitatio* of 1 Kings 17.17–24." *New Testament Studies* 32 (1986): 247–67.

Bruce, F. F. *The Book of the Acts*. 3d ed. Grand Rapids: William B. Eerdmans, 1990.

Bruère, Richard T. "Silius Italicus *Punica* 3,62–162 and 4,763–822." *Classical Philology* 47 (1952): 219–27.

Budesheim, Thomas L. "Paul's *Abschiedsrede* in the Acts of the Apostles." *Harvard Theological Review* 69 (1976): 9–30.

Buffière, Félix. *Les Mythes d'Homère et la pensée grecque*. Collection des universités de France, publiée sous le patronage de l'Association Guillaume Budé. Paris: Belles Lettres, 1956.

Burchard, Christoph. "Paulus in der Apostelgeschichte." *Theologische Zeitschrift* 12 (1975): 881–95.

Carpenter, Thomas H. *Art and Myth in Ancient Greece: A Handbook*. London: Thames and Hudson, 1991.

Charlesworth, James H. *The Old Testament Pseudepigrapha*. vol. 1: *Apocalyptic Literature and Testaments*. Garden City: Doubleday, 1983.

Chase, F. H. "On πρηνὴς γενόμενος in Acts 1:18." *Journal of Theological Studies* 13 (1912): 278–85.

Clark, Donald Lemen. *Rhetoric in Greco-Roman Education*. New York: Columbia University Press, 1957.

Clarke, Howard. *Homer's Readers: A Historical Introduction to the "Iliad" and the "Odyssey."* Newark: University of Delaware Press, 1980.

Conzelmann, Hans. *The Acts of the Apostles: A Commentary on the Acts of the Apostles*. Trans. James Limburg, A. Thomas Kraabel, and Donald H. Juel. Ed. Eldon J. Epp with Christopher Mathews. Hermeneia. Philadelphia: Fortress Press, 1987.

Cribiore, Raffaela. *Writing, Teachers, and Students in Graeco-Roman Egypt*. American Studies in Papyrology 36. Atlanta: Scholars Press, 1997.

Danek, Georg. *Epos und Zitat. Studien zu den Quellen der Odyssee*. Wiener Studien 22. Wien: Österreichische Akademie der Wissenschaften, 1998.

Deichgräber, Karl. *Der letzte Gesang der Ilias*. Abhandlungen der Akademie der Wissenschaften in Mainz. Wiesbaden: Franz Steiner Verlag, 1972.

Desautels, L. "Le Mort de Judas (Mt 27,3–19; Ac 1,15–26)." *Science et Esprit* 38 (1986): 221–39.

Dibelius, Martin. *Studies in the Acts of the Apostles*. Trans. M. Ling and P. Schubert. Ed. H. Greeven. New York: Charles Scribner's Sons, 1956. (*Aufsätze zur Apostelgeschichte*. Ed. Heinrich Greeven. Forschungen zu Religion und Literatur des Alten und Neuen Testaments, n.s. 42. Göttingen: Vandenhoeck & Ruprecht, 1951.)

Dittenberger, Wilhem. *Sylloge inscriptionum graecarum.* 4th ed. Hildesheim: Georg Olms, 1960.
Donelson, Lewis R. "Cult Histories and the Sources of Acts." *Biblica* 68 (1987): 1–21.
Dubois, Jean-Daniel. "La Figure d'Elie dans la perspective lucanienne." *Revue d'histoire et de philosophie religieuses* 53 (1973): 155–76.
Dupont, Jacques. "La Construction du discours de Milet." In *Nouvelles études sur les actes des apôtres,* 424–45. Lectio Divina 118. Paris: Cerf, 1984.
———. "La Destinée de Judas prophetisée par David (Actes 1:16–20)." *Catholic Biblical Quarterly* 23 (1961): 41–51.
———. *Le Discours de Milet. Testament pastoral de Saint Paul (Actes 20, 18–36).* Lectio Divina 32. Paris: Cerf, 1962.
———. "Le Douzième apôtre (Actes 1:15–26). À propos d'une explication récente." In *The New Testament Age.* Ed. W. Weinrich, 139–45. Macon: Mercer, 1984.
———. "Pierre délivré de prison (Ac. 12.1–11)." In *Nouvelles études sur les actes des apôtres,* 329–42. Lectio Divina 118. Paris: Cerf, 1984.
Ehrenberg, V. "Losung." *Paulys Real-Encyclopädie der classischen Altertumswissenschaft.* Ed. A. F. Pauly and G. Wissowa. 13.1451–1504.
Enslin, Morton S. "How the Story Grew: Judas in Fact and Fiction." *Festschrift to Honor F. Wilbur Gingrich: Lexicographer, Scholar, Teacher, and Committed Christian Layman.* Ed. Eugene Howard Barth and Ronald Edwin Cocroft, 123–41. Leiden: Brill, 1972.
Eulenstein, R. "Die wundersame Befreiung des Petrus aus Todesgefahr, Acta 12,1–23." *Wort und Dienst* 12 (1973): 43–69.
Exum, J. Cheryl, and Charles H. Talbert. "The Structure of Paul's Speech to the Ephesian Elders (Acts 20:18–35)." *Catholic Biblical Quarterly* 29 (1967): 233–36.
Fantham, Elaine. "Imitation and Decline: Rhetorical Theory and Practice in the First Century after Christ." *Classical Philology* 73 (1978): 102–16.
Feldman, Louis H. "Ascanius and Astyanax: A Comparative Study of Virgil and Homer." *Classical Journal* 53 (1957–58): 361–66.
Ferguson, Everett. "Qumran and Codex D (Acts 1:15–26)." *Revue de Qumran* 8 (1972): 75–80.
Finkelpearl, Ellen. *Metamorphosis of Language in Apuleius: A Study of Allusion in the Novel.* Ann Arbor: University of Michigan Press, 1998.
Fiske, George Converse. *Lucilius and Horace: A Study in the Classical Theory of Imitation.* Madison: University of Wisconsin Press, 1920. Reprint, Westport: Greenwood, 1971.
Fitzmyer, Joseph A. *The Acts of the Apostles: A New Translation with Introduction and Commentary.* Anchor Bible 31. New York: Doubleday, 1998.
Foakes Jackson, F. J., and Kirsopp Lake, eds. *The Beginnings of Christianity. Part 1: The Acts of the Apostles.* 5 vols. London: Macmillan, 1920–33; reprint, Grand Rapids: Baker Book House, 1965.
Frisch, Peter. *Die Träume bei Herodot.* Beiträge zur klassischen Philologie 27. Meisenheim: Anton Hain, 1968.
Fuller, R. H. "The Choice of Matthias." In *Studia Evangelica* 6. Ed. Elizabeth A. Livingstone, 140–46. Texte und Untersuchungen zur Geschichte der altchristlichen Literatur 112. Berlin: Akademie Verlag, 1973.

Funke, Hermann. "Homer und seine Leser in der Antike." *Forschung an der Universität Mannheim und Erbegnisse* (1976–77): 26–38.
Gärtner, H. A. "Les Rêves de Xerxès et d'Artaban chez Hérodote." *Ktéma* 8 (1983): 11–18.
Garrett, Susan R. "Exodus from Bondage: Luke 9:31 and Acts 12:1–24." *Catholic Biblical Quarterly* 53 (1991): 628–43.
Garson, R. W. "Notes on Some Homeric Echoes in Heliodorus' *Aethiopica.*" *Acta Classica* 18 (1975): 137–40.
Gaventa, Beverly Roberts. *From Darkness to Light: Aspects of Conversion in the New Testament.* Overtures to Biblical Theology 20. Philadelphia: Fortress Press, 1986.
Genette, Gérard. *Palimpsestes. La Littérature au second degré.* Paris: Editions du Seuil, 1982.
Gils, Félix. *Jésus prophète d'après les évangiles synoptiques.* Orientalia et biblica lovaniensia 2. Leuven: Leuven University Press, 1957.
Giraudeau, Michèle. "L'Héritage épique chez Hérodote." *Bulletin de l'Association G. Budé* (1984): 4–13.
Greene, Thomas M. *The Light in Troy: Imitation and Discovery in Renaissance Poetry.* New Haven: Yale University Press, 1982.
Haacker, Klaus. "Dibelius und Cornelius. Ein Beispiel formgeschichtlicher Überlieferungskritik." *Biblische Zeitschrift* 24 (1980): 234–51.
Hägg, Tomas. *Narrative Technique in Ancient Greek Romances: Studies of Chariton, Xenophon Ephesius, and Achilles Tatius.* Skrifter Utgivna av Svenska Institutet: Athen. 8.8. Uppsala: Almquist & Wikells, 1971.
Haenchen, Ernst. *The Acts of the Apostles: A Commentary.* Trans. and ed. B. Noble et al. Philadelphia: Westminster Press, 1971.
Haft, Adele J. "Odysseus' Wrath and Grief in the *Iliad*: Agamemnon, the Ithacan King, and the Sack of Troy in Books 2, 4, and 14." *Classical Journal* 85 (1990): 97–114.
———. "τὰ δὴ νῦν πάντα τελεῖται: Prophecy and Recollection in the Assemblies of *Iliad* 2 and *Odyssey* 2." *Arethusa* 25 (1992): 223–40.
Hanson, John S. "The Dream-Vision Report and Acts 10.1–11.18: A Form-Critical Study." Dissertation, Harvard University, 1978.
Harrill, J. Albert. "The Dramatic Function of the Running Slave Rhoda (Acts 12.13–16): A Piece of Greco-Roman Comedy." *New Testament Studies* 46 (2000): 150–57.
Harris, J. Rendel. "Did Judas Really Commit Suicide?" *American Journal of Theology* 6 (1900): 490–513.
———. "St. Luke's Version of the Death of Judas." *American Journal of Theology* 18 (1914): 127–31.
Haulotte, Edgar. "Fondation d'une communauté de type universel. Actes 10,1–11,18." *Revue des sciences religieuses* 58 (1970): 63–100.
Headlam, James Wycliff. *Election by Lot at Athens.* 2d ed. Ed. D. C. MacGregor. Cambridge: Cambridge University Press, 1933.
Hemer, Colin J. "The Speeches of Acts: part 1: The Ephesian Elders at Miletus." *Tyndale Bulletin* 40 (1989): 76–85 and 239–59.
Henderson, Jeffrey. *Three Plays by Aristophanes: Staging Women.* New York: Routledge, 1996.

Hermann, Peter. *Wahrheit und Kunst. Geschichtschreibung und Plagiat im klassischen Altertum.* Leipzig: B. G. Teubner, 1911.
Heubeck, Alfred, et al. *A Commentary on Homer's Odyssey.* 3 vols. Oxford: Oxford University Press, 1988–92.
Hey, F. Oskar. *Der Traumglaube der Antike. Ein historischer Versuch.* Programm des kgl. Realgymnasiums München 1907–1908. Munich: F. Staub, 1908.
Hinds, Stephen. *Allusion and Intertext: Dynamics of Appropriation in Roman Poetry.* New York: Cambridge University Press, 1998.
Hofrichter, Peter. "Parallele zum 24. Gesang der Ilias in den Engelerscheinungen des lukanischen Doppelwerkes." *Protokolle zur Bibel* 2 (1993): 60–76.
Holladay, Carl R. *Fragments from Hellenistic Jewish Authors.* Vol. 1: *Historians.* Society of Biblical Literature Texts and Translations. Pseudepigrapha Series. Chico: Scholars Press, 1983.
Hornby, W. "The Twelve and the Phylarchs." *New Testament Studies* 32 (1986): 503–27.
Huber, Ludwig. "Herodots Homerverständnis." In *Synusia.* FS Wolgang Schadewaldt. Ed. Hellmut Flashar and Konrad Gaiser, 29–52. Pfullingen: Neske, 1965.
Hughes, Lisa B. "Vergil's Creusa and *Iliad* 6." *Mnemosyne* 50 (1997): 401–23.
Humphrey, Edith M. "Collision of Modes? — Vision and Determining Argument in Acts 10:1–11:18." *Semeia* 71 (1995): 65–84.
Hundt, Joachim. *Der Traumglaube bei Homer.* Greifswalder Beiträge zur Literatur- und Stilforschung 9. Greifswald: Hans Dallmeyer, 1935.
Irmscher, Johannes. "Vergil in der griechischen Antike." *Klio* 67 (1985): 281–85.
Jaubert, A. "L'Election de Matthias et le tirage au sort." In *Studia Evangelica* 6. Ed. Elizabeth A. Livingstone, 274–80. Texte und Untersuchungen zur Geschichte der altchristlichen Literatur 112. Berlin: Akademie Verlag, 1973.
Jervell, Jacob. *Die Apostelgeschichte übersetzt und erklärt.* Evangelisch-katholischer Kommentar zum Neuen Testament 3. Göttingen: Vandenhoeck & Ruprecht, 1998.
Johansen, Knud Friis. *The Iliad in Early Greek Art.* Copenhagen: Munksgaard, 1967.
Juhnke, Herbert. *Homerisches in römischer Epik flavischer Zeit. Untersuchungen zu Szenennachbildungen und Strukturentsprechungen in Statius' Thebais und Achilleis und in Silius' Punica.* Zetemata 53. Munich: Becks, 1972.
Junod, Eric. "Origène, Eusèbe et la tradition sur la répartition des champs de mission des apôtres (Eusèbe, *HE* III,1,1–3)." In *Les Actes apocryphes des apôtres. Christianisme et monde païen.* Ed. François Bovon, 233–48. Publication de la Faculté de Théologie de l'Université de Genève 4. Geneva: Labor et Fides, 1981.
Kaestli, Jean-Daniel. "Les Scènes d'attribution des champs de mission et de départ de l'apôtre dans les Actes apocryphes." In *Les Actes apocryphes des apôtres. Christianisme et monde païen.* Ed. François Bovon, 149–64. Publication de la Faculté de Théologie de l'Université de Genève 4. Geneva: Labor et Fides, 1981.
Keck, Fridolin. *Die öffentliche Abschiedsrede Jesu in Lk 20,45–21,36. Eine redaktions-und motivgeschichtliche Untersuchung,* Forschung zur Bibel 25. Stuttgart: Verlag Katholisches Bibelwerk, 1973.
Kennedy, George A. *The Art of Persuasion in Greece.* Princeton: Princeton University Press, 1963.

Kessels, A. H. M. *Studies in the Dream in Greek Literature*. Utrecht: HES Publishers, 1978.
Keydell, R. "Quintus Smyrnaeus und Vergil." *Hermes* 82 (1954): 254–56.
Kilgallen, John J. "Paul's Speech to the Ephesian Elders: Its Structure (Acts 20:18–35)." *Ephemerides theologicae lovanienses* 70 (1994): 112–121.
Kindstrand, Jan Fredrik. *Homer in der zweiten Sophistik*. Acta Universitatis Upsaliensis. Studia Graeca Upsaliensia 7. Uppsala: University of Uppsala, 1973.
Kirk, G. S. *The Iliad: A Commentary*. Vols. 1–2. Cambridge: Cambridge University Press, 1985–90.
Klein, Günter. *Die zwölf Apostel. Ursprung und Gehalt einer Idee*. Forschungen zu Religion und Literatur des Alten und Neuen Testaments, n.s. 59. Göttingen: Vandenhoeck & Ruprecht, 1961.
Kleinknecht, H. "Laokoon." *Hermes* 79 (1944): 66–111.
Knauer, Georg Nicolaus. *Die Aeneis und Homer*. 2d ed. Hypomnemata 7. Göttingen: Vandenhoeck & Ruprecht, 1979.
———. "Vergil and Homer." *Aufstieg und Niedergang der römischen Welt*. Ed. H. Temporini and W. Haase. 2.32.2.870–918.
———. "Vergil's *Aeneid* and Homer." In *Oxford Readings in Vergil's Aeneid*. Ed. S. J. Harrison, 390–412. Oxford: Oxford University Press, 1990.
Knight, Virginia. *The Renewal of Epic: Responses to Homer in the Argonautica of Apollonius*. Mnemosyne, Supplementum 152. Leiden: E. J. Brill, 1995.
Knoch, Otto. *Die "Testamente" des Petrus und Paulus. Die Sicherung der apostolischen Überlieferung in der spätneutestamentlichen Zeit*. Sources bibliques 62. Stuttgart: KBW Verlag, 1973.
Köhnken, Adolf. "Der dritte Traum des Xerxes bei Herodot." *Hermes* 116 (1988): 24–40.
Kolenkow, Anitra Bingham. "Testaments: The Literary Genre 'Testament.'" In *Early Judaism and Its Modern Interpreters*. Ed. Robert A. Kraft and George W. E. Nickelsburg, 259–67. The Bible and its Modern Interpreters 2. Atlanta: Scholars Press, 1986.
Koller, H. *Die Mimesis in der Antike: Nachahmung, Darstellung, Ausdruck*. Berne: A. Francke, 1954.
Kopidakis, M. Z. "Ἰώσηφος ὁμηρίζων." *Hellenika* 37 (1986): 3–25.
Kratz, Reinhard. *Rettungswunder. Motiv-, traditions- und formkritische Aufarbeitung einer biblischen Gattung*. Europäische Hochschulschriften 123. Frankfurt am Main: Peter Lang, 1979.
Kuhn, Thomas S. *The Structure of Scientific Revolutions*. 3d ed. Chicago: University of Chicago Press, 1996.
Kurz, William S. "Effects of Variant Narrators in Acts 10–11." *New Testament Studies* 42 (1997): 570–86.
———. "Luke 22:14–38 and Greco-Roman and Biblical Farewell Addresses." *Journal of Biblical Literature* 104 (1985): 251–68.
Kytzler, Bernard, "Imitatio und Aemulatio in der Thebais des Statius." *Hermes* 97 (1969): 209–32.
Lake, Kirsopp. "The Death of Judas." In *The Beginnings of Christianity*. Part 1: *The Acts of the Apostles*. 5 vols. Ed. F. J. Foakes Jackson, and Kirsopp Lake. 5.22–30. London: Macmillan, 1920–33; reprint, Grand Rapids: Baker Book House, 1965.

Lamberton, Robert. *Homer the Theologian: Neoplatonist Allegorical Reading and the Growth of the Epic Tradition.* Transformation of the Classical Heritage 9. Berkeley: University of California Press, 1986.
Lamberton, Robert, and John J. Keaney, eds. *Homer's Ancient Readers: The Hermeneutics of Greek Epic's Earliest Exegetes.* Princeton: Princeton University Press, 1992.
Lambrecht, Jan. "Paul's Farewell-Address at Miletus (Acts 20,17–38)." In *Les Actes des apôtres. Tradition, rédaction, théologie.* Ed. Jacob Kremer et al., 307–37. Bibliotheca ephemeridum theologicarum lovaniensium 48. Leuven: Leuven University Press, 1979.
Lampe, G. W. H. "'Grievous Wolves' (Acts 20:29)." In *Christ and Spirit.* FS C. F. D. Moule. Ed. Barnabas Lindars and Stephen S. Smalley, 253–68. Cambridge: Cambridge University Press, 1973.
Latacz, Joachim. "Funktionen des Traums in der antiken Literatur." *Würzburger Jahrbücher für die Altertumswissenschaft* 10 (1984): 23–39.
Lausberg, Marion. "Lucan und Homer." *Aufstieg und Niedergang der römischen Welt.* Ed. H. Temporini and W. Haase. 2.32.3.1565–1622.
Löning, Karl. "Die Korneliustradition." *Biblische Zeitschrift* 18 (1974): 1–19.
Lövestam, Evald. "Paul's Address at Miletus (Acts 20:18–35)." *Studia theologica* 41 (1987): 1–10.
Lohfink, Gerhard. "Der Losvorgang in Apg. 1,26." *Biblische Zeitschrift* 19 (1975): 247–49.
Lohmann, Dieter. *Die Andromache-Szenen der Ilias. Ansätze und Methoden der Homer-Interpretation.* Spudasmata 42. Hildesheim: Olms Verlag, 1988.
Macan, Reginald Walter. *Herodotus. The Seventh, Eighth, and Ninth Books.* London: Macmillan, 1908.
MacDonald, Dennis R. *Christianizing Homer: "The Odyssey," Plato, and "The Acts of Andrew."* New York: Oxford University Press, 1994.
———. "The Ending of Luke and the Ending of the *Odyssey*." In *For a Later Generation: The Transformation of Tradition in Israel, Early Judaism and Early Christianity.* Ed. Randal A. Argall et al., 161–68. Harrisburg: Trinity Press International, 2000.
———. *The Homeric Epics and the Gospel of Mark.* New Haven: Yale University Press, 2000.
———. *The Legend and the Apostle: The Battle for Paul in Story and Canon.* Philadelphia: Westminster Press, 1983.
———. "Legends of the Apostles." In *Eusebius, Christianity, and Judaism.* Ed. Harold W. Attridge and Gohei Hata, 166–79. Detroit: Wayne State University Press, 1992.
———. "Luke's Eutychus and Homer's Elpenor: Acts 20:7–12 and *Odyssey* 10–12." *Journal of Higher Criticism* 1 (1994): 5–24.
———, ed. *Mimesis and Intertextuality in Antiquity and Christianity.* Studies in Antiquity and Christianity. Harrisburg: Trinity Press International, 2001.
———. "The Shipwrecks of Odysseus and Paul." *New Testament Studies* 45 (1999): 88–107.
———."The Soporific Angel in Acts 12:1–17 and Hermes' Visit to Priam in *Iliad* 24: Luke's Emulation of the Epic." *Forum*, n.s. 2.2 (1999): 179–87.
———. "Tobit and the *Odyssey*." In *Mimesis and Intertextuality in Antiquity and Christianity.* Ed. Dennis R. MacDonald, 11–40. Studies in Antiquity and Christianity. Harrisburg: Trinity Press International, 2001.

Manns, Frédéric. "Un Midrash chrétien. Le Récit de la mort de Judas." *Revue des sciences religieuses* 54 (1980): 197–203.
Martucci, Jean. "Les Récits de miracle. Influence des récits de l'Ancient Testament sur ceux du Nouveau." *Science et esprit* 27 (1975): 133–46.
Masson, C. "La Reconstitution du collège des Douze. D'après Actes 1:15–26." *Revue de théologie et de philosophie* 3 (1955): 193–201.
McKeon, Richard. "Literary Criticism and the Concept of Imitation in Antiquity." In *Critics and Criticism*. Ed. Ronald Salmon Crane, 147–75. Chicago: University of Chicago Press, 1952.
Melandri, Eleonora. "La Parafrasi di M. Moscopulo ad Hom. A–B 493 e la tradizione esegetica e lessiografica dell'Iliade." *Prometheus* 9 (1983), 177–92.
Menoud, P.-H. "Les Additions au groupe des douze apôtres, d'après le livre des Actes." *Revue d'histoire et de philosophie religieuses* 37 (1957): 71–80.
Merkelbach, Reinhold. *Die Quellen des griechischen Alexanderromans*. 2d ed., with Jürgen Trumpf. Zetemata 9. Munich: Beck, 1977.
Messer, William Stuart. *The Dream in Homer and Greek Tragedy*. New York: Columbia University Press, 1918.
Metz, Wilhelm. "Hektor als der homerischste aller homerischen Helden." *Gymnasium* 97 (1990): 385–404.
Michel, Hans-Joachim. *Die Abschiedsrede des Paulus an die Kirche, Apg. 20,17–38. Motivgeschichte und theologische Bedeutung*. Studien zum Alten und Neuen Testament 35. Munich: Kösel-Verlag, 1973.
Mondino, M. "Di alcune fonti de Quinto Smirneo: V. Quinto Smirneo e i poeti latini." *Rivista di studi classici* 5 (1957): 229–35.
Morgan, Teresa. *Literate Education in the Hellenistic and Roman Worlds*. New York: Cambridge University Press, 1998.
Morris, James F. "'Dream Scenes' in Homer: A Study in Variation." *Transactions of the American Philological Association* 113 (1983): 39–54.
Munck, Johannes. "Discours d'adieu dans le Nouveau Testament et dans la littérature biblique." In *Aux Sources de la tradition chrétienne. Mélanges offerts à M. Goguel*, 155–70. Neuchâtel: Delachaux & Niestlé, 1950.
Murley, Clyde. "The Use of Messenger Gods by Vergil and Homer." *Vergilius* 3 (1939): 3–11.
Nellessen, E. "Tradition und Schrift in der Perikope von der Erwählung des Matthias (Apg 1, 15–26)." *Biblische Zeitschrift* 19 (1975): 205–18.
———. *Zeugnis für Jesus und das Wort. Exegetische Untersuchungen zum lukanischen Zeugnisbegriff*. Bonner biblische Beiträge 43. Köln: Peter Hanstein, 1976.
Nordheim, Eckhard von. *Die Lehre der Alten*. 2 vols. Arbeiten zur Literatur und Geschichte des hellenistischen Judentums 13. Leiden: E. J. Brill, 1980.
North, Helen. "The Use of Poetry in the Training of the Ancient Orator." *Traditio* 8 (1952): 1–33.
Öhler, Markus. *Elia im Neuen Testament. Untersuchungen zur Bedeutung des alttestamentlichen Propheten im frühen Christentum*. Beihefte zur Zeitschrift für die neutestamentliche Wissenschaft 88. Berlin: Walter de Gruyter, 1997.
Pack, Roger A. *The Greek and Latin Literary Texts from Greco-Roman Egypt*. 2d ed. Ann

Arbor: University of Michigan Press, 1965.
Prast, Franz. *Presbyter und Evangelium in nachapostolischer Zeit. Die Abschiedsrede des Paulus in Milet (Apg 20,17–38) im Rahmen der lukanischen Konzeption der Evangeliumsverkündigung*. Forschung zur Bibel 29. Stuttgart: Verlag katholisches Bibelwerk, 1979.
Radl, W. "Befreiung aus dem Gefängnis. Die Darstellung eines biblischen Grundthemas in Apg. 12." *Biblische Zeitschrift* 27 (1983): 81–96.
Ramsay, William M. *The Bearing of Recent Discovery on the Trustworthiness of the New Testament*. 4th ed. London: Hodder and Stoughton, 1920.
Reardon, B. P. *Collected Ancient Greek Novels*. Berkeley: University of California Press, 1989.
———. *Courants littéraires grecs des IIe et IIIe siècles après J.-C*. Annales littéraires de l'Université de Nantes 3. Paris: Belles Lettres, 1971.
Rengstorf, Karl Heinrich. "The Election of Matthias." In *Current Issues in New Testament Interpretation*. Ed. W. Klassen and G. F. Snyder, 178–92. New York: Harper, 1962.
Renié, J. "L'Election de Mathias (Act. 1,15–26). Authenticité du récit." *Revue biblique* 55 (1948): 43–53.
Richardson, Nicholas. *The Iliad: A Commentary*, vol. 6: *Books 21–24*. Cambridge: Cambridge University Press, 1993.
Roloff, Jürgen. *Die Apostelgeschichte übersetzt und erklärt*. 17th ed. Das Neue Testament deutsch 5. Göttingen: Vandenhoeck & Ruprecht, 1981.
Roth, Wolfgang. *Hebrew Gospel: Cracking the Code of Mark*. Oak Park: Meyer-Stone Books, 1988.
Russell, D. A. "De imitatione." In *Creative Imitation in Latin Literature*. Ed. D. A. West and A. J. Woodman, 1–16. Cambridge: Cambridge University Press, 1979.
Rutherford, Richard B. "From the Iliad to the Odyssey." *Bulletin of the Institute of Classical Studies of the University of London* 38 (1991–93): 37–54.
Rutz, W. "Die Träume des Pompeius in Lucans Pharsalia." *Hermes* 91 (1963): 334–45.
Schadewaldt, W. "Hector and Andromache." In *Homer: German Scholarship in Translation*. Trans. G. M. Wright and P. V. Jones, 124–42. Oxford: Clarendon Press, 1997.
Scherer, Margaret R. *The Legends of Troy in Art and Literature*. New York: Phaedon, 1964.
Schmidt, F. "Election et tirage au sort (1QS vi,13–23 et Ac 1,15–26)." *Revue d'histoire et de philosophie religieuses* 80 (2000): 105–17.
Schmithals, Walter. *Die Apostelgeschichte des Lukas*. Zürcher Bibelkommentar, Neues Testament 3.2. Zurich: Theologischer Verlag, 1982.
Schürmann, Heinz. *Das Lukasevangelium*. 3d ed. Herders theologischer Kommentar zum Neuen Testament 3. Freiburg: Herder, 1984.
———. "Das Testament des Paulus für die Kirche, Apg 20, 18–35." In *Traditionsgeschichtliche Untersuchungen zu den synoptischen Evangelien. Beiträge*, 310–40. Düsseldorf: Patmos Verlag, 1968.
Schwarz, G. *Jesus und Judas. Aramäistische Untersuchungen zur Jesus-Judas-Überlieferung der Evangelien und der Apostelgeschichte*. Beiträge zur Wissenschaft vom Alten (und Neuen) Testament 123. Stuttgart: Kohlhammer, 1988.
Schweizer, Eduard. "Zu Apg. 1, 16–22." *Theologische Zeitschrift* 14 (1958): 46.
Scott, John A. *Homer and His Influence*. Boston: Marshall Jones, 1925.

———. "The Parting of Hector and Andromache." *Classical Journal* 9 (1914): 274–77.
Seaford, Richard. "Homer and Tragic Sacrifice." *Transactions of the American Philological Association* 119 (1989): 87–95.
Skinner, Marilyn B. "Briseis, the Trojan Women, and Erinna." *Classical World* 75 (1982): 265–69.
Snodgrass, Anthony M. *Homer and the Artists: Text and Picture in Early Greek Art*. New York: Cambridge University Press, 1998.
Soards, Marion L. *The Speeches in Acts: Their Content, Context, and Concerns*. Louisville: Westminster/John Knox, 1994.
Söder, Rosa. *Die apokryphen Apostlegeschichten und die romanhafte Literatur der Antike*. Würzburger Studien zur Altertumswissenschaft 3. Darmstadt: Wissenschaftliche Buchgesellschaft, 1969. Reprint of 1932 edition.
Stahl, William Harris. *Macrobius: Commentary on the Dream of Scipio*. New York: Columbia University Press, 1952.
Stauffer, Ethelbert. "Jüdische Erbe im urchristlichen Kirchenrecht." *Theologische Literaturzeitung* 77 (1952): 201–6.
Steiner, Hans Rudolf. *Der Traum in der Aeneis*. Noctes Romanae 5. Bern: Paul Haupt, 1952.
Stemplinger, Eduard. *Das Plagiat in der griechischen Literatur*. Leipzig: B. G. Teubner, 1912. Reprint, Hildesheim: Georg Olms Verlag, 1990.
Strasburger, Hermann. *Homer und die Geschichtsschreibung*. Sitzungsberichte der Heidelberger Akademie der Wissenschaften. Philosophisch-historische Klasse. Heidelberg: C. Winter, 1972.
Strobel, August. "Passa-Symbolik und Passa-Wunder in Act. xii.3ff." *New Testament Studies* 4 (1957–58): 210–15.
Tarrant, R. J. "Aspects of Virgil's Reception in Antiquity." In *The Cambridge Companion to Virgil*. Ed. Charles Martindale, 56–72. Cambridge: Cambridge University Press, 1997.
Tragen, P.-R. "Les 'Destinataires' du discours de Milet. Une approche du cadre communautaire d'Ac 20,18–35." In *A Cause de l'évangile. Etudes sur les synoptiques et les Actes*, 779–98. Paris: Cerf, 1985.
Tyson, Joseph B. "The Gentile Mission and the Authority of Scripture in Acts." *New Testament Studies* 33 (1987): 619–31.
van der Horst, P. W. "Hellenistic Parallels to the Acts of the Apostles: 1:1–26." *Zeitschrift für die neutestamentliche Wissenschaft* 74 (1983): 17–26.
Vogler, Werner. *Judas Iskarioth. Untersuchungen zu Tradition und Redaktion von Texten des Neuen Testaments und außerkanonischer Schriften*. Theologische Arbeiten 11. Berlin: Evangelische Verlagsanstalt, 1983.
Watson, Duane F. "Paul's Speech to the Ephesian Elders (Acts 20.17–38): Epideictic Rhetoric of Farewell." In *Persuasive Artistry: Studies in New Testament Rhetoric in Honor of George A. Kennedy*. Ed. Duane F. Watson, 184–208. Journal for the Study of the New Testament Supplements 50.1. Sheffield: JSOT Press, 1991.
Weinreich, Otto. "Gebet und Wunder. Zwei Abhandlungen zur Religions- und Literaturgeschichte." In *Genethliakon*, FS Wilhelm Schmid, 169–464. Tübinger Beiträge zur Altertumswissenschaft 5. Stuttgart: W. Kohlhammer, 1929.

———. *Religionsgeschichtliche Studien.* Darmstadt: Wissenschaftliche Buchgesellschaft, 1968.
Weiser, Alfons. *Die Apostelgeschichte.* 2 vols. Ökumenischer Taschenbuchkommentar zum Neuen Testament 5. Güttersloh: Güttersloher Verlagshaus Mohn, 1981.
———. "Die Nachwahl des Matthias (Apg 1,15–26). Zur Rezeption und Deutung urchristlicher Geschichte durch Lukas." In *Zur Geschichte des Urchristentums.* Ed. G. Dautzenberg et al., 97–110. Freiburg: Herder, 1979.
White, Robert J. *The Interpretation of Dreams = Oneirocritica by Artemidorus.* Noyes Classical Studies. Park Ridge: Noyes Press, 1975.
Wikenhauser, Alfred. "Doppelträume." *Biblica* 29 (1948): 100–111.
Wilamowitz-Moellendorff, Ulrich von. *Die Ilias und Homer.* Berlin: Weidmann, 1916.
Wilcox, Max. "The Judas-Tradition in Acts 1:15–26." *New Testament Studies* 19 (1973): 438–52.
Williams, G. "Roman Poets as Literary Historians: Some Aspects of *Imitatio.*" *Illinois Classical Studies* 8 (1983): 211–37.
Wills, Lawrence. "The Form of the Sermon in Hellenistic Judaism and Early Christianity." *Harvard Theological Review* 77 (1984): 277–99.
Wilson, Walter T. "Urban Legends: Acts 10:1–11:18 and the Strategies of Greco-Roman Foundation Narratives." *Journal of Biblical Literature* 120 (2001): 77–99.
Witherington, Ben, III. *The Acts of the Apostles: A Socio-Rhetorical Commentary.* Grand Rapids: William B. Eerdmans, 1998.
Witherup, Ronald D. "Cornelius Over and Over and Over Again: 'Functional Redundancy' in the Acts of the Apostles." *Journal for the Study of the New Testament* 49 (1993): 45–66.
Woodford, Susan. *The Trojan War in Ancient Art.* Ithaca: Cornell University Press, 1993.
Zeegers-Vander Vorst, Nicole. *Les Citations des poetes grecs chez les apologistes chrétiens du IIe siècle.* Recueil de travaux d'histoire et de philologie 4.47. Leuven: Leuven University Press, 1972.
Zielinski, Thadeusz. "De Andromacha Posthomerica." *Eos* 31 (1928): 1–39.
Zmijewski, Josef. *Die Apostelgeschichte.* Regensburger Neues Testament. Regensburg: Pustet, 1994.

索 引

accessibility, 2–4, 26, 28, 56, 117, 147
Achilles, 23, 24, 27, 37, 47, 64, 82, 99, 110, 137–40, 172n2, 206n14; Priam's escape from, and its imitators, 123–30, 138, 148
Acts of Andrew, 4, 14, 27, 129, 135, 136, 147, 150, 197n21, 198n3, 201n12, 203n47
Acts of the Apostles, 1, 4, 6, 7–15, 146–51, 171–207; Cornelius and Peter, Iliad 2 and, 19–22, 44–65; and Greek parallels, 156–65; Paul's farewell at Miletus, Iliad 6 and, 67–102, 147, 148, 149, 186n5, 187–93; Peter's escape from prison, Iliad 24 and, 121–45; selection of Matthias, Iliad 7 and, 103–19, 147; visions of Cornelius and Peter, 20–22, 44–55, 57–59, 62–65, 148
Acts of Thomas, 109
Adonis, 145
Aejmelaeus, 192n65

Aeneas, 9, 85–87, 180n57, 206n14
Aeneid (Vergil), 6–9, 32–33, 34, 40–43, 73, 85, 87, 90, 100, 125, 149, 154, 155, 160, 179n26, 180nn57 and 60, 192n51, 206n14
Aeschylus, 4, 35, 52, 56, 147; Persians, 182n86; Ransoming of Hector, 124
Aethiopica (Heliodorus), 73
Agabus, 75
Agamemnon, 3, 13, 22, 23–28, 29, 35, 37–42, 44–47, 52, 57–64, 105, 114, 179n21, 181n72, 184n48; lying dream, 23–28, 29–34, 42, 48, 49, 52, 53–55, 56, 62, 65, 147, 148, 185n16
Ajax, 12–13, 87, 147; selected to face Hector, 105–6, 116
Ajax (Sophocles), 73, 83, 85, 87, 89, 159
Alexander the Great, 26, 131; escape from Darius, 131–36, 139, 204–5
Alexander Romance, 131–36, 144, 204–5
Allecto, 32–33

analogy, 4, 56, 117, 147
Andromache, 13, 70, 190n29, 194n17;
   Hector's farewell to, 69–73, 75, 79–
   83, 89–92, 93, 97, 148
Antiquities (Josephus), 4, 205n1
Aphrodite, 144–45, 148, 207n21
Apollo, 23, 125, 142, 196n21
Apollonius Rhodius, 4, 36, 93, 100, 136,
   147; *Argonautica*, 73, 79, 100, 128,
   135, 179n21
Apuleius, 124
Aramaic, 3
Argonautica (Apollonius), 73, 79, 100,
   128, 135, 179n21
Aristarchus, 191n39
Aristophanes, 4, 81, 82, 93, 147;
   Lysistrata, 73
Aristotle, 27
Artabanus, 37–38, 43, 63
Artapanus, 3, 128, 136, 147
Artemidorus, 182n8
Artemis, 35, 64
Ascanius, 85–86
Astyanax, 70–73, 85, 87–88, 147, 149
Athena, 30–32, 62, 70, 105, 126–27
Athens, 116
Augustus, 8

Bacchae (Euripides), 7, 124, 207n12
Barnabas, 116
Barsabbas Justus, Joseph, 107, 111, 113,
   197n3
Beardslee, William A., 115
Bellum civile (Lucan), 8, 31–32
Bonz, Marianne Palmer, *The Past as Legacy: Luke-Acts and Ancient Epic*, 7–8
Book of Tobit, 3, 4
Brutus, Marcus Iunius, 72

Caesar, 65
Caesarea, 13, 20, 54, 62; meeting of Peter and Cornelius at, 20, 50–53, 59–60; vision of Cornelius at, 20–22, 44–47, 55, 57–58, 63, 64, 148

Calchas, 25, 27, 34–36, 38, 49, 59, 61,
   178n30
Callisthenes, 131
Cappadocian Fathers, 13
Carthage, 39
Cassandra, 64, 142–45, 148, 149
Chaereas and Callirhoe (Chariton), 4, 73,
   85, 86, 88, 89, 90, 160, 161
Chariton, 4, 93, 147; *Chaereas and Callirhoe*, 4, 73, 85, 86, 88, 89, 90, 160, 161
Christian tradition, 2, 7, 13–15, 20, 28,
   150, 151, 176n11; Cornelius and Peter, *Iliad* 2 and, 19–21, 44–65; Paul's
   farewell at Miletus, *Iliad* 6 and, 67–
   102, 147, 148, 149, 186n5, 187–93;
   Peter's escape from prison, *Iliad* 24
   and, 121–45; selection of Matthias, *Iliad* 7 and, 103–19, 147
1 Chronicles, 114
Cicero, 27, 29, 39, 45, 178n30
Clement of Alexandria, 28, 190n31
Coelius Antipater, 39
Cornelius, 13, 19–65, 148, 176nn11 and
   17, 184n48; meeting of Peter and Cornelius at Caesarea, 20, 50–53, 59–60;
   and Peter, *Iliad* 2 and, 19–22, 44–65;
   speech to Peter, 52–53; visions of, 20–
   22, 44–47, 55, 57–58, 63, 64, 148
Cyropaedia (Xenophon), 73, 90

Darius, Alexander's escape from, 131–
   36, 139, 204–5
Dead Sea Scrolls, 115
Demosthenes, 3, 77, 116, 190n31
density, 4, 5, 6, 10, 11, 56–61, 75, 93,
   96, 118–19, 147
dietary regulations, Jewish, 21, 49, 50–
   51, 183nn23 and 29
Diogenes the Cynic, 26
Dionysus, 124, 147
distinctive traits, 4, 5–6, 12, 55, 56, 61–
   64, 99–102, 119, 141–45, 148
dreams and portents, 62, 177–82; in
   Book 2 of the *Iliad*, 23–43; imitations

of, 37–43, 56–65; lying dream, 23–28, 29–34, 42, 48, 53, 55, 56, 62, 147, 179n21, 185n16; serpent-sparrow, 25–28, 29, 34–36, 53, 54, 56, 58, 178n30, 180n55, 181n72

Egypt, 3
Ehrenberg, Victor, 114
Elijah-Elisha cycle, 10–12
Emmaus, 14, 207n12
Ennius, Dionysius I., *Ransoming of Hector*, 124–25
Ephesiaca (Xenophon of Ephesus), 4, 73
Ephesian elders, Paul's farewell to, 69–102
escape, 121–45; Alexander's escape from Darius, 131–36; Peter's escape from Herod, 137–40; Peter's escape from prison, *Iliad* 24 and, 121–45; Priam's escape from Achilles, 123–30
Etiocles, 33–34, 47
Eumelus, 132–35
Euripides, 3, 124, 145; *Bacchae*, 7, 124, 207n12
Eustathius, 81, 178n30

Genette, Gérard, 150–51
Gospels, 1, 4, 14, 146, 151, 193n80. See also *names of specific gospels*
Greek, 8–9, 14; and Latin parallels, 153–65
Greeks, 2, 3, 115, 150, 151; Cornelius and Peter, *Iliad* 2 and, 19–65; Paul's farewell at Miletus, *Iliad* 6 and, 67–102, 147, 148, 149, 186n5, 187–93; Peter's escape from prison, *Iliad* 24 and, 121–45; selection of Matthias, *Iliad* 7 and, 103–19, 147
Gregory of Nazianzus, 28

Hades, 115
Halitherses, 35
Hannibal, 39–43, 47, 49, 52, 65, 79, 87–88, 90, 100, 148, 181n76, 184n5
Hector, 6, 12, 70–71, 124–25, 137–38,
144, 145, 148, 172n2, 190nn29 and 31, 194n17; farewell to Andromache, 69–73, 75, 79–83, 89–92, 93, 97, 148; final instructions of, 72; Paul's farewell at Miletus, *Iliad* 6 and, 67–102; prayer for Astyanax, 71–72, 87–88; recognition that he will die, 71; selection of Ajax to face, 105–6, 116
Hecuba, 70, 125, 132
Helen, 70, 78, 93, 116
Heliodorus, 4, 28; *Aethiopica*, 73
Hellenism, 2, 3, 9, 15, 77, 150, 204n1
Hera (Juno), 23–24, 32–33, 40, 41, 43, 128
Heracles, 27, 180n55
Hermes, 13, 124–29, 131, 135, 136, 137–40, 143, 149, 177n2, 201n11, 205n13, 206n14
Herod, 13, 144, 149; Peter's escape from, 137–40
Herodotus, 4, 34, 37–43, 45, 46, 47, 56, 57, 62, 63, 65, 81, 82, 93, 147, 181n72, 184n5, 185n17; *History*, 73
Heroides (Ovid), 73
Hesiod, 3
Hippias of Thasus, 27
Homer, 3, 22; popularity and influence, 3–4, 26. See also *Iliad; Odyssey*
Homeridae, 3

Iliad (Homer), 1, 2, 3–7, 153–65, 171–207; Cornelius and Peter, *Iliad* 2 and, 19–22, 44–65; dreams and portents, 23–43, 56–65; Hector's farewell to Andromache, 69–73, 75, 79–83, 89–92, 93, 97; Paul's farewell at Miletus, *Iliad* 6 and, 67–102, 147, 148, 149, 186n5, 187–93; Peter's escape from prison, *Iliad* 24 and, 121–45; popularity of, 3–4, 26; Priam's escape from Achilles and its imitators, 123–30, 138, 148; selection of Ajax to face Hector, 105–6, 116; selection of Matthias, *Iliad* 7 and, 103–19, 147

索 引 275

interpretability, 6, 55, 56, 61, 64–65, 102, 119, 145, 149
Iphigenia, 35, 45, 64
Irenaeus, 27
Irmscher, Johannes, 9

Jerusalem, 19, 21, 74, 75, 78, 101, 107, 147; report of Peter to Church in, 20, 53–55, 60–61, 63, 64
Jesus Christ, 6, 13, 50, 84, 85, 107, 108, 117, 171n2, 190nn33 and 35
Jewish War, 115
Jewish War (Josephus), 4
John Chrysostom, 52, 189n23, 190n33
John Mark, 141
Joppa, 20, 48, 54, 62; Peter summoned from, 20, 47, 49–50, 59; vision of Peter at, 20–22, 47–49, 58–59, 63, 65, 148
Joseph of Arimathea, 129, 172n2
Josephus, 4, 115, 199n23, 201n12; *Antiquities*, 4, 205n1; *Jewish War*, 4
Judaism, 2, 3, 7, 9, 13–15, 150, 151, 185n18; and casting of lots, 113–19, 199nn13 and 23; Cornelius and Peter, *Iliad* 2 and, 19–21, 44–65; dietary regulations, 21, 49, 50–51, 183nn23 and 29; Homeric influence, 3–4; Paul's farewell at Miletus, *Iliad* 6 and, 67–102, 147, 148, 149, 186n5, 187–93; Peter's escape from prison, *Iliad* 24 and, 121–45; selection of Matthias, *Iliad* 7 and, 103–19, 147
Judas, 12, 106, 117, 200n36; death of, 12, 108–10, 113, 117, 119, 196nn8 and 12; selection of Matthias to replace, 12, 107–12, 147
Julio-Claudians, 8, 9
Jupiter, 32, 33, 39–43
Justin Martyr, 27

1 Kings, 10–12, 153; Luke and, 10–12
Kratz, Reinhard, 124, 141

Laertes, 14
Laius, 33–34, 47
Laocoön, 36, 180n60
Last Supper, 117
Latin, 3, 8, 9, 31–34; and Greek parallels, 153–65
Life of Apollonius of Tyana (Philostratus), 4
Livy, 32, 39
Logos, 85, 102
lots, casting, 113–19, 199nn13 and 23
Lucan, 3, 4, 21, 31–32, 43, 45, 56, 57, 65, 108, 112, 113, 147, 193n80, 195n7; *Bellum civile*, 8, 31–32; imitation of lying dream, 31–32, 34, 42
Lucian, 4, 26–27, 126, 135, 136; *The Ship*, 163
Luke, 3–13, 146–51, 153–65, 176nn11 and 17, 182n2, 184n1, 185n18, 195n7, 205n13, 206n4, 207n12; 1 Kings and, 10–12; Paul's farewell at Miletus, *Iliad* 6 and, 69–102, 187–93; Peter's escape from prison, *Iliad* 24 and, 121–45; selection of Matthias, *Iliad* 7 and, 107–19; visions of Cornelius and Peter, *Iliad* 2 and, 21, 26, 28, 44, 45, 49–53, 59, 61, 63, 65
Lycophron, 142–43
lying dream, 23–28, 29–34, 48, 53, 55, 56, 62, 179n21, 185n16; imitations of, 29–34, 42, 56–65, 147
Lysistrata, 81

Macrobius, 27, 45
Mark, 1, 3, 4, 5, 6, 13–14, 117, 128–29, 136, 147, 172n2, 191n46, 202–3n43
Matthew, 13, 108–9, 113, 117, 129, 135, 136, 146
Matthias, 107, 129, 147, 198n3; selected to replace Judas, 12, 107–12; selection of, *Iliad* 7 and, 103–19, 147
Megara, 27–28
Menelaus, 35, 52, 105, 110

Mercury, 34, 39–42, 47, 49, 125, 206n14
Messer, William Stuart, 29
Metamorphoses (Ovid), 27, 202n21
Michel, Hans-Joachim, 69–70
Miletus, 13, 194n1; Paul's farewell address at, *Iliad* 6 and, 67–102
mimesis, criteria for detection of, 2–15, 56–65, 93–102, 117–19, 141–45, 147–51. *See also* accessibility; analogy; density; distinctive traits; interpretability; order
Minerva, 36
Moschus, 27
Moses, 3, 128, 135
Myrmidonia, 129

Nausicaa, 30–32
Nestor, 24, 25, 30, 34, 43, 64, 105, 107–8, 110, 111, 182n8, 183n19
New Testament, 3, 109, 110, 116, 149, 151. *See also* Christian tradition; *names of specific books*
Nonnus, 4, 36, 56, 124, 128, 135, 136, 147

Odysseus, 6, 14, 22, 24–25, 30, 34–35, 37, 47, 49, 52, 53–55, 61, 62, 63, 80, 125–28, 171n2, 207n12
Odyssey (Homer), 1–4, 7, 14, 26, 30–32, 35, 36, 42, 49, 51, 73, 80, 89, 124–28, 135, 147, 171n2, 180n49, 184n1, 201n9, 207n12; imitations of lying dream in, 30–34
Oedipus, 33, 40
Oneiros, 23, 24, 30–34, 41, 45, 46, 47, 52, 57, 62, 64, 65, 148, 177n2
order, 4, 5, 6, 10, 11, 56–61, 93, 96–99, 118–19, 147
Origen, 150
Ovid, 4, 124, 125, 135, 136; *Heroides*, 73; *Metamorphoses*, 27, 202n21

pagan culture, 2, 14, 28, 62, 116, 150
Palestine, 21, 113, 114
Papias, 108–9, 113
parody, 150
Past as Legacy: Luke-Acts and Ancient Epic (Bonz), 7–8
Patroclus, 119, 196–97n21
Paul, 13, 19, 123, 146, 185n18, 187n5, 194n1; challenges facing the elders and, 80–84, 97; courage, 76–79, 97; departure, 89–92; farewell at Miletus, *Iliad* 6 and, 67–102, 147, 148, 149, 186n5, 187–93; prayer for elders, 84–89, 97
Peloponnesian War, 81
Penelope, 14, 30–31, 35, 80, 89–90
Pentecost, 19
Persians, 37–38, 43, 133, 194n5, 193n80
Peter, 13, 19–65, 107, 111, 116, 123, 148, 149, 176n11, 183nn20, 23, and 29; and Cornelius, *Iliad* 2 and, 19–22, 44–65; escape from Herod, 137–40; escape from prison, *Iliad* 24 and, 121–45; meeting of Cornelius and Peter at Caesarea, 20, 50–53, 59–60; report to Church in Jerusalem, 20, 53–55, 60–61, 63, 64; speech to the assembly, 53; summoned from Joppa, 20, 47, 49–50, 59; visions of, 20–22, 47–49, 58–59, 63, 65, 148
Phaedo (Plato), 73, 90–92, 161, 186n5, 193n91
Philo, 77, 116, 150
Philodemus, 151
Philostratus, 4, 36, 56, 124, 147; *Life of Apollonius of Tyana*, 4
Photius, 180n55
plagiarism, 149
Plato, 4, 26, 93, 147; *Phaedo*, 73, 90–92, 161, 186n5, 193n9
Plutarch, 179n21, 190n31
Plutarchus, L. Mestrius, 72
Polybius, C. Iulius, 8, 181n76

索 引 277

Polydorus, 110
Pompey, 3, 32, 43, 47, 65, 148
Porphyry, 27
Poseidon, 115
Priam, 13, 25, 70, 71, 82, 142–44, 149, 205n13; escape from Achilles and its imitators, 123–30, 138, 148
Priam (Sophocles), 125
prophecy, 1, 142–45
Psalms, 108
Pseudo-Callisthenes, 4, 147
Punica (Silius Italicus), 8, 39–43, 73, 79, 87–88, 90, 100–101, 156
Punic War, 39

Quintilian, 125
Quintus Smyrnaeus, 8, 204n22

repetition, 184n8
rhapsodes, 3
Rhoda, 142, 143, 144, 145, 149
Roman Civil War, 31–32, 43
Romans, 3, 7–9, 31–32, 39, 42, 43, 45, 115, 150
Rome, 9, 32, 39, 42, 65, 75
Rule of Community, 115

1 Samuel, 114
satire, 150
Saul, 114
Scamander River, 132–35
Scipio Africanus, 45
Second Punic War, 39
Seneca, 4, 8, 85, 178n2; *Troades*, 73
Septuagint, 7, 12, 77, 108, 109, 110
serpent-sparrow portent, 25–28, 29, 48–49, 53, 54, 56, 58, 61, 178n30, 180n55, 181n72; imitations of, 34–36, 56–65
Ship, The (Lucan), 163
Sibylline Oracles, 9
Silenus, 39
Silius Italicus, 4, 34, 39–43, 45, 46, 47, 52, 56, 62, 65, 85, 93, 147; *Punica*, 8, 39–43, 73, 79, 87–88, 90, 100–101, 156
Socrates, 90–92, 116, 193nn91 and 95
Sophocles, 4, 93, 147; *Ajax*, 73, 83, 85, 87, 89, 159; *Priam*, 125
Statius, 4, 33–34, 40–43, 46, 47, 56, 65, 147, 187n18; *Thebaid*, 8, 33–34, 40–43, 125, 154, 155
Stranga River, 132–35
Synoptic Gospels, 10
Syrianus, 27

Tatian, 27
Tatius, Achilles, 145
Telemachus, 31, 35, 80, 89
Thebaid (Statius), 8, 33–34, 40–43, 125, 154, 155
Thebes, 33
1 Thessalonians, 77, 188–89, 192n65
2 Timothy, 191n46
Troades (Seneca), 73
Trojan horse, 36
Trojans, 6, 7, 8, 23–24, 33, 35–43, 45, 47, 65
Trojan War, 8–9, 23–25, 33–43, 64, 70, 83, 105, 148, 185n17
Troy, fall of, 83, 143, 192n51
Turnus, 32–33

Valerius Flaccus, 8
vase painting, Greek, 73, 124
Vergil, 4, 9, 40–47, 56, 62, 65, 73, 82, 85, 87, 93, 124, 135, 136, 147; *Aeneid*, 6–9, 32–33, 34, 40–43, 73, 85, 87, 90, 100, 125, 149, 154, 155, 160, 179n26, 180nn57 and 60, 192n51, 206n14; imitation of lying dream, 32–33, 34; serpent-sparrow portent and, 36

Weinrich, Otto, 124
wolf similes, 82–83

Xenophon, 4, 93, 147; *Cyropaedia*, 73, 90
Xenophon of Ephesus, 4; *Ephesiaca*, 4, 73
Xerxes, 37–38, 43, 49, 63, 65, 148, 184n5

Zeus, 13, 23–27, 30–34, 35, 39–43, 44, 45, 47, 52, 57, 62–65, 106, 112, 115, 125, 148, 150

图书在版编目（CIP）数据

模仿荷马：以《使徒行传》中的四个故事为例/（美）丹尼斯·麦克唐纳（Dennis R. MacDonald）著；叶友珍译. --北京：华夏出版社，2019.3
（西方传统：经典与解释）
书名原文：Does the New Testament Imitate Homer? Four Cases from the Acts of the Apostles
ISBN 978-7-5080-9594-3

Ⅰ.①模… Ⅱ.①丹… ②叶… Ⅲ.①《荷马史诗》—诗歌研究②《新约圣经》—研究 Ⅳ.①I545.072 ②B971.2

中国版本图书馆 CIP 数据核字（2018）第 244129 号

Copyright © 2003 by Yale University
Originally Published by Yale University Press

版权所有 翻印必究
北京市版权局著作权合同登记号：图字 01-2015-1742 号

模仿荷马——以《使徒行传》中的四个故事为例

作　　者	［美］丹尼斯·麦克唐纳
译　　者	叶友珍
责任编辑	王霄翎　李安琴
责任印制	刘　洋

出版发行	华夏出版社
经　　销	新华书店
印　　装	三河市少明印务有限公司
版　　次	2019 年 3 月北京第 1 版 2019 年 3 月北京第 1 次印刷
开　　本	880×1230　1/32
印　　张	10
字　　数	209 千字
定　　价	69.00 元

华夏出版社　地址：北京市东直门外香河园北里 4 号　邮编：100028
网址：www.hxph.com.cn　电话：(010)64663331(转)
若发现本版图书有印装质量问题，请与我社营销中心联系调换。

西方传统：经典与解释
Classici et Commentarii

HERMES
刘小枫◎主编

古今丛编

货币哲学　[德]西美尔 著
孟德斯鸠的自由主义哲学
　　——《论法的精神》疏证　[美]潘戈 著
莫尔及其乌托邦　[德]考茨基 著
试论古今革命　[法]夏多布里昂 著
但丁：皈依的诗学　[美]弗里切罗 著
在西方的目光下　[英]康拉德 著
大学与博雅教育　董成龙 编
探究哲学与信仰
　　——基尔克果与苏格拉底　[美]郝岚 著
民主的本性
　　——托克维尔的政治哲学　[法]马南 著
梅尔维尔的政治哲学
　　——《切雷诺》及其解读　李小均 编/译
席勒美学的哲学背景　[美]维塞尔 著
果戈里与鬼　[俄]梅列日科夫斯基 著
自传性反思　[美]沃格林 著
黑格尔与普世秩序　[美]希克斯 等著
新的方式与制度
　　——马基雅维利的《论李维》研究
[美]曼斯菲尔德 著
科耶夫的新拉丁帝国　[法]科耶夫 等著
《利维坦》附录　[英]霍布斯 著
或此或彼（上、下）　[丹麦]基尔克果 著
海德格尔式的现代神学　刘小枫 选编
双重束缚　[法]基拉尔 著
古今之争中的核心问题
　　——施米特的学说与施特劳斯的论题　[德]迈尔 著
论永恒的智慧　[德]苏索 著
宗教经验种种　[美]詹姆斯 著
尼采反卢梭　[美]凯斯・安塞尔-皮尔逊 著
舍勒思想评述　[美]弗林斯 著
诗与哲学之争　[美]罗森 著

神圣与世俗　[罗]伊利亚德 著
但丁的圣约书　[美]霍金斯 著

古典学丛编

探究希腊人的灵魂　[美]戴维斯 著
尤利安文选　马勇 编/译
论月面　[古罗马]普鲁塔克 著
雅典谐剧与逻各斯
　　——《云》中的修辞、谐剧性及语言暴力
[美]奥里根 著
莱园哲人伊壁鸠鲁　罗晓颖 选编
《劳作与时日》笺释　吴雅凌 撰
希腊古风时期的真理大师　[法]德蒂安 著
古罗马的教育　[英]葛怀恩 著
古典学与现代性　刘小枫 编
表演文化与雅典民主政制
[英]戈尔德希尔、奥斯本 编
西方古典文献学发凡　刘小枫 编
古典语文学常谈　[德]克拉夫特 著
古希腊文学常谈　[英]多佛 等著
撒路斯特与政治史学　刘小枫 编
希罗多德的王霸之辨　吴小锋 编/译
第二代智术师
　　——罗马帝国早期的文化现象　[英]安德森 著
英雄诗系笺释　[古希腊]荷马 著
统治的热望
　　——修昔底德笔下的阿尔喀比亚德和帝国政治
[美]福特 著
论埃及神学与哲学
　　——伊希斯与俄赛里斯　[古希腊]普鲁塔克 著
凯撒的剑与笔　李世祥 编/译
伊壁鸠鲁主义的政治哲学
[意]詹姆斯・尼古拉斯 著
修昔底德笔下的人性　[美]欧文 著
修昔底德笔下的演说　[美]斯塔特 著
古希腊政治理论　[美]格雷纳 著
神谱笺释　吴雅凌 撰
赫西俄德：神话之艺
[法]居代・德・拉孔波 等著

赫拉克勒斯之盾笺释　罗逍然 译笺
《埃涅阿斯纪》章义　王承教 选编
维吉尔的帝国　[美]阿德勒 著
塔西佗的政治史学　曾维术 编

古希腊诗歌丛编
古希腊早期诉歌诗人　[英]鲍勒 著
诗歌与城邦　[美]费拉格、纳吉 主编
阿尔戈英雄纪（上、下）
　　[古希腊]阿波罗尼俄斯 著
俄耳甫斯教祷歌　吴雅凌 编译
俄耳甫斯教辑语　吴雅凌 编译

古希腊肃剧注疏集
希腊肃剧与政治哲学　[美]阿伦斯多夫 著

古希腊礼法
希腊人的正义观　[英]哈夫洛克 著

廊下派集
廊下派的神和宇宙　[墨]里卡多·萨勒斯 编
廊下派的城邦观　[英]斯科菲尔德 著

希伯莱圣经历代注疏
希腊化世界中的犹太人　[英]威廉逊 著
第一亚当和第二亚当　[德]朋霍费尔 著

新约历代经解
属灵的寓意　[古罗马]俄里根 著

基督教与古典传统
保罗与马克安
　　——一种思想史考察　[德]文森 著
加尔文与现代政治的基础　[美]汉考克 著
无执之道
　　——埃克哈特神学思想研究　[德]文森 著
恐惧与战栗　[丹麦]基尔克果 著
托尔斯泰与陀思妥耶夫斯基
　　[俄]梅列日科夫斯基 著
论宗教大法官的传说　[俄]罗赞诺夫 著
海德格尔与有限性思想（重订版）
　　刘小枫 选编
上帝国的信息　[德]拉加茨 著
基督教理论与现代　[德]特洛尔奇 著

亚历山大的克雷芒　[意]塞尔瓦托·利拉 著
中世纪的心灵之旅
　　——波纳文图拉神学著作选　[意]圣·波纳文图拉 著

德意志古典传统丛编
彭忒西勒亚　[德]克莱斯特 著
穆佐书简　[奥]里尔克 著
纪念苏格拉底——哈曼文选　刘新利 选编
夜颂中的革命和宗教
　　——诺瓦利斯选集卷一　[德]诺瓦利斯 著
大革命与诗话小说
　　——诺瓦利斯选集卷二　[德]诺瓦利斯 著
黑格尔的观念论　[美]皮平 著
浪漫派风格——施勒格尔批评文集　[德]施勒格尔 著

美国宪政与古典传统
美国1787年宪法讲疏　[美]阿纳斯塔普罗 著

世界史与古典传统
西方古代的天下观　刘小枫 编
从普遍历史到历史主义　刘小枫 编

启蒙研究丛编
浪漫的律令
　　——早期德国浪漫主义概念　[美]拜泽尔 著
现实与理性　[法]科维纲 著
论古人的智慧　[英]培根 著
托兰德与激进启蒙　刘小枫 编
图书馆里的古今之战　[英]斯威夫特 著

荷马注疏集
不为人知的奥德修斯　[美]诺特维克 著

品达注疏集
幽暗的诱惑
　　——品达、晦涩与古典传统　[美]汉密尔顿 著

欧里庇得斯集
自由与僭越
　　——欧里庇得斯《酒神的伴侣》绎读　罗峰 编译

阿里斯托芬集
《阿卡奈人》笺释　[古希腊]阿里斯托芬 著

色诺芬注疏集
居鲁士的教育　[古希腊]色诺芬 著
色诺芬的《会饮》　[古希腊]色诺芬 著

柏拉图注疏集
柏拉图书简　彭磊 译著
克力同章句　程志敏 郑兴凤 撰
哲学的奥德赛——《王制》引论　[美]郝兰 著
爱欲与启蒙的迷醉
　　——论柏拉图的《会饮》　[美]贝尔格 著
为哲学的写作技艺一辩
　　——《斐德若》疏证　[美]伯格 著
柏拉图式的迷宫——《斐多》义疏　[美]伯格 著
哲学如何成为苏格拉底式的　[美]朗佩特 著
苏格拉底与希琵阿斯　王江涛 编译
理想国　[古希腊]柏拉图 著
谁来教育老师——《普罗塔戈拉》发微　刘小枫 编
立法者的神学
　　——柏拉图《法义》卷十绎读　林志猛 编
柏拉图对话中的神　[法]薇依 著
厄庇诺米斯　[古希腊]柏拉图 著
智慧与幸福
　　——柏拉图的《厄庇诺米斯》　程志敏 选编
论柏拉图对话　[德]施莱尔马赫 著
柏拉图《美诺》疏证　[美]克莱因 著
政治哲学的悖论
　　——苏格拉底的哲学审判　[美]郝岚 著
神话诗人柏拉图　张文涛 选编
阿尔喀比亚德　[古希腊]柏拉图 著
叙拉古的雅典异乡人
　　——柏拉图《书简七》探幽　彭磊 选编
阿威罗伊论《王制》　[阿拉伯]阿威罗伊 著
《王制》要义　刘小枫 选编
柏拉图的《会饮》　[古希腊]柏拉图 等著
苏格拉底的申辩（修订版）　[古希腊]柏拉图 著
苏格拉底与政治共同体　[美]尼柯尔斯 著
政制与美德——柏拉图《法义》疏解　[美]潘戈 著
《法义》导读　[法]卡斯代尔·布舒奇 著
论真理的本质　[德]海德格尔 著
哲人的无知　[德]费勃 著
米诺斯　[古希腊]柏拉图 著

亚里士多德注疏集
亚里士多德《政治学》中的教诲　[美]潘戈 著
品格的技艺　[美]加佛 著
亚里士多德哲学的基本概念　[德]海德格尔 著
《政治学》疏证　[意]托马斯·阿奎那 著
尼各马可伦理学义疏
　　——亚里士多德与苏格拉底的对话　[美]伯格 著
哲学之诗
　　——亚里士多德《诗学》解读　[美]戴维斯 著
对亚里士多德的现象学解释　[德]海德格尔 著
城邦与自然——亚里士多德与现代性　刘小枫 编
论诗术中篇义疏　[阿拉伯]阿威罗伊 著
哲学的政治
　　——亚里士多德《政治学》疏证　[美]戴维斯 著

普鲁塔克集
普鲁塔克的《对比列传》　[英]达夫 著
普鲁塔克的实践伦理学　[比利时]胡芙 著

阿尔法拉比集
政治制度与政治箴言　阿尔法拉比 著

莎士比亚绎读
莎士比亚的历史剧　[英]蒂利亚德 著
莎士比亚戏剧与政治哲学　彭磊 选编
莎士比亚的政治盛典　[美]阿鲁里斯/苏利文 编
丹麦王子与马基雅维利　罗峰 选编

洛克集
上帝、洛克与平等　[美]沃尔德伦 著

卢梭集
论哲学生活的幸福　[德]迈尔 著
致博蒙书　[法]卢梭 著
政治制度论　[法]卢梭 著
哲学的自传
　　——卢梭的《孤独漫步者的遐思》　[美]戴维斯 著
文学与道德杂篇　[法]卢梭 著
设计论证
　　——卢梭的《社会契约论》　[美]吉尔丁 著
卢梭的自然状态　[美]普拉特纳 等著
卢梭的榜样人生
　　——作为政治哲学的《忏悔录》　[美]凯利 著

莱辛注疏集
汉堡剧评 [德]莱辛 著
关于悲剧的通信 [德]莱辛 著
《智者纳坦》研究版 [德]莱辛 等著
启蒙运动的内在问题
——莱辛思想再释 [美]维塞尔 著
莱辛剧作七种 [德]莱辛 著
历史与启示——莱辛神学文选 [德]莱辛 著
论人类的教育
——莱辛政治哲学文选 [德]莱辛 著

尼采注疏集
尼采引论 [德]施特格迈尔 著
尼采与基督教
——尼采的《敌基督》论集 刘小枫 编
尼采眼中的苏格拉底 [美]丹豪瑟 著
尼采的使命
——《善恶的彼岸》绎读 [美]朗佩特 著
尼采与现时代
——解读培根、笛卡尔与尼采 [美]朗佩特 著
动物与超人之间的绳索 [德]A.彼珀 著

施特劳斯集
原著
论僭政(重订本)——色诺芬《希耶罗》义疏
[美]施特劳斯 [法]科耶夫 著
苏格拉底问题与现代性(增订本)
——施特劳斯讲演与论文集:卷二
犹太哲人与启蒙(增订本)
——施特劳斯演讲与论文集:卷一
霍布斯的宗教批判
斯宾诺莎的宗教批判
门德尔松与莱辛
哲学与律法——论迈蒙尼德及其先驱
迫害与写作艺术
柏拉图式政治哲学研究
论柏拉图的《会饮》
柏拉图《法义》的论辩与情节
什么是政治哲学
古典政治理性主义的重生(重订本)

回归古典政治哲学——施特劳斯通信集
苏格拉底与阿里斯托芬
研究作品
论源初遗忘
——海德格尔、施特劳斯与哲学的前提 [美]维克利 著
政治哲学与启示宗教的挑战 [德]迈尔 著
阅读施特劳斯 [美]斯密什 著
施特劳斯与流亡政治学 [美]谢帕德 著
隐匿的对话
——施米特与施特劳斯 [德]迈尔 著
驯服欲望
——施特劳斯笔下的色诺芬撰述 [法]科耶夫 等著

施米特集
宪法专政
——现代民主国家中的危机政府 [美]罗斯托 著
施米特对自由主义的批判 [美]约翰·麦考米克 著

伯纳德特集
古典诗学之路(第二版)
——相遇与反思:与伯纳德特聚谈 [美]伯格 编
弓与琴(重订本)
——从柏拉图解读《奥德赛》 [美]伯纳德特 著
神圣的罪业 [美]伯纳德特 著

布鲁姆集
巨人与侏儒(1960-1990)
人应该如何生活——柏拉图《王制》释义
爱的设计——卢梭与浪漫派
爱的戏剧——莎士比亚与自然
爱的阶梯——柏拉图的《会饮》
伊索克拉底的政治哲学

沃格林集
自传体反思录 [美]沃格林 著

大学素质教育读本
古典诗文绎读 西学卷·古代编(上、下)
古典诗文绎读 西学卷·现代编(上、下)

中国传统：经典与解释
Classici et Commentarii
家亚菁年
刘小枫　陈少明◎主编

《孔丛子》训读及研究 /雷欣翰 撰
论语说义 /[清]宋翔凤 撰
周易古经注解考辨 /李炳海 著
浮山文集 /[明]方以智 著
药地炮庄 /[明]方以智 著
药地炮庄笺释·总论篇 /[明]方以智 著
青原志略 /[明]方以智 编
冬灰录 /[明]方以智 著
冬炼三时传旧火 /邢益海 编
《毛诗》郑王比义发微 /史应勇 著
宋人经筵诗讲义四种 /[宋]张纲 等撰
道德真经藏室纂微篇 /[宋]陈景元 撰
道德真经四子古道集解 /[金]寇才质 撰
皇清经解提要 /[清]沈豫 撰
经学通论 /[清]皮锡瑞 著
松阳讲义 /[清]陆陇其 著
起凤书院答问 /[清]姚永朴 撰
周礼疑义辨证 /陈衍 撰
《铎书》校注 /孙尚扬 肖清和 等校注
韩愈志 /钱基博 著
论语辑释 /陈大齐 著
《庄子·天下篇》注疏四种 /张丰乾 编
荀子的辩说 /陈文洁 著
古学经子 /王锦民 著
经学以自治 /刘少虎 著
从公羊学论《春秋》的性质 /阮芝生 撰

刘小枫集

以美为鉴：注意美国立国原则的是非未定之争
海德格尔与中国
古典学与古今之争［增订本］
这一代人的怕和爱［第三版］
沉重的肉身［珍藏版］
圣灵降临的叙事［增订本］
罪与欠
儒教与民族国家
拣尽寒枝
施特劳斯的路标
重启古典诗学
共和与经纶
设计共和
现代性与现代中国：现代性社会理论绪论
诗化哲学［重订本］
拯救与逍遥［修订本］
走向十字架上的真
卢梭与我们
西学断章
现代人及其敌人
好智之罪：普罗米修斯神话通释
民主与爱欲：柏拉图《会饮》绎读
民主与教化：柏拉图《普罗塔戈拉》绎读
巫阳招魂：《诗术》绎读

编修［博雅读本］
凯若斯：古希腊语文读本［全二册］
古希腊语文学述要
雅努斯：古典拉丁语文读本
古典拉丁语文学述要
危微精一：政治法学原理九讲
琴瑟友之：钢琴与古典乐色十讲

译著
普罗塔戈拉

经典与解释辑刊

1 柏拉图的哲学戏剧
2 经典与解释的张力
3 康德与启蒙
4 荷尔德林的新神话
5 古典传统与自由教育
6 卢梭的苏格拉底主义
7 赫尔墨斯的计谋
8 苏格拉底问题
9 美德可教吗
10 马基雅维利的喜剧
11 回想托克维尔
12 阅读的德性
13 色诺芬的品味
14 政治哲学中的摩西
15 诗学解诂
16 柏拉图的真伪
17 修昔底德的春秋笔法
18 血气与政治
19 索福克勒斯与雅典启蒙
20 犹太教中的柏拉图门徒
21 莎士比亚笔下的王者
22 政治哲学中的莎士比亚
23 政治生活的限度与满足
24 雅典民主的谐剧
25 维柯与古今之争
26 霍布斯的修辞
27 埃斯库罗斯的神义论
28 施莱尔马赫的柏拉图
29 奥林匹亚的荣耀
30 笛卡尔的精灵
31 柏拉图与天人政治
32 海德格尔的政治时刻
33 荷马笔下的伦理
34 格劳秀斯与国际正义
35 西塞罗的苏格拉底
36 基尔克果的苏格拉底
37 《理想国》的内与外
38 诗艺与政治
39 律法与政治哲学
40 古今之间的但丁
41 拉伯雷与赫尔墨斯秘学
42 柏拉图与古典乐教
43 孟德斯鸠论政制衰败
44 博丹论主权
45 道伯与比较古典学
46 伊索寓言中的伦理
47 斯威夫特与启蒙
48 赫西俄德的世界
49 洛克的自然法辩难
50 斯宾格勒与西方的没落
51 地缘政治学的历史片段